Assun

Der Wendepunkt der Magie

N. J. Wynter

Von N.J. Wynter ebenfalls erschienen:

Nessa: Die Wiederauferstehung der Macht (Teil 1)

1. Auflage

Inhalt und Text © 2017 N. J. Wynter

www.wynter.at
www.facebook.com/njwynter

Coverbild: © Sturmmöwen, www.sturmmoewen.at

Lektorat, Korrektorat: Mareike Fallwickl,
www.mareikefallwickl.at

Satz und Gestaltung: Nicole Jany

ISBN: 9781973150787

Erschienen im Selbstverlag
2017

Über dieses Buch

Der große Krieg unter Pandemias Führung ist vorüber und die Macht gebannt. Frieden ist wieder in die magische Welt zurückgekehrt. Eine Welt, in der Vremno und Zaphlessia – Pandemias Kinder – aufwachsen.

Doch die Familie ist gespalten.

Während Zaphlessia eine begnadete und angesehene Magierin ist, mutiert Vremno immer mehr zum Außenseiter, der sich lieber in seinen Büchern vergräbt. Erst Kara – die Frau seiner Träume, die in Assun gefangen ist – rüttelt Vremno wach und veranlasst ihn dazu, über sich hinauszuwachsen. Er will ins Land der Dunkelheit gehen, um seine Angebetete zu befreien.

Dort aber lauert eine neue Gefahr, die sich allmählich erhebt. Ausgerechnet ein Feind ist nun der Einzige, der helfen kann …

Prolog

Eine kleine Gutenachtgeschichte

„Erzählst du uns die Geschichte von Mama und Papa?", bat der kleine Vremno. Er kuschelte sich tiefer in sein Bett. Die Decke reichte ihm bis zum Kinn, nur sein Gesicht mit den braunen Augen und dem braunen Haar waren zu sehen.

„Ich möchte sie auch nochmal hören!", bekräftigte Zaphlessia ihren Bruder und zwinkerte ihm zu. Ihr lockiges, goldenes Haar umrahmte ihr Puppengesicht mit den himmelblauen Augen und den langen, dunklen Wimpern.

„Ihr solltet aber schlafen", entgegnete Alirja.

„Und wenn wir versprechen, dass wir danach gleich schlafen?", fragte der Knabe hoffnungsvoll.

„Ja. Wir schlafen danach sofort ein. Ganz sicher", wiederholte Lessa.

„Ich kann euch doch sowieso keinen Wunsch abschlagen, meine zwei Goldschätze."

Seufzend erhob sich Alirja von ihrem Ledersessel, und ging zum geöffneten Fenster an der Ostseite, um es zu schließen. Noch ehe sie die Fensterläden zumachen konnte, wehte eine sanfte Brise durch ihr kinnlanges, schwarzes Haar. Sie genoss das Gefühl auf ihrer Haut.

Alirja hatte sich in den Jahren, die seit dem Krieg vergangen waren, verändert. Die jugendliche Frische war herberen Zügen gewichen, und aufgrund ihrer Sorgenfalten wirkte sie älter, als sie war. Die Schrecken des Krieges, die Monate der Trauer und ihre neue Rolle als Ziehmutter der Zwillinge Zaphlessia und Vremno hatten sowohl Alirjas Äußeres als auch ihre Seele gezeichnet.

Sachte schloss die Blinde die Fensterläden und zog den schweren Brokatvorhang zu, um Nessas Sonnenlicht aus dem Schlafgemach der Kinder zu verbannen. Bevor sie sich setzte, zündete sie eine Kerze an und stellte sie in Vremnos Lichtspiel. Es hatte einst Pandemia gehört. Der

Glaskörper war bemalt, vereinzelte, unterschiedlich große Punkte waren freigelassen. Das Licht schimmerte durch die Öffnungen. Es sah aus wie der Sternenhimmel auf Edox. Sofort hielt Vremno vor Faszination den Atem an. Er konnte sich kaum an den umherfliegenden Punkten sattsehen und war jedes Mal aufs Neue verzückt. Es war daher nicht verwunderlich, dass sein größter Traum darin bestand, eines Tages Sterne zu sehen. Echte Sterne. Doch dazu hätte die Nacht Einzug in Nessa halten müssen …

„Es war vor vielen, vielen Jahren. Lange, bevor ihr beide geboren wurdet, kam eure Mama nach Nassuns. Eigentlich durfte kein Edoxer die Grenzen der Länder passieren, doch eure Mama war etwas Besonderes. Sie war die Nachfahrin eines großen, mächtigen Magiegeschlechts."

„Du meinst bestimmt Koldori, Umeta und Landior", warf Vremno ein. Er hatte ein Faible für die alten Geschichten und merkte sich alle Daten und Fakten.

„Ja, genau. Das waren eure Vorfahren, und sie gehörten einer Familie von ranghohen Magiern an. Nachdem die Welten aber getrennt worden waren, entschied sich eure Familie, ins nichtmagische Land zu gehen. Darum wuchs eure Mama in Edox auf, und erst Ephtalia erzählte ihr, wer sie wirklich war und von wem sie abstammte. Als eure Mutter dies erfahren hatte, wurde sie sich ihrer Kraft bewusst. Sie wusste, dass sie unglaublich stark war, weil sie von so starken Magiern abstammte. Und dadurch hatte sie auch den Mut, einige Jahre später gegen Iberius zu kämpfen."

„Jetzt wird es spannend!", flüsterte Vremno.

„Extra für diese Mission wurde eure Mama ausgebildet. Einer ihrer Lehrer war Iretok. Wir alle glaubten, dass er einer von den Guten sei, doch er hatte uns belogen. Klammheimlich war er noch immer ein Anhänger des mächtigen Iberius, und er hatte einen Auftrag: Er sollte eure Mama entführen! Und er hätte es sogar fast geschafft, hätte euer Onkel Vremno sie nicht beschützt. Er hat sich gegen Iretok gestellt, obwohl dieser viel stärker war. Das tat er, weil er eure Mama gernhatte und sie retten wollte. Dank ihm hat Iretok eure Mama nicht mitgenommen. Er war sehr tapfer. Er starb kurz nach dem Kampf."

„Onkel Vremno ist einer der mutigsten Männer der Welt. Gleich nach unserem Papa und unserer Mama natürlich. Und du bist auch mutig", staunte Lessa wie jedes Mal aufs Neue.

„Oh danke, mein Schatz. Nachdem eure Mama vor dem bösen Iretok gerettet worden war, gestand ihr euer Papa, dass er in sie verliebt war. Anfangs brauchte eure Mama ein wenig Zeit, weil sie sehr traurig war wegen allem, was geschehen war. Doch eines Tages wurden eure Eltern ein Liebespaar, und von diesem Tage an waren sie unzertrennlich und sehr glücklich. Am allerglücklichsten waren sie, als ihr beide geboren wurdet. Vom ersten Augenblick an haben sie euch mehr als alles andere auf der Welt geliebt. Sie wollten euch niemals alleinlassen, doch sie mussten gegen Iberius kämpfen. Dieser wollte nämlich die Welt erobern, und eure Eltern wollten das verhindern, damit ihr eine schöne Zukunft habt."

Alirja räusperte sich.

„Eure Eltern haben viele Kämpfe ausgefochten. Sie haben viele, viele Menschen gerettet. Eure Mama ist sogar mit Ephtalia zu Kloisos, dem Herrn über das Eis, gegangen, um den Eiskristall zu holen. Damit bezwangen sie Iberius, der das Urfeuer von Ignasius gegen uns einsetzte. Euer Papa kümmerte sich in der Zwischenzeit um die Verwundeten. Er war ein Kräutermagier und konnte heilende Tinkturen herstellen. Er hatte ein Herz aus Gold und wollte alles und jeden beschützen. Vor allem die Menschen, die er liebte. Darum hat er auch eurer Mama geholfen, als sie von einem Feind angegriffen wurde."

Die Blinde war an dem Punkt der Geschichte angekommen, die sie nach wie vor rührte.

„Er stellte sich zwischen die beiden und rettete eurer Mama das Leben. Er selbst aber wurde so stark getroffen, dass er starb. Er war ein großer Held, der alles für seine kleine Familie tat. Es hat uns allen, aber vor allem eurer Mama sehr wehgetan, dass er nicht überlebt hat."

Zaphlessia schniefte. Vremno winkte seine Schwester herbei und lud sie ein, zu ihm ins Bett zu krabbeln. Er wusste, dass sie dieser Teil der Geschichte immer wieder traurig machte. Mit tapsigen Schritten eilte sie heran und kuschelte sich an ihren Bruder, der sie liebevoll in den Arm nahm.

„Kurz danach hat eure Mama beschlossen, den Krieg zu beenden. Gemeinsam mit Artikos ging sie zu Iberius in den Palast Pluxis und forderte ihn heraus. Eure Mama hat Iberius besiegt und den Krieg beendet. Nur ist sie nicht zurückgekehrt, und der Palast Pluxis ist seither verschwunden. Wir wissen nicht, was mit ihr geschehen ist. Doch sie hat uns vor dem Schlimmsten bewahrt. Sie ist unsere Heldin. Die größte Heldin, die es in Nessa jemals gegeben hat. Seit damals kümmere ich mich um euch. Das war der Wunsch eurer Mama. Sie bat mich, auf euch Acht zu geben, bevor sie zu Iberius ging, und ich hätte mir kein schöneres Geschenk vorstellen können. Ich nahm euch bei mir auf, als ihr noch ganz klein wart, und liebe euch von ganzem Herzen."

„Und wir lieben dich, nicht wahr, Vremno?"

„Ja. Ganz, ganz viel."

Alirja beugte sich hinab und umarmte die beiden. Auch die Kinder schlangen ihre Arme um den Hals ihrer Tante und gaben ihr jeweils auf die rechte und linke Wange einen Schmatz.

„Aber nun wird geschlafen." Die Blinde wischte sich eine Träne aus dem Augenwinkel, ehe sie ihre Ziehkinder zudeckte und ihnen einen Kuss auf die Stirn hauchte.

„Gute Nacht, Tante Alirja", nuschelten beide. Noch bevor die Blinde den Raum verlassen hatte, waren sie eingeschlafen.

Lautlos ging Alirja durch das kleine Häuschen, öffnete die Tür zum Garten und trat hinaus ins Sonnenlicht. Sie reckte ihr Haupt in die Höhe, sog die klare Luft ein und genoss die wärmenden Sonnenstrahlen. Ihre Hände zitterten, als sie ihre Stirn massierte.

Als hätte er die traurige Stimmung seiner Herrin bemerkt, kam Idos angetrabt. Laut schnaubend blieb der stattliche, vor vielen Jahrhunderten zu einem Pferd verwunschene Magier und Weggefährte der Blinden vor ihr stehen und stupste mit seinem Kopf ihre Wange an. Dankbar für den Zuspruch, den er ihr wortlos spendete, schmiegte sich Alirja an den Hals des Tieres und umarmte es. Endlich konnte sie ihren Emotionen freien Lauf lassen, denn noch immer vermisste Alirja Pandemia über alles. Die Liebe, die sie für sie empfunden hatte, war nach wie vor in ihrem Herzen. Und daran würde sich niemals etwas ändern.

Die Geburtstagsfeier

Der Lärmpegel war schier unerträglich, als fünfzig Kinder verschiedenen Alters durch den großen Festsaal des Palasts Ephisan liefen. Die Stimmung war ausgelassen, die Freude der großen Feiergesellschaft, die neben den Kindern auch aus deren Eltern und anderen namhaften Magiern bestand, überschwänglich.

Zaphlessia war der Mittelpunkt des Geschehens. Mit ihrem blonden Haar, das mit violetten Schleifen zu Zöpfen gebunden war, und ihrem lilafarbenen Rüschenkleid sah sie wie eine Prinzessin aus.

„Sie hat sich wahrhaft prächtig entwickelt. Ich habe zunächst befürchtet, dass dich die Erziehung der Zwillinge überfordern könnte, doch wenn ich mir die beiden so ansehe, hätte es nicht besser kommen können. Vor allem, da Lessa eine überaus talentierte Magierin ist, die spezielle Förderung benötigt. Aber selbst das scheinst du in den Griff bekommen zu haben."

Ephtalia war an Alirja, die mit verschränkten Armen etwas abseits des Geschehens stand, herangetreten.

Skeptisch zog die Blinde eine Augenbraue hoch.

„Ich danke dir für deine Worte, die …" Langsam neigte Alirja ihren Kopf in Ephtalias Richtung und fixierte sie mit ihren milchigweißen Augen. „Sagen wir so: Ich fasse sie als eine Art unglücklich formuliertes Kompliment auf und ignoriere den gehässigen Seitenhieb."

„Ach, Alirja …" Ephtalia atmete tief ein und schüttelte resigniert den Kopf. „Du verstehst mich wieder einmal falsch. Ich wollte doch …"

„Du wolltest nur", unterbrach die Blinde Ephtalia mit flüsternder, aber fester Stimme, „wieder einmal das Thema gekonnt darauf hinlenken, dass Zaphlessia besser bei dir leben sollte."

„Bei Fortary, wie oft soll ich dir das noch sagen? Ich dachte nur, dass es für dich zu viel wird mit den beiden. Daher habe ich dir angeboten, das Mädchen für kurze Zeit zu mir zu nehmen. Du tust, als hätte ich sie dir entreißen wollen, doch das ist nicht wahr. Ich wollte dir helfen. Ist das so schwer zu glauben?"

„Jedes einzelne Wort von dir und aus deinem Mund ist schwer zu glauben, weil du falsch bist, Ephtalia. Bist, warst und immer sein wirst."

Für einen Augenblick rang die Liebe nach Luft. Ihre Augen waren entsetzt aufgerissen, während sie fragte: „Weshalb verabscheust du mich, Alirja? Was habe ich getan? Was, in Fortarys Namen?"

„Nichts, Ephtalia. Rein gar nichts. Und genau das ist das Problem."

Der Groll, den Alirja gegen die personifizierte Liebe hegte, reichte Jahre zurück. Nachdem der Krieg abrupt beendet worden war und niemand gewusst hatte, was aus Pandemia geworden war, waren Suchtrupps entsendet worden. Tage und Wochen waren verstrichen, doch man hatte weder Pandemia noch den Palast Pluxis gefunden. Beide waren wie vom Erdboden verschluckt. Da hatte Ephtalia befohlen, die Suche aufzugeben. Sie hatte die Männer zurück ins Land des Lichts beordert und erklärt, Pandemia sei bei dem Gefecht gegen Iberius dem Tod zum Opfer gefallen. Sie erhob sie zur heldenhaften, aber leider tragisch gefallenen Heldin.

Alirja wollte dies damals nicht hinnehmen und überlegte, selbst nach Assun gehen. Doch sie hatte ihrer Freundin das Versprechen gegeben, sich um deren Kinder zu kümmern und konnte die beiden nicht allein lassen. Fortan musste Alirja in Ungewissheit, aber vor allem in Schuld leben. Es zermürbte Alirja, nicht nach Pandemia gesucht zu haben. Nicht zu wissen, was aus ihrer Freundin geworden war. Albträume suchten sie heim von einer verwundeten Pandemia, die darauf wartete, gesucht, gefunden und gerettet zu werden.

„Wir sollten", fuhr Alirja fort, „unser Gespräch an dieser Stelle beenden. Ich ertrage deine Nähe nicht und möchte mich an dem fünften Geburtstag meiner Kinder nicht mit dir streiten. Du entschuldigst mich?"

Ohne die Reaktion der Liebe abzuwarten, ließ Alirja Ephtalia mit offenstehendem Mund zurück. Schnellen Schrittes bahnte sie sich den Weg durch die Feiergemeinde und überhörte – noch immer in Rage – die Frauenstimme, die mehrmals ihren Namen rief. Erst als die Blinde die Präsenz der Frau fühlte, die so energisch nach ihr verlangte, hielt sie inne. Und mit einem Mal wandelte sich ihr verbissener Gesichtsausdruck in ein freudiges Lächeln.

„Gerane! Zum Glück bist du hier! Ich kann dir gar nicht sagen, wie sehr mich das freut!"

Alirja wollte Gerane am liebsten um den Hals fallen, doch als Sterbliche durfte sie kein personifiziertes Gefühl anfassen – nicht einmal, wenn es sich dabei um eine Freundin handelte.

Im Lauf der Jahre hatte sich zwischen Alirja und Gerane, der Tochter von Ephtalia, eine tiefe Freundschaft entwickelt. Alles hatte begonnen, als Gerane von Artikos aus den Klauen des Iberius gerettet und zurück nach Ephmoria gebracht worden war. Umgehend hatte Alirja sie damals aufgesucht. Immerhin gehörte Gerane zu jenen Personen, die Pandemia zuletzt lebend gesehen hatten, und so hatte die Blinde alles darangesetzt, zu erfahren, was geschehen war. Anfangs hatte Alirja dem personifizierten Verlangen misstraut, doch sie stellte schnell fest, dass sich Gerane durch die Schwingungen Nessas veränderte. Das Licht tat Gerane gut und ließ ihr Wesen in neuem Glanz erstrahlen. Auch ihr Charakter wandelte sich. Vor allem, da Gerane erkannte, wie schrecklich ihre Vergangenheit als Dienerin des Dunklen Herrschers gewesen war. Ihr wurde bewusst, dass sie niemals mehr als eine Marionette der Macht gewesen war und bereute, was sie getan hatte. Das Verlangen wollte die schändlichen Taten wiedergutmachen und beantwortete daher alle von Alirjas Fragen bereitwillig.

Und irgendwann hatte Gerane auch von sich zu erzählen begonnen. Hatte offen und ehrlich ihr ganzes Leben vor Alirja ausgebreitet und mit ihr die eigenen Sorgen geteilt – vor allem jene, die das ungeborene Kind von Iberius und ihr betrafen. So kam es, dass die beiden Frauen immer stärkere Bande entwickelten. Selbst als Gerane Ephmoria den Rücken kehrte und mit ihrem Halbbruder Horks nach Ladvion zog, um dort sesshaft zu werden, brach der Kontakt nicht ab.

„Natürlich bin ich gekommen!", erwiderte Gerane. „Du glaubst doch nicht, dass mich irgendetwas davon hätte abhalten können. Im Übrigen freut es mich ebenso, dich zu sehen. Wobei, wenn ich dich so ansehe", das Verlangen runzelte die Stirn, „kommt es mir vor, als sei dir eine Laus über die Leber gelaufen. Ist alles in Ordnung?"

„Ach", winkte die Blinde ab, „nur ein kleiner Zwischenfall. Nichts Tragisches."

„Hat dieser Zwischenfall zufällig etwas mit meiner Mutter zu tun?"

„Woher …" Alirja zuckte mit den Schultern. „Natürlich weißt du es. Ich konnte dir noch nie etwas vormachen."

„Nein, fürwahr. Und, worum ging es diesmal?"

„Um alles und nichts. Aber lass uns nicht jetzt darüber sprechen. Wir haben später bestimmt noch genug Zeit, uns auszutauschen. Ich möchte nicht an Vremnos und Zaphlessias Geburtstag Trübsal blasen."

„Natürlich, ich verstehe." Gerane kannte die Angelegenheit nur zu gut, war sie doch oft schon zwischen die Fronten geraten. Dem Wunsch ihrer Freundin nachkommend, wechselte sie das Thema: „Wo sind die Geburtstagskinder überhaupt? Ich möchte ihnen gratulieren und die Geschenke überreichen."

Gerane suchte nach Zaphlessia und entdeckte das Mädchen.

„Lessa habe ich gefunden, aber wo ist der Junge?"

„Gute Frage. Bis vor kurzem war er noch bei mir, doch ich habe vorgeschlagen, dass er sich ein bisschen unter die anderen Kinder mischen soll."

„Wie geht es ihm eigentlich? Hat sich … etwas verändert?"

Alirja wusste, worauf ihre Freundin anspielte. „Nein, in keiner Hinsicht. Er ist nach wie vor nichtmagisch. Ich glaube, dass es daran liegt, dass er sich nicht zutraut, magische Fähigkeiten zu entwickeln. So oft ich ihn auch bitte, etwas zu versuchen – er gibt sofort auf und zieht sich zurück."

„Was ist, wenn Pandemia Iberius doch nicht getötet hat? Immerhin war es Iberius, der einst die Ahnen der Kinder verflucht hat. Sein Tod hätte all seine Bannsprüche rückgängig gemacht. Doch nichts dergleichen ist geschehen. Noch immer sind Tag und Nacht getrennt, und Vremno ist allem Anschein nach ein Nichtmagier. Die Vermutung liegt nahe, dass …"

„Nein, das glaube ich nicht", schnitt Alirja Gerane das Wort ab. Allein die Vorstellung daran ließ die Blinde erschauern. Natürlich hatte sie in den stillen, einsamen Nächten darüber nachgedacht. Die Möglichkeit bestand, dass Pandemia nicht fähig gewesen war, die Macht zu besiegen.

„Viele Kinder entwickeln erst mit der Zeit ein Gespür für ihre übernatürlichen Kräfte. Vremno ist ein Spätzünder, mehr nicht. Ich gebe ihm alle Zeit der Welt. Aber das ist nicht das, was mir momentan die größten Sorgen bereitet. Vielmehr beobachte ich, dass er in letzter Zeit sehr gern für sich ist, und ich fürchte, dass er langsam, aber sicher zum Außenseiter wird. Lessa knüpft die ersten Freundschaften, doch Vremno hält sich aus allem raus. Ich forciere stets, dass Zaphlessia ihn mitnehmen oder ein paar Freunde zu uns einladen soll, aber das will sie nicht. Es macht sie wütend, wenn ich so etwas von ihr verlange, und das lässt sie mitunter an Vremno aus. Die beiden kriegen sich in letzter Zeit oft in die Haare, und ich kann nichts dagegen tun."

„Vielleicht ist es nur eine Phase. Die beiden waren doch immer ein Herz und eine Seele, ich kann mir nicht vorstellen, dass das jemals anders wird."

Alirja zuckte mit den Schultern. „Ich weiß es nicht."

„Wie auch immer", lenkte Gerane ein, die ahnte, dass ihre Freundin nicht weiter darüber reden wollte. „Ich für meinen Teil kann den kleinen Racker nirgends finden." Mehrmals suchte sie mit den Augen den gesamten Saal nach dem Knaben ab.

„Er hat sich bestimmt irgendwo versteckt. Komm, lass ihn uns suchen. Er freut sich sicher, dich zu sehen."

Gemeinsam bahnten sich die Freundinnen ihren Weg durch die Massen. Immer wieder riefen sie Vremnos Namen oder fragten die Gäste, ob sie den Jungen gesehen hätten. Doch ganz gleich, an wen sie das Wort richteten, keiner konnte ihnen eine Antwort geben.

Vremno war verschwunden.

Unerwartete Begegnungen

Vremno hatte sich von der Geburtstagsfeier fortgeschlichen, ohne seiner Tante etwas zu sagen. Er mochte den Trubel nicht und wollte lieber im Palast Ephisan auf Erkundungstouren gehen. Also stellte er sich vor, ein großer und berühmter Entdecker zu sein. Mit seinem treuen Begleiter Smojo, einem Teddybären, musste er einen verwunschenen Palast erkunden und einen Schatz finden. Natürlich galt es, viele Fallen und Feinde zu bezwingen, doch Vremno und Smojo schlugen sich wacker, bis sie bei einer Wendeltreppe ankamen. Diese, so wusste Vremno, durfte er nicht betreten, obwohl ihn schon immer brennend interessiert hatte, was sich dort oben befand.

„Sollen wir hinaufgehen, Smojo?"

Mit seiner rechten Hand nahm Vremno den Kopf des Bären, machte eine nickende Bewegung und antwortete mit verstellter Stimme: „Natürlich. Heute ist dein Geburtstag, da darfst du alles."

Dank der Bestätigung seines Plüschfreundes erklomm Vremno voller Tatendrang die Stufen. Immer weiter stieg er in den Turm hinauf, bis er vor einer dicken, runden Stahltür ankam, die mit zahlreichen schweren, schwarzen Ketten verschlossen war. Was hatte das zu bedeuten?, fragte sich der Junge. Konnte es sein, dass er … Aber ja! Hier war bestimmt die Schatzkammer!

Vorsichtig näherte sich Vremno dem Tor. Er rüttelte an den Ketten, aber ohne Ergebnis.

„Ich will da rein! Bitte, bitte, bitte!", schrie er und zerrte nochmals an dem Tor, als es plötzlich aufsprang.

„Bei Fortary!", ertönte zeitgleich eine Stimme aus dem Inneren. „Wenn du Ruhe gibst, lasse ich dich zu mir."

Vremno ließ sich dies nicht zweimal sagen, umklammerte seinen Freund Smojo und spähte hinein.

Anders als erwartet, entdeckte er keinen Schatz aus Gold und Silber. Im Schein der Fackeln, die den Raum erhellten, konnte Vremno die Umrisse riesiger Kommoden und Stühle, Bücherregale und Bilder erkennen. Dies war definitiv ein Raum, in dem ein Mensch lebte. Der Junge stapfte hinein, um zu erfahren, wer sich hier versteckt hielt.

Als er in der diffusen Beleuchtung niemanden sehen konnte, fragte er zögerlich: „Wer bist du? Bist du ein Gespenst?" Nervös kaute er auf einem von Smojos Ohren herum.

„Nein, das bin ich nicht."

„Das ist gut."

Jetzt, da er wusste, dass hier kein Geist hauste, ging Vremno weiter. Allerhand Sitzmöglichkeiten gab es, auch einen Sessel, der wie ein Königsthron anmutete. Vremno kletterte auf den gepolsterten Sitz. Als er den Unbekannten nach seinem Namen fragen wollte, vernahm er ein Kratzen. Ein rund zwei Meter großes Monster näherte sich. Vremno nahm an, es handle sich um ein Pferd, doch es war ein Hund mit schwarzem Fell und übergroßen Hauern. Verängstigt rutschte Vremno zurück und zog die Beine an den Körper. Als der Hund bei ihm ankam, winselte er freudig und wedelte mit dem Schwanz.

„Das ist Klaffer. Du brauchst dich nicht vor ihm zu fürchten. Er möchte dich begrüßen", sagte der Unbekannte, woraufhin der Hund erneut winselte.

„Und er tut mir nichts? Er frisst mich nicht auf?"

„Nein. Ganz sicher nicht."

Vremno rückte vor, streckte seine Hand aus und kraulte den Hund hinter den Ohren. Klaffer genoss die Berührung. Er leckte mit seiner langen, rauen Zunge über die Hand des Knaben, woraufhin dieser kicherte: „Das kitzelt! Er ist ja wirklich ein ganz Lieber! Und du? Wer bist du?"

„Artikos. Hast du schon einmal von mir gehört?"

Vremno dachte angestrengt nach. „Ja, ich habe schon einmal von dir gehört. Du bist der Hass."

Bei diesen Worten offenbarte sich Artikos seinem Gast. Sein Gesicht war von riesigen Narben übersät. Schwarze Augen betrachteten Vremno und ließen ihm einen kalten Schauer über den Rücken jagen, doch ein unerwartet freundliches Lächeln umspielte die schmalen Lippen des einstigen Kriegers.

„Was machst du hier? Solltest du nicht auf der Feier sein?", fragte Artikos. Er war nähergekommen und lehnte an einer Wand.

„Oh, ja, eigentlich schon", druckste Vremno herum. „Aber ich wollte nicht mehr. Es war … Es hat mir nicht gefallen. Darum sind Smojo und ich", der Kleine hob seinen Stoffbären hoch, „auf Expedition gegangen und haben dich gefunden. Und du, warum bist du nicht auf der Feier?"

„Der Hass ist kein gern gesehener Gast. Und ich bin ohnehin lieber allein. Aber die anderen fragen sich bestimmt schon, wo du geblieben bist."

„Das glaube ich nicht. Die merken nicht einmal, dass ich weg bin. Vielleicht Tante Alirja, aber die anderen nicht."

„Trotzdem solltest du gehen."

„Aber hier ist es viel schöner als unten. Du redest mit mir. Und ich finde dich nett."

„Da bist du der Einzige auf der Welt."

„Doch, doch!" Vremno nickte, um seinen Worten Nachdruck zu verleihen. „Ich könnte ja noch ein bisschen hierbleiben, und du könntest mir Geschichten von Mama und Papa erzählen. Du kanntest die beiden ja auch, und ich höre so gern Geschichten von ihnen. Was hältst du davon?"

Mit großen, hoffnungsvollen Kulleraugen starrte Vremno Artikos an. Dieser konnte ein Lachen kaum unterdrücken. Er wusste nicht einmal mehr, wann er das letzte Mal gelacht hatte.

„Also gut", prustete der Hass schließlich hervor, „was möchtest du hören?"

„Du hast doch Mama zuletzt gesehen? Du bist mit ihr zu Iberius gegangen? Was ist da alles passiert?"

Mit schlurfenden Schritten ging Artikos zu einem der Sessel, nahm Platz, schlug die Beine übereinander und begann, zu erzählen. Er berichtete, wie er Pandemia einst in den Palast begleitet hatte, wo sie auf die Wegbereiterin Quara getroffen waren und sich von ihr zum Mächtigen geleiten ließen. Er erzählte, wie selbstlos Pandemia ihm dabei geholfen hatte, Horks und Gerane zu retten. Auch die Geschichte, dass eigentlich er – der Hass – einst Pandemia aus Iretoks Klauen befreit hatte, bot er dar. Es waren wohl nicht die geeignetsten Geschichten für einen Knaben wie Vremno, doch dieser saugte jedes Wort förmlich auf und hing an Artikos' Lippen. Und was wusste der Hass schon von Kindern und was gut für sie war? Auf Vremnos Drängen ließ sich Artikos sogar dazu hinreißen, eine Kampfszene nachzustellen, als sich plötzlich die Tür zu seinem Gemach öffnete. Mit sorgenvoller und gleichzeitig erleichterter Miene stürmte Alirja herein. Als die Blinde Vremnos Aura spürte, sauste sie zu ihm, umarmte ihn und küsste mehrmals seine Wange.

„Mein Schatz", keuchte sie erleichtert, „wir haben überall nach dir gesucht. Du weißt doch, dass du nicht einfach weglaufen darfst."

„Aber ich war doch hier. Bei Artikos. Er hat mir erlaubt, zu bleiben!", entgegnete Vremno und entzog sich der Umarmung. In Gegenwart des personifizierten Hasses war es ihm unangenehm, derart verhätschelt zu werden.

„Du musst mir immer sagen, wo du hingehst. Ich habe mir furchtbare Sorgen gemacht!" Sie strich ihm über das Haar. „Und nun zu dir, Artikos ... Was war hier los?"

„Er hat an meine Tür geklopft, und ich habe ihm Einlass gewährt. Ich wollte ihn nicht länger herumirren lassen."

„Du hattest kein Recht, ihn zu dir zu lassen. Der Hass ist kein guter Umgang für einen Jungen wie ihn. Tu das nie wieder! Und du, Vremno, kommst jetzt mit." Alirja ging voraus und erwartete, dass ihr Ziehsohn ihr folgte, doch dieser blieb sitzen.

„Nein!" Trotzig verschränkte er die Arme vor der Brust.

Alirja streckte die Hand nach ihm aus. „Doch! Außerdem wartet unten die Geburtstagstorte auf dich."

„Es gibt Kuchen? Ja, dann … sollte ich vielleicht mitgehen?"

„Tu das", pflichtete der Hass ihm bei. „Geh mit deiner Ziehmutter."

„Na gut. Aber vorher", Vremno hüpfte vom Stuhl, „möchte ich dir noch etwas dalassen."

Er streckte dem Hass sein Stofftier entgegen.

„Smojo soll dir Gesellschaft leisten, bis wir uns wiedersehen. Ich verspreche, dass ich bald wiederkomme."

Mit jedem Wort war Vremno mehr und mehr von seiner Idee überzeugt.

„Ich könnte dich öfter besuchen kommen, du könntest mir noch mehr Geschichten erzählen, und wir könnten ein wenig spielen. Wir könnten Freunde werden! Du hast keine Freunde, und ich habe keine Freunde. Du wärst nicht mehr so allein. Und ich auch nicht. Wir hätten viel Spaß!"

Irritiert nahm der Hass den Bären an sich. Er blieb, mit dem Stofftier in der Hand, schweigend stehen, während Vremno hinauseilte. Artikos verharrte in dieser Position. Der große, stattliche Hass, der einen kleinen, flauschigen Stoffbären an seine Brust gedrückt hielt.

„Freunde?", schnaubte der Krieger. „Was für eine dumme Vorstellung. Freunde … Der Hass hat keine Freunde. Und wird niemals welche haben.

Teil 1

Freundschaftsbande

Die achtzehnjährige Zaphlessia lag der Länge nach auf dem Mauervorsprung. Ihr schmaler Oberkörper war leicht angehoben und ruhte auf ihren Ellbogen. Den Kopf hatte sie in den Nacken gelegt, ihr langes, blondes Haar floss wellenförmig ihren Rücken hinab. Sie reckte ihr Gesicht mit den zarten, feinen Zügen und der Stupsnase der Sonne entgegen und sog deren Strahlen gierig auf.

Direkt hinter Zaphlessia saß ihre beste Freundin Amalta im Schneidersitz. Rein optisch hatten die beiden Mädchen nichts gemein. Lessa war eine hochgewachsene, zierliche, hübsche Person, nach der sich der eine oder andere Halbwüchsige umdrehte. Amalta wirkte hingegen unscheinbar. Sie war einen Kopf kleiner als Zaphlessia und trug ihr braunes Haar zu einem Pferdeschwanz gebunden. Schnell konnte man glauben, Amalta sei – im Gegensatz zu ihrer besten Freundin – ein eher scheues und schüchternes Mädchen. Wer sie aber besser kannte, wusste, dass sie ein durch und durch offener und gut gelaunter Mensch war, der vor Elan und Tatendrang sprudelte.

Zwei Meter von den Freundinnen entfernt balancierte der zwanzigjährige Euflen auf der Mauer. Er hatte beide Arme weit von sich gestreckt und vollführte kleine Kunststücke. Mal sprang er hoch und drehte sich dabei um die eigene Achse oder er machte einen Handstand und bewegte sich auf diese Art vorwärts. Als sein Bruder Marden ihn am Arm packte, wurde Euflen in seiner Konzentration gestört und musste unbeholfen von der Mauer hinunterspringen.

„Du Idiot", keifte er Marden an, der breit grinste, seinen Bruder in den Schwitzkasten nahm und ihm das schwarze Haar zerzauste.

„Ihr seid wirklich zwei Babys!", rief Zaphlessia amüsiert und setzte sich auf. Sie winkelte die Beine an und umschlang sie mit den Armen. Ihre strahlend blauen Augen betrachteten das Geschwisterpaar belustigt.

„Anstatt euch gegenseitig das Genick zu brechen, könntet ihr überlegen, was wir jetzt anstellen."

„Wir könnten uns bei Madame Uhls die Zeit vertreiben", schlug Marden vor.

„Schon wieder?" Lessa kräuselte die Nase. „Wir sind ständig bei Madame Uhls. Nein. Ich will irgendetwas … Spannendes tun."

„Und was hältst du davon", warf Amalta ein, „wenn wir uns ein wenig Proviant mitnehmen und mit den Pferden ausreiten? Wir haben schon so lange kein Picknick mehr gemacht."

Zaphlessia dachte nach, bevor sich ihre Miene aufhellte.

„Ja, das ist eine fantastische Idee. Und ihr, Männer, was haltet ihr davon? Nicht, dass eure Meinung etwas an unserer Entscheidung ändert."

Sie zwinkerte Marden und Euflen zu.

„Von mir aus." Marden zuckte teilnahmslos mit den Schultern. Sein Bruder Euflen war dafür umso begeisterter von dem Vorschlag und betonte, dass auch er eine derartige Idee gehabt habe.

„Worauf warten wir dann?"

Lessa schwang die Beine über die Mauerkante und hüpfte grazil auf den Boden.

„Wir sollten uns auf den Weg machen. Amalta und ich organisieren Proviant und ihr Jungs die Pferde. Wir treffen uns bei Euflens und Mardens Haus."

Die vier Freunde wollten sich gerade trennen, als Amalta einen überraschten, erfreuten Jauchzer ausstieß. Ehe Zaphlessia fragen konnte, was mit ihrer Freundin sei, rannte diese auch schon geradeaus und breitete im Laufen ihre Arme aus. Lessas Blick wanderte in die Richtung, in die Amalta sich bewegte. Dort war er. Er. Ihr Puls wurde schneller. Amaltas Bruder war nach Ephmoria zurückgekehrt. Jahub. Zaphlessias große Liebe.

Der Außenseiter

Die Jahre hatten aus Vremno einen gutaussehenden Mann werden lassen. Er hatte schulterlanges, braunes Haar und warmherzige, treue Augen. Seine Oberarme waren stark, er hatte eine sehnige Statur mit markanten Gesichtszügen. Vremno war mit einem schönen Äußeren gesegnet und hätte sich vor Verehrerinnen wohl kaum retten können, wäre er nicht als Außenseiter abgestempelt gewesen.

Anfangs hatte er Probleme damit gehabt, doch inzwischen hatte er sich mit seinem Schicksal abgefunden. Er hatte begonnen, die Einsamkeit zu akzeptieren, und machte aus seiner Not eine Tugend. Stundenlang versank er in seinen Büchern. Meist saß er in Alirjas Garten, mit dem Rücken an einen Baum gelehnt, und sog jede Information in sich auf, die er fand. Er erweiterte seinen Horizont, informierte sich über die Geschichte des Landes und brachte sich selbst in der Theorie bei, was er in der Praxis nicht beherrschte: die Kunst der Magie.

Auch nach all den Jahren war Vremno nach wie vor jegliches magische Geschick verwehrt geblieben. Alirja und viele andere Zauberer hatten gehofft, dass es bei ihm einfach ein bisschen länger dauern würde. Doch mit jedem Tag, der verstrichen war, hatten sie die Hoffnung nach und nach aufgegeben.

Vremno konnte mit dieser Tatsache gut umgehen – anders als die restlichen Bewohner der Lichtwelt. Sie befürchteten insgeheim, dass etwas mit Vremno nicht stimmte. Das Unverständnis, mit dem sie auf ihn reagierten, führte dazu, dass sie ihn mieden und manchmal sogar die Straßenseite wechselten, wenn sie ihn in der Stadt trafen. Seine Freundschaft zu Artikos verhärtete die Fronten zusätzlich.

Seit Vremno als kleiner Junge dem Hass begegnet war, hatten die beiden eine innige Verbundenheit entwickelt. Vremno schätzte und mochte Artikos, lauschte gern seinen Geschichten und lernte noch mehr von ihm als aus seinen Büchern. Zwar wusste er, dass die Menschen sich nicht erklären konnten, was er mit dem Hass zu schaffen hatte, doch Vremno blendete diese Gegenwehr aus. Artikos war sein Freund, und das war alles, das zählte. Er legte keinen Wert auf die Meinungen anderer. Und schon gar nicht auf die seiner Schwester Zaphlessia, die ihn partout nicht leiden konnte. Sie mochte ihn nicht, und Vremno spürte das jedes Mal, wenn sie einander sahen. Es gab vereinzelte Erinnerungsfetzen an eine Zeit, in der die beiden viel miteinander unternommen, gespielt und in ihrer Geheimsprache geplaudert hatten. Sie waren eine Einheit gewesen. Geschwister. Zwillinge. Eine Seele in zwei Körpern. Doch dann waren sie älter geworden, und etwas hatte sich verändert: Lessa hatte die ersten Freundschaften geknüpft. Plötzlich ließ sie Vremno links liegen und scherte sich nicht mehr um ihn. Inzwischen waren sie einander so fremd geworden, dass sie nur das Nötigste sprachen oder sich stritten. Vremno hatte gelernt, Zaphlessia zu meiden, doch nicht immer ließ sich dies in die Tat umsetzen. Auch nicht an jenem Tag, als Vremno durch die Straßen Ephmorias ging und zu spät seine Schwester und ihre Freunde bemerkte. Am liebsten hätte er auf dem Absatz kehrtgemacht, um ihnen auszuweichen, doch dafür war er ihnen schon zu nahe gekommen. Hätte er umgedreht, hätte er wie ein ängstliches Hündchen gewirkt. Er würde sie einfach begrüßen und schleunigst weiterziehen. Ja, so würde er es anstellen. Vremno umklammerte seine Bücher, als er mit Wohlwollen beobachtete, dass sich seine Schwester von der Gruppe entfernte. Sekunden zuvor war ihre Freundin mit ausgebreiteten Armen davongelaufen, und Lessa war ihr gefolgt. Die beiden Jungs würden ihn in Ruhe lassen, dachte er. Als er jedoch Euflens süffisantes Grinsen bemerkte, wusste er, dass er sich getäuscht hatte.

Heimliche Gefühle

„Du bist wieder da! Ich kann es gar nicht glauben!" Amalta umarmte ihren Bruder Jahub innig.

„Ich freue mich auch, wieder hier zu sein. Mir kommt es vor, als hätte ich dich seit Jahren nicht gesehen."

„Du warst ja auch eine halbe Ewigkeit fort. Wie lange bist du weg gewesen? Ein halbes Jahr?"

„Fünf Monate und zwanzig Tage, um genau zu sein."

Noch während die Geschwister einander drückten, näherte sich Lessa vorsichtig.

„Hallo, Jahub. Schön, dass du wieder da bist." Sie strich sich eine Haarsträhne hinters Ohr und lächelte verlegen.

„Lessa. Die Freundin meiner kleinen Schwester. Wie geht es dir?"

Jahub löste sich aus der Umarmung und reichte Lessa die Hand. Zaghaft erwiderte sie den Gruß, und in dem Moment, da sie seine Haut auf ihrer fühlte, machte ihr Herz einen Sprung. Sie liebte Jahub, seit sie denken konnte. Jahub hatte blondes, welliges, kurzgeschnittenes Haar. Er war groß und hübsch, obwohl er nicht aus der Menge herausstach. Das Auffälligste an ihm waren seine Augen, denn eines von ihnen war blau, das andere braun. Seine Nase war spitz und sein Mund schmal, doch wenn er lächelte, verwandelte er sich in einen anbetungswürdigen Mann.

Neben seinem Äußeren war es vor allem Jahubs Aura, die Lessa in ihren Bann zog. Er strahlte Wärme und Güte aus und vermittelte Geborgenheit und Vertrauen. Andererseits verhielt er sich oftmals geheimnisvoll. Er sprach nie darüber, was er in den Wochen und Monaten trieb, in denen er nicht in Ephmoria sein konnte. Diese Mischung aus Freundlichkeit und Unnahbarkeit zog Zaphlessia an. So sehr, dass sie nichts anderes als Liebe für ihn empfinden konnte. Das Dumme war, dass sie nicht wusste, ob diese Gefühle auf Gegenseitigkeit beruhten.

Lessa hatte schon oft gewisse Andeutungen gemacht oder ihm eindeutige Blicke zugeworfen. Und sie glaubte zu wissen, dass Jahub die eine oder andere Geste erwidert hatte. Sicher war sie sich aber nicht. Diese Ungewissheit quälte sie, und doch wagte sie es nicht, Jahub darauf anzusprechen. Er war der Mann und musste sie umgarnen. Nicht andersrum.

Derart von Jahubs Anblick verzaubert, stammelte Lessa zur Antwort: „Danke … gut. Dir hoffentlich auch? Wir wollten gerade einen Ausflug machen. Möchtest du vielleicht mitkommen? Amalta würde sich freuen. Bestimmt."

„Ohja!", pflichtete ihre Freundin bei. „Das ist eine wunderbare Idee. Wir möchten mit den Pferden ausreiten und …"

„Ich würde wirklich gern mitkommen", fiel Jahub seiner Schwester ins Wort, „aber ich habe es eilig. Ich muss schleunigst zum Palast. Ich kann später nachkommen."

Amalta rümpfte die Nase. „Du musst zum Palast? Kann das nicht warten? Du bist doch gerade erst heimgekommen."

„Manche Sachen lassen sich nicht aufschieben. Aber später kannst du mir alle deine Fragen stellen, die ich dir ohnehin nicht beantworten werde."

Jahub kniff seine Schwester in den Oberarm. Amalta jaulte gespielt entsetzt auf, ehe sie ihren Bruder in die Seite boxte. Die Geschwister stimmten in ein belustigtes Gekicher ein, das unterbrochen wurde, als ein Schrei zu ihnen drang.

Anfeindungen

Euflen stellte sich Vremno in den Weg.

„Na, wen haben wir denn da? Kommst du wieder einmal von deinem Freund?" Er nahm den Palast Ephisan ins Visier.

„Das geht dich nichts an."

„Oh, ich glaube schon, dass mich das etwas angeht. Mich würde wirklich interessieren, was ihr ausheckt, Artikos und du."

„Wir hecken nichts aus. Und jetzt lass mich bitte gehen." Vremno wollte an Euflen vorbeihuschen, doch dieser ließ ihn nicht entkommen.

„Nicht so schnell. Weißt du, es geht ja nicht nur um mich und die Bewohner der Stadt. Es geht mir um das Wohl deiner Schwester. Sie lebt mit dir unter einem Dach, und ich will nicht, dass sie in Gefahr schwebt, weil du mit dem Hass befreundet bist. Lessa wird doch nichts passieren, oder?"

Vremno schüttelte den Kopf.

„Ich habe nichts vor. Wirklich nicht. Und jetzt möchte ich gehen."

„Komm schon, lass gut sein", mischte sich Marden ein. Er legte seine Hand auf Euflens Schulter.

„Ja, ja."

Euflen hob abwehrend die Arme, ging zur Seite und verbeugte sich, als wolle er Vremno demütig den Weg weisen, doch als dieser vorbeiging, packte Euflen ihn am Oberarm. Er zog ihn an sich heran.

„Eines noch: Wenn Lessa irgendetwas zustößt, bekommst du Ärger mit mir. Hast du mich verstanden?"

„Ja, habe ich."

Unbeholfen versuchte Vremno, sich aus dem festen Griff zu winden.

„Du Schwächling", keifte Euflen, ehe er Vremno losließ. Gleichzeitig gab er ihm einen Schubs, woraufhin Vremno der Länge nach auf dem harten Pflasterstein aufschlug. Er stieß einen Schrei aus, der die Aufmerksamkeit von Jahub, Amalta und Zaphlessia auf sich zog. Jahub war der Erste, der sich in Bewegung setzte. Vremno mühte sich gerade hoch, als der junge Magier bei ihm ankam.

„Geht es dir gut? Ist dir etwas passiert?"

„Es ist alles gut, danke."

Vremno schlug sich den Dreck aus den Kleidern und begann seine Bücher aufzuheben.

„Vremno! Ist alles in Ordnung?", fragte Zaphlessia besorgt. Verblüfft sah Vremno zu ihr. Derartige Töne war er von seiner Schwester nicht gewohnt. Freude flackerte in ihm auf, und verlegen antwortete er: „Ich bin bloß gestolpert. Mehr nicht. Es ist nur halb so schlimm."

„Gestolpert?", hinterfragte Jahub mit einem Ton, der keinen Zweifel ließ, dass er dies nicht so recht glaubte.

„Ach, Vremno unser kleiner Tollpatsch", scherzte Euflen. „Er ist an uns vorbeigegangen und schwupp", er schnippte mit den Fingern, „fiel er hin."

„Genauso war es", seufzte Vremno resigniert. Er hatte inzwischen seine Bücher beisammen. „Nun, da wir alles erörtert haben, kann ich ja weitergehen, oder? In diesem Sinne wünsche ich euch … noch einen schönen Tag."

Er raffte die Schultern. Ein Schmerz durchzuckte ihn, doch er ließ sich nichts anmerken. Stattdessen schlängelte er sich an der kleinen Gruppe vorbei. Er ging immer schneller. Und als er hinter der nächsten Straßenecke verschwand, begann er zu laufen.

Ephisans Katakomben

Jahub sah Vremno schweigend hinterher. Niemals zuvor waren die beiden jungen Männer einander begegnet. Jahub kannte Vremno nur aus Erzählungen. Die an den Haaren herbeigezogenen Geschichten über den nichtmagischen Sohn der Pandemia waren natürlich auch an ihn herangetragen worden, doch anders als der Großteil der Bewohner Ephmorias gab er nicht allzu viel auf das Gerede – aus einem einfachen Grund: Auch Jahub stand einst im Kreuzfeuer der Kritik, denn von Kindesbeinen an war er anders gewesen.

Er war in eine instabile Welt geboren worden. Damals hatte sich die Lichtwelt auf die erste Schlacht unter Pandemias Führung vorbereitet. Jahub konnte sich vage daran erinnern. Das Ende des Krieges war ihm dagegen gut im Gedächtnis geblieben, weil sich zu jener Zeit seine Gabe zum ersten Mal offenbart hatte: Jahub konnte die Schwingungen Assuns nicht nur spüren, nein. Er konnte sie deuten und interpretieren.

Dies hatte die Bewohner der Lichtwelt anfangs geängstigt, denn ausschließlich Menschen, die sich der dunklen Seite zugehörig fühlten, konnten diese auch verstehen. Man hatte ihn gemieden, mit Argwohn betrachtet und zum Außenseiter erklärt. Er konnte sich gut vorstellen, wie es Vremno erging, und hätte gern das Gespräch mit ihm gesucht. Doch davon abgesehen, dass Vremno dies nicht zugelassen hätte, hatte Jahub dringlichere Verpflichtungen, denen er nachkommen musste. Er nahm sich aber vor, Vremno schon bald zu besuchen.

Nachdem er sich von seiner Schwester und ihren Freunden verabschiedet hatte, eilte Jahub zu seinem Ziel: Ephisan. Dort angekommen, lief er sofort zu einem ganz bestimmten Zimmer. Vielleicht zehn Quadratmeter groß, glich es einer Abstellkammer, doch hier lag mehr verborgen, als man meinen mochte: Eine der schneeweiß gestrichenen Wände verbarg ein geheimes Portal. Ein Tor, das in die Tiefen des Palastes führte, hinab in Ephisans Kerker.

Als Jahub die Pforte öffnete, wehte ihm ein modriger, übelriechender Schwall abgestandener Luft entgegen. Wie immer stellte sich sofort ein beklemmendes Gefühl in Jahubs Magengegend ein. Er nahm eine Fackel, die neben dem Eingang in einer Halterung steckte, stieg die Treppe hinab und ging den langen, dunklen Korridor mit den zahlreichen Abzweigungen entlang. Es waren die vielen Türen und Tore, die ihm Unbehagen bereiteten. Jahub zwang sich, nicht darüber nachzudenken, wer oder was dahinter eingesperrt war, doch er konnte die Geräusche, die hervordrangen, nicht ausblenden. Es war eine Mischung aus Kratzen, Krächzen, Jammern, Flehen, Heulen, Verdammen, Schreien und Fluchen. Noch schlimmer als die beängstigenden Klänge waren die Schwingungen, die an diesem Ort herrschten. Die Luft war energiegeladen und die Dunkelheit derart präsent, dass man glauben konnte, sich in Assun zu befinden. Inmitten des Landes des Lichts war ein Kern des Bösen verborgen. Ein Ort der Dunkelheit, abgeschirmt von der Bevölkerung. Ein Ort, dessen Existenz über die Jahrhunderte in Vergessenheit geraten war, der jedoch mit dem Ende des Krieges einer neuen Bestimmung zugeführt worden war. Einer Bestimmung, über die ausschließlich Eingeweihte Bescheid wussten. Und Jahub war einer davon. Denn er war ein Abgesandter des Rates des Lichts.

Aufgrund seiner Gabe war Jahub schnell für den Rat interessant geworden und dieser hatte ihn gefördert. Mit dem Alter steigerte sich seine Energiewahrnehmung. Er konnte die dunklen Schwingungen über eine immer größer werdende Distanz hinweg fühlen. Er spürte jeden Umschwung im Lande Assun, jede sich verändernde Energie. Und er konnte – und dies war die verblüffendste seiner Fähigkeiten – Menschen ausfindig machen, denen eine dunkle Aura anhaftete. Er brauchte jemanden bloß anzusehen und wusste sofort, ob er böse war oder nicht. Bis zu jenem Zeitpunkt hatte niemand außer dem Rat des Lichts darüber zu entscheiden vermocht, ob ein Mensch zum Licht oder zum Schatten gehörte. Nun aber gab es Jahub. Und mit ihm einen kostbaren Diener, den der Rat für seine Zwecke einzusetzen begann.

Seither wurde er von den Ratsmitgliedern immer wieder in die Welt entsendet, um Menschen zu suchen, die Gefahr liefen, auf die Seite Assuns zu wechseln. Sobald Jahub spürte, dass sich der Geist eines guten Menschen zu wandeln begann, brachte er ihn nach Ephmoria. Dort hielt der Rat des Lichts über die arme Kreatur Gericht und entschied, ob er noch zu den Guten oder bereits zu den Bösen gehörte.

Stand es den Bewohnern einst frei, die Seiten zu wechseln und nach Assun zu gehen, war man nach dem Krieg vorsichtig geworden. Niemand wusste, was aus Iberius, der personifizierten Macht, geworden war, und so wollte man jede neue potenzielle Bedrohung im Keim ersticken. Sympathisierte ein Mensch mit der Dunkelheit, versuchte man, ihn zurück ins Licht zu führen. Jene, bei denen dies fehlschlug, und jene, deren Seele bereits vom Samen Assuns zerfressen war, wurden in die Katakomben Ephisans verbannt, wo sie fortan dahinvegetieren mussten. Von Jahr zu Jahr mehrte sich die Zahl der Gefangenen. Es waren inzwischen so viele, dass niemand mehr all die Namen kannte. Und die meisten von ihnen hatte Jahub höchstpersönlich dorthin gebracht.

Die Sorgen einer Mutter

„Vremno, Schatz, bist du das?", schallte Alirjas Stimme vom Garten in das Haus.

„Ja!", antwortete Vremno knapp. Er durchquerte den Raum und wollte die Stufen hochsteigen, als Alirja zur Tür hereinkam.

„Du kommst aber spät zurück."

„Es hat ein wenig länger gedauert bei Artikos."

„Möchtest du etwas essen?"

„Nein. Ich habe keinen Hunger."

„Dann setz dich einfach so zu mir und erzähl mir, wie es dir geht. Wir haben uns schon lange nicht mehr richtig unterhalten."

Demonstrativ ließ sich die Blinde auf der Sitzbank nieder und klopfte auf den Platz neben sich.

„Ich habe keine Zeit", murmelte Vremno, der noch immer auf der Treppe stand.

„Ach komm. Ein paar Minuten wirst du doch übrighaben?"

„Nein. Wirklich nicht. Ich habe noch etwas zu erledigen. Später …", sagte er im Gehen und verschwand.

Alirja hörte die Tür in die Angeln fallen.

„Was ist los mit ihm?", murmelte die Blinde vor sich hin. Sie war es gewohnt, dass Vremno gern für sich war, in letzter Zeit war es aber schlimmer geworden. Er zog sich immer mehr zurück. Vor wenigen Wochen hatte er noch mit Alirja geplaudert und gescherzt, doch jetzt suchte er selten das Gespräch mit ihr. Stattdessen verschanzte er sich in seinem Zimmer und blieb dort stundenlang. Irgendetwas musste vorgefallen sein. Womöglich hatte er einen heftigen Streit mit seiner Schwester gehabt oder Artikos hatte ihm irgendwelche Flausen ins Ohr gesetzt. Allein der Gedanke an die eigentümliche Freundschaft regte die Blinde auf. Sie hatte nie viel davon gehalten, dass sich die beiden angenähert hatten. Anfangs war sie strikt dagegen gewesen. Sie hatte Vremno den Kontakt verboten, woraufhin der kleine Knabe in einen Hungerstreik getreten war. Er hatte nichts gegessen, bis er seinen Freund wiedersehen durfte. Die Blinde hatte keinen anderen Ausweg gesehen, als Vremno unter Aufsicht den Umgang mit Artikos zu erlauben. Sie hatte gehofft, dass dies eine Phase wäre, die vorbeigehen würde, doch sie hatte sich getäuscht. Vremno hielt an dem Hass fest, und je älter er wurde, umso mehr bestand er darauf, ihn auch ohne Begleitung besuchen zu dürfen.

„Ach, es wird schon nichts sein. Es ist das Alter. Er distanziert sich, weil er mehr Freiraum braucht", mutmaßte die Blinde halblaut. Doch ganz gleich, wie oft sie sich das auch einzureden versuchte, wusste sie, dass dies nur die halbe Wahrheit war. Alirja ahnte, dass ihr Junge etwas verschwieg. Sie hatte bloß keine Ahnung, was.

Die Frau seiner Träume

Vremno schloss die Tür hinter sich ab und legte den Stapel Bücher, den er von Artikos mitgebracht hatte, auf seinen Schreibtisch. Er setzte sich und begann, zwischen den Seiten zu blättern. Es hatte ihm große Überredungskunst abverlangt, seinen Freund davon zu überzeugen, ihm diese Werke auszuhändigen, denn es handelte sich dabei um kein normales Nachschlagewerk. Es waren Bücher, die aus Assun stammten und Vremno bei seinem Vorhaben helfen sollten.

Alles hatte vor wenigen Wochen begonnen, als Vremno einen eigentümlichen Traum gehabt hatte. Eine Frau war ihm erschienen. Nein, nicht irgendeine Frau. Die Eine. Kara.

Sie war das schönste Wesen der Welt. Keine Beschreibung wäre ihrer Schönheit gerecht geworden. Ihr schwarzes, seidiges, glattes Haar umrahmte ihr wunderhübsches Gesicht mit dem zart geschwungenen Mund, der Stupsnase und den ausdrucksstarken grünen Augen, die traurig und verloren waren. Sofort war er von ihr verzaubert gewesen.

Bei ihrer ersten Begegnung hatte sie ihm erklärt, dass sie sich auf einer anderen Ebene des Seins befänden. Einem Ort zwischen den Welten. Zwischen Wachsein und Schlaf, zwischen Realität und Fantasie. Einem Ort für einsame Seelen. Sie käme schon lange hierher, um Frieden zu finden.

„Vremno, ich bin ... ich bin gefangen", hatte sie ihm offenbart. „Gefangen an einem schrecklichen Ort. Es ist so kalt dort. Eis. Überall ist Eis. Ich bin davon umschlossen. Ich kann mich nicht rühren. Kann nicht sprechen. Kann nicht schreien. Alles um mich herum ist tot. Alles und jeder. Jeder außer mir."

Und dann hatte sie die Worte ausgesprochen, die Vremno seither verfolgten: „Vremno, ich bin gefangen im Palast Pluxis."

Natürlich war Vremno anfangs überzeugt gewesen, dass er nichts weiter als einen merkwürdigen Traum gehabt hatte. Er hatte nicht mehr daran gedacht, bis ihm Kara drei Tage später erneut erschienen war.

Dem zweiten Traum war ein dritter gefolgt. Ein vierter. Ein fünfter. Beinahe jedes Mal erwachte er in der anderen Welt, wo er mit Kara vereint war. Inzwischen setzte Vremno sogar alles daran, ihr zu begegnen. Er schlief fast ununterbrochen und war stets heilfroh, wieder bei ihr zu sein, denn an der Seite von Kara konnte er zum ersten Mal der junge Mann sein, der er war. Sie verurteilte ihn nicht. Auch nicht, als er ihr beichtete, ein Nichtmagier zu sein.

„Für mich zählt nicht, was, sondern wer du bist. Ich kann deine wunderbare Seele sehen. Ich sehe sie vor mir, und sie strahlt heller, als du vermutest. Du musst anfangen, an dich zu glauben! Ja, ich bin überzeugt, dass du etwas Besonderes bist, ich spüre es. Du bist einzigartig und wunderbar. Daran sollst du immer denken und nicht daran, was andere von dir halten."

Niemals zuvor hatte eine Frau solch wunderbare Worte für Vremno übriggehabt. Und so fiel es ihm immer leichter, sich Kara zu öffnen. Sie hörte ihm zu, war für ihn da. So wie er für sie, denn Kara hatte ein schlimmes Schicksal ereilt.

Einst war sie im Lauf des Krieges gefangengenommen und tief in die Katakomben des Palastes Pluxis verschleppt worden. Dort hatte sie ihre Tage in Trostlosigkeit verbracht und düstere Stunden inmitten der allgegenwärtigen Bedrohung erlebt. Ununterbrochen war das Wehklagen anderer Gefangener zu hören gewesen. Die Schergen Assuns hatten sich an dem Leid ihrer Gefangenen gelabt, und viele dieser Gefangenen waren den Folterungen erlegen. Kara hatte schon mit dem Schlimmsten gerechnet, als etwas Eigentümliches geschehen war. Die Geräusche in den Katakomben waren verstummten, als hätte der Palast die Luft angehalten. Für die Dauer eines Wimpernschlages hatte Frieden geherrscht, ehe die Schergen der Dunkelheit plötzlich losgerannt waren. Die gefangenen Lichtkrieger hatten frohlockt. Ihre Freunde hatten den Krieg beendet und den Feind geschlagen, so dachten sie. Doch etwas anderes der Grund für den schnellen Aufbruch gewesen. Etwas viel Schrecklicheres. Ein Todesurteil für jeden, denn der Palast hatte zu gefrieren begonnen. Überall hatte sich das Eis wie ein glänzender, kalter Todesbote erstreckt. Es hatte sich seinen Weg über die Korridore und Gänge gebahnt, sich die Wände hochgeschlängelt und alles gefrieren lassen, das sich ihm in den Weg gestellt hatte. Jeder, der mit dem Eis in Berührung gekommen war, war davon umhüllt worden. Eingefroren in einem immerwährenden Grab, aus dem es kein Entrinnen gab.

Als er das hörte, kam Vremno zum ersten Mal die Idee, Kara zu befreien. Er musste sie aus ihrem Kerker holen, doch er hatte keine Ahnung, wie er das anstellen sollte. Anfangs hatte er gedacht, es wäre die beste Idee, Artikos einzuweihen. Doch er hatte diesen Plan schnell wieder verworfen. Seine innere Stimme mahnte ihn, niemandem von Kara zu erzählen. Nicht einmal seinem einzigen Freund. Daher überlegte Vremno jeden Tag, wie er Kara auf eigene Faust helfen konnte. Viele seiner Ideen waren utopisch und unmöglich. Und für einige brauchte er mehr Hintergrundwissen, weswegen er Artikos stets aufs Neue überreden musste, ihm das eine oder andere Buch über Assun anzuvertrauen.

Vremno hatte geglaubt, noch genügend Zeit zu haben, doch dann hatte sich etwas Gravierendes geändert. Vor einigen Tagen hatte sich in seinen Träumen eine Bedrohung in Form eines Nebels aufgetan. Seither suchte dieser Kara und ihn heim, als wolle er sie verschlingen. Von da an wurden die Zusammenkünfte zwischen den beiden durch das Erscheinen des Nebels unterbunden.

Weder Vremno – der ergebnislos seine vielen Bücher befragte – noch Kara konnten sich erklären, was es damit auf sich hatte.

„Das Einzige, das ich weiß, ist, dass der Nebel die gleichen Energien ausströmt, wie sie auch hier in Pluxis vorherrschen", hatte Kara bei einem ihrer letzten Gespräche erklärt. „Er ist etwas durch und durch Böses. Er ist gierig. Gierig nach dem Leben und nach dem Tod. Was auch immer es ist; der Geist eines Menschen oder eine dunkle, grausame Energie, es verfolgt mich. Vremno, ich habe Angst, zu sterben."

Wann immer Kara ihren Tod erwähnte, wurde Vremno bang. Er wollte sie nicht verlieren. Die wenigen Stunden mit Kara gehörten für ihn zu den schönsten, die er je erlebt hatte. Er konnte sich nicht entsinnen, wann er jemals derart glücklich gewesen war. Seine Träume wurden zu Vremnos einzig wahrer Realität, und nicht selten wünschte er sich, nie wieder aufzuwachen. Er wollte auf ewig bei Kara sein, sie immerzu an seiner Seite haben. Er wollte sie berühren und herausfinden, ob ihre Haut so weich war, wie er sie sich vorstellte. Er wollte sie küssen, er wollte sie riechen, sie schmecken. Er musste sie befreien. Selbst wenn er noch nicht wusste, wie.

Geheime Ratsversammlungen

Jahub stand vor dem Rat des Lichts, inmitten einer grünen Blumenwiese. Das Idyll wurde durch den strahlend blauen Himmel perfekt. Ein Zauber war dafür verantwortlich, dass sich an der Decke, auf dem Boden und an den Wänden die Bilder der Seele spiegelten. Je nachdem, welcher Seite die eintretende Person zugetan war, zeigten sich albtraumhafte Episoden eines kranken Geistes oder wunderschöne Bilder reiner Seelen. Wie jeder, der diesen Raum betrat, wurde auch Jahub stets aufs Neue der Prüfung unterzogen.

Wenige Meter vor ihm stand eine halbrunde Tafel aus feinstem Marmor. Hier thronte der Rat des Lichts. Er setzte sich aus sieben Mitgliedern zusammen: fünf personifizierten Gefühlen, einem Magier und einer Nichtmagierin.

In der Mitte saß Zoitos, die Personifikation der Ausgeglichenheit und Vorsitzender des Rates. Er war die Waage des Rates und der Urteilssprecher. Kein noch so hitziges Gemüt und kein noch so enthusiastisch vorgebrachter Einwand konnten Zoitos beeinflussen oder beschwichtigen, denn er strebte nach Ausgleich. Er hatte die Gestalt eines alten Mannes mit unzähligen Falten, einem weißen Bart und langem, weißem Haar.

Rechts von ihm saßen Heldrem - der personifizierte Ehrgeiz, ein vierzigjähriger Mann mit schwarzem, krausem Haar und einem penibel gestutzten Vollbart; Engwend - der personifizierte Mut, ein heißblütiger Mann mit wallendem, braunem Haar; und Lupus - ein ranghoher Magier, der sechzig Jahre alt war und eine Brille trug, über deren Rand hinweg er seine Umgebung beäugte.

Auf der linken Seite thronten die Damen der Runde: Ephtalia – die personifizierte Liebe und Hausherrin des Palastes; Elpira – die personifizierte Hoffnung, die gerade einmal zehn Zentimeter groß war und deren Haut und Haar golden glänzte und die mit ihrer Aura manch dunkle Stunde erleuchtete; und Kamara - eine vierzigjährige Nichtmagierin, die die Belange ihrer Genossen vertrat.

„Schön, dass du zurück bist, Jahub. Ich hoffe, es geht dir gut?", begrüßte Zoitos ihn mit sanfter, warmer Bassstimme. „Welche Neuigkeiten bringst du uns von deinen Reisen mit?"

Ohne Umschweife begann Jahub seinen Bericht. Er erzählte, welche Gerüchte sich in der Welt außerhalb Ephmorias verbreiteten und was er erlebt hatte. Die Ratsmitglieder lauschten aufmerksam seinen Worten.

„Wie ihr seht", rundete Jahub seine Erläuterungen ab, „war meine Reise äußerst aufschlussreich und oftmals turbulent. Ich bin froh, wieder zu Hause zu sein, und freue mich auf meine Familie."

„Das glaube ich dir, mein Junge."

Zoitos legte die Unterarme auf die Tischplatte und schlang die Finger ineinander. Jahub wusste sofort, was diese veränderte Haltung zu bedeuten hatte. Zoitos nahm sie stets ein, wenn er eine wichtige Frage stellen wollte. Jahubs Vermutung bewahrheitete sich, als der Vorsitzende fragte: „Als du in unterwegs warst, ist dir da unabhängig von dem, was du erlebt hast, noch etwas aufgefallen? Eine gewisse … Veränderung vielleicht?"

Jahub hatte gehofft, genau diese Frage nicht zu hören. Eine Frage, die er zu seinem Widerwillen ehrlich beantworten musste.

„Ja, das habe ich. Und ich denke, ihr wisst es bereits?"

„Was, glaubst du, wissen wir?"

„Dass sich die Schwingungen verändern. Seit Tagen fühle ich befremdliche Energien, deren Ursprungsort Assun ist. Immer wieder kam es im Laufe der letzten Jahre zu gewissen Veränderungen im Land der Dunkelheit, doch dieses Mal ist es … anders. Ich kann diese Energien nicht einschätzen. So sehr ich mich auch bemühe, es gelingt mir nicht, sie zu fassen. Das ist es, was mir Kopfzerbrechen bereitet – und wenn ich mich nicht täusche, euch ebenfalls."

Zoitos lehnte sich zurück. Er verschränkte die Arme vor der Brust.

„Ja, du liegst richtig in deiner Annahme. Und du hast fürwahr bestätigt, was auch wir uns dachten. Wir haben die veränderten Schwingungen empfangen und können uns ebenso wenig einen Reim darauf machen wie du. Wir wissen nur, dass es nichts Gutes verheißt."

„Aber kann es nicht sein, dass wir uns irren? Dass wir einer Kleinigkeit zu großen Stellenwert beimessen?"

„Halte ein, Jahub, halte ein."

Zoitos hob seine Hand und gebot dem jungen Magier, zu schweigen.

„Ich war noch nicht fertig. Vor zwei Tagen erhielten wir Besuch aus Assun von zwei Wachmännern, die dort stationiert waren. Nach dem Krieg wurden bekanntlich zahlreiche Posten gegründet und mit Männern besetzt, die vor Ort dafür sorgen sollen, dass Friede herrscht und die Kreaturen auf keine dummen Ideen kommen. Bisher hatten wir alles gut im Griff und es gab keine störenden Zwischenfälle – bis eben vor wenigen Tagen, als Lemored und Koldem zu uns kamen, um uns brisante Neuigkeiten zu übermitteln. Du wirst sie gleich kennenlernen, doch vorher möchte ich dich um Folgendes bitten: Lausche ihrer Geschichte ohne Zwischenfragen. Lass sie erzählen und die Eindrücke auf dich wirken. Erst danach werden wir darüber diskutieren, ob das, was sie uns zu berichten haben, mit den Veränderungen im Land der Dunkelheit zusammenhängen könnte. Und wenn ja, müssen wir entscheiden, was zu tun ist."

Rechtfertigungen

„Danke, dass du mich vorhin nicht verraten hast", flüsterte Euflen seinem Bruder zu.

„Keine Ursache. Du bist mein Bruder, ich halte zu dir. Wobei ich gestehen muss, dass mich dein Verhalten schockiert hat. Ich verstehe nicht, was du gegen Vremno hast. Sicher, er ist ein Eigenbrötler und hat sich nicht gerade die beste Gesellschaft ausgesucht. Aber er tut doch niemandem etwas."

„Noch nicht. Ich traue ihm einfach nicht über den Weg. Wer weiß, wozu er fähig ist."

„Ich persönlich traue Vremno nicht einmal zu, dass er mutwillig auf eine Blume tritt."

„Da bist du aber einer der Wenigen. Es gibt viele Leute, die meine Meinung teilen. Stille Wasser sind bekanntlich tief, und ich fürchte, dass Vremno einiges zu verbergen hat."

„Wenn du meinst. Ich glaube etwas anderes, aber im Grunde genommen ist es mir egal. Wichtig ist nur, dass du dich nicht selbst in Schwierigkeiten bringst und …"

„Wo bleibt ihr denn? Ein bisschen schneller! Und was beredet ihr da die ganze Zeit?", tadelte Amalta die Brüder ungeduldig, während sie über die Schulter zu den beiden zurückblickte.

„Nichts Wichtiges", antwortete Euflen.

„Männer … Und ihr behauptet immer, wir Frauen tratschen zu viel … Wie dem auch sei. Wir sollten uns lieber beeilen. Jetzt, wo ich weiß, dass Jahub zurück ist, möchte ich schnell wieder zu Hause sein. Er ist so selten da, und ich habe ihn wirklich vermisst."

Lessa legte ihre Hand auf Amaltas Oberarm. „Das verstehe ich natürlich. Wenn du möchtest, können wir den Ausflug verschieben. Mir ist inzwischen ohnehin nicht mehr danach."

Euflen schloss im Eiltempo zu den beiden Mädchen auf. „Wieso denn das?"

„Ich weiß nicht." Sie zuckte mit den Schultern.

„Aber nicht wegen Vremno, oder?"

„Mhm."

„Seit wann interessiert du dich so für deinen Bruder?"

„Nun, weil …" Lessa rollte mit den Augen. „Zunächst einmal ist und bleibt er mein Bruder – ganz gleich, wie schwer ich es oft mit ihm habe. Und zum anderen ist es eben so, dass alles, was er tut, auf mich zurückfällt. Stell dir vor, er hätte sich verletzt. Alirja hätte das aufgebauscht, und mein Vorhaben wäre dadurch gefährdet gewesen."

„Das heißt, du hat dich entschieden?", hakte Amalta neugierig nach.

„Ja. Es ist ja nicht so, als wäre mir die Wahl besonders schwergefallen."

„Und Alirja ist einverstanden?"

Zaphlessia verzog das Gesicht. „Um ehrlich zu sein, habe ich noch nicht mit ihr darüber geredet. Die Gelegenheit hat sich noch nicht ergeben. Aber ich habe es mir fest vorgenommen, nicht mehr allzu lange zu warten."

„Unbedingt! Sonst erfährt sie es noch aus dritter Hand, und das wird sie dir nie verzeihen. Sie wird ohnehin schon schockiert genug sein, wenn sie erfährt, was du vorhast."

„Ich weiß …"

Lessa atmete tief ein und aus.

„Ich meine es ja nicht böse, aber für mich und meine Zukunft ist es eben das Beste. Ich kann nicht ewig bei ihr bleiben, das muss sie verstehen." Und mit fester Stimme fügte sie hinzu: „Bald werde ich ein neues Leben beginnen. Und nichts und niemand kann mich davon abhalten. Nicht einmal meine Tante."

Neuigkeiten aus Assun

Zoitos schnippte mit den Fingern, woraufhin eine verborgene Tür geöffnet wurde und zwei Männer hereinkamen. Nach ihrem Eintreten änderten sich die Bilder an den Wänden. Eine Projektion Assuns spiegelte sich darauf.

„Dies sind Lemored und Koldem", stellte Zoitos die beiden vor. „Ich habe sie darüber informiert, wer du bist, welche Funktion du erfüllst und dass sie dir vertrauen können. Sie kamen, wie erwähnt, vor zwei Tagen zu uns, und noch sind sie von ihrer langen Reise und ihrer Zeit in Assun sichtlich gezeichnet. Doch du, lieber Jahub, wirst sofort feststellen können, dass ihnen keinerlei böse Aura anhaftet."

Tatsächlich fühlte Jahub, dass die beiden reine Seelen besaßen. Das kleine Quäntchen Dunkelheit, das ihnen anhaftete, rührte von ihrer Zeit in Assun. Selbst der stärkste Schutzzauber und der gefestigtste Charakter konnten den dort vorherrschenden Energien nicht auf Dauer standhalten.

Lemored war sichtlich nervös. Unentwegt zupfte er an seinen Kleidern, trat von einem Bein auf das andere oder knackste mit seinen Fingern.

„Wie der werte Herr Zoitos erwähnt hat, ist mein Name Lemored. Mein Freund Koldem und ich kommen aus Kefftet, der Stadt des hoheitsvollen Kefteriton, der personifizierten Willensstärke. Vor fünf Monaten wurden wir ausgesandt, um unsere Vorgänger in Assun abzulösen. Wir waren sieben Männer: Zuhli, Opolito, Zaphro, Uinden, Euklet, Koldem und ich. Ich bin einer der ranghöchsten Magier von Kefftet, und meine Gefährten sind allesamt talentierte Magier oder tapfere Krieger."

Lemored war unsicher, ob er das Richtige sagte, doch der Ratsvorsitzende bedachte ihn mit einem Kopfnicken.

„Alles verlief reibungslos. Wir lebten uns den Umständen entsprechend gut in Assun ein, und die Wochen vergingen ohne aufregende Ereignisse. Bis zu dem Tag, als sich die Energien veränderten. Ich kann es nicht genau beschreiben. Wir waren mit den dunklen Schwingungen Assuns konfrontiert und in gewisser Weise daran gewohnt. Doch diese waren … anders. Sie wurden noch bedrohlicher und angsteinflößender. Ein Gefühl, das uns durchströmte und viel Kraft kostete. Wir wurden zusehends schwächer und ausgelaugter. Wenig später bekamen wir Albträume, die uns so real erschienen, dass wir nach dem Aufwachen nicht wussten, ob wir noch schliefen oder nicht. Und erst diese Schmerzen, die oft noch lange nachhallten. Es war furchtbar, niemand kann sich das vorstellen … Wir entschieden infolgedessen, dass wir Hilfe holen mussten. Koldem bot an, mir zu folgen.“

Zum ersten Mal lockerte sich die nachdenkliche Miene von Lemored etwas.

„Als wir wieder in Nessa waren, trafen wir auf Männer, die so gütig waren, uns mit nach Kefftet zu nehmen, wo wir Kefteriton von dem Erlebten berichteten. Er schickte uns sofort nach Ephmoria, um dem Rat des Lichts zu erzählen, was uns widerfahren ist. Und jetzt sind wir hier.“

„Herzlichen Dank“, sprach Zoitos an die beiden Männer gewandt, „dass ihr nochmals das Wichtigste dargelegt habt. Jahub, was sagst du dazu? Glaubst du, unsere Erkenntnisse und die Geschichte der beiden Männer könnten in Zusammenhang stehen?“

Die ganze Zeit über hatte Jahub sowohl den Worten Lemoreds gelauscht als auch die Bilder an den Wänden aufmerksam studiert. Er streckte seinen Rücken durch und ging einige Schritte. Er dachte gern im Gehen nach.

„Es wäre ein überaus großer Zufall, wenn die Ereignisse nicht miteinander in Verbindung stünden. Wisst ihr, ob die anderen Wachmänner auch etwas Derartiges erlebt haben? Habt ihr mit ihnen gesprochen?“

Koldem nickte. „Wir haben bei unserem Rückweg zwei Wachposten aufgesucht, und sie berichteten von Ähnlichem. Sie waren schon dabei, ihre Lager ohne Erlaubnis abzubrechen. Wir haben sie beruhigt und versichert, dass wir schnell zurückkehren würden."

Jahub schüttelte den Kopf und murmelte „Nein, das kann nicht sein" vor sich hin.

„Was denkst du?", fragte Zoitos. „Du weißt, dass du uns alles anvertrauen kannst."

„Nun … Es hört sich so an, als wolle uns jemand aus Assun vertreiben. Aber das ist …"

Weiter kam er nicht, denn ein Klatschen unterbrach ihn. Es war Engwend, der sofort die Aufmerksamkeit auf sich zog.

„Sehr gut, du hast es auf den Punkt gebracht. Dies sind auch die Erkenntnisse, zu denen wir gekommen sind. Nun, da wir das ausdiskutiert haben, können wir zum eigentlichen Thema kommen. Unterhalten wir uns über deine neue Mission."

„Engwend!", ermahnte der Vorsitzende den Mut. „Könntest du bitte dein hitziges Gemüt in Zaum halten und mir das Reden überlassen?"

„Aber wieso? Auch ich habe das Recht, zu sprechen. Oder etwa nicht?"

„Ja, aber wir alle kennen dich und wissen, dass du deine Worte selten mit Bedacht wählst. Du solltest …"

„Ach!" Engwend winkte ab. „Die Fakten liegen auf dem Tisch. Wir wissen, dass etwas in Assun vor sich geht, doch wir wissen nicht genau, was. Auch ist ungewiss, ob die Geschichte der beiden Männer tatsächlich damit in Verbindung steht. Willst du, dass wir noch länger abwägen? Hilft uns das weiter? Ich denke nicht."

„Engwend, du bist wahrhaft ein Mann ohne Verstand. Vergiss nicht, dass Jahub erst seit wenigen Minuten über alles im Bilde ist. Wir können ihn nicht mit unseren Überlegungen überrumpeln."

„Warten. Abwägen. Überlegen. Nichts anderes tun wir. Wir sollten handeln!"

Engwend betrachtete die anderen Mitglieder auffordernd, erntete allerdings nichts außer betretenem Schweigen und abschätzigem Kopfschütteln.

„Und du, Heldrem? Du bist doch meiner Meinung, nicht wahr?"

Heldrem, der vom Gemüt her dem Mut am ähnlichsten war, schlug sich stets auf dessen Seite. Doch anstatt Engwend Recht zu geben, erwiderte der Ehrgeiz: „Wir sollten handeln, aber nicht überstürzt. Es ist besser, wenn wir …"

„Ja, fall mir in den Rücken. Ein schöner Freund bist du."

„So war es nicht gemeint, und das weißt du auch", erwiderte Heldrem abwehrend. „Es gibt vieles zu bedenken, ehe wir uns blind in ein Vorhaben stürzen."

Nun entbrannte ein hitziges Wortgefecht zwischen den beiden, in das auch die anderen Ratsmitglieder einfielen. Als der Lärmpegel beinahe unerträglich wurde, schrie Jahub auf. Sofort verebbten die Gespräche.

„Könnte mir vielleicht jemand erklären, was genau meine Mission sein soll?"

„Ja, mein junger Freund, ja. Natürlich."

Es war Zoitos sichtlich unangenehm, dass ihm die Diskussion entglitten war.

„Die Lichtschwingungen Nessas überdecken die Kraft des Bösen und können das Empfinden verfälschen. Deshalb sind wir zu dem Schluss gekommen, dass jemand direkt vor Ort herausfinden muss, welches Wesen sein Unheil treibt. Da du ein äußerst feines Gespür für die Schwingungen der Dunkelheit hast, bitten wir dich, diese Mission zu erfüllen. Wir möchten dich nach Assun schicken."

„Nach Assun? Ich soll … nach Assun gehen? Entschuldigt meine Wortwahl, aber seid ihr verrückt geworden?"

„Beruhige dich! Lemored und Koldem werden mit dir kommen. Sie haben bereits eingewilligt. Wir werden euch natürlich nicht unvorbereitet nach Assun ziehen lassen. Wir statten euch mit allem aus, das ihr dort brauchen werdet."

„Wir sollen zu dritt ins Land der Dunkelheit ziehen? Zu dritt?", betonte er nochmals ungläubig. „Das kann nicht euer Ernst sein. Wir sollten Assun mit einem Heer durchkämmen und …"

„Das wäre viel zu auffällig! Die Öffentlichkeit darf vorerst nichts davon mitbekommen. Solange wir nicht wissen, womit wir es zu tun haben, würde dies unnötig Unruhe stiften. Vor allem, weil noch jemand mit euch kommt."

Etwas in der Tonlage der Ausgeglichenheit ließ Jahub aufhorchen und verursachte ihm eine Gänsehaut.

„Wer?", fragte er mit Nachdruck. „Wer wird noch mit uns kommen?"

Als Zoitos ihn den Namen des Vierten verriet, glaubte Jahub, seinen Ohren nicht zu trauen. Er starrte auf die Wände, die Lemoreds Erinnerungen zeigten. Ein grauvioletter Himmel. Eine weite, trostlose Landschaft. Eigentümliche Kreaturen, erschaffen, um in der Dunkelheit zu leben. Es waren die Bilder Assuns, die bald zu seiner Realität werden sollten.

Tod. Verdammnis. Verderben.

Zum ersten Mal, seit Jahub denken konnte, graute ihm vor seiner Zukunft.

Wiedersehen

Vremno musste über seinen Büchern eingeschlafen sein, denn er erwachte auf einer Lichtung. Das Blätterdach der zahlreichen Bäume bildete ein schattenspendendes Zelt. Lichtstrahlen bahnten sich ihren Weg durch das Geäst und tanzten wie kleine Elfen auf dem grünen Gras. Mit jedem Traum, den Kara und Vremno hatten, veränderte sich die Umgebung. Kara erklärte, dass sie in dieser Welt jedes Bild hervorrufen konnten, das sie wollten, und so ersannen sie im Geiste die schönsten Landschaften.

„Ich habe schon auf dich gewartet", begrüßte Kara Vremno. Sie lag, ebenso wie Vremno, auf dem Boden. Ihr rechter Arm war angewinkelt, ihr Kopf ruhte in der offenen Innenfläche ihrer Hand. Eine Strähne ihres schwarzen Haares fiel über ihre Schulter und lag wellenförmig über ihrem Busen. Vremno konnte nicht umhin, einen Blick zu riskieren.

„Das habe ich bemerkt! Sie sind ein Lustmolch, werter Herr."

Vremno wollte sich entschuldigen, als Kara auflachte. Sie setzte sich auf seine Beine und begann, ihn zu kitzeln.

„Hör auf!", prustete Vremno. Er wand sich, doch es half nichts. Kara ließ nicht los.

„Erst, wenn du dich entschuldigst und mir sagst, dass man eine Dame nicht so ansehen darf. Ich höre!"

„Gut, gut. Es tut mir leid, werte Dame. Verzeiht mein ungebührliches Benehmen."

Prustend ließ sich Kara rücklings fallen.

Verträumt säuselte sie: „Mir geht es so gut, wenn du bei mir bist. Ich wünschte, das alles wäre echt. Im richtigen Leben, meine ich."

„Das wäre zu schön. Ach, Kara … Ich muss dir etwas sagen." Bisher hatte Vremno seiner Angebeteten noch nichts von seinen Plänen erzählt. Er wollte ihr keine falschen Hoffnungen machen, doch er ertrug es nicht mehr, dass sie so traurig war.

„Ich bin dabei, einen Weg zu finden, um dich zu retten."

„Was?" Kara setzte sich ruckartig auf, Vremno tat es ihr gleich.

„Ja. Ich feile schon länger an meinen Plänen, um dich aus Assun zu holen. Mir fehlen noch ein paar Kleinigkeiten, bis ich …"

„Nein! Ich kann es nicht verantworten, dass du dich für mich opferst. Es ist viel zu gefährlich, Vremno. Nicht nur Assun … Auch diese … Kraft, die hier herrscht. Sie wird immer größer. Immer … mächtiger. Sie erhebt sich und wird alles in den Abgrund reißen, das sich in ihrer unmittelbaren Umgebung befindet. Du darfst nicht hierherkommen! Versprich mir das!"

„Aber Kara?" Verwirrt schüttelte Vremno den Kopf. Er wollte seine Angebeteten in den Arm nehmen, doch sie wich zurück.

„Niemals werde ich das gutheißen. Ich habe dich schon zu lange für mich eingenommen und mich an dich geklammert. Ich flehe dich an, such in deiner Welt nach einer Frau, die du lieben kannst, und denk nicht länger an mich. Ich bin nichts weiter als ein Wunsch, der sich niemals erfüllen wird. Vergiss mich, denn ich … ich liebe dich zu sehr, um dich in Gefahr zu bringen."

„Du … liebst mich?" Vremno sah Kara staunend an.

„Ja. Über alles. Und weil ich dich so liebe, muss ich von dir ablassen."

„Ich kann dich nicht im Stich lassen. Ich werde es mir nie verzeihen, wenn ich es nicht versuche. Weil ich dich ebenso liebe, Kara. Hörst du? Ich liebe dich auch!"

Kara rückte näher. Sie strich Vremno sanft über die Wange. „Du hast keine Ahnung, wie glücklich mich deine Worte machen. Doch es darf nicht sein. Bitte, hör auf, an mich zu denken. Und beginn gar nicht erst mit der Suche nach mir. Bitte. Versprich es mir."

„Niemals werde ich …"

Plötzlich ertönte ein Donnergrollen. Die Erde bebte, und der wunderschöne, klare Himmel mit den fliederfarbenen Schäfchenwolken verdunkelte sich.

Vremno nahm Kara an der Hand, sprang auf und zog sie hinter sich her. Ein Blitz leuchtete am Himmel auf. Er schlug in den Boden ein, woraufhin sich der Nebel emporhob. Ein Summen wurde hörbar. Vremno blickte über seine Schulter und blieb bei dem Nebel hängen. Etwas war anders. Der Nebel wirkte hypnotisierend auf ihn. Er konnte sich nicht mehr bewegen. Irrte er sich, oder erkannte er ein Gesicht darin?

„Wach auf, Vremno!", flehte Kara. „Wach auf, sonst stirbst du!"

Vremno schrak hoch. Er lag auf seinem Schreibtisch, die Arme unter den Kopf gelegt.

Niemals zuvor war der Nebel derart bedrohlich gewesen. Mehr denn je war Vremno in diesem Moment davon überzeugt, dass er Kara befreien musste. Er würde sie retten. Auch, wenn dies hieß, das eigene Leben zu riskieren.

Der Lauscher

Vremno lief, so schnell er konnte, durch die Korridore des Palasts Ephisan. Nach dem Aufwachen hatte er den Entschluss gefasst, mit jemandem zu reden. Er konnte und wollte keine Zeit mehr verlieren. Kara war in großer Gefahr, und es würde zu lange dauern, bis er einen Weg nach Assun gefunden hätte. Es blieb ihm folglich nichts anderes übrig, als sich Rat von dem Einzigen einzuholen, dem er vertraute: Artikos.

Gerade, als Vremno um die Ecke in den nächsten Gang biegen wollte, ließ ihn ein eigentümliches Gemurmel, das aus dem Inneren eines Zimmers hervordrang, aufhorchen. Er hörte eine Aussage, die seine Aufmerksamkeit auf sich zog und ihn dazu veranlasste, entgegen seinem Naturell heimlich das Gespräch zu belauschen. Es war das Satzfragment „nach Assun gehen".

Lautlos pirschte sich Vremno heran, bis er besser hörte.

„… zu machen", sagte eine Frauenstimme. Im ersten Moment dachte er, dass diese zu Ephtalia gehörte.

„Ich habe aber Bedenken. Ich glaube, euch ist nicht bewusst, worauf wir uns einlassen. Wir sollten abwägen, ob …"

Auch die zweite Stimme kam ihm bekannt vor. Er konnte sie nur nicht recht einordnen.

„Dafür bleibt uns keine Zeit. Wir müssen schnell handeln."

„Und diese Eile lässt uns unvorsichtig werden. Ich habe allergrößte Zweifel, doch niemand hört auf mich."

„Weil sie unbegründet sind. Wir haben im Vorfeld mehr als ausführlich darüber diskutiert und im Anschluss daran alle Möglichkeiten abgewogen. Ich weiß, dass du nicht unserer Meinung bist. Aber es muss sein. Was auch immer in Assun vor sich geht, es bedroht uns. Und wer kennt Assun besser als er?"

„Er ist und bleibt der Feind. Und ausgerechnet ihn ins Land der Dunkelheit zu bringen, ist … Es ist verrückt!"

„Ja, aber wir haben Vorkehrungen getroffen. Wir haben uns abgesichert. Und du konntest dich soeben davon überzeugen, dass er nach allem, was geschehen ist, keine ernsthafte Bedrohung mehr darstellt."

„Es erschüttert mich, wie naiv ihr seid." Der wütende Unterton war unüberhörbar. „Sein Körper ist vielleicht außer Gefecht gesetzt, aber sein Geist nicht."

„Wie du weißt, haben wir auch dafür eine Lösung gefunden."

„Ja, aber … Ich kann nicht verstehen, in welche Gefahr ihr das Land bringt, indem ihr …"

„Wir haben all die Einwände, die du bisher vorgebracht hast, widerlegt. Wir haben dir aufgezeigt, dass nichts geschehen wird. Vergiss nicht, dass wir dich nie in Gefahr bringen würden. Ein wenig mehr Zuversicht würde dir nicht schaden, Jahub."

„Du hast leicht reden, Ephtalia."

Ephtalia und Jahub. Vremno hatte es sich doch gedacht.

„Wie dem auch sei", sprach die personifizierte Liebe. „Wir haben uns entschieden, und es gibt kein Zurück. In fünf Tagen sind alle notwendigen Vorbereitungen abgeschlossen. Ihr werdet euch im Wald Periphon treffen und euch auf den Weg nach Assun machen."

Noch ehe die beiden um die Ecke biegen konnten, hatte Vremno schon das Weite gesucht. Seine Gedanken rasten. Am liebsten hätte er vor Freude gejubelt, denn ihm offenbarte sich eine großartige Möglichkeit. Jahub wollte nach Assun gehen. Das hieß, dass Vremno ihm heimlich folgen konnte. Er hatte einen Weg gefunden, ins Land der Dunkelheit zu gelangen, ohne jemanden in sein Vorhaben einzuweihen. Sofort wurde er ganz aufgeregt. Es war perfekt! Jetzt musste er nun noch einen Plan entwickeln, wie er unbemerkt verschwinden konnte.

Der heimliche Verfolger

Die Tage waren wie im Flug verstrichen, vor allem, weil Vremno sich intensiv damit auseinandergesetzt hatte, Vorkehrungen zu treffen. Zuallererst hatte er Artikos beschwichtigt. Er kannte den Hass. Würde Vremno ohne ein Wort weggehen, würde sich Artikos höchstpersönlich auf die Suche nach ihm machen. Er hatte Artikos daher vorgegaukelt, dass er die Welt erkunden wollte, so, wie es ihm der Hass ohnehin immer geraten hatte. Anschließend hatte er dem Hass das Versprechen abgenommen, Stillschweigen zu bewahren, wenn ihn jemand ausfragen würde, wo sich Vremno aufhalten könnte.

Bei Alirja hatte er sich etwas schwerer getan. Er brachte es nicht übers Herz, sie von Angesicht zu Angesicht über seine fingierten Reisepläne zu unterrichten. Daher hatte er kurzerhand einen Brief an sie verfasst und diesen heimlich auf dem Esstisch platziert. Es hatte ihm wehgetan, so vorzugehen. Nicht nur, weil er sie liebte und sie ihm fehlen würde, sondern weil er wusste, wie sehr sie an ihm hing. Sein Verschwinden würde ihr allergrößten Kummer bereiten, und Vremno wollte das nicht. Doch es ging nicht anders. Vremno musste die Menschen in seinem direkten Umfeld anlügen und womöglich verletzen, um Kara zu retten. Nichts war ihm wichtiger als das.

Zeitgleich hatte sich Vremno intensiv auf seine Mission vorbereitet. Er hatte Proviant gehortet, einige seiner Habseligkeiten gegen Waffen und andere nützliche Utensilien getauscht und seinen Rucksack mit allem Notwendigen gepackt. Zwar fehlte ihm noch eine zündende Idee, wie er in Assun den Palast Pluxis würde finden können, doch darüber wollte er sich erst Gedanken machen, wenn es soweit war. Wichtiger war, Jahub rechtzeitig abzupassen, weshalb Vremno am besagten Tag Wache vor Jahubs Haus gehalten hatte. Als der junge

Magier dieses verlassen hatte, war Vremno ihm bis zum Wald Periphon gefolgt, wo er dürftig zwischen Büschen und Sträuchern Schutz gesucht hatte und Jahub seit nunmehr einer halben Stunde beobachtete. Wie versteinert hockte er auf dem Boden und versuchte, sich so wenig wie möglich zu rühren. Er observierte Jahub, der wenige Meter von ihm entfernt auf einem Baumstamm saß. Vremno glaubte schon, ewig hier warten zu müssen, als er ein Geräusch hörte. Er drehte sich um und erspähte zwei Männer. Sie saßen hoch zu Ross und trabten zu der Lichtung.

Als sie aus dem Dickicht des Waldes hervorkamen, begrüßte Jahub sie freudig: „Lemored! Koldem! Schön, dass ihr da seid!"

Er reichte den Männern, die von den Pferden gestiegen waren, die Hand.

Lemored band sein Pferd an einem Baum an. „Ich hoffe, du wartest noch nicht lange auf uns? Wir haben uns ein wenig verspätet, da Koldem nicht auf ein ausgiebiges Frühstück verzichten wollte."

„Moment! Gib mir nicht die Schuld. Ich kann mich noch gut erinnern, dass ich nicht der einzige zu Tisch war, der bergeweise Gebäck in sich hineingeschaufelt hat."

Die Zeit als Wachposten in Assun und der lange Marsch zurück in die Lichtwelt hatten Koldem ausgezehrt, doch er war wieder auf dem besten Weg, zu seiner stattlichen Figur zurückzufinden.

Lemored grinste. „Wie dem auch sei. Wo ist er? Ich dachte, wir würden hier auf dich und …"

Jahub hob die Hand, um Lemored am Weitersprechen zu hindern. Er nahm Vremnos Versteck ins Visier.

„Ehe wir weiterreden, würde mich doch interessieren, was du hier machst, Vremno."

Was? Er war enttarnt worden? Aber wie? Er war doch so vorsichtig gewesen! Und was sollte er jetzt tun?

Schnell duckte sich Vremno noch tiefer, doch es war vergebens, denn sofort forderte der Magier ihn auf: „Es macht keinen Sinn, noch länger so zu tun, als seist du nicht da. Du kannst hervorkommen, niemand ist dir böse. Ganz sicher nicht!"

Vremno prüfte, ob es nicht irgendeine Fluchtmöglichkeit gab, doch ihm blieb nichts anderes übrig, als sich zu erkennen zu geben. Er richtete sich auf, bis er in voller Größe inmitten des Blätterdickichts stand.

„Das ist Vremno, Pandemias Sohn", stellte Jahub Vremno vor. „Er ist mir gefolgt, seit ich von zu Hause aufgebrochen bin. Ich wollte warten, bis wir alle uns hier einfinden, um ihn zur Rede zu stellen. – Und nun zu dir, Vremno … Was machst du hier?"

Obwohl die Frage durchaus als Vorwurf hätte aufgefasst werden können, schenkte Jahub Vremno ein wohlgesonnenes Lächeln.

„Ich wollte euch keinesfalls ausspionieren, falls ihr das glaubt. Ich habe durch Zufall erfahren, dass ihr nach Assun geht, und da dachte ich mir …"

„Durch Zufall?", warf Lemored überrascht ein. „Wie konntest du durch Zufall davon erfahren?"

„Naja … ich war im Palast Ephisan, um Artikos zu besuchen, und da hörte ich das Gespräch zwischen Ephtalia und dir, Jahub."

„Du hast gelauscht?", brummte Koldem.

„Ja. Aber nicht mutwillig oder gar böswillig."

Vremno biss sich auf die Unterlippe.

„Ich weiß, dass ich nicht zuhören hätte sollen. Ich hab es wirklich nicht mit Absicht getan …"

„Schon gut!", unterbrach Jahub Vremno. „Du hast das Gespräch gehört, gut. Was genau hast du gehört?"

„Um ehrlich zu sein, habe ich gehört, dass es eine Bedrohung aus Assun gibt und dass ihr jemanden mitnehmen wollt, der das Land kennt. Mehr weiß ich aber wirklich nicht."

„Und was hat dich dazu veranlasst, mir zu folgen? Und warum?"

„Ich weiß nicht, wie ich es erklären soll ... Ich habe mir gedacht, dass ich euch vielleicht irgendwie ... helfen könnte?"

„Mir kommt deine Geschichte etwas unglaubwürdig vor." Lemored machte einen Satz nach vorne. „Du sagst, du willst uns helfen, aber wie gedenkst du, dies anzustellen, wenn du dich vor uns versteckst?"

„Lemored hat Recht. Warum bist du nicht zu mir gekommen?"

„Der Plan war ... noch nicht ganz ausgereift, aber wenn ich mit dir darüber geredet hätte, hättest du mir verboten, mit euch zu kommen. Ich dachte, ich gebe mich erst zu erkennen, wenn wir weit genug von Ephmoria weg sind. Ihr hättet mich nicht mehr so leicht zurückschicken können."

„Aber ich verstehe noch immer nicht den Grund dafür. Warum willst du uns helfen?", mischte sich Lemored wieder in das Gespräch ein.

„Naja, ich ... ich dachte mir, dass ich mal etwas Richtiges tun kann. Etwas Gutes."

„Ach, Junge", schmunzelte Koldem.

Seine fleischigen Lippen blitzten hinter dem schwarzen Vollbart hervor.

„Sei versichert, dass kein normaler Mensch freiwillig nach Assun geht. Du willst in das Land der Dunkelheit, ohne zu wissen, worauf du dich einlässt. Du solltest lieber deine Sachen packen und dorthin zurückkehren, wo du herkommst."

Lemored fixierte Vremno. „Ich stimme meinem Freund zu. Du bist jung und voller Tatendrang, und ich verstehe, dass du etwas Großartiges und Bedeutungsvolles vollbringen willst, doch wir können die Verantwortung hierfür nicht übernehmen. Schon gar nicht in Anbetracht der Umstände."

Lemored wandte sich an Jahub: „Du pflichtest mir doch bei? Wir können ihn nicht mitnehmen."

Noch ehe Jahub etwas entgegnen konnte, riss Vremno das Wort an sich.

„Ich weiß, dass es nicht leicht sein wird. Aber es ist mir egal. Ich nehme jedes Hindernis und jede Schwierigkeit an, denn ich möchte und muss beweisen, dass ich es schaffen kann! Ständig höre ich, was ich nicht kann, wozu ich nicht fähig und wozu ich nicht zu gebrauchen bin. Niemals hat mir jemand etwas zugetraut oder mich bestärkt. Das muss ich ändern! Für mich! Ich werde definitiv nach Assun gehen – ob mit oder ohne euch.“

Jahub hatte Vremnos Worten nachdenklich gelauscht, doch er wusste nicht, wie er sich verhalten sollte. Sicher, Vremno mit nach Assun zu nehmen, würde eine Last für die Gemeinschaft und die Mission an sich darstellen. Vremno war kein Magier, er war kein Kämpfer, und er war noch nie weit von Ephmoria entfernt gewesen. Andererseits steckten so viel Mut, so viel Tatendrang und so viel Willensstärke in ihm, dass es für zehn Männer gereicht hätte.

Unentschlossen tat Jahub das, was er in solchen Situationen immer zu tun pflegte: Er sog die Luft ein und stellte sich vor, wie sie ihn erfüllte. Er konzentrierte sich auf die Energien des Landes, die ihm schon so oft den richtigen Rat gegeben hatten. Nein, er konnte an Vremno nichts Böses erkennen. Er besaß eine reine Seele und hatte den unbändigen Wunsch, den Männern nach Assun zu folgen.

Jahub ging zu Vremno, schlug ihm kameradschaftlich auf die Schulter und ließ seine Hand dort liegen.

„Du solltest wissen, worauf du dich einlässt. Lemored, Koldem und ich werden dir den Grund für unsere Mission mitteilen, aber auch, wer noch an unserer Seite ist. Falls du zurück nach Ephmoria kehren willst, verlange ich von dir, dass du Stillschweigen bewahrst über alles, was du hören wirst. Abgemacht?“

„Sicher.“

„Gut. Hör mir zu und entscheide anschließend. Doch glaube mir eins, Vremno … Wenn wir die Wahl hätten, wir würden nicht nach Assun gehen."

Böse Worte

„Ich bin wieder zu Hause! Ist sonst noch jemand da?"

„Lessa? Weißt du, wo Vremno ist?" Alirja stieß die Tür, die vom Garten in den Wohnraum führte, auf.

„Das ist ja mal eine nette Begrüßung."

„Es tut mir leid, mein Schatz, aber ich bin ungemein besorgt. Vremno … Er ist vor Stunden weg, um Artikos zu besuchen, und nicht mehr zurückgekommen."

„Er ist doch kein kleines Kind mehr. Er wird noch beim Hass sein und mit ihm plaudern."

„Mag sein." Alirja sank auf die Sitzbank. „Ich habe bloß ein ganz eigenartiges Gefühl." Sie ließ den Kopf in die Handflächen sinken. „Schon als er sich verabschiedet hat. Er war irgendwie so … seltsam."

„Ist er das nicht immer?"

„Zaphlessia!"

„Tut mir leid, er ist eben ein Eigenbrötler. Aber", fügte sie schnell hinzu, „ich verstehe, dass du dir Gedanken machst. Trotzdem bin ich überzeugt, dass er bald heimkommen wird. Und bis dahin würde ich die Gelegenheit gern nutzen, um mich mit dir über etwas Wichtiges zu unterhalten. Jetzt, wo wir alleine sind, würde es gut passen."

Seit Wochen hatte sie sich fest vorgenommen, ihrer Ziehmutter ihre Zukunftspläne zu offenbaren: Sie wollte zu Ephtalia in den Palast Ephisan ziehen.

Die Liebe hatte Lessa diesen Vorschlag schon oft im Vertrauen unterbreitet. „Bei mir könntest du deine magischen Fähigkeiten ausbauen, Zauberer aus aller Welt kennenlernen, die mich besuchen, und dadurch wertvolle Kontakte knüpfen. Ich weiß, dass es schwer für dich ist, dein Heim zurückzulassen, doch es wäre das Beste für dich. Außerdem wärst du ja nicht aus der Welt. Du würdest weiterhin in Ephmoria sein, einen Wimpernschlag von Alirja entfernt. Jedes Kind verlässt irgendwann sein Zuhause und baut sich eine eigenständige Existenz auf. Alirja war in deinem Alter, als sie von Zubring wegging. Sie wird es verstehen und sogar gutheißen."

Lessa hatte abgewogen. Sie wollte Alirja nicht das Gefühl geben, nicht mehr gebraucht zu werden. Lessa liebte Alirja. Genauso sehr sehnte sie sich aber nach einem Leben im Palast, den damit verbundenen Möglichkeiten, ohne ständig unter den Fittichen ihrer Ziehmutter zu stehen. Und so hatte sie Ephtalia zugesichert, nach Ephisan zu kommen. Alles war. geplant, alle Vereinbarungen getroffen, jeder wusste davon. Jeder außer Alirja.

„Du kannst mit mir über alles reden, das weißt du doch, mein Schatz."

„Aber du musst mir versprechen, mir in Ruhe zuzuhören und mich ausreden zu lassen. Ja?"

„Natürlich. Setz dich zu mir und sag mir, was dich beschäftigt."

Zaphlessia zog einen der Sessel zurück und nahm Platz, als sie den weißen Umschlag bemerkte, der auf dem Tisch lag.

„Eigenartig ... Da ist ein Brief für dich. Er ist ... von Vremno. Das ist seine Handschrift."

„Was? Warum sollte mir Vremno einen Brief schreiben?"

„Ich weiß es nicht ..."

„Mach ihn auf, bitte."

Lessa öffnete den Umschlag und zog ein Blatt Papier hervor. Schnell überflog sie die Zeilen.

„Was ist?", fragte Alirja ungeduldig.

„Du wirst niemals für möglich halten, was Vremno getan hat! Hör dir das an!", sagte Lessa, ehe sie Zeile für Zeile vorlas.

Obwohl Alirja die Worte vernahm, konnte sie diese doch nicht glauben. Immer wieder kreisten diese Satzfragmente in ihrem Kopf umher.

Ich muss weg; ich fühle mich nicht mehr frei; hier bin ich nichts weiter als Pandemias nichtmagischer Sohn und kein Mensch; ich muss meinen Horizont erweitern; mich selbst kennenlernen; erfahren, wozu ich fähig bin; ich konnte es dir nicht persönlich sagen, du hättest mich abgehalten; ich will dich nicht verletzen; ich brauche Zeit; ich weiß noch nicht, wohin ich gehe; ich komme wieder, das verspreche ich dir; ich bin dir so dankbar für alles; ich liebe dich …

Vremno war fortgegangen. Einfach so.

„Wir müssen ihn suchen", stieß Alirja hervor. „Er kann noch nicht weit sein. Komm, Lessa, hilf mir."

So lethargisch die Blinde die letzten Minuten über gewesen war, so ungehalten wurde sie nun. Sie stolperte beinahe, als sie von der Sitzbank aufstand und zur Eingangstüre eilte.

„Warte!", hielt Zaphlessia Alirja zurück. „Er könnte inzwischen überall sein. Wir wissen ja nicht einmal, wo wir anfangen sollen."

„Irgendwo. Jemand wird ihn gesehen haben. Wir fragen uns einfach durch."

„Das hat doch keinen Sinn. Wenn er vor Stunden weggegangen ist, ist er jetzt schon Meilen entfernt."

„Zaphlessia!", krächzte die Blinde. „Ich glaube, du hast den Ernst der Lage nicht begriffen. Dein Bruder Vremno ist verschwunden!"

„Ist er nicht. Er ist weggegangen. Aus freien Stücken. Du tust ja so, hätte man ihn verschleppt. Bei Fortary, er ist ein erwachsener Mann, der genau weiß, was er will."

„Ist dir das Wohl deines Bruders derart gleichgültig?"

„Nein, ist es nicht. Aber ich bin es leid, dass sich ständig alles um ihn dreht. Vremno hier, Vremno da. Als sei er ein Dreijähriger, der besondere Aufmerksamkeit braucht. Er hat es einfach nicht mehr hier ausgehalten!"

„Wie kannst du …"

„Weil es die Wahrheit ist!"

Lessa sprang auf. Der Stuhl fiel zu Boden.

„Weißt du, ich verstehe, dass er wegwollte, denn wir leben hier bei dir wie unter einer Glaskuppel. Ständig hältst du uns von allem fern und packst uns in Watte."

Alirja wollte etwas erwidern, doch Lessa ließ sich nicht unterbrechen.

„Du verhinderst, dass wir unsere eigenen Erfahrungen machen."

Sie stampfte auf dem Boden auf.

„Seit ich denken kann, muss ich immerzu Rücksicht auf Vremno nehmen. Als wir klein waren, habe ich mich um ihn gekümmert, mit ihm gespielt. Selbst als ich die ersten Freundschaften geknüpft habe, habe ich versucht, ihn zu integrieren. Doch er hat sich immer mehr in seine eigene Welt zurückgezogen. Und dann freundet er sich ausgerechnet mit Artikos an! Weißt du, wie das für mich war? Ich habe das Getuschel gehört. Ich wurde angefeindet. Ich wurde beschimpft. Meinen Freunden wurde der Umgang mit mir verboten. Es gab für mich keine andere Möglichkeit, als Vremno auszuschließen. Ich musste mich selbst schützen, denn du hast das nicht getan."

Lessa rang mit den Tränen.

„Du hast dich nur um Vremno geschert und mich außen vor gelassen. Ich musste für ihn zurückstecken. Doch ab jetzt ist damit Schluss. Ich muss mich auf meine Zukunft konzentrieren. Und genau das werde ich tun und fortan bei Ephtalia leben. Ob es dir passt oder nicht."

Alirja war mit jedem Satz stiller geworden. Beunruhigend still. Keine Regung war ihrer Mimik abzulesen, ehe sie müde sprach: „Das … habe ich … nicht gewusst. Lessa, Liebes, es …"

„Du hast so vieles nicht gewusst. Und nun ist es zu spät."

Ohne auf eine Reaktion zu warten, stürmte Zaphlessia aus dem Haus und lief zum Palast. Sie drehte sich kein einziges Mal um.

Der Vierte im Bunde

„Der Rat kann sich keinen Reim auf diese Energien machen. Wir sollen vor Ort herausfinden, was vor sich geht. Doch es wird noch jemand mit uns kommen … Im Laufe der letzten Jahre hat der Rat einige Menschen gefangengenommen, die in Verbindung mit der Dunkelheit stehen. Einen von ihnen sollen wir mitnehmen. Es ist … Iretok."

„Was?" Vremno starrte die drei Männer an. „Das kann doch nicht euer Ernst sein?"

„Leider doch. Iretok kennt das Land und alle Kreaturen, die dort beheimatet sind. Der Zauberer versicherte uns, er wisse, worum es sich bei dieser neuen Macht handle. Es sei etwas Altes, das er bereits während seiner Jahre an Iberius' Seite immer wieder gespürt habe, das aber stets vom Mächtigen unterdrückt worden sei. Nun, so spekuliert er, sei aufgrund Iberius' Verschwinden diese Kraft wiederauferstanden, und es gelte, diese zurückzuhalten. Iretok bot an, uns zu ihr zu führen."

„Und ihr vertraut ihm? Ihr vertraut dem Mann, der meine Mutter fast nach Assun verschleppt hätte und der meinen Onkel getötet hat?"

Aus Vremnos Nicken war ein stetiges Kopfschütteln geworden. Tausend Erinnerungen an Erzählungen über den Magiemeister rasten ihm durch den Kopf.

„Wir müssen." Jahub ließ seine Schultern nach unten fallen. „Wir haben keine andere Wahl. Immerhin geht es um den Fortbestand unseres Landes."

Koldem klopfte Vremno auf den Rücken. „Glaub mir, wir sind auch nicht begeistert von der Sache."

„Aber … er ist Iretok! Dieses Monster gehört zurück in einen dunklen Kerker gesperrt. Für immer!"

„Das wissen wir, Vremno. Aber es ändert leider nichts an dem Beschluss des Rates. Zoitos hat gesprochen, und sein Wort ist Gesetz."

„Und nun spaziert ihr einfach mit ihm durch Nessa, nehmt ihn mit nach Assun, und er soll euch zu diesem … Zentrum der Energie führen?"

„Nicht ganz, nein. Er bekommt starke Kräutertränke, die ihn betäuben. Beim Neutralen Gebirge werden wir damit aufhören, sie ihm zu geben. Von diesem Zeitpunkt an soll er sich frei bewegen. Aber", ergänzte Jahub als er merkte, dass Vremno aufbegehren wollte, „wir sind mit Utensilien ausgestattet, um uns vor ihm zu schützen. Der Rat hat an alles gedacht, denn immerhin ist und bleibt er eines: ein Gefangener. Eine Gefahr. Jemand, den man nicht unterschätzen darf."

„Und wann stößt er zu euch?"

„Er ist schon da. Um genau zu sein: hier."

Jahub ging zu einem Busch. Prachtvolle Blüten und dicke Beeren hingen daran. Als er ihn berührte, lösten sich die Blätter allmählich auf, und ein Planwagen kam zum Vorschein.

„Ein Illusionszauber", murmelte Vremno.

„Ja. Wir werden zur Tarnung angeben, dass wir einen Grimsbären nach Bromberg bringen müssen. In Wahrheit", Jahub hob das aus Leinen bespannte Dach hoch, „ist Iretok in dem Holzkäfig, der ebenfalls von einem Schutzzauber ummantelt ist, versteckt. Du bist nun über alles im Bilde. Du kennst unseren Auftrag und die damit verbundenen Strapazen und Herausforderungen. Wir verstehen es, wenn du uns nicht folgen möchtest."

„Ich weiß gerade nicht, was ich denken soll."

Die Nachricht, an Iretoks Seite nach Assun zu ziehen – ausgerechnet des Mannes, der so viel Unheil über seine Familie gebracht hatte –, bestürzte Vremno. Andererseits war die Idee, sich Jahub, Koldem und Lemored anzuschließen, zu verlockend. Sie würden ihn nach Assun und somit in Karas Nähe bringen. Zwei Herzen schlugen in seiner Brust, doch Vremno wusste genau, welches stärker war.

„Ich gehe mit euch. Trotz allem", sagte er knapp und besiegelte damit sein Schicksal.

Alte Freunde

Alirja saß am Tisch in ihrem Häuschen. Das einzige Geräusch, das sie hörte, war das Rauschen ihres Bluts in den Ohren. Ansonsten war es im gesamten Haus still.

Einst hatte Alirja diesen Umstand genossen. Damals, als sie von Zubring weggezogen und in die lärmende Stadt Ephmoria gekommen war. Der Tumult war zu viel für sie gewesen. Erst, als sie in ihr Häuschen am Stadtrand gezogen war, hatte sie Frieden gefunden. Es war eine Erleichterung für sie gewesen, dass es hier keine Geräusche außer den Gesängen der Vögel und dem Pfeifen des Windes gab.

Später, als sie nach dem Krieg die Zwillinge zu sich genommen hat, hatte sie eine weitere Form der Stille zu lieben gelernt: jene, sobald die Kinder schliefen. Zaphlessia und Vremno hatten sich oft gestritten und ihr Wehklagen hatte die ruhigen Ecken des Hauses erfüllt. Erst, wenn sie in ihren Bettchen lagen, kehrte Ruhe in Alirjas Heim ein. Sie hatte gern auf der Veranda in ihrem Schaukelstuhl gesessen, einen Becher Lavindell von Madame Uhls geschlürft und sich von den Strapazen des Alltags erholt. Die Stille war zu ihrem Freund geworden, zu ihrem Vertrauten – doch inzwischen hatte sie sich zu ihrem schlimmsten Feind gewandelt, denn sie bedeutete, dass Alirja allein war.

Und zum ersten Mal ertrug es sie nicht.

Vremno war weg. Zaphlessia ebenso. Der Streit, den die Blinde mit ihrer Ziehtochter geführt hatte, hing ihr nach. Sie wusste nicht, was sie tun sollte. Sollte sie Lessa aufsuchen und sie beschwichtigen? All die Missverständnisse, die die letzten Jahre über zwischen ihr und dem Mädchen geherrscht hatten, aus der Welt schaffen? Oder sollte sie sich auf den Weg machen und

Vremno suchen? Sie brauchte Rat. Jemanden, der ihr dabei half, das Chaos zu lichten.

Keine halbe Stunde später hatte sie Idos nach Ladvion gebracht, eine kleine Stadt nahe Ephmoria. Dort durchquerten sie die Straßen, bis sie bei dem gesuchten Haus ankamen. Zaghaft klopfte die Blinde an die Tür. Als diese geöffnet wurde, stieß sie teils erleichtert, teils entkräftet hervor: „Gerane! Etwas Furchtbares ist passiert!"

„Bei Fortary, was ist geschehen? Du wirkst ganz aufgewühlt. Komm herein."

Gerane öffnete die Tür. Als Alirja auf einem der Sessel Platz genommen hatte, fiel alle Anspannung von ihr ab. Schluchzend erzählte sie ihrer Freundin von den Geschehnissen der letzten Stunden.

„Ich habe auf ganzer Linie versagt. Es ist Pandemias letzter Wunsch gewesen, dass ich auf ihre Kinder Acht gebe. Und das habe ich nicht geschafft. Sie sind beide weg und ich konnte sie nicht aufhalten. Was soll ich jetzt machen?"

„Zunächst einmal: Du hast nicht versagt, im Gegenteil. Du bist Pandemias Wunsch nachgekommen und hast alles wunderbar gemeistert. Du hast die Zwillinge zu selbstständigen Menschen erzogen. Du hast getan, was Pandemia von dir verlangt hat."

„Willst du andeuten, dass ich das alles so hinnehmen soll?"

„Um ehrlich zu sein: Ja. Und ich glaube, tief in dir drin denkst du genauso."

Gerane ging zu einer Anrichte und schenkte Alirja ein Glas Wasser ein, das sie ihr reichte.

„Als du dich entscheiden musstest, ob du Vremno suchst oder Lessa hinterherjagst, bist du zu mir gekommen, weil du instinktiv weißt, dass du die beiden loslassen musst. Das Schicksal hat ihnen einen Weg geebnet, und du hast sie lange auf ebendiesem begleitet. So schwer es für dich auch sein mag: Du musst respektieren, dass sie ihrer Bestimmung folgen, und darauf vertrauen, dass sie zurückkommen, wenn die Zeit dafür reif ist. Verstehst du? Und bei aller Liebe, Alirja … Auch du musst dein eigenes Leben wieder aufnehmen. Du warst eine mutige, junge Frau die ihr Zuhause hinter sich gelassen hat. Du bist an Pandemias Seite in den Krieg gezogen und warst eine Heldin. Dann hast du die Zwillinge in deine Obhut genommen, und seither … bist du nicht mehr du. Du hast dich selbst zum Wohle der Kinder aufgegeben, und das ehrt dich sehr, doch du musst zu dir zurückfinden. Und das kannst du nur, wenn du dich von Vremno und Zaphlessia abnabelst. Besinne dich auf dich, auf das, was dir guttut, was du willst. Wann hast du das letzte Mal einen Ausflug gemacht? Bist durch die Welt gereist?"

Die Blinde zuckte mit den Schultern.

„Alirja, verzeih meine Härte, aber du hast dich lange genug für die beiden aufgeopfert. Du musst einen Neuanfang wagen." Und mit Nachdruck und so viel Milde, wie sie aufbringen konnte, betonte Gerane: „Du hast viele Jahre lang mehr getan, als man von dir hätte verlangen dürfen. Und so sehr du die beiden auch liebst und beschützen willst und so sehr du in ihnen auch deine eigenen Kinder siehst: Sie sind es nicht. Du bist nicht Lessas und Vremnos Mutter und nicht für sie verantwortlich. Du bist Alirja. Ein eigenständiger Mensch. Eine wunderbare Frau. Du hast es bloß vergessen."

Weggefährten

Seit etwas mehr als zwei Wochen waren Lemored, Koldem, Jahub und Vremno unterwegs. Die vier waren zu einer kleinen Gemeinschaft zusammengewachsen. Anfangs hatten sie den Weg schweigsam zurückgelegt, doch mit jeder Stunde, die verstrichen war, waren die Männer immer mehr aufgetaut. Sehr zu Vremnos Überraschung erwiesen sich Lemored und Koldem als überaus freundlich. Sie hatten ihre Zweifel abgelegt und vertrauten darauf, dass Jahub die richtige Entscheidung getroffen hatte, als er Vremno erlaubt hatte, mit ihnen zu reisen. Sie hatten ehrliches Interesse an Vremno und behandelten ihn wie einen eigenständigen Menschen – und das war für Vremno ungemein befreiend. Er blühte auf und genoss die Gesellschaft seiner Weggefährten. Niemals zuvor war ihm bewusst gewesen, dass ihm ein richtiger Freund gefehlt hatte. Zwar hatte er Artikos gehabt, doch dieser war nun einmal der Hass. Er war kein junger Mann in Vremnos Alter, mit dem er etwas hätte unternehmen können. Die Stunden mit Artikos waren bedeutungsschwanger und überaus ernst, wohingegen Vremno mit Jahub, Lemored und Koldem Spaß haben konnte.

Die schönsten Momente waren jene, wenn Koldem seine Geschichten zum Besten gab. Diesen hauchte er Leben ein, indem er mit verstellter Stimme erzählte und wild gestikulierte. Meistens musste er selbst so sehr lachen, dass es unmöglich war, nicht einzustimmen. Koldem trug auch selbstkomponierte Lieder vor. Der hünenhafte Mann war ein stattlicher und ruhmreicher Krieger, aber keinesfalls ein Sänger. Er traf nicht einen einzigen Ton, amüsierte mit seinem Singsang jedoch die Gemeinschaft, und nicht selten stimmten die anderen Männer in eines seiner Lieder ein.

Lemored indes vermittelte Vremno Kenntnisse über Kräuter und Pflanzen. Der Zauberer staunte dabei oftmals, welch großen Wissensschatz Vremno vorzuweisen hatte, und erkannte auch seine schnelle Auffassungsgabe.

„Mancher Magier könnte sich eine Scheibe von dir abschneiden."

„Ach, so etwas Besonderes ist das auch nicht. Ich habe mich einfach viel mit solchen Dingen beschäftigt und darüber gelesen. Ich wollte mir in der Theorie Magie beibringen", hatte Vremno bescheiden erklärt.

„Du hast dir alles selbst erarbeitet? Weil du es in deinen Büchern gelesen hast? Ohne je einen Lehrmeister an deiner Seite gehabt zu haben?"

„Ja. Ist das so beeindruckend?"

„Natürlich! Ich frage mich, warum man dir nie etwas beigebracht hat. Es gibt doch in Ephmoria bestimmt eine Kräuterhexe, der du hättest helfen können?"

„Ist das nicht offensichtlich?", hatte Vremno geantwortet. „Ich bin kein Magier. Es wäre Zeitverschwendung gewesen."

„Es ist niemals Zeitverschwendung, einen wissbegierigen Geist zu fördern. Vielmehr ist es eine Schande, es nicht zu tun. Aber jetzt hast du ja mich. Ich werde dir all meine Erfahrungen weitergeben."

Fortan erklärte der Magier seinem auserkorenen Schüler, wie man auch ohne magisches Geschick Tränke, Salben und Tinkturen herstellen konnte, und weihte ihn in die Mysterien des Landes Nassuns ein.

Auch mit Jahub verstand sich Vremno prächtig. Er nahm ihn als intelligenten, ruhigen, besonnenen, lustigen und humorvollen Zeitgenossen wahr, der stets ein offenes Ohr hatte. Sie führten wunderbare und tiefgründige Unterhaltungen.

Nur über Kara unterhielt sich Vremno weder mit ihm noch mit den anderen.

Nach wie vor träumte er regelmäßig von ihr. Zwar wurden die Treffen immer früher durch den Nebel unterbrochen, doch dies tat seiner Liebe keinen Abbruch. Nach dem Erwachen malte er sich stets die gemeinsame Zukunft aus, die allmählich in greifbare Nähe rückte.

Vremnos Reise hätte wundervoll sein können, wäre da nicht Iretok gewesen. Er konnte dessen Präsenz nicht ausblenden. Schon jetzt suchte Vremno das Weite, sobald die Männer Iretok für einige Minuten aus seinem Käfig ließen, damit er sich waschen konnte. Vremno mochte sich gar nicht erst ausmalen, wie es werden würde, wenn Iretok sein Gefängnis dauerhaft verlassen würde.

Von Ziehmutter zu Ziehtochter

Alirja eilte durch den Palast Ephisan. Wann immer sie jemanden traf, fragte sie ihn, ob er wisse, wo sich Zaphlessia aufhielt. Sie fegte die Gänge entlang, als …

„Alirja! Wie schön, dass du uns einen Besuch abstattest!"

Kaum hörte die Blinde die Stimme der Liebe, blieb sie stehen. Ihre Haltung verkrampfte sich merklich. Nach wie vor hegte sie tiefen Groll gegen Ephtalia.

„Ich suche Zaphlessia. Ist sie hier?", fragte die Blinde.

„Der Magier Plorek ist heute zu uns gekommen, und die zwei unterhalten sich gerade. Möchtest du mit mir auf sie warten? Ich könnte uns Tee machen. Wir haben schon so lange nicht mehr geplaudert."

„Nein, danke!", antwortete die Blinde kurz angebunden. „Ich werde einfach warten, bis meine Tochter …"

„Tante?", erschall Zaphlessias Stimme. Die Blinde atmete erleichtert auf.

„Lessa! Ich habe nach dir gesucht. Ich wollte mit dir reden. Hast du Zeit für mich?"

„Ja, sicher. Gleich hier oder möchtest du lieber …"

„Lass uns eine Runde im Garten spazieren. Dort war ich früher auch oft mit deiner Mutter."

Nach einer knappen Verabschiedung von Ephtalia schlenderten die beiden schweigend den Korridor entlang, bis sie bei den Gärten ankamen.

„Wie geht es dir, Zaphlessia?", eröffnete die Blinde die Unterhaltung.

„Gut … Ich … Es geht mir gut. Ich habe immer viel zu tun."

„Ja. Du knüpfst bestimmt wertvolle Bekanntschaften."
„Mhm."

„Ich war ebenfalls beschäftigt. Ich war bei Gerane, weil ich mir über einiges klarwerden musste. Das, was du zu mir ge-"

„Es tut mir leid", warf Lessa schnell ein. „Es war nicht richtig. Ich hätte dir nicht so schlimme Vorwürfe machen dürfen."

„Ach, mein Schatz."

Alirja blieb stehen und nahm ihre Ziehtochter in den Arm.

„Du brauchst dich nicht zu entschuldigen. Dich hat einiges beschäftigt, das du schon lange mit dir herumgeschleppt hast."

„Aber die Art und Weise war nicht in Ordnung."

„Ach, es war gut und richtig. Weißt du, ich wollte immer, dass es deinem Bruder und dir an nichts fehlt. Ich liebe auch beide gleich, aber ich muss auch zugeben, dass ich euch unterschiedlich behandelt habe. Du warst immer die Starke. Schon als kleines Mädchen warst du viel aufgeweckter und selbstbewusster als andere Kinder deines Alters. Vremno hingegen war als Junge scheu und schüchtern. Er vergrub sich in seinen Büchern und zog sich zurück. Aus diesem Grund dachte ich, ihn besonders behüten zu müssen. Er war so zerbrechlich. Du hingegen warst mein fröhlicher, frecher Wirbelwind. Darum habe ich auch immer auf dich eingeredet, Vremno mitzunehmen. Ganz besonders, als er Freundschaft mit dem Hass schloss. Ich habe gehofft, dass du es schaffst, Vremno von ihm fernzuhalten. Aber wir wissen, dass eher das Gegenteil eingetreten ist und ihr euch dadurch voneinander entfernt habt."

Die Blinde verzog gequält das Gesicht.

„Ich habe so gehandelt, wie ich dachte, dass es das Beste ist, aber mich zu stark eingemischt. Deine Worte haben mich wachgerüttelt. Ich muss loslassen."

„Wie ... wie meinst du das?"

„Vremno und du, ihr seid alt genug, um zu wissen, was ihr wollt. Ich werde immer für euch da sein, aber euch nun die Möglichkeit geben, selbst zu entscheiden, welchen Weg ihr einschlagt. Und das möchte ich ebenfalls tun. Ich habe lange mit Gerane geredet und festgestellt, dass ich meine eigenen Interessen auch zurückgesteckt habe."

„Was … bedeutet das?"

Die Blinde nahm Zaphlessias Hand und drückte sie sanft. „Ich werde eine längere Reise unternehmen."

„Das kannst du doch nicht tun!"

Zaphlessia wurde bang zumute. Sie hatte nach mehr Eigenständigkeit verlangt, doch es war etwas anderes, zu wissen, dass Alirja nicht mehr in der Nähe sein würde.

„Ich kann und werde es tun, mein Schatz. Aber sei nicht traurig."

Die Blinde strich ihrer Ziehtochter durchs Haar und klemmte ihr eine Strähne hinters Ohr.

„Ich werde zurückkommen. Ich weiß nur nicht genau, wann."

Mahnmal

Als der Friede ins Land zurückgekehrt war, wurden allerorts die Schäden der Schlacht beseitigt. All die Kämpfe hatten im Land Spuren der Verwüstung hinterlassen.

Am schlimmsten hatte es Ellos getroffen.

Das einst idyllische Dorf war bis auf die Grundfeste niedergebrannt worden. Kein Stein hatte mehr auf dem anderen gestanden, und jeder Flecken war mit dem Tod in Berührung gekommen. Gerade deshalb sollte Ellos niemals in Vergessenheit geraten. Der Rat des Lichts hatte daher beschlossen, Ellos wieder aufbauen zu lassen. Allerdings nicht, um neue Bewohner zu beherbergen, sondern um es zu einer Zufluchtsstätte für die Trauernden zu machen, die hier ihre Liebsten verloren hatten. Gleichzeitig sollte Ellos ein Ort der Hoffnung werden und zeigen, dass man selbst auf dem Boden der Trostlosigkeit etwas Schönes erbauen konnte.

Als Vremno vor der Gedenkstätte stand, fröstelte er. Hier hatte seine Mutter ihren ersten Sieg vollbracht, aber auch herbe Verluste erlitten. Als er den Kopf zum Himmel streckte, die Augen schloss und einen einzigen, verirrten Sonnenstrahl genoss, der auf seinem Gesicht tanzte, kam es ihm vor, als könne er das Jahrzehnte alte Echo des Kampfes hören.

„Beeindruckend, nicht wahr?"

Beinahe lautlos war Jahub an Vremno herangetreten.

„Komm, begleite mich ein Stück."

Vremno ahnte, dass der Brunnen, zu dem die mit Blumen gesäumten Wege führten und auf den sie zusteuerten, Ephtalia und Pandemia zu Aquis gebracht hatte. Dort hatten sie die Herrin über das Wasser um ihre Gunst angefleht, aber keine Hilfe erhalten. Er wurde in seiner Annahme bestätigt, als Jahub erklärte: „Die Liebe hat den Brunnen umbauen lassen. Er ist Erinnerung und Mahnmal, damit niemand vergisst, was hier geschehen ist."

Vremno nahm Jahubs Worte nur am Rande wahr. Er war fasziniert von dem Gebilde aus weißem Marmor. In der Mitte ragte ein Schwert mit der Spitze in den Boden, auf dessen Griff zwei Vögel aus Diamant saßen. Ein Symbol für Krieg und Frieden. Das Licht spiegelte sich in den Vögeln und warf kleine Lichtkegel auf das Wasser, die wie Edelsteine funkelten.

„Wanderer, die hierherkommen, sollen die heilende Kraft des Wassers nutzen. Beanspruchte Beine, Blasen oder Schnittwunden werden durch das Wasser geheilt. Komm, versuch es!"

Jahub zog seine Schuhe und die Socken aus und krempelte seine Hose bis über die Knie hoch. Er stieg über den Beckenrand und setzte sich. Seine Waden waren vom Wasser bedeckt. Vremno folgte Jahubs Rat. Das kühle Wasser auf seiner Haut war wohltuend. Jeglicher Schmerz versiegte. Das Pulsieren in seinen Füßen hörte auf und er entspannte sich. Wie wunderbar ruhig und friedvoll es hier war!

„Ellos ist die letzte Station, ehe wir in die Dunkelheit eintauchen. Du weißt, was das heißt?"

„Ja … Iretok wird freigelassen."

„Vremno, du bist schon so weit gekommen. Du hast uns begleitet, und deine Gegenwart hat uns allen so viel Freude bereitet. Ich habe mit Koldem und Lemored gesprochen und wir verstehen, wenn du willst, dass deine Reise nun ein Ende hat. Assun, die Gegenwart des Zauberers … Ich an deiner Stelle würde nicht mitgehen."

„Aber ich werde es tun. Wenn ich jetzt umkehre, würde ich mir das nie verzeihen. Nichts kann mich erschüttern, glaub mir."

„Vremno, Vremno, Vremno … Du bist einer der tapfersten und mutigsten Menschen, die ich kenne."

„Obwohl ich mich auf so eine dumme Sache einlasse?" Vremno grinste.

„Gerade weil du das tust."

Jahub lächelte, ehe er wieder ernst wurde.

„Nun, da dein Entschluss feststeht, sollte ich dich noch auf etwas vorbereiten … Es geht um Iretok."

Vremno wurde mulmig zumute. Nervös rutschte er auf dem Brunnenbecken hin und her.

„Wie fange ich am besten an … Iretok sieht nicht mehr aus wie früher. Der Magier war dem Zorn des Hasses ausgeliefert, und der Hass verstand sich schon immer darauf, seinen Feinden unsägliche Qualen zu bescheren. Sein Anblick wird dich erschrecken. Womöglich könntest du Mitleid mit ihm fühlen. Ich weiß, dass die folgenden Worte hart klingen, doch du darfst eines niemals vergessen, Vremno: Das, was Iretok heute ist, hat er sich selbst zuzuschreiben. Es ist das Resultat der Taten, die er begangen hat. Der Magier hat Leid, Verderben, Trauer und Tot über seine Mitmenschen gebracht und er wurde dafür bestraft. Er ist kein guter Mensch. Vergiss das niemals."

Abschied

„Ich werde dich vermissen!", sagte Lessa wehmütig, während sie Alirja beobachtet, die ihre letzten Habseligkeiten zusammenpackte.

„Ich dich auch, mein Schatz. Aber ich bin ja nicht aus der Welt. Ich werde dir schreiben. Oder besser gesagt: Gerane diktieren, was sie für mich schreiben soll."

„Unbedingt. Ich muss wissen, was du erlebst. Und lass keine Details aus. Schon gar nicht die romantischen."

Lessa grinste verschmitzt.

„Was heißt denn hier romantische Details?"

„Es wird doch da draußen den einen oder anderen Mann geben! Ich persönlich finde ja, dass du schon zu lange alleine warst."

„Ach, mein Kind, ich glaube, dafür ist es zu spät."

Alirja drehte Lessa den Rücken zu und prüfte noch einmal, ob alle Taschen an Idos' Sattel gut genug befestigt waren.

„Du weichst mir aus!" Lessa stemmte gespielt empört die Hände in die Hüften. „Wann gab es zum letzten Mal einen Mann an deiner Seite? Ich erinnere mich an keinen."

„Ich bin deine und Vremnos Ziehmutter – das ist alle Erfüllung, die ich brauche. Für einen Partner blieb bisher weder Zeit, noch habe ich je das Bedürfnis gehegt."

„Das kann ich mir nicht vorstellen. Man möchte doch lieben und geliebt werden und jemanden an der Seite haben, bei dem man sich geborgen fühlt. Jemanden, den man küssen und umarmen kann. An dessen Seite man alles andere vergisst. Jemanden, der immer für einen da ist und dem Leben einen Sinn gibt …"

„Das hört sich eher so an, als sehntest du dich nach einem Mann? Und wenn ich mich nicht recht irre, denkst du dabei an einen bestimmten!"

Lessa winkte ab. „Das war lediglich Geschwafel."

„Kind, ich kenne dich besser, als du glaubst. Lass mich raten: Euflen. Ihr verbringt pausenlos Zeit miteinander."

„Euflen?"

Lessa lachte auf.

„Nie und nimmer. Er ist nett, er ist ein guter Freund, aber … zu oberflächlich. Nein. Ich erwarte mir von einem Mann andere Wesenszüge."

„Und diesen Mann hast du gefunden?"

„Ja. Aber … es ist kompliziert. Ich glaube, er empfindet nicht für mich wie ich für ihn."

„Woher willst du das wissen?"

„Einfach so."

Alirja nahm Lessas Hände in die ihrigen.

„Hast du ihm deine Gefühle schon offenbart?"

„Bei Fortary, nein. Ich bin doch nicht verrückt."

„Du bist eine starke, selbstbewusste junge Frau. Sag ihm, was du empfindest. Wir lassen viel zu viele Möglichkeiten ungenützt verstreichen. Wir glauben, alle Zeit der Welt zu haben und dem Menschen, den wir lieben, auch morgen oder übermorgen noch sagen zu können, wie wichtig er uns ist. Doch das ist leider nicht immer so … Es tut weh, von jemandem, den man liebt, zurückgewiesen zu werden. Aber noch viel mehr schmerzt es, wenn man irgendwann nicht einmal mehr die Möglichkeit hat, diesem Jemand zu offenbaren, wie wichtig er einem ist. Hab keine Angst. Du bist wundervoll, und jeder Mann kann sich glücklich schätzen, von dir geliebt zu werden."

„Danke."

Lessa schniefte vor Rührung, ehe sie Alirja innig umarmte.

„Warum haben wir nicht schon viel eher solche Gespräche geführt?"

„Weil wir früher anders waren. Ich liebe dich, Zaphlessia." Die Blinde küsste ihre Ziehtochter auf die Wange.

„Ich liebe dich auch. Von ganzem Herzen."

Der Gefangene

Mit verschränkten Armen stand Vremno hinter Lemored, Koldem und Jahub. Sie hatten die Plane des Wagens entfernt und den Käfig freigelegt, in dem der Magier seit Beginn ihrer Reise eingesperrt war.

Koldem entriegelte den Holzkasten und schob die Türe hoch. Ein ekelerregender Geruch nach Schweiß und anderen Körperflüssigkeiten drang hervor. Vremno legte die Hand über Mund und Nase, ehe er sich zur Seite neigte, um in den Käfig zu spähen. Ein verirrter Lichtstrahl gab ihn zu erkennen: Iretok, der auf dem Boden kauerte.

„Du kannst herauskommen", sprach Koldem emotionslos und reichte dem Magier die Hand, um ihm beim Ausstieg zu helfen. Dieser kroch unbeholfen hervor und wäre fast auf den Boden gefallen, hätte Koldem ihm nicht den nötigen Halt gegeben.

Bis auf einen Lendenschurz war der Magier nackt. Jeder einzelne Wirbel stach spitz hervor, und seine fahle Haut spannte sich um den ausgemergelten Körper, der kein Gramm Fett besaß. Er hatte keine schwarzen, grünlich schimmernden Male mehr. Stattdessen hatte er dort, wo sie gewesen waren, dicke Narben.

Die linke Gesichtshälfte war von kleineren Narben übersäht, die rechte hingegen vollkommen entstellt. Die Wunden dürften nie richtig versorgt worden sein und hatten sich offenbar mehrmals entzündet, bevor das Fleisch zusammengewachsen war. Die Haut bestand aus Narbengewebe, und hervortretende Wülste überzogen jeden Millimeter des Gesichts. Am markantesten war eine Narbe, die vom rechten Mundwinkel bis zum Ohr reichte. Die Ohrmuschel fehlte, das rechte Auge quoll aus der Höhle hervor.

Vremno hatte mit einem furchterregenden Monster gerechnet. Mit einem hochnäsigen, herablassend wirkenden Mann, der eine echte Gefahr darstellte. Doch dieses geschundene Etwas hatte nichts mit alledem gemein. Er war kein stattlicher, hoheitsvoller Magier, sondern wirkte erbärmlich. Sein Äußeres übte eine quälende Faszination auf Vremno aus, sodass er nicht einmal blinzeln konnte.

„Deine Gefangenschaft ist vorüber, Magier", spie Koldem verächtlich hervor. Er warf ihm ein Bündel mit Gewand zu.

„Zieh das an. Die Kleider wurden aus Lehrmisfaser gefertigt und in einem Sud aus Übliskraut und Dommwurz gewaschen. Kräuter, die über die Haut aufgenommen werden und dich ruhigstellen. Wenn du fertig angezogen bist, wirst du diese hier", Koldem holte vier Armreifen hervor, „um deine Hand- und Fußgelenke legen. Sie sind aus Limpzerz geschmiedet, und Globit wurde darin eingelassen. Eine falsche Bewegung von dir, und wir können die Energien so anrufen, dass deine Extremitäten in jede beliebige Richtung gezogen werden und du handlungsunfähig bist. Und zu guter Letzt bekommst du noch das hier."

Koldem ließ eine Halskette in der Hand schwingen.

„Zoitos hat tief gegraben, um dies hier zu finden. Ein Fingerschnippen von einem von uns genügt, und die Kette schnürt dir den Hals zu. Keines dieser Stücke wirst du selbst ablegen können, also versuch es gar nicht erst. Zusätzlich wirst du jede Stunde einen Trank von uns bekommen, der dich von den Energien des Landes abschirmt. Entweder du trinkst ihn freiwillig oder wir flößen ihn dir auf andere Art und Weise ein. Solltest du so dumm sein und dich allen Widrigkeiten zum Trotz gegen uns auflehnen, gibt es immer noch die hier", er ballte eine Faust, „um dich daran zu erinnern, wie man sich richtig benimmt. Verstanden?"

Iretok nickte und streifte sich anschließend unbeholfen Hemd und Hose über. Irrte sich Vremno oder warf ihm der Magier immer wieder verstohlene Blicke zu?

Als Iretok angezogen war, befahl Koldem der kleinen Gruppe, sich in Bewegung zu setzen. Die fünf Männer gingen los, als Iretok zu Vremno zurückblickte.

„Du bist Pandemias Sohn?", frage er und wollte noch etwas hinzufügen, als Koldem die flache Hand hochschnellen ließ und dem Magier eine Ohrfeige verpasste.

„Halt dein Maul und richte das Wort nie wieder an den Jungen!"

Er packte Iretok am Oberarm und schleifte ihn mit sich.

Jahub ging zu Vremno. „Ist alles in Ordnung?"

„Ja. Ich war ... etwas perplex. So kenne ich Koldem nicht."

„Er muss das tun, damit Iretok Respekt vor ihm hat. Jede noch so kleine Schwäche könnte er ausnutzen. Deshalb habe ich auch eine Bitte an dich: Versuche so wenig wie möglich in seiner Gegenwart zu reden. Und schon gar nicht mit ihm. Wenn irgendetwas ist, dir etwas eigenartig vorkommt oder du Bedenken hast, kannst du jederzeit zu mir kommen."

„Das werde ich."

„Gut, mein Freund. Und nun lass uns weiterziehen. Wir haben noch den beschwerlichen Weg über Neomo vor uns, ehe wir nach Assun gelangen."

Taube Ohren

Vremno lehnte mit dem Rücken gegen einen Felsen, seine Beine waren angewinkelt, und er stierte geradeaus in Iretoks Richtung. Dieser lag zusammengekrümmt auf der Seite auf dem steinigen Boden.

Sie hatten einen beschwerlichen Aufstieg hinter sich, der aufgrund Iretoks lahmendem linkem Bein länger gedauert hatte als geplant. Nun aber hatten sie den Gipfel des Neutralen Gebirges erreicht und das Licht hinter sich gelassen. Bald schon würden sie hinabsteigen in die Dunkelheit Assuns.

Seit Iretok aus seinem Käfig entlassen worden war, hielten die Männer abwechselnd Wache. Anfangs wurde Vremno außen vor gelassen. Keiner seiner Gefährten wollte ihm zumuten, auf den Magier aufzupassen. Vremno kam sich durch diese bevorzugte Behandlung wie eine zusätzliche Last vor, weshalb er einforderte, seine Freunde zu unterstützen. Doch er bereute sein Angebot bereits. Iretok gegenüberzusitzen und zu beobachten, kostete Vremno einiges an Nerven.

„Ich kann nicht schlafen", durchschnitt der Magier plötzlich die Stille.

„Das solltest du aber. Wir haben noch einen anstrengenden Weg vor uns."

„Ich weiß. Könnte ich vielleicht noch etwas Wasser haben?"

„Hier."

Vremno reichte ihm eine Wasserflasche.

„Aber geh sparsam damit um."

Mit einem Stöhnen mühte sich der Zauberer auf und nahm einen kleinen Schluck. „Hier herrscht eine eigenartige Stimmung, nicht wahr? Neomo hatte schon immer eine faszinierende Wirkung auf mich. Das ist der einzige Ort, an dem einem bewusst wird, wie nahe Gut und Böse oft beieinander liegen." Der Magier bestaunte den Himmel. Tag und Nacht trafen hier aufeinander und flossen ineinander.

„Ich will nicht mit dir reden", entgegnete Vremno knapp.

„Das verstehe ich. Und das musst du auch nicht. Ich bitte dich nur, mir zuzuhören, denn es gibt etwas, das ich gerne loswerden würde. Darf ich?"

Iretok schraubte den Verschluss der Wasserflasche zu. Vremno wollte keine Unterhaltung führen und war versucht, Jahub aufzuwecken und um eine Ablöse zu bitten, entschied sich aber dagegen. Er hatte von Anfang an gewusst, dass Iretok sie begleiten würde. Jetzt zu erklären, dass ihm das alles zu viel sei, wäre kindisch gewesen.

„Beeil dich aber", blaffte Vremno als Antwort.

„Wie soll ich anfangen … Ich verstehe, dass du mich hasst und verachtest. Das täte ich auch. Du sollst aber wissen, dass es mir aufrichtig leidtut, was ich dir und deiner Familie angetan habe. Ich bereue jede meiner Taten zutiefst. Ich war geblendet von Iberius und seinen Versprechungen. Erst im Nachhinein habe ich erkannt, dass ich eine seiner Marionetten war. Als er mich nicht mehr brauchte, ließ er mich fallen."

„Soll ich dich bemitleiden?"

Vremno funkelte den Magier an.

„Nein, nein. Keineswegs. Wenn ich eines nicht verdient habe, ist das Mitleid – und schon gar nicht deines. Ich bin selbst für mich und meine Taten verantwortlich, doch ich wollte dir verdeutlichen, dass ich inzwischen ein anderer Mensch bin. Zwar schmälert dies nicht die Tragweite meiner Handlungen, aber ich hoffe, dass es dir Genugtuung bereitet, wenn ich sage, dass keine Sekunde vergeht, in der ich nicht alles bereue. Ich büße für alles, was ich je verbrochen habe. Vor allem", Iretok japste nach Luft, „Pandemia gegenüber … Sie war der einzige Mensch, der je an mich geglaubt hat. Der das Gute in mir gesehen hat. An ihrer Seite wurde ich zu einem besseren Menschen. Doch Iberius hatte mich in seiner Gewalt. Ich hätte stärker sein sollen. Nicht versuchen sollen, deine Mutter in die Dunkelheit zu führen, sondern durch sie den Mut fassen sollen, mich gänzlich dem Licht zuzuwenden. Aber ich habe den leichteren Weg gewählt. Ich habe sie und dadurch auch mich verraten. Könnte ich doch die Zeit zurückdrehen …"

„Und was?"

Vremno empfand so viel Wut und Schmerz in sich. Am liebsten hätte er den Magier erwürgt, doch ein Teil von ihm wollte, dass er weiterredete.

„Dann würde ich alles anders machen. Ich hätte Nessa geholfen, Iberius zu stürzen. Ich wäre an der Seite deiner Mutter in den Krieg gezogen und hätte sie beschützt. Ich hätte alles für sie getan, denn ich habe sie geliebt, Vremno. Ob du es glaubst oder nicht. Sie war meine große Liebe und ich ihr schlimmster Albtraum. Ihr Entsetzen, aber auch ihre Enttäuschung, als sie verstand, dass ich der Egel war, brechen mir jeden Tag aufs Neue mein Herz. Mit dieser Bürde muss ich leben, bis in alle Ewigkeit."

„Und das geschieht dir auch recht. Glaub mir", Vremno sprang auf, „ich wünsche niemandem auf der Welt ein Unheil, doch du hast die gerechte Strafe für das bekommen, was du angerichtet hast. Und nun lass mich in Ruhe, denn ich will nichts mehr hören. Nie mehr."

Heimat

Alirja ließ ihre Beine über den Mauervorsprung baumeln. Ihre Wangen waren so rot wie der saftige Apfel, in den sie biss, und ihr Haar hielt sie mit einem Tuch im Zaum.

„Da bist du ja!"

Gerane eilte zu ihrer Freundin.

„Hier, du bist bestimmt durstig."

„Danke!"

Die Blinde nahm den großen Becher Wasser dankend an, trank und wischte sich mit dem Hemdärmel über ihren Mund.

„Und, bist du fertig für heute?"

„Ja. Ich habe alles erledigt. Wir könnten nachher noch zu dem Teich spazieren, wo ich früher immer plantschen war. Das habe ich dir versprochen."

„Dass du dafür noch Elan hast, nachdem du die Tiere versorgt hast!"

„Glaub mir, ich stecke voller Energie. Mir war nie bewusst, wie sehr ich Zubring, meinen Vater, mein altes Zuhause, die Tiere und sogar die Arbeiten hier vermisst habe. Ich weiß gar nicht mehr, wann ich mich das letzte Mal so ausgeglichen war.

„Das merkt man! Nicht nur deine Stimmung hat sich verändert, auch du. Seit wir hier sind, bist du wie ausgewechselt. Du siehst wundervoll aus. Erholt, entspannt, fröhlich. Wie eine junge, unbeschwerte Version von dir selbst."

Alirja biss ein letztes Mal in den Apfel, ehe sie den Putz in die Wiese warf.

„Weil ich mir nicht mehr ständig den Kopf zerbreche. Natürlich denke ich oft an die Kinder und frage mich, ob es ihnen gut geht. Und ich vermisse sie auch. Aber es ist nicht so, dass es schmerzt. Dafür kommt es mir ... zu richtig vor. Als würde sich jeder an dem Ort befinden, an dem er sein soll.“

„Ein schönes Gefühl, nicht wahr?“

„Ja. Und das habe ich dir zu verdanken. Wenn du nicht auf mich eingeredet hättest, säße ich noch immer in Ephmoria.“

„Ich habe lediglich ausgesprochen, was du tief in deinem Inneren schon wusstest. Mir gebührt kein Dank. Ganz im Gegenteil. Ich muss mich bei dir bedanken, dass ich bei dir sein darf und du diese neue Alirja mit mir teilst.“

„Niemand anderen hätte ich lieber an meiner Seite. Du weißt, wie wichtig du mir bist. Seit Pandemia gab es keinen Menschen mehr, bei dem ich so empfunden habe.“

Schwer konnte die Blinde dem Wunsch widerstehen, nach Geranes Hand zu greifen oder sie zu umarmen.

„Mir geht es ebenso. Wenn die Vergangenheit mit all ihren dunklen Kapiteln etwas Gutes hatte, dann, dass ich dich kennenlernen durfte. Ich sage dir viel zu selten, wie wichtig du mir bist und immer sein wirst.“

Alirja lächelte. Sie hörte das Singen der Vögel, das Zirpen der Grillen und die Geräusche des Windes. Sie wusste, dass sie sich bis den Rest ihrer Tage an genau diesen Augenblick des absoluten Glücks erinnern würde.

Düstere Pfade

„Kara?" Die Stimme von Vremnos träumendem Ich hallte tausendfach wider. Er wartete auf sie. Normalerweise tauchte sie sofort auf, nachdem er eingeschlafen war, doch dieses Mal war es anders. Noch einmal rief er nach ihr, als er ein Poltern hinter seinem Rücken vernahm. Kara. Es musste Kara sein. Erwartungsvoll drehte er sich um, um seine Liebste zu begrüßen, doch statt Karas erblickte er den Nebel. Ein kalter Schauer überzog Vremnos Rücken. Der Nebel hatte das Gesicht eines Mannes mit toten, ausdruckslosen Augen bekommen. Jede Faser von Vremno mahnte ihn, fortzulaufen, doch er konnte sich nicht rühren. Als die furchteinflößende Fratze wenige Meter von Vremno entfernt war, riss sie ihr rauchendes Maul auf.

„Wach auf!", mischte sich eine Männerstimme in Vremnos Traum. Sie kam ihm bekannt vor, doch er konnte sie nicht zuordnen.

„Wach auf! Vremno, wach auf!" Ein Teil von Vremno wollte einfach bleiben und vom Nebel aufgefressen werden, doch dann spürte er ein Rütteln und Schütteln.

„Bei Fortary, wach endlich auf!"

Schweißgebadet schrak Vremno hoch. Er war klatschnass. Er wusste nicht, wo er war. Überall um ihn herum war es dunkel. Er schärfte seinen Blick. Erleichtert atmete er auf, als er Jahub im flackernden Licht des Lagerfeuers erkannte.

„Ich dachte schon, ich bekomme dich nie mehr wach!"

Jahub ließ von Vremno ab.

„Du hast wirres Zeug vor dich hingemurmelt und um dich geschlagen. Es war beängstigend."

„Denk dir nichts, ich habe bloß geträumt."

„Aber es muss schrecklich gewesen sein."

„Ja, nein … ich weiß es nicht mehr", log er und zwang sich, betont gelassen und ruhig zu sein, obwohl ihn Karas Fehlen schmerzte. Was war los? Weshalb konnte sie nicht kommen? Seit er in Assun war, hatte er kein einziges Mal von ihr geträumt. Waren es die dunklen Schwingungen des Landes, die ein Treffen vereitelten? Oder war es etwas anderes? Hatte der Nebel womöglich Kara gefunden? War sie … tot?

„Hier."

Jahub gab seinem Freund ein Glasfläschchen.

„Das ist Jildissaft. Solange wir hier in Assun sind, solltest du das trinken. Es umhüllt dich mit einem Schutz gegen die dunklen Schwingungen. Spare nicht damit. Lemored hat genug davon – immerhin haben wir extra welchen gebraut, als wir in Nessa waren. Du darfst nicht vergessen, dass wir es hier mit anderen Energien zu tun haben als in unserer Heimat." Und flüsternd fügte er hinzu: „Ich spüre irgendetwas Dunkles um uns. Und vorhin kam es mir so vor, als zielte es auf dich ab."

„Das hast du dir eingebildet. Es ist einfach das alles hier."

Vremno machte eine ausschweifende Geste.

„Assun, meine ich. Diese Energien, von denen du sprichst, sind überall, und deshalb fühlst du sie."

„Du hast wahrscheinlich Recht. Aber tu mir trotzdem den Gefallen und trink etwas. Jetzt. Bitte."

Vremno tat, wie ihm befohlen wurde und öffnete den Verschluss.

„Riecht nicht gerade einladend", stelle er fest und wurde beim ersten Schluck in seiner Annahme bestätigt. Angewidert verzog er das Gesicht und schüttelte sich.

„Ich weiß, es gibt Besseres. Aber es wird dir helfen."

„Das will ich auch hoffen. Umsonst trinke ich das nicht."

„Keine Sorge, das tust du nicht. Und nun sollten wir schleunigst zusammenpacken. Wir haben noch einen langen Marsch bis zu Koldems und Lemoreds

Wachposten. Wir gehen ein Stück und legen bei einem geschützten Ort die nächste Rast ein."

Jahub ließ seinen Blick über die karge Landschaft schweifen.

Koldem schlug vor: „Warum besuchen wir nicht Plomir? Unweit von hier liegt sein Haus. Ich kenne ihn noch von früher, und er würde uns sicherlich mit einem Bett und Essen aushelfen."

„Ich möchte lieber auf direktem Wege zu euren Freunden. Zum einen, weil ich nicht unnötig Zeit verschwenden möchte, und zum anderen seinetwegen."

Jahub machte eine Kopfbewegung in die Richtung des gefangenen Magiers.

„Niemand soll uns mit ihm sehen."

Koldem brummte. „Da hast du auch wieder Recht."

„Dann brechen wir auf, Männer."

Nach der Reihe schulterten die Weggefährten ihr Gepäck und begannen loszumarschieren.

Die trostlose Ödnis Assuns breitete sich vor Vremno aus. Die Zeit wollte nicht verstreichen. Jede einzelne Stunde zog sich unnatürlich in die Länge. Es gab keinen Wechsel der Landschaft, keine Natur, an der man sich erfreuen konnte. Nirgendwo war der Hauch eines Sonnenstrahls zu erspähen, und er konnte sich nicht an das diffuse Licht gewöhnen. Auch war die Luft hier anders als in Nessa. Es war schwül, stickig und stank nach Schwefel und Ammoniak, nach Fäulnis und Verwesung. Die Flora und Fauna war derart konträr zur Lichtwelt, dass man sich nicht vorstellen konnte, dass Assun und Nessa zwei Teile eines Landes waren. Niemals zuvor war Vremno derart bewusst gewesen, dass es auf Nassuns eine Welt gab, die so anders war als alles, was er kannte. Eine Welt, in der es das Böse gab. Und dies während jeder einzelnen Sekunde, in der Vremno atmete.

Auch die Gespräche zwischen den Freunden wurden knapper. Jeder hing seinen eigenen Gedanken nach. Wenigstens trafen sie auf keine einzige dunkle Kreatur.

Seit Ende des Krieges hatten sich die Schergen Assuns zurückgezogen. Sie lebten inzwischen, entgegen ihrem Naturell, in kleinen Zweckgemeinschaften und Dörfern, die wiederum unter Aufsicht der Wachposten standen. Dadurch sollte ein Aufstand oder gar Übergriff verhindert werden. Bisher war es noch zu keinem derartigen Vorfall gekommen. Ohne Iberius, der seine Untertanen dazu anstachelte, für ihn zu kämpfen, herrschte sogar so etwas wie Ruhe in Assun. Zwar belogen und betrogen sich die Lebewesen, es gab oft Streit, Kämpfe und Gewalt, doch zumindest verschonten sie die Wachmänner.

So erschreckend für Vremno diese neuen Eindrücke auch waren, so erleichtert war er, hier zu sein. Hätte es nicht zu Irritationen und unzähligen Fragen geführt, Vremno hätte vor Freude einen Luftsprung gemacht. Kara. Irgendwo hier musste sie sein. Er war nicht mehr weit von ihr entfernt. Er hoffte, dass ihm das Schicksal den Weg weisen würde, denn so recht wusste er nicht, wohin er gehen sollte. Oder wann. Es war unmöglich, sich klammheimlich davonzustehlen, denn anders als in Nessa würde ihn hier niemand alleine einen Spaziergang machen lassen. Umso wichtiger war es, dass er schleunigst einen Plan entwickelte – mit Karas Hilfe. Sie war in allen Angelegenheiten zu seiner Ratgeberin geworden. Mit ihr würde er eine Lösung finden.

Ungewollte Bekanntschaften

„Da wären wir. Der letzte Abschnitt unserer Reise", erklärte Koldem. Er und seine Weggefährten standen unmittelbar vor einem Wald, der nicht aus lebenden Bäumen mit saftig grünen Blättern bestand, sondern aus toten Bäumen mit schwarzer, morscher Rinde ohne jegliches Blattwerk.

„Gibt es keine andere Möglichkeit?", überlegte Jahub laut.

„Schon. Nur müssten wir dann einen großen Umweg machen, der uns viel Zeit kostet, was ich vermeiden will. Aber du brauchst dir keine Sorgen zu machen: Lemored und ich sind damals durchgegangen und uns ist nichts passiert."

„Mir ist nicht wohl bei der Sache. Da wir aber so schneller zu euren Freunden kommen, werden wir einfach gehen."

„Wunderbar. Und sei versichert: Es wird nichts geschehen."

Zu fünft betraten sie den Wald. Koldem und Lemored gingen voran, in der Mitte Iretok, das Schlusslicht bildeten Vremno und Jahub. Die Stimmung war gedrückt, denn hier herrschten gespenstische Energien vor. Es war noch dunkler als im restlichen Land, und die Männer kamen kaum vorwärts. Dicke Wurzeln hatten sich aus dem Erdreich an die Oberfläche gegraben und reckten sich wie spitze Dornen in den Himmel. Es waren Skelette von Bäumen, die dicht nebeneinander standen und deren Äste derart ineinander verflochten waren, dass sie über die Jahrhunderte zu einem schwarzen Dach geworden waren. Vremno hoffte bloß, dass sie sich hier nicht verirren würden, doch noch machten Koldem und Lemored einen zuversichtlichen Eindruck.

Nachdem sie bereits eine lange Zeit gewandert waren, blieb Iretok abrupt stehen.

„Ich kann nicht mehr", stöhnte der Magier, der körperlich am angeschlagensten von allen war.

„Streng dich an. Ich möchte nicht, dass wir uns zu lange hier aufhalten. Mir kommt es vor, als hätten die Bäume Augen", äußerte Jahub nochmals seine Bedenken.

„Bitte. Nur kurz. Es ist alles … zu viel für mich."

Koldem schnaubte verächtlich. „Hast du nicht gehört? Wir bleiben hier nicht."

„Dann müsst ihr ohne mich weiter. Meine Beine tragen mich keinen Meter mehr."

„Womöglich hat er Recht", ergriff nun überraschenderweise Lemored Partei für Iretok. „Wir sind alle müde, und eine kurze Pause täte uns gut. Besser, als wenn einer von uns stolpert und wir ihn mitschleppen müssen. Da vorn ist eine Lichtung, dort können wir verschnaufen und dann gestärkt weitergehen. Wir bleiben ja nicht lange."

„Wenn wir tatsächlich rasch weiterziehen, bin ich einverstanden. Was sagt ihr? Koldem, Vremno?"

Koldem zuckte lediglich mit den Schultern, doch Vremno stimmte sofort zu. Er musste sich eingestehen, dass er den Marsch ebenfalls anstrengend fand und froh über ein paar Minuten Ruhe war. Da die Mehrheit entschieden hatte, schlugen sie ihr vorübergehendes Lager auf.

Sie teilten gerade ein paar Früchte untereinander auf, als eine fremde Stimme wie aus dem Nichts sagte: „Wenn das keine Überraschung ist! Normalerweise trifft man hier selten bis nie auf andere Lebewesen. Mit wem habe ich das Vergnügen?"

Zeitgleich sprang ein Mann hinter einem der Bäume hervor. Er sah aus wie ein Bewohner der Lichtwelt. Betrachtete man ihn jedoch genauer, erkannte man, dass er die typische, weißgräuliche Hautfarbe hatte, wie sie Menschen bekamen, die zu lange in Assun lebten. Unter seinen Augen hatten sich tiefschwarze Ringe gebildet, seine Lippen waren aufgeplatzt und blutverkrustet, seine Zähne verfault.

Noch während Vremno starr vor Schreck gewesen war, war Jahub etwas näher zu ihm herangerückt und flüsterte in sein Ohr: „Verhalte dich ganz normal, aber pass auf, was du sagst und tust."

Dann bedachte er Iretok mit einem bösen Blick und zischte: „Und du hältst den Mund. Kein einziges Wort von dir, verstanden?"

„Wir sind Reisende auf dem Weg zu einem der Wachposten, die hier in Assun stationiert sind. Wir sollen die Männer dort ablösen und ihren Platz einnehmen", log Koldem indes.

„Wachposten seid ihr, so, so."

Der Fremde bedachte die Männer mit einem breiten Grinsen, seine Augen verengten sich zu Schlitzen. Für einen Moment erinnerte er Vremno an eine hinterlistige Schlange.

„Nun, mein Name ist Xantip. Es freut mich, eure Bekanntschaft zu machen. Und wie heißt ihr?"

Koldem spannte sein Kiefer an. Er dachte nach, entschied sich aber dafür, die Wahrheit zu sagen und stellte sich und seine Gefährten vor.

„Jedenfalls sind wir gerade dabei, wieder aufzubrechen. Wir haben uns verspätet und müssen uns beeilen, damit wir zu unseren Freunden kommen. Sie warten schon. In diesem Sinne war es nett, dich kennenzulernen, aber leider müssen wir nun weiter."

Und an die anderen gewandt sagte er: „Hoch mit euch! Wir haben keine Zeit mehr zu verlieren", woraufhin sich diese erhoben und begannen, ihre Sachen zu packen.

Xantip zog indes seine Mundwinkel nach unten.

„Oh schade. Sehr, sehr schade ist das. Ich habe geglaubt, dass wir uns ein wenig unterhalten könnten. Wisst ihr, ich stamme auch aus Nessa. Ja, wie ihr! Hättet ihr nicht für möglich gehalten, oder? Aber es stimmt. Der alte Xantip kam vor ungefähr … ungefähr … wartet kurz!"

Er hob seine Hand und zählte langsam seine Finger ab.

„Ja, genau! Ich kam vor fünfzehn Jahren nach Assun. Hach. Ich kann mich noch gut an das Land des Lichts erinnern. Es war so schön dort. Ich könnte fast wehmütig werden."

„Warum bist du dann hier?", fragte Vremno. Sofort biss er sich auf die Zunge und verdammte sich selbst für diese geistlose Frage. Vor allem, weil Lemored ihn unsanft in die Seite stieß und ihn mit einem Anflug von Nervosität in der Stimme tadelte: „Aber Vremno, du kannst nicht so unhöflich sein und dich in die privaten Dinge eines fremden Mannes einmischen. Das gehört sich nicht."

„Aber, aber. Es wird doch noch erlaubt sein, den alten Xantip etwas zu fragen? Neugierde ist eine Tugend der Jugend, heißt es doch."

Xantip grinste breit. Dabei zog sich seine Unterlippe so weit hinunter, dass man sein entzündetes, blutendes Zahnfleisch sehen konnte. Langsam schritt er auf Vremno zu, bis sie wenige Zentimeter voneinander getrennt waren.

„Nun, mein kleiner Freund, du möchtest wissen, weshalb ich nach Assun gekommen bin? Ich werde dir die Frage gerne beantworten: Ich kam nach Assun, weil ich … jemanden … ermordet habe."

Bei dem Wort „ermordet" bewegte sich Xantips Kopf so ruckartig in Vremnos Richtung, dass seine Nase beinahe die des jungen Mannes berührte. Instinktiv machte Vremno einen Schritt zurück, woraufhin Xantip zu lachen begann. Er ging in die Knie und klopfte sich amüsiert auf die Oberschenkel.

„Habe ich dich erschreckt? Oh, das wollte ich nicht!"

Noch immer konnte Xantip sein Lachen nicht unterdrücken.

„Nein, nein, keine Sorge. Ich habe mir bloß einen kleinen Scherz mit dir erlaubt. Xantip ist ein lustiger Geselle, nicht wahr?"

Erst allmählich beruhigte sich der Mann, ehe er wieder mit ernsthafter Stimme fortfuhr: „Nein, nein, die Wahrheit ist: Ich war einst ebenfalls ein Wachmann, stationiert in Assun. Wie ihr. Ich war lange Zeit in diesem Land und mochte es schon damals. Ich streunte oft umher und beobachtete die Kreaturen Assuns, wie sie in Freiheit und ohne Gesetze oder Regeln zusammenlebten. Wie sie jagten, schliefen, sich gegenseitig die Schädel einschlugen, und ich muss gestehen: Ich fand es wunderschön. So gern hätte ich mich damals einer Gruppe angeschlossen, doch ich war ja ein Mann Nessas und durfte nicht."

Er stierte wehmütig in die Ferne.

„Als ich dann in meine Heimat zurückkehrte, ließen mich die Erinnerungen an die Dunkelheit und die wunderbare Zeit, die ich hier hatte, nicht los. Ich konnte mit dem Licht nichts mehr anfangen. Darum kam ich zurück. Inzwischen lebe ich schon lange hier. Und noch nie habe ich seither einstige Landsmänner getroffen. Die Wachposten, die hier sind, reden nicht gerne mit mir. Ich glaube, sie haben Angst vor mir. Dabei ist Xantip doch ein sehr netter, höflicher Mann, nicht wahr? Oder was sagt ihr? Ich bin doch ein lieber, ein ganz lieber, nicht wahr?"

Fragend ließ Xantip den Blick durch die Runde schweifen und wartete, bis die fünf Männer nickten und ihm zustimmten.

„Seht ihr? Ihr findet Xantip auch nett. Weil ich das ja wirklich bin. Und weil ihr Xantip so freundlich findet und ich schon so lange Zeit mit niemandem mehr über meine Heimat sprechen konnte … Nun, da werdet ihr doch bestimmt ein Minütchen oder zwei Zeit haben, ein wenig mit mir zu plaudern und mir alles zu erzählen, was sich in Nessa getan hat? Ihr seid ohnehin schon spät dran, da macht es doch nichts, wenn ihr noch ein kleines bisschen länger braucht."

„Es ist wirklich ein sehr verlockendes Angebot, Xantip", antwortete Lemored, „doch wie mein Freund schon erklärt hat, müssen wir weiter. Die Männer auf unserem Stützpunkt halten bestimmt schon Ausschau nach uns. Wir sind sehr spät dran. Wahrscheinlich haben sie sogar bereits einen Suchtrupp nach uns entsendet. Es hat uns gefreut, dich kennenzulernen."

Wie auch seine Freunde zuvor schulterte er sein Gepäck und wollte gerade den Befehl zum Abmarsch freigeben, als Xantip in die Hände klatschte.

Während der unheimliche Geselle sagte: „Ich kann euch aber jetzt leider nicht so einfach gehen lassen", erschienen drei eigentümliche Gestalten hinter den Bäumen und schnitten Koldem, Lemored, Jahub, Vremno und Iretok den Weg ab.

Konfrontation

Sie waren umzingelt. Vor ihnen hatte sich jeweils eine Kreatur der Dunkelheit positioniert. Ein hünenhafter Riese mit einer Leibesgröße von gut zwei Metern bäumte sich vor Koldem auf. Er hatte ein aufgedunsenes Gesicht mit fleischigen Lippen. Sein gesamter Leib war wulstig, und auf seinem Rücken war ein Zwilling mit einem großen Kopf, unterentwickelten Armen und Beinen und einem aufgeblähten Bauch angewachsen. Mit blutunterlaufenen Augen stierte er hervor und klatschte in die kleinen Hände oder flüsterte seinem großen Bruder Anweisungen ins Ohr.

Lemored wurde von einem eigentümlichen Wesen belagert. Seinem Erscheinungsbild zufolge war es eine Mischung aus einem Reptil und einem Mann. Der Kopf lief beim Mund spitz zusammen, und die gespaltene Zunge schnellte immer wieder aus seinem lippenlosen Mund mit einer Reihe kleiner, messerscharfer Zähne. Vom Hals abwärts war sein gesamter, menschlich anmutender Körper mit einem schuppigen Panzer überzogen.

Vremno wurde von einer auf den ersten Blick altersschwacher Hexe im Zaum gehalten. Ihre Haut war faltig wie die einer hundertjährigen Greisin. Sie hatte hüftlanges, graues, fettiges Haar, das an einigen Stellen bereits ausgefallen war. Ihre Nase war spitz und zu lang – ebenso wie ihre Finger und Zehen. Mitsamt ihrer Nägel maßen sie fünfzig Zentimeter. Vor allem die Fingernägel waren kleine Todesinstrumente, spitz wie Messer.

Xantip indes stellte sich vor Jahub. Als er bemerkte, dass dieser zu seinem Schwert griff, schnalzte er mit der Zunge.

„Na, na, na", tadelte er ihn, „das ist doch nicht nötig. Ihr werdet uns keinesfalls angreifen, oder?"

Er machte einen Schritt auf Jahub zu und zog dessen Schwert aus der Scheide.

„So ist es besser. Und nun zu dir."

Xantip blickte an Jahub vorbei zu Iretok, der in der Mitte des Kreises stand.

„Komm zu mir, mein Freund."

„Ich?", krächzte der Magier.

„Ja. Du. Natürlich. Ach, ach, ach. Wir haben doch sofort erkannt, dass du ein Gefangener bist. Einer wie wir. Und wir wollten dir helfen. Komm zu mir, hopp, hopp."

„Tu das ja nicht, Iretok!", mahnte Koldem und bereute seine Tat sogleich, denn Xantip pfiff anerkennend durch die Zähne.

„Iretok? Etwa DER Iretok?"

„Nur eine Namensgleichheit", erklärte Lemored.

„Oh nein, das glaubt der alte Xantip nicht. Ganz und gar nicht. Also, kommst du?" Er streckte seine Hand aus.

„Iretok, ich warne dich", wiederholte Koldem, „du weißt, dass ich dich in der Hand habe."

„Du brauchst keine Angst zu haben", säuselte Xantip. „Wenn dir einer von ihnen etwas tut, zermalmen wir ihn."

Ein letztes Mal blickte sich Iretok im Kreis um, ehe er aus der Mitte hervorkam und zwischen Jahub und Vremno hindurch an Xantips Seite schritt. In diesem Moment rief Koldem die Energien an, woraufhin sich die Kette um Iretoks Hals zuschnürte. Der Magier griff danach und drohte zu ersticken. Der Zauber endete jäh, als der Riese zu einem Schlag ausholte, Koldem mit der Faust gegen den Kopf schlug und dieser zur Seite taumelte.

„Wirst du aufhören damit?", keifte Xantip. „Ich habe dem armen, lieben Iretok versprochen, dass ihm nichts geschieht, und dann machst du so etwas. Tz, tz, tz. Aber gut. Das war eine Lektion. Nun zu uns zwei Hübschen", er wandte sich an den Magier. „Was sagst du, was wir mit den vier da machen sollen? Sollen wir sie laufen lassen oder ein wenig mit ihnen spielen oder sie gleich abmurksen?"

„Ich wäre für letztere Option", tönte Iretok. Nun, da er sich in Sicherheit wähnte, veränderte sich seine Haltung. Er hatte sein Rückgrat durchgestreckt und seine Stimme war fester, herrischer.

„Und ich kümmere mich gern darum. Sie haben mich wie Dreck behandelt und ich möchte mich dafür revanchieren."

„Das gefällt mir. Fang mit dem Aufmüpfigen an. Diesem Koldem."

„Nein. Jahub ist der eigentliche Rädelsführer. Hast du vielleicht eine Waffe für mich? Einen Dolch? Ich möchte ihm den Bauch aufschlitzen."

Xantip kicherte. „Natürlich mein Freund. Die Vorstellung gefällt mir."

Er reichte Iretok einen Dolch, woraufhin dieser zu Jahub ging. Er packte ihn am Kragen, zog ihn zu sich und sah ihn für einige Sekunden lediglich tief in die Augen, ehe er mit einem diabolischen Grinsen auf den Lippen ausholte … und Jahub zusammenbrach.

„Du Scheusal!", brüllte Vremno. Trotz der Gefahr stürmte er in die Richtung des Magiers, um ihn niederzureißen. Die Hexe streckte die Hand aus, woraufhin sich ihre Fingernägel noch weiter verlängerten und in Vremnos Taille stießen. Schmerzerfüllt jaulte er auf und sank auf die Knie. Die Stichwunde schmerzte und fühlte sich an, als würde das Fleisch rundherum verbrennen. Lemored und Koldem, die ihrem Freund zu Hilfe eilen wollten, wurden von dem Riesen und dem Echsenmann gepackt und festgehalten.

„Warum lernt ihr nicht, dass ihr euch nicht zur Wehr setzen sollt?"

Xantip schüttelte den Kopf.

„Tötet sie, schnell, sonst stehen wir hier noch hundert Jahre herum."

„Nein! Ich habe gesagt, dass ich mich um sie kümmere. Niemand sonst rührt sie an, denn ich habe noch eine Rechnung mit ihnen zu begleichen."

„Dann mach weiter."

Iretok ließ sich dies nicht zweimal sagen. Noch während sich Vremno vor Schmerz krümmte, ging Iretok zunächst zu Lemored und dann zu Koldem. Beide wanden sich mit allen Kräften in der Umklammerung der Feinde, doch diese waren stärker. Erst, nachdem Iretok ihnen den Dolch in den Bauch gerammt hatte, sackten sie auf den Boden.

„Das hätten wir geschafft", triumphierte Iretok. „Wir sollten gehen. Die Leichen brauchen wir nicht zu verscharren. Irgendwelche Tiere werden sich bestimmt an ihnen laben."

„Und was ist mit dem Jungen?"

„Den lassen wir auch liegen. Wie mir scheint, wird er ohnehin an seinen Verletzungen krepieren. Was ist überhaupt mit ihm?"

„Es liegt an dem Gift in Pflechtas Nägel. Es lähmt dich und dann bist du tot. Es ist nicht angenehm, aber was soll's. Trifft ja bloß diesen kleinen, nichtmagischen Bengel."

„Ja, genau."

Iretok blickte ein letztes Mal zu Boden und spuckte neben Vremnos Kopf. Dieser sah hoch. Es kostete ihn alle Kraft, sich auch nur einen Millimeter zu rühren. Er wollte schreien. Iretok beschimpfen. Oder zumindest den Tod seiner Freunde beweinen. Doch er konnte nichts von alledem, er starrte lediglich Iretok und Xantip hinterher, wie sich diese mitsamt den anderen unheimlichen Kreaturen entfernten. Gesprächsfetzen drangen zu ihm. Xantips schrille Stimme: „Wenn mir jemand gesagt hätte, dass ich den berühmten Iretok kennenlerne, dann hätte ich ihn wohl für verr-"

Aus den Augenwinkeln heraus sah Vremno, dass sich Jahub, Lemored und Koldem erhoben und an ihm vorbeischlichen. Sie waren doch tot? Wieso konnten sie sich bewegen? Fragen über Fragen, doch keine davon konnte Vremno stellen. Und das war auch gut so, denn nur dadurch konnten sich die drei Gefährten lautlos Xantip und seinen Freunde nähern, sie angreifen und ein für alle Mal unschädlich machen.

Trautes Heim

Zaphlessia betrat Alirjas Häuschen. Sie öffnete die Fensterläden, um frische Luft hereinzulassen, ehe sie die Tür zum Garten aufmachte und sich dort in Alirjas Schaukelstuhl fallen ließ. Aus ihrer Tasche nahm sie das Fläschchen Lavindell, das sie von Madame Uhls geholt hatte, und den Brief, der sie vor einer Stunde erreicht hatte.

Seit Alirja fortgegangen war, war es zu Lessas Ritual geworden, hierherzukommen. Das Haus war ihr Rückzugsort, und hier las sie auch die Briefe, die sie von ihrer Ziehmutter erhielt.

Es war schon eigenartig. Vor kurzem wollte Lessa unbedingt weg von hier, weil dieser Ort ein Käfig für sie gewesen war. Ein Gefängnis, das sie daran hinderte, sich zu entfalten. Nun aber, da sie im Palast lebte, schätzte sie die hier herrschende Ruhe erst so richtig. Die Vögel, die zwitscherten, den Wind, der mit den Blättern spielte, und das Summen der Insekten.

Nicht, dass Lessa ihr neues Leben nicht in vollen Zügen genossen hätte. Sie mochte das bunte Treiben des Palasts und hatte viele Bekanntschaften geschlossen. Sie saß an einem Tisch mit ranghohen Magiern und Gelehrten, tauschte sich mit ihnen aus und plauderte über Dinge, die sich im Land ereigneten. Ihr Horizont, der sich wenige Wochen zuvor auf das kleine Ephmoria beschränkt hatte, weitete sich, und sie hätte Dutzende Einladungen in fremde Städte annehmen können, doch schlug sie jedes Angebot aus. Es gab einen triftigen Grund, weshalb Zaphlessia Ephmoria nicht verlassen wollte: Jahub. Lessa wollte die Erste sein, die ihn empfing, sobald er zurückkehrte. Sie hatte inzwischen erfahren, auf welch schrecklicher Mission er sich befand. Niemals würde sie es sich verzeihen, wenn ihm etwas zustieße, ohne dass sie ihm zuvor ihre Gefühle gestanden hatte. Daher hatte Lessa den Entschluss gefasst, Jahub alles zu sagen. Bekräftigt wurde sie in ihrem Vorhaben durch die Briefe ihrer Ziehmutter. Sie gab wunderbare Ratschläge, sprach Zaphlessia Mut zu und schenkte ihr Zuversicht. Alirja beteuerte, dass Lessa ein zauberhaftes Wesen wäre, das man mögen müsste. Und falls Jahub nicht das Gleiche empfände, so würde selbst ein gebrochenes Herz eines Tages wieder heil. Doch daran wollte Lessa gar nicht erst denken. Viel lieber malte sie sich ihre Zukunft zu zweit in den schillerndsten Farben aus.

Zaphlessia lehnte sich zurück, öffnete den Umschlag, nahm die gefalteten Blätter heraus und begann zu lesen. Bei jedem Satz konnte sie förmlich hören, wie Alirja Gerane Wort für Wort diktierte, was diese schreiben sollte. Ihre Briefe waren so voller Freude, dass es ansteckend war. Sie erzählte von Zubring, ihren Plänen und lustigen Ereignissen. Zaphlessia hatte bildhafte Vorstellung von Alirja, wie diese die Tiere fütterte, den Stall ausmistete oder sich unbeschwert wie ein junges Mädchen vom Heuboden auf einen Strohhaufen fallen ließ.

„Irgendwann", schloss die Blinde ihren Brief, „werde ich mit Vremno und dir Zubring besuchen, euch das Dorf zeigen, euch die Geschichten meiner Kindheit erzählen, und wir werden glücklich sein. Ich freue mich schon. Deine Alirja"

Was für eine wunderschöne Vorstellung, dachte Lessa. Sie wippte vor und zurück.

Wo mochte Vremno gerade sein? Was erlebte er? Blühte er ebenso auf wie Zaphlessia und Alirja? Es verwunderte sie, dass er bisher noch keine Nachricht übermittelt hatte. Sie hatte ihre Ziehmutter diesbezüglich in ihrem letzten Brief angelogen und vorgegaukelt, Botschaften von Vremno erhalten zu haben. Alirja sollte sich keine Sorgen machen oder ihren Ausflug womöglich abbrechen. Dazu ging es ihr viel zu gut. Gerade aufgrund dieser kleinen Flunkerei beschäftigte es Lessa, dass sie kein Lebenszeichen von Vremno erhalten hatte.

Wahrscheinlich ist er einfach so beschäftigt mit all den Erfahrungen, die er sammelt, redete sie sich ein. Er wird herumziehen. Hat womöglich ein Mädchen kennengelernt und denkt nicht mehr an uns. Aber irgendwann wird er zurückkommen, und dann werde ich mich für alles entschuldigen. Sie leerte den letzten Rest Lavindell. Ja. Irgendwann werden wir wieder vereint sein. Alirja, Vremno und ich. Wir drei. Eine richtige kleine Familie.

Wachablöse

Vremno schlug die Augen auf Er fühlte sich matt und ausgelaugt, sein ganzer Körper schmerzte. Vorsichtig mühte er sich hoch und sah sich um. Lemored und Koldem schliefen auf dem Boden, während Jahub unweit von ihm saß und Wache hielt.

„Ich dachte, ihr seid tot", kreischte er etwas lauter als gewollt.

Jahub fuhr herum. Er griff instinktiv nach seinem Schwert. Als er jedoch Vremno erkannte, atmete er erleichtert auf.

„Du bist endlich wach. Du hast fast einen Tag durchgeschlafen."

„Was ist … passiert? Ich war davon überzeugt, dass ihr alle … bei Fortary. Bin ich verrückt geworden? Ich verstehe nichts mehr."

„Zunächst beruhige dich, dann erkläre ich dir, was geschehen ist."

Jahub setzte sich neben Vremno.

„Ich muss zugeben, dass wir es Iretok zu verdanken haben, dass wir noch am Leben sind. Er hat Xantips Spiel mitgespielt und so getan, als würde er sich auf seine Seite schlagen, damit uns nichts geschieht. Jedem von uns hat er zugeflüstert, mitzuspielen, und wir haben danach mithilfe eines Illusionszaubers unseren Tod fingiert. Hätte Iretok nicht so vorausschauend gehandelt – Fortary alleine weiß, was dann geschehen wäre."

„Was? Willst du damit andeuten, dass er uns … gerettet hat?"

„Ja. Das hat er."

„Und was ist mit Xantip und seinen Freunden? Sind sie hinter uns her? Oder habt ihr sie …"

„… getötet? Ja."

Jahub senkte seinen Blick.

„Wir mussten es tun. Unser Leben stand über dem ihrigen, vor allem, da du dringend Hilfe benötigt hast."

Vremno zog fragend die Augenbrauen hoch.

„Die Hexe, die dich angegriffen hat, hat ein Gift in deinen Körper gespritzt. Du hast das Bewusstsein verloren. Dass du keine schlimmeren Nachwirkungen zu spüren bekommst, hast du ebenfalls Iretok zu verdanken. Er hat uns angewiesen, wie man aus den hiesigen Kräutern ein Gegenmittel zusammenstellt. Ich muss gestehen, dass wir tief in seiner Schuld stehen. Wir alle."

„Unfassbar."

„Ja. Das sehe ich auch so. Wir hatten großes Glück."

„Hört sich so an."

„Aber wir können uns später noch im Detail darüber unterhalten. Du solltest dich noch etwas ausruhen."

„Ja, danke."

Gerade als Vremno sich wieder auf sein Lager bettete, schweifte sein Blick zu Iretok. Und da kam Vremno eine Idee.

Schnell fragte er daher: „Soll ich die restliche Wache übernehmen? Du hast ein paar Minuten Ruhe verdient."

„Nein. Du bist doch noch geschwächt."

„Glaub mir, ich fühle mich sehr ausgeruht. Immerhin habe ich – wie lange, hast du gesagt? – einen Tag geschlafen?"

„Ja."

„Na, da siehst du es. Ich kann gar nicht mehr müde sein. Du hingegen siehst sehr mitgenommen aus. Also komm, leg dich nieder."

„Aber ich strecke mich lediglich für einen Moment aus. Sobald mir die Augen zufallen, weckst du mich, ja?"

„Das ist ein Kompromiss."

Es dauerte nicht lange, da atmete Jahub tief und gleichmäßig. Vremno schürte das Feuer und setzte sich davor nieder. Er dachte gar nicht daran, seinen Freund aufzuwecken, sondern beobachtete stattdessen den Magier von der Seite. Mehrmals räusperte er sich, als Iretok plötzlich die Augen aufschlug und sagte: „Bemüh dich nicht länger. Ich bin wach."

„Das ist gut. Ich wollte nämlich mit dir reden. Unter vier Augen."

„Worüber?"

„Du ... du hast mich gerettet. Uns alle."

Iretok setzte sich auf. „Das habe ich, ja."

„Warum? Du hättest mit Xantip gehen können und in Freiheit leben können."

„Du glaubst nach wie vor, dass ich das manipulative Scheusal von einst bin, nicht wahr?"

Vremno nickte.

„Das dachte ich mir. Aber ich habe dir bereits gesagt, dass ich mich verändert habe. Niemals würde ich euch hintergehen. Wir sind eine Gemeinschaft, ob wir wollen oder nicht. Und als solche müssen wir aufeinander Acht geben. Ich bin hier, um euch zu helfen. Ihr könnt mir vertrauen."

„Das fällt mir dennoch schwer."

„Das verstehe ich, Vremno. Aber vielleicht schaffe ich es, wenn nicht durch meine Worte, dann durch meine Taten, dich zu überzeugen."

„Vielleicht. Auf jeden Fall danke ich dir, Iretok. Wirklich. Ich stehe in deiner Schuld."

„Nein, das tust du nicht, denn ich habe so viel mehr wiedergutzumachen."

Vremno seufzte. Er begann, nachdenklich auf seiner Lippe zu kauen.

„Gibt es noch etwas, das dir auf dem Herzen liegt?", fragte Iretok.

„Ja. Nein. Es ist ... nichts Wichtiges. Vergiss es." Vremno winkte ab.

„Gut. Ich werde dich nicht zwingen, aber falls du doch mit mir reden willst, kannst du dich jederzeit an mich wenden." Iretok war im Begriff, sich wieder niederzulegen, als Vremno ihm ein Zeichen zum Warten gab.

„Da wäre doch etwas ..."

„Ich höre."

Vremno schloss die Augen. Vielleicht war es die positive Überraschung, dass Iretok ihnen allen das Leben gerettet hatte. Womöglich der bittere Nachgeschmack der puren Verzweiflung, die der Traum von Kara heraufbeschworen hatte. Oder aber die Hoffnungslosigkeit, dass es keinen Ausweg mehr gab, er keine Ideen hatte und nicht mehr wusste, was er tun sollte. Am wahrscheinlichsten aber war es eine Mischung aus allen Gründen, die ihn dazu brachte, Iretok die Frage aller Fragen zu stellen: „Wo befindet sich der Palast Pluxis?"

Freundschaft unter Feinden

Natürlich hatte dieser Satz eine Diskussion nach sich gezogen. Und obwohl Vremno irgendwo tief drinnen befürchtete, dass seine Idee dumm und einfältig war, trotz der Ungewissheit, ob er dem Magier trauen konnte, ließ er sich in ein Gespräch verwickeln. Nach und nach rückte er mit der Sprache heraus und offenbarte ausgerechnet Iretok, dem Mann, den er am meisten auf der Welt verabscheute, sein Geheimnis. Als er mit seinem Bericht fertig war, pfiff Iretok durch die Zähne.

„Faszinierend. Ich hätte nicht für möglich gehalten, dass es noch Leben in Pluxis gibt."

Vremno begann, nervös an seiner Unterlippe zu zupfen.

„Das Problem ist, dass ich nicht weiß, wo ich den Palast finde. Er ist verschwunden."

„Ich muss dich korrigieren: Er ist nicht verschwunden, wir können ihn bloß nicht sehen. Etwas muss geschehen sein, wodurch er im Verborgenen liegt. Und ich müsste mich schon sehr irren, wenn dies nicht mit deiner Mutter zu tun hätte."

„Was? Wie kommst du darauf?"

„Nun, Pandemia hat die letzte Schlacht ausgetragen, doch sie ist nie zurückgekehrt. Ich tippe, dass sie einen Bann ausgesprochen hat und Pluxis dadurch unsichtbar geworden ist. Und wenn dem so ist, kannst du diesen Bann wieder rückgängig machen, denn du bist von ihrem Blut."

„Ein Umkehrspruch? Aber ich bin doch kein Magier."

„Du bist ein Magier ohne magische Fähigkeiten, Vremno. Das ist ein gewaltiger Unterschied. Dein Blut kann das Verborgene auftauchen lassen. Du musst lediglich am richtigen Ort stehen, und ein Tropfen genügt."

„Nehmen wir einmal an, dass du Recht hast. Wie finde ich den Palast? Ich wiederhole mich ungern, aber er ist verschwunden!"

„Ich kann dir eine Karte anfertigen. Wenn du etwas zum Schreiben hast, werde ich für dich einzeichnen, wo sich der Palast befunden hat."

„Das würdest du tun?" Es fiel Vremno schwer, seine Freude zu verbergen.

„Es ist das Mindeste, das ich für dich tun kann. Wir sollten uns beeilen. Deine Freunde wachen bestimmt bald auf."

Vremno reichte dem Magier Papier und Stift, und Iretok begann, eine Karte zu zeichnen. Er lieferte sogar Beschreibungen der Umgebung, anhand derer Vremno den Standort ausfindig machen konnte. Eigentlich hätte er erleichtert sein sollen, doch je mehr er hörte, umso mehr begannen sich Bedenken in seinem schmerzenden Kopf auszubreiten.

„Ich werde das niemals schaffen", überlegte er verzagt.

„Und was, wenn doch? Vremno, du bist schon so weit gekommen. Hätte dir dies zuvor jemand gesagt, du hättest ebenso gezweifelt. Verzweifle nicht."

„Ja. Ich werde mein Bestes geben."

Als Vremno aufstand, um seine Freunde zu wecken, rief Iretok seinen Namen. Schnell drehte sich Vremno um.

„Eines noch: Ich wünsche dir alles Gute bei deinem Vorhaben. Und ich will dir danken. Dafür, dass du dich mir anvertraut hast. Ich hoffe, dir geholfen zu haben, damit dein bevorstehender Weg weniger steinig und holprig wird. Möge das Schicksal dich beschützen."

Zusammenkunft in der Dunkelheit

„Da vorn ist es."

Koldem zeigte auf ein Häuschen.

„Der Ort, an dem unsere Freunde sind. Wir sind angekommen."

Jahub legte ihm sanft die Hand auf die Schulter.

„Wir sollten nicht überstürzt handeln. Wir wissen nicht, was passiert ist, seit ihr das letzte Mal hier wart, und sollten Vorsicht walten lassen."

„Ja, das sehe ich auch so."

Lemoreds Gesicht verfinsterte sich.

An seinen Magierfreund gerichtet, fragte er: „Fühlst du es auch, Jahub?"

„Ja."

„Was?", mischte sich Vremno ein.

„Nichts Gutes, mein junger Freund. Nichts Gutes. Es ist eine dunkle Schwingung, die hier auf uns wartet. Ich fühle Angst und Schrecken. Es ist furchtbar. Es ist böse. Abgrundtief böse. Ich ahne, dass uns das Schlimmste noch bevorsteht. Kommt, lasst uns das Unvermeidliche hinter uns bringen."

Schweigend gingen die Männer weiter. Je näher sie der Behausung kamen, umso intensiver wurden die Empfindungen, die sie heimsuchten. Da entdeckten sie den unnatürlich verdrehten Körper eines Mannes. Der rechte Arm war ausgekugelt und hinter den Rücken verdreht, die Beine waren ineinander verschlungen. Man konnte meinen, er hielte ein Nickerchen, doch schnell mussten die drei Freunde feststellen, dass der Mann nicht mehr am Leben war.

„Opolito!", schrie Lemored und eilte zu dem Toten.

Jahub folgte ihm. Noch bevor Lemored sich über die Leiche hätte beugen können, um sie hochzuheben, hielt Jahub ihn mit all seiner Kraft zurück.

„Nicht! Du darfst ihn nicht berühren. Er ist von einer dunklen Aura umgeben. Wir dürfen ihn keinesfalls anfassen, solange wir nicht wissen, was vorgefallen ist."

„Aber … Er ist … Ich verstehe es nicht!", klagte Lemored. „Was hat das zu bedeuten? Etwas Furchtbares muss hier geschehen sein. Sie hätten niemals … Meine Freunde hätten niemals einen von uns einfach so vor dem Haus liegenlassen." Er wehrte sich gegen Jahubs Umklammerung und brüllte: „Zaphro! Euklet! Uinden! Zuhli! Wo seid ihr?"

„Ruhig! Wir müssen vorsichtig sein. Koldem!", schrie Jahub seinen Freund an, der wie versteinert auf den Toten starrte.

„Koldem!", wiederholte er.

Noch immer rührte sich dieser nicht.

„In Fortarys Namen, hör mir zu!"

Der stattliche Mann schüttelte sich.

„Du und Vremno bleibt hier und bewacht Iretok. Ich gehe mit Lemored ins Haus und sehe mich dort um. Ihr rührt euch nicht, außer ich sage es euch."

Koldem schüttelte den Kopf, ehe er wortlos nickte.

Geschwind rannten beide Magier los und in das Häuschen hinein. Gesprächsfetzen drangen zu den Wartenden. Es waren undeutliche Phrasen, als plötzlich die schrille Aufforderung „Koldem, hilf uns!" das Stimmgewirr durchdrang.

Sofort stürmte Koldem mit dem an Vremno gerichteten Befehl „Pass auf ihn auf!" los. Auf halbem Wege hielt er jedoch inne, kehrte nochmals zurück. Er packte Iretok am Kragen und zog ihn zu sich. Mit der anderen Hand umfasste er das entstellte Gesicht des Magiers.

„Ich rate dir, nichts Dummes anzustellen. Tust du es doch, wirst du es bitter bereuen. Dann werde ich dich so behandeln, dass du dir wünschst, sterben zu können, du Scheusal!" Er gab Iretok einen Schubs, woraufhin dieser nach hinten taumelte. Koldem scherte sich nicht darum, sondern rannte los. Vremno reichte dem Magier die Hand, um ihm beim Aufstehen zu helfen.

„Ich danke dir." Iretok klopfte sich den Schmutz aus den Kleidern.

„Keine Ursache."

Erneut drangen Rufe zu dem nunmehr übriggebliebenen ungleichen Paar vor. Vremno fühlte sich hilflos. Gerne wäre er zu seinen Freunden geeilt, doch er musste auf Iretok achtgeben. Er war derart damit beschäftigt, abzuwägen, was er tun sollte, dass er gar nicht erst realisierte, welche Möglichkeit sich ihm offenbarte. Es war Iretok, der Vremno aus seiner Starre riss: „Was stehst du noch hier rum? Ich an deiner Stelle würde weglaufen und Pluxis suchen. Jetzt."

Einer von vielen

Koldem stürzte in das Häuschen. Der bestialische Gestank nach Verwesung und Exkrementen erfüllte den gesamten Raum. Er schmeckte seine Galle im Hals. Doch er hatte keine Zeit, sich um sein eigenes Befinden zu kümmern, denn er musste Jahub und Lemored helfen, die mit einer dritten Person rangelten und versuchten, sie auf den Boden zu drücken. Koldem erkannte den Unbekannten zunächst nicht, bis ihm klar wurde, dass es sich um Zaphro handelte.

Zaphro. Der gute, liebe, alte Zaphro, mit dem die Wachmänner so viele Stunden vor dem Feuer gesessen hatten. Mit dem sie diskutiert, gescherzt und gesungen hatten. Dessen Geschichten sie stundenlang gelauscht hatten. Ihr Rädelsführer. Ein Mann voll Stärke und Autorität, aber auch mit einer gehörigen Portion Schalk im Nacken. Der für seinen ungenießbaren Eintopf berühmt war und daher niemals kochen durfte. Zaphro, der für sie alle in Assun wie ein Ersatzvater gewesen war, war abgemagert und dürr. Seine Knochen zeichneten sich unter der pergamentartigen Haut ab, die an vielen Stellen offen, wund und abgestorben war. Kein Gramm Fett hatte er noch auf den Rippen. Er war ein mit Haut bespanntes Skelett.

„Koldem, hilf mir, schnell! Lös mich ab. Pack ihn. Beeil dich. Er ist", Jahub stöhnte, „so stark."

Koldem befolgte den Befehl seines Freundes und war überrascht, welch übermenschliche Kräfte der ausgemergelte Zaphro hatte. Immer wieder gelang es ihm beinahe, den festen Griffen von Lemored und Koldem zu entkommen. Er bäumte sich auf, beschimpfte und verwünschte seine einstigen Freunde.

Jahub kramte in seinem Rucksack. Als er das Gesuchte gefunden hatte, stand er auf, inspizierte den Esstisch, auf dem altes Geschirr mit eingetrockneten Speiseresten stand, und nahm eine kleine Schüssel und einen Pfefferstreuer an sich. Am Boden kniend, begann er, einige Kräuter zu zerstampfen und diese immer wieder mit ein paar Tropfen Wasser zu vermischen.

„Bei Fortary, brauchst du noch lange?"

Koldem hatte zwischenzeitlich Zaphros Oberkörper und Arme mit beiden Beinen umschlungen, und Lemored presste dessen Unterleib mithilfe seines eigenen Gewichts nieder.

„Nein, es ist geschafft. Koldem! Versuch, Zaphro ganz auf den Boden zu drücken."

Er tat wie befohlen. Jahub setzte sich breitbeinig auf Zaphros Brust.

„Nimm seinen Kopf und halte ihm die Nase zu."

Wieder hielt sich Koldem an die Anweisungen seines Freundes.

„Sehr gut. Gleich haben wir es."

Als Zaphro den Mund öffnete, um nach Luft zu japsen, goss Jahub den Inhalt der Schüssel hinein. Einiges rann daneben, doch Zaphro schluckte genug. Allmählich erschlafften seine Glieder und seine Muskeln entspannten sich, bis er regungslos dalag.

„Was war das?" Koldem war der Erste, der zu einer Reaktion fähig war.

„Etwas von dem Kraut, das wir Iretok gegeben haben."

Jahub sank neben Zaphro auf den Boden und blieb dort sitzen.

„Nein, das meine ich nicht. Ich meine das alles hier. Und ihn."

„Wir kamen vorhin herein, und Zaphro lag auf dem Küchentisch", erklärte Lemored. „Ich dachte schon, er sei tot, doch dann stand er auf und wirkte erstaunlich … normal. Ich habe ihn gefragt, was passiert ist und was Opolito zugestoßen ist. Und wo die anderen sind. Er beharrte darauf, seit Wochen hier allein zu sein und auf dich und mich zu warten."

„Irgendwann sah er zur Tür", setzte Jahub fort, „und krächzte, wir seien Idioten, wir hätten das Portal offengelassen und nun würde der Nebel kommen. Er könne ihn schon sehen. Doch da war nichts. Als wir wieder mit Zaphro sprechen wollten, war er plötzlich wie von Sinnen. Er fiel uns an. Beschimpfte uns als Bestien. Als dunkle Kreaturen. Er ließ sich nicht mehr beruhigen, und so waren wir gezwungen, ihn zu überwältigen. Das Problem war, dass er plötzlich unerklärlich stark wurde."

„Ja, das ist mir aufgefallen."

Koldem strich sich über den Kopf. Seine Hand war schweißnass.

„Aber ich verstehe das nicht. Was ist hier passiert, seit wir weg sind? Was hat es mit diesem … Nebel auf sich und wo in Fortarys Namen sind die anderen?"

„Ich glaube, sie liegen da hinten."

Lemored zeigte auf eines der Schlaflager, die hinter dem Speisetisch aufgebaut waren. Jahub und Koldem standen auf und gingen zu dem Bett. Eine aufgebauschte Decke lag darauf. Jahub hob die Decke hoch. Euklets Leichnam lag darunter. Maden krochen aus seiner Nase. Als sich Jahub würgend wegdrehte, fiel sein Blick nach links. Wenige Betten von Euklets entfernt lag ein weiterer Leichnam, der sich ebenfalls unter einer kratzigen Wolldecke abzeichnete.

„Bei Fortary! Sie sind alle tot!", stieß Koldem hervor. Er war kreidebleich geworden.

„Trotz alldem müssen wir einen klaren Kopf bewahren", mahnte Jahub. „Es ist schrecklich, was hier passiert ist, aber das zeigt uns, dass wir schnell etwas unternehmen müssen. Wir sollten verschwinden. Wir bauen eine Trage für Zaphro und gehen am besten zum nächsten Wachposten, erklären unsere Situation und lassen uns nach Nessa gleiten. Los! Fangen wir an."

Und als sich weder Koldem noch Lemored rührten, wiederholte er mit etwas mehr Schärfe: „Ihr sucht etwas, womit wir Zaphro befördern können, und ich gehe derweil zu Vremno, um ihn über alles zu informieren."

„Machen wir", antworteten die beiden und begannen, sich in Bewegung zu setzen. Jahub tat es ihnen gleich. Er rief Vremnos Namen und lief hinaus in die Dunkelheit. Doch da war niemand mehr. Weder vor dem Haus, noch hinter dem Haus.

Vremno war verschwunden.

Und mit ihm Iretok.

Zweckgemeinschaft

Jede Entscheidung verändert das Leben nachhaltig, lenkt es in neue Bahnen und beeinflusst, welcher Mensch man in Zukunft sein wird.

Als Vremno vor dem Wachhaus stand und Iretok ihm riet, Pluxis zu suchen, fällte Vremno nicht nur eine, sondern zwei bedeutungsvolle Entscheidungen.

Die erste war, tatsächlich zu gehen. Jahub, Lemored und Koldem zurückzulassen, ohne eine Erklärung, ohne ein Wort des Abschieds.

Die zweite war, Iretok mitzunehmen.

Es war sein Bauchgefühl, das Vremno dazu veranlasste. Der Magier kannte das Land und dessen Bewohner. Assun war seine Heimat gewesen, und er fand sich sowohl im Land als auch im Palast Pluxis zurecht. Er hatte sich – hoffentlich – geändert. Und Vremno wäre nicht allein, denn ihm graute davor, das Land der Dunkelheit auf eigene Faust zu durqueren.

Rasch hatte Vremno daher Iretoks Fesseln abgenommen und die verzauberten Lumpen gegen seine eigene Reservekleidung getauscht. Die beiden waren losgestürmt, so gut es mit Iretoks lahmem Bein möglich war.

„In dem Wald dort hinten ist ein Fluss", hatte Iretok gekeucht. „Er wird uns schneller vorwärtsbringen. Lauf einfach, ich folge dir."

Und so war Vremno gelaufen. Hinein in den Wald mit den knochigen, dürren Bäumen und dicken Wurzeln, über die man leicht stolpern konnte. Immer weiter und weiter, bis er bei einem Fluss angekommen war.

„Und nun? Wir können kein Floß bauen, und an Schwimmen ist bei der reißenden Strömung nicht zu denken."

„Ein Floß wirst du auch nicht brauchen, Junge."

„Was meinst du …"

Weiter kam Vremno nicht, denn Iretok gab ihm einen Stoß, woraufhin er rücklings in den Fluss fiel. Er wusste nicht, was ihn mehr schockierte: Das wild peitschende Wasser oder dass der Magier ihn geschubst hatte. Doch er konnte sich darüber nicht den Kopf zerbrechen, denn er wurde sofort von der Strömung mitgerissen. Die Wassermassen zogen ihn zum Grund hinab. Vremno konnte sich ihrer gewaltigen Kraft nicht widersetzen. Er glaubte schon, zu ertrinken, als ihn etwas packte. Er dachte, dass ein wildes Tier ihn umschlang, doch als er allmählich an die Oberfläche gelangte, erkannte er Iretok.

„Ich war … immer schon … ein guter … Schwimmer", erklärte dieser knapp und konzentrierte sich weiter darauf, sich und seinen Weggefährten über Wasser zu halten.

Sie ließen sich vom Fluss tragen. Der Wald zog an ihnen vorbei. Tote Bäume, fruchtlose Sträucher und haufenweise Geröll. Irgendwann wurde der Fluss ruhiger.

„Wir schwimmen ans Ufer", keuchte der Magier und ließ Vremno los. Schwerfällig hievten sie sich hinaus und kamen entkräftet zum Liegen. Niemals zuvor war Vremno derart froh gewesen, Land unter sich zu haben. Er drehte sich auf den Rücken und setzte sich auf. Sofort wurde ihm schwindelig und speiübel. Er erbrach einen Schwall des dunklen Wassers, das er geschluckt hatte. Ihm war eiskalt, und jeder Knochen tat ihm weh.

„Und nun?"

„Nun ziehen wir weiter."

Iretok stand auf und ging am Ufer entlang in die Richtung, aus der sie gekommen waren.

„Wo willst du hin? Deiner Karte zufolge sollten wir doch da lang?" Er zeigte in die entgegengesetzte Richtung.

„Da hast du grundsätzlich Recht", antwortete der Magier, „aber nicht ganz. Denn ich, mein junger Freund, kenne einen viel besseren und bequemeren Weg zum

Palast Pluxis. Einen, der nicht für alle Augen bestimmt ist. Und den werde ich dir zeigen."

Der verlorene Freund

Mehrmals rief Jahub nach Vremno. Panik stieg in ihm auf. Wo war sein Freund, was war geschehen? Wieso hatte er nicht besser auf ihn aufgepasst? Was war ihm zugestoßen? Hatte Iretok ihn entführt? Hatte ein anderes dunkles Wesen sie verschleppt?

„Koldem?", schrie der junge Magier und lief zurück ins Haus. „Hast du Vremno irgendwelche Anweisungen gegeben?"

„Dass er sich nicht von der Stelle rühren soll. Warum?"

„Weil er nicht mehr da ist."

„Er ist was?"

Nervös begann Jahub, der stets für seine Besonnenheit und Gelassenheit bekannt war, mit den Händen zu gestikulieren. Seine Worte überschlugen sich, als er stotterte: „Er … er ist einfach … nicht mehr da. Ich … ich weiß auch nicht … Ich dachte … Ich werde … Ich muss ihn suchen. Vielleicht … Ich weiß auch nicht."

Überraschenderweise war es Koldem, der nunmehr der Abgeklärtere war. „Beruhig dich! Atme tief ein und aus. Und dann suchen wir nach ihm. Er kann nicht weit sein. Stellst du die Trage fertig?" Koldem wandte sich an Lemored, der nickte. „Gut. Dann los, Jahub!"

Die beiden Gefährten jagten hinaus und inspizierten die Gegend, als Koldem rief: „Hier! Hast du das gesehen?"

„Was?" Jahub hetzte zu seinem Freund.

„Dies hier ist eine Spur. Sie führt weg, dorthin. Folge mir!"

Die beiden Männer hasteten in den Wald hinein und folgten der Fährte, die dank Iretoks hinterhergezogenem, lahmendem Bein deutlich erkennbar war, bis zum Ufer des Flusses.

„Verdammt! Hier verliert sich die Fährte", entfuhr es Koldem. „Sie sind in den Fluss gesprungen."

„Wir müssen hinterher!"

Jahub schickte sich gerade an, seine Schuhe auszuziehen und in das Wasser zu springen, als Koldem ihn packte.

„Tu nichts Unüberlegtes. Ganz gleich, wie brenzlig die Situation ist, sollten wir innehalten und nachdenken. Du sorgst dich, das tue ich auch. Und das ist mehr als berechtigt, denn Vremno ist verschwunden und mit ihm Iretok."

Jahub gab ein gequältes Stöhnen von sich.

„Wenn wir jetzt in den Fluss springen, ohne einen Plan und ohne zu wissen, wohin wir sollen, werden wir ihn nie finden. Ganz davon abgesehen, dass wir Lemored nicht mit Zaphro allein lassen können. Selbst zu zweit konnten wir ihn kaum bändigen. Stell dir vor, der Trank lässt nach. Lemored wäre gänzlich überfordert. Ich schlage Folgendes vor: Wir eilen zum nächsten Wachposten, der nicht weit von hier entfernt liegt. Dort erzählen wir den Männern, dass zwei unserer Freunde verschwunden sind. Details brauchen wir ihnen ja nicht zu verraten. Sobald wir einen Suchtrupp zusammengestellt haben, kommen wir zurück. Wir werden sie bestimmt finden, denn hier gibt es weit und breit keinen Unterschlupf. Alles wird sich in Wohlgefallen auflösen."

Jahub dachte nach. Welcher war der richtige, welcher der falsche Weg? War es schlauer, zunächst Verstärkung zu holen oder sollte er auf eigene Faust nach seinem Freund suchen? Zum ersten Mal in seinem Leben hatte Jahub keine Ahnung, was er tun sollte.

„Wie lautet deine Entscheidung?"

„Ich … ich …" Jahub griff sich an die Stirn.

„Je länger du nachdenkst, umso mehr wertvolle Zeit verschwenden wir", erhöhte Koldem den Druck.

„Dann … stimme ich deinem Vorschlag zu. Beeilen wir uns und gehen zum nächsten Wachposten, danach suchen wir gemeinsam nach Vremno", antwortete Jahub schließlich in der Hoffnung, dass es dann noch nicht zu spät sein würde.

Assuns Geheimnisse

„Da ist es!", verkündete Iretok freudestrahlend.

„Was ist wo?"

Seit einer guten Stunde waren die beiden unterwegs, und Vremno konnte keine markante Veränderung erkennen. Hier herrschte dieselbe Ödnis wie im restlichen Assun.

Anstatt zu antworten, fragte der Zauberer: „Hast du dich jemals gefragt, wo die Personifikationen leben, die in Assun beheimatet sind?"

„Soweit ich informiert bin, gibt es im Hinterland Assuns eine Stadt namens Peresses. Dort, wo sich kein Mensch hinwagt, weil niemand in ihre Nähe kommen will, nicht einmal die Kreaturen Assuns. Und nachdem, was ich in meinen Büchern gelesen habe, kann ich das gut nachvollziehen, denn die dunklen Gefühle sind Barbaren und Bestien, gegen die jedes noch so grausame Monster Assuns wie ein zahmes Haustier wirkt."

Iretok grinste schelmisch.

„So, so, das denkst du. Niemand will ihnen zu nahe kommen, weil sie sich wie wilde Tiere benehmen. Köstlich, diese Vorstellung. Wahrlich köstlich."

„Ja, so steht es geschrieben, und es klingt einleuchtend. Aber sag mir jetzt, was das alles zu bedeuten hat!"

Und erschrocken fügte er hinzu: „Du willst mich doch nicht dort hinbringen?"

„Du bist so ungeduldig, lieber Vremno."

Iretok kniete sich auf den Boden und strich mit der Hand über das trockene Erdreich. Seine Finger tanzten im Staub. Vremno konnte sich auf Iretoks Verhalten keinen Reim machen. Er war fast davon überzeugt, dass Iretok den Verstand verloren hatte, als dieser aufjubelte.

„Hast du ein Messer dabei?"

„Ja, aber … wieso?"

„Gib es mir!"

Vremno reichte ihm das Messer. Iretok ritzte sich die Handfläche auf und presste diese in den Dreck. Die Erde erzitterte. Der Boden wurde rissig und bildete eine Kerbe. Die daraus entstandene Bodenplatte hob sich Millimeter für Millimeter an, bis sie gut zehn Zentimeter höher lag als das restliche Erdreich.

„Eine geheime Falltür", murmelte Vremno beeindruckt.

„Mehr als das", verkündete der Magier stolz. „Dies ist das Tor zu einem geheimen Tunnelsystem, das durch ganz Assun führt. Doch es besteht aus mehr als Gängen und Tunnel, mein junger Freund. Hier, direkt unter uns, befindet sich das wahre Reich der Dunkelheit. Es ist mir eine Ehre, dich nach Assunopsis mitzunehmen – Assuns Unterwelt."

Teil 2

Darunter

„Es ist … fantastisch", murmelte Vremno.

Vor ihm lag eine Stadt, die er so niemals erwartet hätte. Unter der Erde, an den steinigen und erdigen Wänden, war dieser Ort errichtet worden. Die meterhohen Häuser und andere Bauwerke übten eine faszinierende Wirkung aus – vor allem durch das rötliche Licht, das hier strahlte.

„In die Erdmauern sind Alupkristalle eingelassen", erklärte der Magier. „Sie werden mit den Energien der Bevölkerung genährt und können in allen möglichen Farben schimmern. Nelda bevorzugt die Farbe Rot."

„Nelda? Die personifizierte Lust?"

„Ja, dies ist Neldriopsis, ihre Stadt. Eine der vielen Städte von Assunopsis."

„Es gibt noch weitere? Ich dachte, diese sei die einzige!"

„Da täuschst du dich, mein junger Freund. Es ist ähnlich wie in Nessa: Jedes Gefühl hat seine eigene Stadt mit seinen eigenen Anhängern. Verbunden sind die einzelnen Städte durch Tunnelsysteme, wodurch man bequem umherreisen kann."

„Es muss Jahrzehnte gedauert haben, das alles zu erbauen."

„Länger. Viel länger. Am besten, ich erkläre es dir von Anfang an: Vor dem ersten Krieg haben alle Personifikationen bekanntlich auf einer vereinten Welt gelebt. Nach und nach wurden manche von ihnen in ihrem Wesen und Naturell beschnitten. Nicht, weil sie schlecht oder böse waren, sondern weil die Menschen damals nicht alle gleichermaßen akzeptierten. Sie wollten zwischen Glück, Freude und Liebe wandeln, aber mit der Scham, dem Neid oder der Eifersucht nichts zu tun haben. Viele Regeln und sogar Verbote wurden erlassen. Als es den Gefühlen zu viel wurde, folgten sie dem Ruf des

Mächtigen. Sie zogen an den einzigen Ort, an dem sie so sein konnten, wie sie waren: nach Assun. Dort gründeten sie die Stadt Peresses und ließen sich nieder. Es gab jedoch ein Problem: Die Dunkelheit, die Ödnis des Landes und das umherstreunende Gesindel missfielen ihnen."

Überrascht zog Vremno die Augenbrauchen hoch.

„Du darfst nicht vergessen, dass sie bis dahin ein Dasein in Schönheit und Licht gewohnt waren. Assun hingegen bot ihnen das genaue Gegenteil, weshalb sie beschlossen, sich ein eigenes Land zu erschaffen."

„Unter der Erde …"

„Ja. Noch im Lauf des Krieges haben die personifizierten Gefühle die ersten Vorkehrungen getroffen. Sie streuten Gerüchte um die zur Tarnung gegründete Stadt Peresses, um alle anderen abzuschrecken, und vollzogen einen Schutzzauber, damit nie jemand von außen sehen konnte, dass die Stadt in Wahrheit ausgestorben war. Im Anschluss daran begannen sie mit ihrem Bau. Sie gruben immer tiefer und tiefer und erschufen eine Stadt nach der anderen. Iberius zog als Letzter nach. Er hatte erst nach dem Krieg von Assunopsis erfahren, als er Unterschlupf bei seinesgleichen suchte, aber Presses leergefegt vorfand. Ihm gefiel die Vorstellung einer unterirdischen Hochburg – immerhin hatte er Pluxis ja auch bis weit unter die Erde bauen lassen. Er erschuf seine Stadt Goldeanopsis und verband den Palast mit ihr. So konnte er sich stets in sein Reich unter der Erde zurückziehen. Und genau deshalb möchte ich mit dir dorthin. Weil wir von dort aus nach Pluxis kommen."

Der Magier klatschte auffordernd in die Hände.

„Aber genug der langen Reden. Wir werden uns in Neldriopsis etwas Proviant holen und weiterziehen, denn hier kann man schnell die Zeit und seine eigentlichen Pläne vergessen. Glaub mir, ich habe es am eigenen Leib erfahren."

Iretok grinste zweideutig, ehe er weiterging. Die beiden folgten einem kleinen Pfad, der in eine breite Gasse mündete. Dort schlenderten Menschen umher, einer schöner als der andere. Frauen stolzierten grazil und warfen den Männern laszive Blicke zu. Immer wieder fielen sich zwei Wildfremde in die Arme und versanken in einem innigen Kuss oder rissen sich gar die Kleider vom Leib. Vremno konnte nicht verhindert, dass er gaffte.

Plötzlich raunte eine lüsterne Frauenstimme in sein Ohr: „Na, mein Hübscher, wer bist denn du? Bist du neu hier? Kann ich irgendetwas für dich tun?"

Erschrocken drehte sich Vremno um. Eine dunkelhaarige Schönheit hatte ihn angesprochen. Er lief rot an, und seine Wangen waren glühend heiß. Energisch schüttelte er den Kopf.

„Oh, mein Süßer, bist du dir wirklich sicher?"

Die Unbekannte übte sich in einem perfekten Augenaufschlag. Ihre Fingerspitzen tanzten über Vremnos Wange, Hals, Brust und Bauch, bis sie …

Instinktiv stieß Vremno die junge Frau von sich. Er wollte sich gerade entschuldigen, als sie den Kopf in den Nacken legte und lachte. Mit den Worten „Dann eben nicht! Ich werde schon jemand anderen finden", zog sie weiter. Ihr Hinterteil wackelte einladend.

„Ist das normal?", keuchte Vremno.

„Ohja. Einem hübschen jungen Mann wie dir kann so etwas leicht passieren. Du brauchst den Damen aber nur auf freundliche Weise zu verdeutlichen, dass du kein Interesse hast. Sie sind ein klein wenig aufdringlich, aber sie respektieren, wenn du deine Ruhe willst. Es sei denn natürlich, du möchtest …"

„Nein, nein! Ich möchte weiter, um so schnell wie möglich bei Kara zu sein!"

Wie immer, wenn er Karas Namen nannte oder an sie dachte, versetzte es Vremno einen schmerzhaften Stich in die Brust, und seine Sorge um sie steigerte sich von Stunde zu Stunde.

„Dann lass uns weiterziehen."

Schneller als Vremno gedacht hätte, hatten Iretok und er ihre Taschen wieder aufgefüllt. Unter der Erde Assuns gab es gänzlich anderes Obst, Gemüse und Fleisch als an in Nessa, doch es sollte – so versicherte der Magier – nicht minder schmackhaft und köstlich sein.

Sie verstauten den Proviant und marschierten weiter, bis sie inmitten des Tunnelsystems bei einem unterirdischen See ankamen. Es gab viele solcher Wasserquellen, die, wie Iretok betonte, nicht mit den Exkrementen und dem Schweiß der oberen Bevölkerung getränkt seien.

„Hier können wir rasten."

Der Magier entledigte sich seines Reisegepäcks. Er breitete eine Decke aus, die er in der Stadt erstanden hatte, und setzte sich darauf. Vremno tat es ihm gleich. Es dauerte nicht lange, da fiel er in einen überraschend ruhigen Schlaf.

Unter dem Deckmantel des Guten

Vremno erwachte durch den Laut von plätscherndem Wasser. Er spähte zu der Quelle des Geräuschs. Iretok hockte unbekleidet am Ufer des Sees. Seine Hände waren zu einer Schüssel geformt. Er schöpfte das türkisfarben schimmernde Wasser, um sich damit zu waschen. Vremno konnte sich nicht abwenden. Er stierte den Magier unverhohlen an und musterte dessen Narben.

„Es ist widerwärtig, ich weiß", sagte Iretok, ohne sich umzuwenden. „Das ist die sichtbare Strafe für mein frevelhaftes Verhalten in der Vergangenheit. Diese Narben habe ich den Wachen Ephisans zu verdanken. Nachdem man mich gefangen genommen hatte und ich von Artikos schwer verwundet worden war, warf man mich in den Kerker. Ich glaubte, das Schlimmste bereits erlebt zu haben, doch wurde schnell eines Besseren belehrt. Der Morgenstern des Hasses war ein Vorgeschmack auf das, was mir die kommenden Jahre blühen sollte."

Er übergoss sich ein letztes Mal mit Wasser, ehe er aufstand. Eine kleine Lache hatte sich unter seinen Beinen gebildet. Klatschnass streifte sich der Magier seine Kleidung über und näherte sich Vremno im Anschluss. Er gesellte sich zu ihm auf den Boden.

„Sie haben mich in Energiekäfige gesperrt, haben mich gequält und gefoltert. Meine alten Male - jene, die ich von den Würmern bekommen habe, als sich mein Blut mit dem von Iberius vermengte – haben sie mir herausgerissen. In ihnen, so glaubten die Lichtkrieger, sei der Schlüssel zu meiner Unsterblichkeit gefangen. Sie waren davon überzeugt, dass es mich umbrächte, wenn sie jedes einzelne Zeichen mit ihren spitzen Messern aus mir herausschnitten. Doch sie irrten. Die Wunden wuchsen sofort wieder zu und hinterließen diese Narben. Zwar sind die grün-schwarzen Male verschwunden, doch ich bin nach wie vor unsterblich."

Iretok blies verächtlich den Atem durch die Nase aus. Ein pfeifendes Geräusch war zu hören.

„Als meine Wunden verheilt waren, kamen sie erneut. Sie banden mich an den Beinen fest und zogen mich hoch, ließen mich von der Decke baumeln wie ein hilfloses Tier. Danach haben sie mir dies hier angetan."

Er hob den Arm. Eine lange, tiefe Narbenwulst, die unter den Achseln und bis zum Handgelenk verlief, wurde erkennbar.

„Bis auf die Knochen haben sie mich aufgeschlitzt. Wollten mich ausbluten lassen. Doch ich starb wieder nicht. Weder beim ersten Mal noch beim zweiten und auch nicht beim zehnten Mal. Sie haben noch viele weitere, schreckliche Dinge getan, die ich dir aus Scham, aber auch aus Respekt vor dir nicht erzählen kann. Aber glaube mir, dass keine Sekunde verging, da ich mir nicht wünschte, sterben zu können. Wobei der Schmerz bei alledem nicht das Schlimmste war. Das Furchtbarste war, dass sie dies alles mit einem hasserfüllten Grinsen taten. Sie labten sich daran, mich leiden zu lassen. Sie, die", und er spuckte das Wort grimmig hervor, „Guten."

Vremno war innerlich zerrissen. Einerseits verdiente Iretok das alles. Immerhin hatte er so viel Schuld auf seine Schultern geladen.

Gleichzeitig empfand Vremno aber Mitleid. Welch unvorstellbar schreckliche Tat der Magier auch verübt hatte – ihn so zu behandeln, war grausam. Mehr als das. Es war abgrundtief böse. Es war eine Tat, wie Vremno sie mit Assun assoziierte. Und diese Erkenntnis ließ ihn erschaudern.

Rückkehr

Jahub saß in der hinteren Ecke des Leiterwagens. Ein Zelt war über den Wagen gespannt, um die Insassen vor neugierigen Blicken zu schützen. Lemored und Koldem saßen ihm gegenüber. Beide hatten den Kopf tief eingezogen. Zaphro schlief auf einer Pritsche. Noch immer war er durch Kräutertinkturen ruhiggestellt. Jahub hatte am Tag zuvor versucht, Zaphro von den Tränken zu entwöhnen, doch dadurch waren die Wahnvorstellungen des Mannes zurückgekehrt. Er hatte sie erneut angegriffen. Deshalb hatte der junge Magier beschlossen, ihm weiterhin die Mixturen einzuflößen.

Sie würden nicht mehr lange brauchen bis Ephmoria. Und dann würde Jahub dem Rat des Lichts erklären müssen, was vorgefallen war. Er würde ihnen von den Zwischenfällen in dem Land der Dunkelheit berichten müssen. Von den grausamen Energien, die dort vorherrschten. Von dem Fund der Leichen. Aber vor allem von Vremnos und Iretoks Verschwinden und dass die lange Suche nach ihnen erfolglos geblieben war.

Nachdem sie zu viert zu dem nächstgelegenen Wachposten geeilt waren und in schnellen, eindringlichen Worten alles erklärt hatten, hatte sich ein Suchtrupp gebildet. Jahub, Koldem und drei Männer des Wachpostens waren losgejagt, um nach Vremno zu suchen. Sie hatten sogar den Punkt gefunden, wo Vremno und Iretok aus dem Wasser gestiegen waren, und die Fährte aufgenommen. Sie waren ihr gefolgt, bis sie Blut entdeckt hatten. Iretoks grünes Blut. Ein eingetrockneter Fleck. Und dort hatten sich die Spuren in Luft aufgelöst.

Niemals zuvor hatte sich Jahub derart unfähig gefühlt. Er hatte zu verantworten, was geschehen war. Es war seine Entscheidung gewesen, Vremno mitzunehmen.

Unwissentlich hatte er dadurch das Schicksal seines Freundes in die Hände eines dunklen Magiers gelegt, und Fortary alleine wusste, ob Vremno überhaupt noch … Nein! Jahub wollte gar nicht erst daran denken, was ihm womöglich zugestoßen war.

„Herr Jahub?", durchbrach der Kutscher Ilbems Jahubs Gedanken. „Wir sind angekommen." Jahub war gar nicht aufgefallen, dass sich der Karren nicht mehr bewegte. Er mühte sich auf. Dankbar nahm er Ilbems Hand zu Hilfe, als er vom Gefährt sprang.

So schnell er konnte, eilte er durch das Tor des Palasts Ephisan und durchquerte die langen Korridore, bis er vor den Gemächern der Liebe stand. Die Flügeltüren öffneten sich.

„Jahub? Du bist wieder hier! Bei Fortary, du siehst furchtbar aus. Willst du etwas trinken oder …"

„Ephtalia! Etwas Schreckliches ist geschehen."

„Was, mein Junge?"

„Ich weiß nicht, wie ich … was ich …"

„Sag es einfach. Geradeheraus."

„Ephtalia, Vremno ist mit uns gekommen. Er hat sich uns angeschlossen, und wir nahmen ihn mit nach Assun. Er …"

„Ihr habt was?"

„Er kam mit uns, den ganzen Weg. Beim Haus der Wachmänner haben wir ihn verloren. Doch nicht nur … ihn … Ephtalia … Vremno und Iretok, sie sind beide verschwunden."

Das Unsichtbare wird sichtbar

Die Zeit verstrich wie im Flug, während Vremno und Iretok durch das unterirdische Labyrinth wanderten. Dies lag vor allem an den unterhaltsamen Geschichten, die Iretok immer wieder zum Besten gab. Er hatte aufgrund seines jahrhundertelangen Seins so viel zu erzählen und konnte stundenlang über allerhand Vorkommnisse berichten. Lustige Episoden erzählte er ebenso lebhaft wie historische Hintergründe der magischen Welt. Vremno sog jedes Wort auf und fand Gefallen an den Erläuterungen des Magiers. Zu Vremnos eigener Verwunderung hatte er zwischenzeitlich begonnen, die Gegenwart des Magiers zu schätzen. Er musste sich selbst oftmals tadeln, sich das wahre Bild des Zauberers in Erinnerung zu rufen. Doch – und auch dies musste sich Vremno eingestehen – unter anderen Umständen hätte er Iretok sehr gemocht, und er wäre wohl zu seinem Mentor geworden.

Dank Iretok gestaltete sich der gemeinsame Weg für Vremno äußerst kurzweilig. Wie viele Tage inzwischen vergangen waren, seit sie unter die Erde gegangen waren, konnte er aber nicht sagen, denn er hatte jegliches Zeitgefühl verloren. Sie rasteten, sobald ihre Beine wehtaten, aßen, wenn der Hunger zu übermächtig wurde, und schliefen, wann immer die Müdigkeit zu stark wurde. Ansonsten marschierten sie unaufhörlich, wobei sie in erster Linie die entlegenen Tunnelgänge bevorzugten. Vremnos Schutztrank wurde knapp, weshalb er anfälliger für die Schwingungen der dunklen Personifikationen wurde. So machten sie um Städte wie Zeropsis, die Stadt des zornigen Zeros, Alpiopsis, hier herrschte der angstbringende Alpros, oder Ihsopsis, Heimat von Ihsi, der Personifikation des Schmerzes, einen großen Bogen. Manches Mal bot Iretok an, alleine alles Nötige zu holen. Vremno blieb zurück und wartete auf den Magier, immer wieder aufs Neue erstaunt, welche Köstlichkeiten er mitbrachte.

Aber es gab in Assunopsis auch harmlosere Orte. Lavipsis zum Beispiel, die Stadt von Lavio, der Hilflosigkeit, oder Serenis, das von der schamhaften Serena und ihren Anhängern bewohnt wurde. Zwar setzten Vremno auch diese Gefühle zu und Lavios Einfluss ließ Vremnos Hilflosigkeit noch ansteigen, doch diese Empfindungen konnte Vremno besser kontrollieren als die pure Verzweiflung.

Ganz gleich aber, welche Stadt Vremno aus der Nähe oder Ferne begutachten konnte, alle hatten sie eines gemeinsam: Es war wunderschön dort, einigermaßen ruhig und gesittet. Natürlich lebten die Menschen die jeweilige Emotion aus, der sie sich angeschlossen hatten, doch anders als befürchtet waren sie keine barbarischen Monster. Es gab klare Linien und Strukturen, und niemand mischte sich in das Schaffen der Bewohner anderer Städte ein.

„Die schönste Stadt aber war immer Goldea", erzählte Iretok, als sie nicht mehr weit von ihrem Ziel entfernt waren. „Iberius hat zwar spät damit begonnen, sich sein unterirdisches Reich aufzubauen. Dennoch wurde es das prunkvollste von allen. Die ganze Stadt schimmerte in einem honiggelben Licht, das ein wenig an Sonnenschein erinnerte. Die hohen Gebäude waren mit Gold und funkelnden Edelsteinen ausstaffiert. Und die Menschen, die dort wohnten …"

Iretok streckte sein Rückgrat durch und ahmte einen stolzierenden Gang nach, was ihm mit seinem Bein eher misslang und Vremno amüsierte.

„Sie waren wunderschön, stets prachtvoll gekleidet und hatten einwandfreie Manieren. Ich lebte nicht lange in Goldeanopsis, doch die wenige Zeit war für mich … verzaubert."

„Ich ... freue mich schon auf die Stadt." Hatte er das soeben tatsächlich gesagt? Seit wann empfand er so etwas wie Freude, wenn er an Assun oder gar Iberius dachte?

„Leider muss ich dich enttäuschen. Ich fürchte, dass Goldea heute nicht mehr das ist, was es einmal war. Iberius ist nicht mehr dort, und aus Erfahrung weiß ich, dass ein fehlendes Oberhaupt bedeutet, dass sich die Bewohner anderen Städten zuwenden. Aber", fügte der Zauberer euphorischer hinzu, „dafür haben wir unsere Ruhe und können ungestört unseren Plan verfolgen. Wir sollten uns beeilen, junger Freund, denn uns trennt nicht mehr viel von meiner alten Heimat."

Und Iretok behielt Recht. Wenig später erreichten sie das menschenleere Goldeanopsis, das überraschend gut erhalten war. Vremno hatte damit gerechnet, dass irgendwer die leerstehende Stadt geplündert hätte, doch nichts dergleichen war geschehen. Offensichtlich hatten die Bewohner Assunopsis mehr Anstand, als er ihnen zugetraut hätte.

„Wenigstens haben wir noch etwas Licht", stellte der Magier erleichtert fest.

Ein leichter goldener Schimmer hing zwischen den meterhohen Wänden.

„Restenergien", wie Iretok vermutete.

„Und jetzt?", fragte Vremno.

„Jetzt suchen wir die Geheimtür, die nach Pluxis führt", antwortete der Magier enthusiastisch und ging voran in das größte aller Häuser der Stadt, durchstreifte es und blieb vor einer Mauer am hintersten Ende stehen.

„Sie war doch immer hier!"

Iretok kratzte sich ungläubig am Kopf, als er vor der Steinmauer stand. Weit und breit war kein Anzeichen einer Türe, die von Iberius' unterirdischem Herrschaftssitz ins Innere von Pluxis führte.

„Was? War jetzt alles umsonst? Hat er die Türe vielleicht geschlossen? Gibt es ... einen anderen Weg?"

„Von hier aus nicht. Aber ich … verstehe es nicht. Bei Fortary. Lass mich nachdenken."

Und als Vremno dennoch pausenlos weiterplapperte und Vorwürfe von sich gab, zischte er forsch: „Ich brauche Ruhe! Bei dem Lärm, den du machst, kann ich mich nicht konzentrieren."

Minutenlang stand Iretok vor der Mauer, betastete sie, murmelte vor sich hin, dachte nach, flehte, als …

„Du musst dir deine Hand aufschneiden!", forderte er Vremno auf.

„Was? Wieso?"

„Tu einfach, was ich dir sage!"

„Aber ich möchte vorher …"

Bevor Vremno seinen Satz vollenden konnte, hatte ihn Iretok auch schon am Handgelenk gepackt und dieses verdreht.

„Wenn du es nicht tust, mach ich es", blaffte der Magier seinen Weggefährten an.

„Schon gut."

Vremno wand sich aus dem Griff und massierte sein Handgelenk, ehe er einen Dolch aus seinem Rucksack holte und ihn anlegte. Der Schmerz, den der Schnitt verursachte, durchzuckte ihn sofort. Warmes Blut ergoss sich über seine Hand und seinen Unterarm.

„Und nun press sie darauf."

Vremno folgte dem Befehl des Magiers. Er streckte seinen Arm aus und drückte seine blutende Hand gegen die Mauer. Zunächst war da nichts. Gar nichts.

„Es tut weh. Bei Fortary, ich kann sie nicht mehr bewegen. Als wäre da …"

„Eis", sagten beide synchron.

Vor ihnen hatte sich eine weiße, pulverige Schicht über den Stein gelegt, die, als sie mit Vremnos Blut in Berührung kam, schmolz. Dahinter kam eine Tür zum Vorschein. Vremno stemmte sich mehrmals dagegen, ehe sie mit einem ächzenden Geräusch aufsprang. Die überraschend unnatürliche Helligkeit, die aus dem Inneren herausdrang, blendete ihn.

„Wo sind wir?"

„Dies ist Iberius' unterirdischer Thronsaal. Aber bevor wie ihn betreten, solltest du noch etwas Wichtiges wissen."

„Was?" Vremno drehte sich um.

Das Letzte, was er sah, war eine erloschene Fackel in Iretoks Händen, als dieser ihm damit gegen seinen Kopf schlug.

Erinnerungslücken

Nachdem Jahub, Lemored und Koldem so schnell und gleichzeitig so ausführlich wie möglich alles berichtet hatten, wurde Zaphro zum Rat des Lichts berufen. Der ausgemergelte Mann, der seit seiner Rettung kein Wort gesprochen hatte, wurde in die Mitte der Halle geführt und ließ sich auf den Boden nieder, auf dem er seither geistesabwesend hockte. Der Rat versuchte, zu ihm durchzudringen, doch es blieb vergebens. Er reagierte nicht auf Berührungen, Worte, Erklärungen, und selbst die Wände der Halle blieben leer.

Lupus' Räuspern durchschnitt die Stille.

„Ich habe eine Idee."

Der Zauberer, der das Geschehen nachdenklich verfolgt hatte, erhob sich. Er umkreiste die halbrunde Tafel, an der der Rat des Lichts saß, und stellte sich vor die Ratsmitglieder.

„Wie wir festgestellt haben, ist Zaphros Geist gefangen. Er reagiert auf nichts, das von außen kommt."

„Du sagst uns nichts Neues", warf Engwend ein.

Lupus setzte unbeirrt fort: „Er hat eine Barrikade errichtet, die niemand zu überwinden vermag. Demnach bleibt uns noch eine Möglichkeit, ihn zurückzuholen: Ich werde in seinen Geist eindringen."

Ein Raunen ging durch die Reihen der Ratsmitglieder. Sie alle wussten, in welche Gefahr sich der Zauberer damit begeben würde. Niemand ahnte auch nur im Geringsten, was Zaphro zugestoßen war und ob Lupus nicht selbst Schaden nehmen würde. Darüber hinaus war eine derartige Tat verboten.

„Schweigt!", befahl Zoitos. „Ich bin mir der Risiken bewusst, doch ich fürchte, dass dies die einzige Möglichkeit ist, Zaphro zu helfen. In diesem Sinne gewähre ich dir, Lupus, das Recht, in den Geist des Mannes einzutauchen. Ich lasse dir freie Hand."

„Schreiten wir zur Tat!"

Lupus ging zu Zaphro. Gemächlich setzte er sich auf den Boden und nahm dieselbe Haltung ein wie sein Gegenüber. Auch wenn Zaphro im Geiste meilenweit entfernt war, war es wichtig, dass er sich im Unterbewusstsein wohlfühlte.

„Zaphro, ich werde versuchen, mit dir Kontakt aufzunehmen. Dir wird nichts passieren. Hierfür nehme ich einfach deine Hände in meine."

Vorsichtig nahm der Magier Zaphros Hände und streichelte sie sanft. Er verharrte in dieser Position, ehe seine Finger Zaphros Unterarme hinaufwanderten.

„Und? Es ist nicht schlimm, oder? Alles ist gut. Meine Hände sind wie warmes Wasser, das dich umfängt. Du fühlst dich geborgen, und eine angenehme Ruhe macht sich in dir breit. Überall da, wo ich dich berühre, entspannen sich deine Muskeln, und du wirst leicht."

Der Zauberer legte beide Handflächen auf die Schläfen seines Gegenübers.

„Spürst du, wie gut es dir tut? Wie sich die Wärme auf deiner Haut ausbreitet? Fühlst du die Energie, die von mir ausgeht und sich auf dich überträgt? Sie dringt durch deine Haut, bahnt sich ihren Weg, bis zu deinem Gehirn. Du bist ganz ruhig, Zaphro. Ruhig und entspannt."

Lupus begann, eine monotone Melodie zu summen. Auf den Wänden bildete sich tausendfach das Gesicht des Magiers ab. Zaphros Geist war gelichtet, er befand sich in der Gegenwart und nahm sie wahr.

„Wer bist du?", fragte Zaphro.

„Mein Name ist Lupus. Ich bin ein Magier und Mitglied des Rates des Lichts", antwortete dieser.

„Und wo bin ich?"

„Du bist in Ephmoria, der Stadt der Liebe."

„Ich bin nicht mehr in Assun?"

„Nein, das bist du nicht. Du bist wieder in Nessa."

„Aber wie …"

„Zaphro? Kannst du mir einen Gefallen tun und deine Augen schließen?"

„Wieso?"

„Tu es einfach, bitte."

„Aber ich fürchte mich."

„Das brauchst du nicht. Du kannst mir vertrauen. Du spürst doch, dass ich dir nichts Böses will, oder?"

„Ich will dir glauben."

Folgsam tat Zaphro, wie ihm befohlen worden war.

„Sehr gut machst du das. So, Zaphro, ich werde an etwas denken. An einen schönen Teich mit Blumen und Bäumen. Einen Teich, an dem ich gerne spazieren gehe. Ich werde ihn mir vorstellen und versuchen, dieses Bild in deinen Kopf zu projizieren. Bist du bereit?"

Erneut stimmte der Mann zu. Einige Sekunden verstrichen, bis auf den Wänden der Halle ein Teich auftauchte. Der Zauberer blinzelte und begutachtete wohlwollend die Bilder. Es waren die gleichen, an die er soeben gedacht hatte.

„So, Zaphro. Kannst du dich auch an etwas erinnern? An etwas Schönes? An etwas aus Kefftet vielleicht? Aus deiner Heimat?"

Zaphro dachte nach. Ein Bild nach dem anderen blitzte auf, bis seine Suche offenbar von Erfolg gekrönt war. Ein Häuschen mit einer weißen Außenmauer und einem Kamin, aus dem Rauch aufstieg, tauchte auf.

Lupus fragte: „Ist das dein Haus?"

„Ja. Mein Haus in Kefftet."

„Es ist schön dort."

„Das ist es."

„Ein perfektes Heim hast du, Zaphro. Doch du musstest es verlassen, nicht wahr? Du musstest nach Assun."

„Ja."

„Es war nicht schön in Assun, oder?"

„Nein, das war es nicht."

„Weißt du noch irgendetwas? Kannst du dich an etwas erinnern?"

„Ja, kann ich … Aber ich … will nicht."

„Es wird dir nichts geschehen, Zaphro. Ich verspreche es. Du bist in Sicherheit."

Auf Lupus' Geheiß erinnerte sich Zaphro. Er dachte an die Tage zurück, wie er sie erlebt hatte. Die Einsamkeit, in der er sich befunden hatte, denn von seinen Gefährten war niemand da. Sie waren wie ausgelöscht. Dafür war an ihrer Stelle die Angst Zaphros Begleiter. Und Schmerz. Und … der Nebel.

Immer wieder tauchte dieser Nebel auf, aus dessen Innerem dunkle Kreaturen stampften und Zaphro überfielen. Er kämpfte gegen sie, schlug sie zurück, doch sie wurden immer mehr. Zaphro vollzog Schutzzauber, sperrte das Böse aus. Bis Lemored und Jahub kamen. Auch sie tauchten auf den Wänden auf. Die beiden Männer, die auf ihn einredeten. Die ihm helfen wollten und die von einem dichten Nebel umschlossen wurden, sodass sie plötzlich wie dunkle Kreaturen Assuns aussahen.

Als Zaphro aufschluchzte, beendete Lupus die Reise in seinen Geist. Es war fürwahr genug.

„Das war es vorerst", sprach der Zauberer ruhig und gelassen. „Ich werde mich verabschieden, ja? Aber bitte, ich flehe dich an, versuche, nicht länger an Assuns zu denken. Versuche, dich an deine Heimat Kefftet zu erinnern. An die schönen Zeiten, die du dort erlebt hast. Glaub mir, wenn du dich zwingst, daran zu denken und nicht an die Dunkelheit, wird es dir bald besser gehen."

Lupus begann wieder, die monotone Melodie zu summen. Seine Hände glitten Zaphros Körper hinab. Als er bei dessen Händen angelangt war, schüttelte er sie ein letztes Mal und stand auf. Er hob den Kopf, um die Wände zu begutachten, doch der erhoffte Effekt blieb aus. Zaphro war wieder in seine lethargische Haltung zurückgefallen, und die Wände blieben weiß.

„Und, zu welchem Schluss bist du gelangt?", fragte Zoitos.

„Sein Geist ist vernebelt, aber er ist nicht böse. Was auch immer Zaphro quält, es hat nicht ihn verändert, sondern einen Teil seiner Erinnerungen."

Zoitos strich über seinen Bart.

„Jemand hat seine Erinnerungen manipuliert? Es muss etwas Altes sein, das dort sein Unwesen treibt. Eine Kraft, die seit Jahrhunderten existiert, denn kein Magier der Neuzeit ist fähig, etwas Derartiges zu bewerkstelligen."

„Und an wen denkst du?", frage Elpira.

„Ich weiß es nicht."

Ein gequälter Ausdruck zeichnete sich auf Zoitos' ab.

„Was genau mit Zaphro geschehen ist, entzieht sich meiner Kenntnis. Fakt ist aber, dass, was auch immer da draußen in Assun sein Unwesen treibt, gefährlicher ist, als wir alle angenommen haben. Wir müssen handeln, bevor dieses Monster seine Kreise erweitert und bis nach Nessa vordringt."

Die Masken fallen

Als Vremno erwachte, pochte sein Schädel. Er schmeckte Blut, und eine eisige Kälte durchströmte ihn. Was war geschehen? Wo war er? Als er den süffisant grinsenden Iretok erkannte, fiel ihm alles wieder ein.

„Du Scheusal!", krächzte er und mühte sich hoch. „Wenn ich könnte, würde ich …"

„Na, na, na. Wer wird denn so aufgebracht sein? Bleib lieber noch ein wenig liegen. Du bist hart am Kopf getroffen worden."

Der Magier streckte seine geöffnete Hand nach vorne, Vremno sackte zusammen.

„Was hast du mit mir gemacht?", stammelte er irritiert.

„Oh, die Fesseln, mein Freund, die Fesseln." Er umschloss sein eigenes Handgelenk. „Als du bewusstlos warst, habe ich sie dir angelegt. Zur Sicherheit. Damit du auch schön brav das tust, was ich will."

„Wie konntest du! Ich habe dir …"

„Vertraut? Du Dummerchen. Nimm es als die wichtigste, aber leider auch letzte Lektion deines Lebens: Vertraue niemandem, dessen Beweggründe du nicht zur Gänze und mit absoluter Sicherheit kennst. Es war aber auch zu leicht, dich einzulullen."

Er lachte gehässig auf.

„Jahre habe ich in den Katakomben des Palastes Ephisan verbracht. Ja, ich wurde geschunden, gefoltert, malträtiert. Einzig die Hoffnung, irgendwann zurück in die Freiheit zu gelangen, ließ mich nicht den Verstand verlieren. Und dann kam er, der Tag, an dem sich alles änderte. Das Ansuchen des Rates, ob ich ihnen helfen könne. Sofort ersann ich ein Lügenmärchen und erzählte von einem dunklen Wesen, welches angeblich in Assun leben würde. Und sie glaubten mir. Dabei gibt es so etwas gar nicht! Ich habe sie alle reingelegt, um einen Weg aus meinem Gefängnis zu finden. Und dann kamst auch noch du des Weges … Ich musste die Energien nicht fühlen können, um dich richtig einzuschätzen. Ich habe so viele Erfahrungen gesammelt, Menschen analysiert und studiert, dass ich dich und dein Wesen sofort erfasst habe. Du bist klug und hast ein sanftes Wesen. Ich habe dich wirklich zu schätzen begonnen, das kannst du mir glauben. Du bist aber auch einsam und sehnst dich nach Anerkennung. Ich wusste, wie ich dich anpacken muss, um mir dein Vertrauen zu erschleichen. Aber gräme dich nicht. Mir sind schon ganz andere Menschen auf den Leim gegangen."

Derart vorgeführt zu werden, tat Vremno zutiefst weh. Er verabscheute sich selbst, weil er so naiv und gutgläubig gewesen war. Warum hatte er sich nicht Jahub gegenüber geöffnet? Oder Artikos, dem einzigen Freund, den er je gehabt hatte? Weshalb hatte er ausgerechnet auf Iretok gehört? Hatten ihn die Liebe zu Kara und der Wunsch, sie zu retten, so blind werden lassen?

„Aber gut. Genug der langen Worte und Erklärungen, wir haben noch einiges zu erledigen, mein junger Freund."

„Nenn mich nicht …"

„Schon gut, schon gut."

Iretok hob abwehrend die Hände.

„Lass uns weitermachen und zu Ende bringen, was ich begonnen habe. Komm! Steh auf und sieh dir an, was wir gefunden haben." Der Magier schnippte mit den Fingern. Vremno konnte sich nicht gegen die Befehle des Magiers wehren. Die Fesseln an seinen Armen und Beinen waren dafür verantwortlich, dass er nicht mehr Herr über seinen eigenen Körper war. Er richtete sich ohne sein eigenes Zutun auf, doch inzwischen wollte er es nicht mehr, denn der unheilvolle Ton in Iretoks Stimme verhieß nichts Gutes. Und er wurde in seiner Befürchtung bestätigt. Als er sah, was sich hinter ihm befand, gefror ihm das Blut in den Adern. Er wusste, wen er hier vor sich hatte. Er wusste es, obwohl er die beiden Gestalten nur schemenhaft hinter dem dicken Block aus Eis erkennen konnte. Er wusste es. Hier waren sie. Pandemia und Iberius. Iberius und Pandemia.

„Bei Fortary!", stieß Vremno hervor. Am liebsten hätte er sich übergeben.

„Mein Meister Iberius. Was glaubst du, wie entzückt er sein wird, wenn ich ihn erwecke? Er wird mir den Frevel verzeihen, dass ich deine Mutter gegen seinen Willen verschonte."

„Aber …"

„Ich habe immer schon gewusst, dass er nicht tot ist. Die Fakten sprachen dafür. Immerhin lebe ich noch, Nessa und Assun sind nach wie vor in Licht und Schatten getaucht, und du bist ein Nichtmagier."

„Ich … Du … Sie …"

„Komm. Komm mit. Wir werden sie nun aufwecken, die beiden!"

„Nein! Niemals! Eher …"

„Vremno? Du folgst mir, sofort!"

Iretok machte einen Schritt. Vremno tat es ihm gleich. Er kam immer näher, bis er dicht vor der eisigen Skulptur stand. Er konnte das Antlitz seiner Mutter erkennen. Die feinen Gesichtszüge, die ihn an seine Schwester erinnerten. Wie jung sie doch war. Das Eis hatte die Zeit für sie angehalten und sie wirkte kaum älter, als Vremno es heute war. Vremno war überglücklich und traurig zugleich. Er wünschte sich so sehr, sie ein einziges Mal umarmen zu können. Jetzt, wo er sie vor sich sah, wurde ihm erst bewusst, wie schmerzlich er sie sein ganzes Leben lang vermisst hatte. Er streckte seine Hand nach der Eisskulptur aus, doch schreckte gleichzeitig davor zurück.

„Sie ist so wunderschön", sprach Iretok aus, was sich Vremno dachte. „Weißt du, ich habe sie geliebt, das kannst du mir glauben. Doch es wird Zeit, dass sie endgültig stirbt." Der Magier streckte seinen Arm aus. Vremno ebenso. Er berührte die Oberfläche mit seiner noch immer aufgeschlitzten Hand. Sein Blut war stärker als Feuer, ließ das Eis schmelzen und tilgte den Bannfluch.

Und dann waren Pandemia und Iberius frei.

Abschied

Pandemia japste nach Luft. Sie taumelte einen Schritt nach vorne, doch ihre Beine konnten die Last ihres Körpers nach all den Jahren in ihrem eisigen Gefängnis nicht mehr tragen. Hinzu kam, dass Teile ihres Leibes noch von einer eisigen Schicht überzogen waren. Sie fiel direkt in Vremnos Arme, der sie fest umschloss und gemeinsam mit ihr zu Boden sank. Wie ein Kleinkind hielt er seine Mutter im Arm. Er konnte es nicht fassen. Hier war sie. Lebendig.

„Was ist passiert? Wo … wo bin ich?"

„Streng dich nicht unnötig an", hauchte Vremno. „Ich bin hier, alles wird gut."

„Es fällt mir so schwer, mich zu erinnern. Alles ist verschwommen. Ich … Bei Fortary, nein! Iberius, er ist … Wo ist er?"

Sie wollte sich panisch zur Seite zu drehen, um nach dem Feind Ausschau zu halten. Es gelang ihr nicht. Noch war ein Großteil ihres Körpers zu Eis gefroren. Ebenso wie der des Mächtigen. Aus dem Augenwinkel heraus konnte Vremno erkennen, dass sich Iretok nach Leibeskräften bemühte, die vereiste personifizierte Macht wegzuschaffen.

„Streng dich nicht zu sehr an. Du bist noch schwach. Aber jetzt wird alles gut, Mama."

„Nichts ist gut. Verstehst du nicht? Iberius … ich habe ihn nicht getötet. Er ist noch immer lebendig. Und er wird wiederauferstehen. Du darfst ihm nicht trauen, niemals! Er ist …"

Pandemia hielt für einen Moment inne.

„Was hast du gesagt? Vorhin meine ich? Mama?"

Pandemia starrte verwirrt zu ihrem Sohn hoch. Zunächst las Vremno in ihrem Blick Unverständnis. Überraschung. Und dann … Erkenntnis.

„Vremno?", hörte dieser plötzlich die dünne Stimme seiner Mutter. „Bei Fortary, Vremno, bist du es wirklich? Du siehst aus wie dein Vater. Wie mein geliebter Zelius."

Pandemia versuchte, den Arm auszustrecken und ihrem Sohn über die Wange zu streicheln, doch sie hatte nicht genug Kraft dafür.

„Aber wie ist das möglich? Ihr seid doch noch Babys! Du kannst noch nicht … erwachsen sein. Fantasiere ich?"

„Nein. Es ist alles echt. Du warst lange gefangen. Aber jetzt bist du wieder da."

„Bei Fortary! Ist … ist deine Schwester auch hier? Wo ist Zaphlessia?"

Vremno schüttelte den Kopf. „Nein."

„Geht es ihr gut? Geht es euch gut?"

„Ja. Wir leben bei Alirja."

„Meine teure Alirja …"

Ein zaghaftes Lächeln umschmeichelte Pandemias Lippen.

„Sie ist uns eine gute Ersatzmutter aber wir vermissen dich so sehr, Mama."

Unter Tränen fuhr er fort: „Du kannst dir gar nicht vorstellen, wie sehr du uns die ganze Zeit gefehlt hast. Ich bin so froh, dass du wieder da bist und wir dich endlich wiederhaben."

„Ach, mein liebster Vremno. Ich wünschte, ich könnte bleiben. Ich wünsche es mir so sehr, doch meine Zeit ist endgültig gekommen, ich fühle es."

Bei jedem Atemzug wurde ein brodelndes Geräusch in ihren Lungen laut.

„Nein! Wir versorgen deine Wunden und machen dich wieder heil, hörst du? Wir schaffen das!"

„Ach, Vremno … Kein Zauber auf der Welt kann mich retten. Ich bin schon vor vielen Jahren gestorben, als ich mich Iberius gestellt habe. Das Schicksal hat mir diesen Moment mit dir geschenkt, doch das Leben kann es mir nicht zurückgeben."

„Sag so etwa nicht! Bitte! Alles wird gut, glaube mir!",
flehte Vremno verzweifelt.

„Mir ist so kalt. Ich fühle mich, als würde ich von innen
heraus erfrieren."

„Ich wärme dich. Ich bin für dich da. Halte durch,
Mama!"

Vremno umschlang seine Mutter noch fester.

Pandemia begann, am ganzen Leib zu zittern. Der
letzte Rest Eis schmolz und gab ihre Bauchwunde frei.
Frisches Blut ergoss sich auf den Boden. Vremno drückte
auf die Wunde, versuchte, die Blutung zu stillen, doch es
wurde immer mehr. Das Blut quoll dick durch seine
Finger, benetzte seine Hände.

„Es hilft nichts, Vremno. Es ist vorbei", stöhnte
Pandemia. „Mein Schatz, sieh mich an, ein letztes Mal …"

Es kostete Vremno alle Überwindung, sich von seiner
sterbenden Mutter loszureißen.

„Vergiss niemals, wie sehr ich dich liebe. Dich und
deine Schwester. Ihr seid mein ganzes Glück und mein
ganzer Stolz. Nichts auf der Welt habe ich mehr geliebt als
euch. Ich werde immer bei euch sein. Immer."

„Bitte, geh nicht weg. Nicht schon wieder!", schrie
Vremno immer wieder. Er drückte seine Mutter an sich im
Glauben, sie dadurch zu retten. Doch es half nichts. Keine
Geste dieser Welt konnte das Unvermeidliche aufhalten.
Pandemia starb. In den Armen ihres geliebten Sohnes.

Worte des Herzens

Zaphlessia spazierte durch die Straßen Ephmorias. Sie war gerade wieder in Alirjas Haus gewesen, um ihren neuesten Brief zu lesen. Noch immer erging es der Blinden fabelhaft. Zubring hatten ihr gutgetan und sie wieder an ihre Wurzeln erinnert. Nun würde sie zu neuen Ufern aufbrechen.

„Wohin mich meine Reise führt, weiß ich noch nicht. Aber ich melde mich bei dir, sobald ich mich für eine Weile niederlasse. Damit du mir schreiben kannst, mein Schatz. Ich freue mich, von dir zu hören, und sollte Vremno inzwischen wieder zu Hause sein, umarme und küsse ihn von mir. Deine Alirja"

Wie immer war Lessa beschwingt und fröhlich, nachdem sie einen von Alirjas Briefen erhalten hatte. Mit ebendieser Euphorie schlenderte sie zum Palast, wo sehr zu ihrer Verwunderung unüblich viel Aufruhr herrschte.

„Was ist los?" fragte sie einen der Zauberer, der sich nicht gerade in einer hitzigen Debatte mit einem anderen befand.

„Wir wissen es auch nicht genau. Vorhin ist ein Wagen vorgefahren. Vier Männer waren darin. Einer von ihnen ist der junge Herr Jahub. Die drei anderen kannte ich nicht, wobei ich …"

Lessa hörte dem Magier schon nicht mehr zu. Jahub. Er war wieder da. Sie musste ihn finden. Unbedingt finden und ihm ihr Herz ausschütten – so, wie sie es sich vorgenommen und im Geiste Hunderte Male ausgemalt hatte. Der Tag war gekommen.

Sie ließ den Magier, der unbeirrt weiterbrabbelte, einfach stehen und lief den Korridor entlang, um zu Ephtalia zu gelangen. Sie würde bestimmt wissen, wo sich Jahub aufhielt. Zaphlessia stürmte in das Gemach der

Liebe, um diese auszufragen, als sie Jahub sah. Er stand wie versteinert vor dem Kamin.

Von einem inneren Impuls getrieben, lief sie auf ihn zu, öffnete die Arme. Sie konnte nicht anders. Die Zeiten, da sie sich in Zurückhaltung geübt hatte, waren vorüber. Zu sehr sehnte sie sich nach seiner Nähe.

„Es ist so schön, dass du wieder da bist. Geht es dir gut?", fragte sie ihn, während sie ihm um den Hals fiel.

„Es geht so, danke."

Jahub löste sich sofort aus der Umarmung. Erst jetzt bemerkte Lessa, wie erschöpft, müde und ausgelaugt er aussah.

„Du wirkst mitgenommen, aber das ist ja kein Wunder. Ich weiß, wo du warst … Kann ich … irgendetwas für dich tun?"

„Nein, danke. Ich muss … Ich sollte … Du solltest so bald wie möglich mit Ephtalia reden. Sie wird dir alles erzählen … Denn es ist so, dass …"

Jahub stieß einen eigentümlichen Laut aus.

„Ach, Jahub … Assun muss dir schrecklich zugesetzt haben. Aber jetzt bist du wieder hier. Alles wird gut, glaube mir. Du bist wieder im Licht und ich bin immer für dich da."

„Nichts wird je wieder gut. Alles ist verloren. Es tut mir so schrecklich leid!"

„Was ist denn, Jahub?"

„Ich kann nicht …"

„Doch, das kannst du. Jahub …"

Lessa nahm seine Hand und streichelte sie sanft.

„Ich bin immer für dich da. Weil … du mir wichtig bist, Jahub. Du bist mir so unglaublich wichtig. Nein. Du bist mir das Wichtigste auf der Welt! Denn Jahub, ich … ich … ich … Bei Fortary, verdammt … Warum ist es so schwer, dir einfach zu sagen, dass ich dich liebe?"

Totenstille breitete sich aus. Hatte sie das gerade wirklich ausgesprochen? Hatte sie ihm ihre Liebe gestanden? Sie hatte schon so lange gewartet und so oft diesen Satz in den Wind gerufen, dass er einfach so hervorgesprudelt war. Aber warum reagierte Jahub nicht?

Nach einer halben Ewigkeit sagte Jahub schließlich: „Hör mir zu, Lessa. Ich liebe dich auch – aber nicht so, wie du mich. Ich …"

„Schon gut. Du brauchst nichts mehr zu sagen."

„Ach, Lessa, warte … Ich möchte … Ich möchte es dir erklären."

Jahub drückte Zaphlessias Hand, die er noch immer in der seinigen hielt, woraufhin sie diese zurückzog, als habe sie sich an einem Stück Feuerholz verbrannt.

„Es reicht mir zu wissen, dass du … nicht das Gleiche empfindest. Alles in Ordnung. Mach's gut." Zaphlessia wandte ihm den Rücken zu und setzte wie in Trance ein Bein vor das andere. Am liebsten wäre sie heulend davongelaufen, doch sie zwang sich zur Ruhe.

„Bitte warte!", rief Jahub ihr hinterher. „Bleib hier. Wir können reden. Ich möchte für dich da sein. Bitte."

Doch Lessa dachte nicht daran, sich umzudrehen. Er sollte nicht die Tränen sehen, die ihre Wangen hinabliefen. Er sollte nicht den Schmerz sehen, den sie nicht verbergen konnte. Ihr Herz war gebrochen. Nun musste sie die Scherben aufsammeln und wieder zusammenfügen.

Auferstehung

Er riss die Augen auf und nahm einen tiefen Atemzug. Begleitet von einem brodelnden Geräusch hustete er einige Male, bevor er sich aufrichtete.

Was war geschehen? Wo war er? Wer war er?

Er musste sich konzentrieren. Er war nicht irgendwer. Er hatte eine Ahnung, dass er ein mächtiges Wesen gewesen sein musste. Es durfte nicht so schwer sein, seine Sinne wieder zu einem Bild zusammenzufügen.

Er rutschte von seinem Bett, bis seine blanken Füße den steinernen Boden berührten. Ein brennender Schmerz durchzuckte seinen Unterleib. Er strich über die tobende Stelle und ertastete eine dicke, wulstige Narbe. War er verwundet gewesen? Bruchstückhafte Erinnerungsfetzen flammten vor auf: eine Frau, ein blitzendes Schwert, das Gefühl, durchbohrt zu werden … Energisch schüttelte er den Kopf und versuchte, sich auf die Gegenwart zu besinnen.

Da spürte er die Präsenz eines weiteren Wesens.

„Wer bist du und was hast du mit mir gemacht?"

„Meister, ruht Euch noch aus. Ihr seid noch nicht bei Kräften."

Der Fremde trat mit gesenktem Haupt aus dem Schatten hervor und hielt ihm einen schwarzen Umgang unter die Nase, den er überstreifte. Er kannte ihn. Wie hieß er noch schnell? Sein Name, er war …

„Iretok? Bist du es?"

„Ja, mein Gebieter. Ich bin es, Euer untertänigster Diener. Ich bin zurückgekehrt, um Euch zu retten. Ihr ward schwer angeschlagen, nur noch ein Schatten Eurer selbst, dem Ende nahe. Ich konnte Euch sogar angreifen und hierherbringen. Ich habe gebangt und gehofft, Ihr möget Euch erholen. Und das tatet Ihr auch. Zum Glück kehrte die Macht vollständig in Euch zurück und Euer

Körper erholte sich schnell. Ihr seid eben ein Gefühl – unverwüstlich, unauslöschlich. Bald schon wird nicht einmal mehr ein kleiner Kratzer daran erinnern, was Pandemia Euch angetan hat."

Und da fiel Iberius alles wieder ein. Ja, er wusste, wer er gewesen war und welche Kraft in ihm schlummerte – begierig darauf, erweckt zu werden. Er war der Mächtige, er war der Alleinherrscher über Assun, dem Land der Dunkelheit. Er war in den Krieg gezogen, um auch die Lichtwelt zu unterjochen. Doch dann war sie gekommen. Pandemia. Sie hatte ihn herausgefordert. Ihn bekämpft … Der Blutpakt. Die Lücken füllten sich und fügten sich zu einer vollkommenen Geschichte zusammen. Zur Geschichte seiner Vergangenheit.

„Wie hast du mich gefunden? Wie konntest du dich aus den Klauen der Lichtkrieger befreien? Und wo ist Gerane?"

„Ich weiß, dass Ihr viele Fragen habt, Meister, doch ich muss Euch bitten, Euch zu schonen. Wir werden noch Gelegenheit haben, alles zu klären, doch vorer-"

„Antworte mir!"

Iretok duckte sich.

„Gerane lebt in Nessa. Sie ist in die Arme ihrer Mutter zurückgekehrt und ein Kind des Lichts. Ich wiederum war lange Zeit in Gefangenschaft. Durch eine Fügung des Schicksals konnte ich aus den Kerkern des Palastes Ephisan befreit werden. Es war ein junger Mann, der mir zur Seite stand und mit dem ich nach Assun gekommen bin, um den Bann zu lösen und Euch zu befreien."

Iberius wurde hellhörig.

„Du hattest Hilfe? Von wem?"

„Ja. Ich konnte ihn … mit Nachdruck davon überzeugen, mir zu helfen. Ihr werdet sehr erstaunt sein, wenn ich Euch verrate, wer er ist. Denn niemand Geringerer als Pandemias und Zelius' Sohn Vremno hat mir geholfen."

„Der Sohn meiner Feindin – der Sohn derjenigen, die mich in mein eisiges Grab verbannt hat – hat mich aus ebendiesem befreit? Diese Vorstellung amüsiert mich köstlich!"

„Ja, Meister. So ist es. Er hat …"

„Wo ist er?"

„Geknebelt und gefesselt. Da hinten."

Iretok machte eine Kopfbewegung zu einer Türe, die in einen angrenzenden Raum führte.

„Bring ihn zu mir!"

„Wie ihr wünscht!"

Der Magier holte Vremno. Dieser war zu inzwischen zu einem Schatten seiner selbst geworden. Die Stunden, die seit Iberius' Befreiung verstrichen waren, hatte er in stiller Verzweiflung dahinvegetiert. Er war gefangen in dem Sog seiner Selbstvorwürfe. Seiner Herzensqualen. Seiner Schuld. Seiner Trauer. Seines Verlusts. Nun bugsierte ihn Iretok vor sich her, während Vremno an Iberius herantreten musste.

„Da ist er, der junge Vremno", stellte Iretok ihn seinem Meister vor. „Ich dachte mir, ich lasse ihn am Leben, damit ihr ihn selbst töten könnt"

„Nicht so schnell, nicht so schnell. Nimm ihm den Knebel aus dem Mund."

„Aber …"

„Hast du gehört?"

„Entschuldigt, Herr."

Schleunig tat Iretok wie befohlen.

Iberius blieb vor Vremno stehen.

„Du bist Pandemias Sohn? Und du hast mich gerettet?"

Als Vremno keinen Ton von sich gab, brüllte die Macht: „Antworte mir!"

„J… j… ja."

„Tötet ihn am besten gleich, Meister. Er ist es nicht wert, am Leben zu bleiben."

„Schweig, Iretok!"

Der Mächtige bedachte seinen Untertanen mit einem harschen Blick.

„So, Vremno … Heute ist dein Glückstag. Zum Dank dafür, dass du mir geholfen hast, werde ich dir nichts antun. Ich werde dich zurück nach Nessa bringen lassen, wo du deinen Freunden von deiner Tat berichten wirst. Sie werden von dir erfahren, dass ich wiederauferstanden bin. Pandemias Sohn wird ihnen erzählen, dass Pandemia mich nicht getötet hat und dass ich bald schon über das Lichtreich einfallen werde, um es zu unterjochen."

„Aber Meister … Das könnt ihr nicht! Er … Ich … Assunopsis. Ich bin mit ihm durch die Unterwelt gegangen. Er weiß zu viel."

„Du bist was?"

„Aber ich dachte, dass Ihr …"

„Du solltest das Denken denjenigen überlassen, die dazu imstande sind!"

Der Mächtige massierte seine Schläfen.

„Aber gut. Soll er dieses Wissen ruhig mit seinen Freunden teilen, es macht nichts. Sie können uns nichts anhaben. Also, junger Vremno. Du weißt, was zu tun ist?"

Vremno war nach wie vor zu keiner Reaktion imstande.

„Herrje. Es ist wahrhaft schwierig mit ihm. Aber sei es, wie es sei. Iretok, du wirst ihn in eines der Zimmer bringen, ihn dort anketten und ihn, nachdem er wieder handlungsfähig ist, zu den Grenzen begleiten. Geht jetzt."

„Natürlich, mein Herr. Natürlich."

Iretok wies Vremno an, sich zu bewegen. Die beiden waren beinahe aus der Türe hinaus, als Vremno seinen Kopf nach hinten drehte und resigniert sagte: „Das alles warst du? Die Träume, der Nebel, Kara … Du hast das alles veranstaltet, um mich hierherzulocken. Damit ich dich befreie und mitansehen muss, wie meine Mutter stir-" Seine Stimme brach und er begann zu weinen.

„Kara?" Iberius spitzte die Ohren.

„Ja, er hat von ihr geträumt. Stellt Euch vor, Meister, sie war der Grund, weswegen er nach Assun kam. Eine

Frau, die ihm im Traum begegnet ist. Ich habe erst gar nicht versucht, ihm zu erklären, dass dies unmög-"

Doch Iberius ließ seinen Untertanen nicht ausreden. Stattdessen begann er zu lautschallend lachen. Er kannte Kara. Bei Fortary … Er kannte sie nur zu gut!

Ein langjähriges Versprechen

„Schau, was ich gefunden habe! Granisfrucht! Kannst du das glauben?"

Alirja stürmte fröhlich ins Haus. Sie trug ein Körbchen mit den großen, roten, runden Früchten, die Gerane so gern aß.

Vor wenigen Stunden waren sie nach einer längeren Reise in dem idyllischen Städtchen Grendorf angekommen. Ohne langes Überlegen hatten die beiden Frauen beschlossen, sich für ein paar Tage niederzulassen. Alirja hatte sofort den Markt erkundet.

„Sag, freust du dich gar nicht?", fragte sie verwundert, als Gerane keinen Ton von sich gab.

„Ich … ich … Alirja, ich … spüre … etwas", stammelte das Verlangen. Der Blinden wurde mulmig zumute.

„Was ist? Fehlt dir etwas?"

„Nein, ich …"

„Jetzt sag schon, du machst mir Angst."

Mit zittrigen Beinen kam Alirja näher. Sie stellte den Obstkorb ab und zog einen Stuhl zu sich, um sich zu setzen. Sie konnte sich nicht erklären, was geschehen war, seit sie das Haus verlassen hatte.

„Mein Schicksal war lange mit Assun und seinen Kreaturen verknüpft. Vor allem mit ihm."

Gerane brauchte den Namen nicht auszusprechen.

„Und diese Bindung wurde sogar noch stärker, als von ihm … du weißt schon."

Schwanger wurde, fügte Alirja im Geiste hinzu.

„Wir sind dadurch auf ewig miteinander verflochten. Wir … spüren einander. Und vorhin, nachdem du gegangen bist, da", sie stöhnte, „habe ich ihn gespürt. Seine Präsenz. Es war als … als würde ich innerlich verbrennen. Ich hörte ihn im Wind flüstern. Er rief nach mir. Bei Fortary, Alirja … Er ist wiederauferstanden."

„Was?"

„Ja. Ich weiß nicht, wie und warum, aber Iberius lebt."

„Bei Fortary! Wir müssen … wir müssen zurück nach Ephmoria. Wir müssen den Rat informieren. Wir müssen … Ich muss zurück. Vremno … Zaphlessia … Meine Kinder …"

Die Blinde wollte gerade aufstehen, als Gerane sie zurückhielt: „Nein! Das darfst du nicht, Alirja. Du weißt, was wir damals besprochen haben. Was wir vereinbart haben. Was du mir versprochen hast, weil ich es nicht kann!"

„Oh nein …"

Alirja war mit einem Mal unglaublich müde. Sie erinnerte sich noch zu gut an die damalige Zeit. Als sie alle Vorkehrungen für den Fall der Fälle getroffen hatten. Für den Umstand, von dem sie nicht geglaubt hatten, dass er jemals eintreffen würde.

„Alirja", riss Gerane ihre Freundin aus ihren Gedanken, „es ist nun soweit. Du musst nach Errndorf gehen. Niemand, wirklich niemand – schon gar nicht Zaphlessia oder Vremno – darf erfahren, wo du bist. Du weißt, dass sie in großer Gefahr schweben würden, wenn sie wüssten, wo du dich aufhältst. Du darfst keinesfalls mit ihnen in Kontakt treten, sondern musst dich stattdessen zu ihm aufmachen. Du musst auf ihn achtgeben und ihn womöglich auf das Schlimmste vorbereiten. Alirja, ich flehe dich an: Geh zu Tobeiyas und beschütze ihn. Beschütze meinen Sohn!"

Gerettet

Vremno zitterte am ganzen Leib, während er vor Iberius und Iretok durch die Katakomben des Palastes Pluxis ging. Er war in einem Strudel unterschiedlichster Empfindungen gefangen. Einerseits war er traurig, verzweifelt, voller Schuld und wünschte sich nichts sehnlicher, als zu sterben. Andererseits war er aufgeregt, denn er würde bei Kara sein. Sie existierte und – wie Iberius ihm versicherte – sie lebte. Bei Fortary! Vremno schöpfte Hoffnung, dass alles doch noch ein gutes Ende nehmen würde. Dass er mit Kara zurück nach Nessa kehren würde, dort dem Rat des Lichts alles beichten würde und sie Iberius töten würden. Immerhin wusste Vremno, wo er sich aufhielt und wie man durch die Unterwelt Assunopsis nach Pluxis gelangte. Er klammerte sich so sehr an diesen Lichtblick, dass er nicht einmal hinterfragte, wie Kara noch am Leben sein konnte, wo doch alles im Palast aus toten, vereisten Monstern und Ungetümen bestand.

„Wo ist sie?", fragte Vremno, nachdem er schon viel zu lange durch die Katakomben geirrt war.

„Oh, es ist nicht mehr weit. Wir sind schon da", antwortete Iberius und zeigte auf eine zugefrorene Tür. Er forderte Vremno auf, mithilfe seines Bluts das Eis zum Schmelzen zu bringen.

Als dies vollbracht war, öffnete der Mächtige die Tür, steckte seinen Kopf in den Raum und säuselte: „Kara, Täubchen, bist du da drin? Ich habe einen Besucher für dich. Du wirst es nicht glauben. Es ist ein junger Mann namens Vremno. Du kennst ihn doch, oder? Kara? Wo hältst du dich versteckt? Kara. Bist du … Oh! Da bist du ja. Komm her, Vremno. Komm zu deiner Kara."

Vremno zögerte. Er traute Iberius nicht über den Weg und vermutete eine Falle. Als er aber das Stöhnen einer jungen Frau hörte, ging er weiter. Im diffusen Licht konnte er eine sitzende Gestalt zu erkennen. Ihr schwarzes, langes Haar reichte beinahe bis zum Boden. Sie war dünner als in seinen Träumen, doch es war eindeutig Kara, das spürte er. Nun gab es für ihn kein Halten mehr. Vremno eilte zu ihr. Er stolperte beinahe über seine eigenen Beine, als er zu ihr lief und sich vor ihr auf die Knie warf.

„Kara, meine Liebste … Ich bin hier.“

„Du bist tatsächlich gekommen?“

Kara rührte sich nicht. Sie saß da, den Kopf vornübergebeugt.

„Ich habe es dir doch versprochen.“

„Ja, du hast es mir versprochen. Und jetzt bist du da. Du hast es geschafft. Ich habe mich schon so lange nach dir gesehnt.“

Kara begann, ihren Kopf anzuheben. Ihr Haar fiel über ihr Gesicht und machte es unkenntlich. Ihre Augen blitzten hinter ihrem Haar hervor. Sie leuchteten wie zwei blutrote Rubine, als sie kreischte: „Nach dir und deiner unglaublich schönen Seele!“

Vremno wusste nicht, wie ihm geschah. Blitzschnell sprang Kara auf und rang ihn zu Boden. Ihr Haar flog zur Seite und entblößte fahle, gräuliche Haut. Sie stürzte förmlich auf ihn, umschlang ihn mit dürren Armen und Beinen. Ihre langen Fingernägel bohrten sich in das zarte Fleisch seines Halses. Sie öffnete ihr Maul, als …

„Na, na, na, habe ich dir das erlaubt?“

Iberius schnalzte mit der Zunge. Die Umklammerung ließ nach. Vremno hustete und wandte sich zur Seite. Dort stand Iberius, der etwas in die Luft hielt. Eine Frau. Er hatte sie an ihren Haaren gepackt und hochgezogen. Sie wand sich, schlug wild um sich und stieß mit den Beinen zu.

„Lass mich los! Ich habe ihn hierhergeholt. Er gehört mir. Ich darf ihn haben.“

„Nichts darfst du, es sei denn, ich willige ein.“

Die Macht schüttelte die Kreatur wie einen Sack Lumpen.

„Bitte. Bitte, bitte, bitte", flehte das Wesen.

„Nein, Weib! Du lässt schön brav die Finger von ihm. Ich wollte ihm lediglich zeigen, auf welchen Abschaum er hineingefallen ist."

Iberius ging auf Vremno zu, der noch immer wie paralysiert am Boden lag. Er fühlte sich leer. Kara. Wo war Kara? Und wer war diese Kreatur?

„Darf ich vorstellen, junger Vremno? Dies ist deine Kara. Zumindest das, was von ihr übrig ist. Einst mochte man sie so nennen, doch das ist Jahrhunderte her. Heute kennt man sie in Assun unter einem anderen Namen. Wir hier nennen wir sie Quara. Quara, die seelenlose Wegbereiterin."

Zerbrochen

Lessa lag auf ihrem Bett und weinte in ihr Kissen. Ganz gleich, wie viele Tränen sie auch vergoss, der Schmerz ließ nicht nach. Gierig griff er immer wieder nach ihr. Quälte sie, indem er das Echo von Jahubs Worten in ihren Ohren nachhallen ließ. Was sollte sie tun? Was konnte sie machen, damit es aufhörte?

Ein Klopfen an der Tür ließ sie aufschrecken. Mit geröteten Augen sah Lessa hoch und erblickte Jahub, der hereinkam.

„Nein! Geh weg!", stöhnte sie gequält auf.

„Lessa, bitte. Hör mir einen Moment zu. Ich ertrage den Gedanken nicht, dass du dich meinetwegen schlecht fühlst."

„Und du glaubst, dass du etwas daran ändern kannst? Ausgerechnet du?"

„Nein. Aber ich kann es dir erklären und dir klarmachen, warum es nicht an dir liegt. Darf ich?"

Lessa schniefte laut, ehe sie sich aufsetzte. Mit angezogenen Beinen und den Polster an die Brust gedrückt, starrte sie Jahub an. Dieser griff nach einem Stuhl und zog ihn mit sich, während er sich Zaphlessias Bett näherte und Platz nahm.

Betont ruhig erklärte er: „Ich liebe dich, doch nicht so, wie ein Mann eine Frau liebt, sondern mehr wie ein Bruder seine Schwester. Ich schätze dich und bewundere dich und deine Fähigkeiten. Du bist unglaublich, und es gibt Dutzende Männer, die liebend gern an deiner Seite wären. Das Problem ist bloß, dass ich anders bin … Ich weiß nicht, ob du es verstehen kannst, aber ich bin für diese romantische Form der Liebe nicht geschaffen. Ich kann lieben, aber eben nicht auf diese Art und Weise. Ich sehne mich nicht nach der körperlichen Nähe eines anderen Menschen."

„Das sagst du nur so. Ich bin mir sicher, wenn dir die Richtige über den Weg läuft, dann …"

„Es gibt keine Richtige für mich. Wenn, dann wärst du es, Lessa, aber das Schicksal hat einen anderen Weg für mich auserkoren. Ich wünschte, es wäre anders, glaub mir. Ich würde dich gern glücklich machen, aber du musst dein Glück anderswo finden, Zaphlessia. Ich könnte dir niemals das geben, das du verdienst."

„Das macht es nicht besser. Ich bin schon so lange in dich verliebt, Jahub. Fast mein ganzes Leben, von dem Moment an, da ich dich das erste Mal getroffen habe. Da war ich sechs Jahre alt und hatte mich gerade mit Amalta angefreundet. Sie hat mich zu sich eingeladen, weil ihre Eltern Kekse gebacken haben, die wir gemeinsam mit Zuckerguss verschönern und dann essen wollten. Wir kleckerten in der Küche herum, deine Mutter sang mit uns ein Lied, und da warst du plötzlich. Ich war hin und weg von dir und auch, wenn man noch nicht von Liebe sprechen konnte, mochte ich dich. Oder besser gesagt: Ich fand dich nicht ganz so doof wie manch andere Jungs. Je älter ich wurde, umso mehr wurde aus diesem Gefühl der Zuneigung eine Schwärmerei und schlussendlich Liebe. Jetzt weißt du, wie lange du schon da drinnen bist, Jahub."

Sie legte ihre Hand auf ihr Herz.

„Die schönsten Tage waren die, wenn du endlich wieder in der Stadt warst und ich bei dir sein konnte. Und die schlimmsten die, wenn ich nicht wusste, wo du warst und wie es dir ging. Ich habe nie einen anderen angesehen. Es gab immer nur dich. Und jetzt ist alles weg. Die ganze Hoffnung, alle Träume. Alles zerplatzt und ausgelöscht, und stattdessen ist da nur noch Schmerz. Es tut … so weh, Jahub. Alles."

Lessa presste die Lippen aufeinander. Wieder war sie der nächsten Tränenflut nahe. Auch Jahub hatte einen Kloß im Hals.

„Auf jeden Fall", keuchte sie, nachdem sie einige Male tief ein- und ausgeatmet hatte, „möchte ich, dass du jetzt gehst. Ich habe mich so viele Jahre nach deiner Nähe gesehnt, doch nun ertrage ich sie kaum. Ich halte es nicht einmal aus, dich anzusehen."

„Nein, Lessa."

Jahub schüttelte den Kopf.

„Ich kann und will dich nicht so allein lassen. Ich möchte …"

„Geh."

„Lessa, ich …"

„Verschwinde endlich!"

„Bitte, ich …"

„Hau ab, Jahub! Hau endlich ab!", kreischte Lessa weinend.

Jahub blieb nichts anderes übrig, als auf sie zu hören. Er wollte ihr nicht noch größeren Kummer bereiten oder sie unnötig quälen. Gern hätte er etwas getan, um ihr Leid zu lindern, oder etwas gesagt wie „Ich bin immer für dich da, wenn du mich brauchst". Doch Jahub war klug genug zu wissen, dass dies im Moment das absolut Falsche gewesen wäre. Also stand er lediglich auf, brachte den Sessel zurück an den Tisch und ging zur Tür. Ehe er über die Schwelle tat, sah er zurück.

„Pass auf dich auf, Zaphlessia. Bei jedem Schritt, den du tust", waren seine letzten Worte.

Nächtlicher Besuch

Vremno lag gefesselt auf einem Bett und starrte apathisch an die Decke. Der Raum wurde von einem Feuer erhellt, das im Kamin knisterte und ihm Wärme spenden sollte. Doch keine Hitze der Welt hätte sein erkaltetes Herz erwärmen können. Er hatte nicht nur alles verloren und ein ganzes Land ins Verderben gestürzt, nicht nur erfahren müssen, dass es Kara nicht gab, sondern auch noch dem Tod seiner Mutter beiwohnen müssen. Er hatte sie in den Armen gehalten, als sie gestorben war. Er hatte sie umklammert in der Hoffnung, dass sie nochmal ihre Augen aufschlug.

Das alles war zu viel für ihn. Mehr, als sein Herz ertrug. Er wünschte sich nichts sehnlicher, als zu sterben. Tot zu sein. Jetzt und auf der Stelle, denn es gab nichts mehr, für das es sich zu leben lohnte. Sobald er konnte, würde er sich umbringen. Es gab keinen anderen Ausweg aus dieser schrecklichen Situation.

„Oh, der arme, arme Junge."

Vremno erschrak, als er Quara erkannte. Mit einer Grazie, die man ihr nicht zutrauen mochte, glitt sie schwebend über den Boden. Sie blieb beim Fußende des Himmelbetts stehen, hielt sich mit der rechten Hand am Holzpfosten fest und bog ihren Oberkörper unnatürlich weit zur linken Seite hinüber. Ihre inzwischen grün leuchtenden Augen ruhten auf Vremno.

„Was machst du hier?"

„Ich wollte … dich ein letztes Mal sehen, ehe sie dich fortschaffen."

„Aber ich dich nicht. Also verschwinde! Wenn nicht, schreie ich so laut, dass Iberius und Iretok kommen und dich hinausschleifen."

„Hach, wieso denn das? Ich will ein bisschen in deiner Nähe sein. Mich kurz an deiner Gesellschaft laben. Niemand hat mir das verboten."

Sie begann, vor und wieder zurück zu wippen.

„Lass mich verdammt nochmal in Ruhe, Kara!"

„Oh, wie du das aussprichst … Kara … Wie sanft und zart du meinen alten Namen sagst. Es klingt wie … wie Musik in meinen Ohren. Kara. Kara. Kara", säuselte sie in einem Singsang. „Leider, leider, leider sind die Zeiten, in denen ich Kara war, schon lange, lange, lange vorbei."

„Ich sage gar nichts mehr zu dir, außer, dass du gehen sollst!"

„Sogar wenn du wütend und traurig und aufgebracht und enttäuscht bist, bist du wun-der-schön. Du bist der schönste Mann, der mir jemals begegnet ist. Ich sehe dich so gerne an. So gerne."

Sie streckte ihren rechten Arm aus und zog in der Luft die Konturen von Vremnos Silhouette nach.

„Darum wollte ich dich ja haben. Deine Seele, sie ist so unschuldig, so rein und so klar. Sie ist wie ein strahlendes Licht in tiefdunkler Nacht. Als ich sie das erste Mal gespürt habe, konnte ich gar nicht anders, als nach ihr zu rufen."

Sie umschlang sich selbst mit ihren dürren Armen.

„Ich habe mich in deine Träume geschlichen und dich hergelockt, mit allen Mitteln. Sogar den Nebel habe ich mir einfallen lassen, damit du noch schneller zu mir eilst. Weil ich dich doch haben wollte. So geschickt habe ich alles eingefädelt, mich so bemüht und jetzt … Jetzt verbietet mir Iberius, deine Seele zu nehmen. Es ist un-ge-recht."

Quara legte ihren Kopf in den Nacken. Ein wehleidiger Schrei entfuhr ihr.

„Du wagst es, von Ungerechtigkeit zu reden? Nach allem, was du mir angetan hast? Nach allem, was ich für dich auf mich genommen habe. Was ich verbrochen habe, um dich zu finden? Du weißt ja nicht einmal, was du da redest!"

Vremno bäumte sich auf, so gut es mit seinen Fesseln ging.

„Weißt du, wie es sich anfühlt, so hinters Licht geführt zu werden? Oder wie es ist, wenn man der eigenen Mutter beim Sterben zusieht? Wenn einem plötzlich alles und noch mehr genommen wird? Du weißt nichts, darum verschwinde. Ich will dich nicht mehr sehen."

„Oh, bleib ruhig. Pst. Nicht aufregen, kleiner Vremno."

Quara setzte sich im Schneidersitz aufs Bett. Ihr Gesichtsausdruck und auch ihre Stimme veränderten sich. Im Schein des Feuers wirkte sie ganz normal. Wie die wunderschöne Kara, die Vremno kannte. Doch der Moment war so flüchtig, dass sich Vremno im Nachhinein fragte, ob er es sich nicht eingebildet hatte.

„Ich weiß sehr gut, was du fühlst, glaub mir. Ich war nicht immer so. Ich war … ja … So wie du. Doch dann ist mir viel Schlechtes wiederfahren. Mein Papa hat uns verlassen, meine Mama hat wieder geheiratet, diesen widerwärtigen Adalor, der sie getötet hat, weil er mich wollte. Sie starb in meinen Armen. Anschließend hat mein Stiefvater … mir furchtbare Dinge angetan. Ich kann … ich will nicht darüber reden, er war kalt und grausam und barbarisch und lüstern. Ich war Fleisch für ihn, kein Mensch. Jahrelang hat er mich gequält und gepeinigt und als ich am Boden war, als ich flehte, sterben zu dürfen, da fand mich Terevil, die personifizierte Gier."

Bei der Erwähnung des Namens schüttelte sich Quara heftig.

„Er nahm mich bei sich auf und versprach mir im Tausch für meine Seele ein wunderschönes, neues Leben, und anfangs war es das auch. Alles war schön, prunkvoll, einzigartig – aber nicht echt. Terevil umgarnte mich, bis ich ihm hörig war und ihm nicht mehr ausschlagen konnte, was er wollte: dass ich auch eine Seelenhändlerin werde, wie er. Es war eine schreckliche Zeit. Fast so schrecklich wie bei meinem Stiefvater. Aber dann fand ich Iberius."

Quara leckte sich über die Lippen.

„Die mächtigste Seele von allen. Wenn ich sie Terevil brächte, so hoffte ich, würde er mich freilassen. Darum versuchte ich, Iberius' Seele zu fangen. Doch das konnte ich nicht. Als Strafe für meine Tat behielt er mich bei sich. Machte mich zu einer … Wegbereiterin", ätzte sie, „und setzte mir köstliche Seelen vor, doch keine durfte ich haben. Aber ohne Seele sind wir hässlich. Wir alle. Jeder Mensch. Und ich wurde immer hässlicher und grausiger und so, wie ich jetzt aussehe."

Quara zog beide Mundwinkel weit nach unten.

„Ich war bei Iberius gefangen. Erst als das Eis kam, war ich wieder frei! Zumindest glaubte ich das, doch ich konnte nicht hinaus. Und wieder konnte ich keine Seelen essen, obwohl ich mich so bemüht habe. Habe mich in die Köpfe der Männer eingenistet, die in Assun lebten. Diese Wachmänner aus Nessa, die bestimmt gut geschmeckt hätten. Doch sie kamen nicht. Sie fanden mich nicht, sondern wurden wahnsinnig da drin", sie tippte sich an den Kopf, „und starben. Und so blieb ich allein, bis ich dich fand und dich mehr wollte als jemals jemanden zuvor. Jetzt bist du da, und ich darf dich noch immer nicht haben. Es macht mich so traurig! So un-end-lich trau-rig."

Sie wimmerte vor sich hin. Vremno beobachtete sie. Quara, die seine Kara gewesen war. Die Frau seiner Träume. Nun gab es nichts mehr für ihn. Kein Glück. Keine Zukunft. Keine Hoffnung. Keine Liebe.

„Weißt du was? Du kannst mich haben", unterbrach Vremno Quaras Wehklagen.

„W… w… was?"

„Meine Seele. Ich gebe sie dir."

„Aber … wieso?"

„Weil ich alles verloren habe."

„Und das meinst du … ernst?"

„Ja. Nimm sie dir. Am besten sofort."

Quara quiekte vergnügt. Sie krabbelte zu Vremno, schwang ihr rechtes Bein über ihn und setzte sich auf ihn.

„Eines noch, Kara … Kannst du machen … dass es nicht allzu schlimm wird?"

„Oh mein lieber, lieber Vremno."

Quara strich ihm so zärtlich, wie es ihr möglich war, über seine Wange.

„Ich habe nicht vor, deine Seele zu verschwenden. Ich werde dir einen schönen Tod bereiten. Den schönsten überhaupt. Für alles andere ist deine Seele zu wertvoll. Stell dir einfach vor, dass ich Kara bin. Denk an nichts anderes."

„Das brauche ich mir nicht vorzustellen, denn du bist Kara. Und wirst nie eine andere sein."

„Ja, ja. Denk ganz fest daran."

Vremno tat wie befohlen. Er dachte an all die Gespräche, die er mit seiner Kara im Traum geführt hatte. An das Gefühl, das er gehabt hatte. Liebe.

Als Quara ihn küsste, schmeckte sie nach Pfirsichen. Als sie über seine Brust strich, fühlte sich ihre Haut wie Seide an. Als sie ihre Finger über seinen Bauch tanzen ließ, durchströmte ihn ein angenehmes Kribbeln. Als sie den Bund seiner Hose öffnete, diese hinunterzog und er ihre Berührungen auf seiner nackten Haut spürte, stöhnte er lustvoll auf. Und als er mit ihr – mit seiner Kara - verschmolz, war er der glücklichste Mann der Welt. Nichts anderes war noch wichtig, und so bemerkte er anfangs nicht, wie sich ihre Hände um seinen Hals legten und der Druck immer stärker wurde.

„Ich liebe dich, Kara."

„Leb wohl, Vremno."

Und mit diesen Worten hörte Vremnos Herz auf zu schlagen.

Ratsbeschluss

„Nicht nur, dass du einen Unbeteiligten in dein streng geheimes Vorhaben eingeweiht hast. Nein, du hast auch noch ausgerechnet diesen Jemand ohne unser Wissen mitgenommen. Und als wäre dem nicht genug, handelte es sich dabei um Vremno, der keinerlei magische Fähigkeiten hat und den du in allergrößte Gefahr gebracht hast – wie man an dem Ergebnis klar und deutlich sehen kann. Du hast gegen jede Vernunft gehandelt, Jahub, und damit nicht nur das Scheitern unserer Mission, sondern das Schlimmste heraufbeschworen, das man sich vorstellen kann: Vremno ist verschwunden und mit ihm Iretok. Wir wissen weder, wo sie sind, noch was sie gerade machen. Ob Vremno noch lebt, können wir genauso wenig beantworten wie die Frage, welch schwerwiegende Folgen dein Handeln nach sich zieht", brüllte Zoitos in Rage, während Jahub zusammengesunken auf einem Stuhl vor dem Rat des Lichts saß. Die restlichen Mitglieder saßen schweigend neben ihm dem Vorsitzenden und beobachteten Jahub teils mit Anteilnahme, teils mit Missgunst.

„Ich wollte das alles nicht, das müsst ihr mir glauben. Ich wünschte, ich könnte die Zeit zurückdrehen und …"

„… was? Dein Hirn einschalten? Bei Fortary, dazu ist es nun zu spät."

Zoitos lehnte sich zurück und knirschte mit dem Kiefer.

„Du weißt, dass wir dein Handeln nicht einfach so hinnehmen dürfen."

„Ich nehme jede Strafe an. Wenn ihr wollt, gehe ich auf der Stelle zurück nach Assun und …"

Der Ratsvorsitzende hob die Hand. „Schweig, Jahub! Ehe ich dir sage, welche Strafe wir dir auferlegen werden, solltest du eins wissen. Selbst wenn Vremno wieder wohlauf mit dir zurückgekehrt wäre, hätten wir deine Tat verurteilt. Hier zählt nicht, was geschehen ist, sondern dass es überhaupt geschehen ist. Wir, der Rat des Lichts, haben dir vertraut und große Stücke auf dich gehalten. Du hast vieles für uns und das Land getan, wofür wir dir dankbar sind. Doch all unsere Gunst ist dir anscheinend zu Kopf gestiegen und hat dich vergessen lassen, wo deine Grenzen sind. Du hast etwas entschieden, das allein in unserem Ermessen lag, und daher müssen wir dich zurück in die Schranken weisen."

Zoitos stand auf. In voller Größe und mit durchgestrecktem Rückgrat verkündete er: „Wir schicken dich und deine Familie nach Lenstett ins Exil, wo du so lange unter Hausarrest stehst, bis wir dir vergeben. Mag sein, dass dieser Tag bald oder niemals kommen wird. Vom jetzigen Zeitpunkt an bist du, Jahub, vom Rat des Lichts verstoßen, und alle Privilegien seien dir hiermit entzogen."

Eine letzte Bitte

„Du hast was?" Iberius krallte seine langen Finger in die Lehne seines Throns.

„Es tut mir leid, er wollte es so. Bitte verzeiht mir!"

Kara kniete demütig auf dem Boden. Sie hatte noch genug von Vremnos Seelenenergie in sich, um die begehrenswerte, schöne, junge Kara zu sein und nicht die schreckliche, abscheuliche Quara, die sie inzwischen geworden war.

„Verzeihen soll ich dir?"

Iberius spannte jeden seiner Muskeln an und stierte angewidert auf das Weib hinab. Er rümpfte die Nase. Sie stank nach Schweiß und Lust und dem jungen Mann, mit dem sie sich vor wenigen Minuten vereinigt hatte.

„Ja, Meister. Ihr müsst verstehen, dass die Verlockung zu groß war und er sich mir freiwillig hingab. Ich konnte nicht dagegen ankämpfen."

„Dass er dir aus freien Stücken seine Seele gegeben hat, ist für dich Grund genug, dich den Befehlen deines Herrn zu widersetzen? Glaubst du, ich sehe dir diesen Frevel nach?", brüllte er.

Ruckartig erhob sich der Mächtige von seinem Thron. Seine Schritte hallten durch den Raum, als er auf Kara zuging.

„Auspeitschen sollte ich dich lassen. Jeden Knochen einzeln brechen. Quälen und Foltern. Das wäre die gerechte Strafe dafür, dass du mein Wort missachtet hast!"

Mit der Spitze seines Fußes hob er Karas Kopf an.

„Bitte, Meister, bitte", wimmerte sie. „Ich flehe Euch an, mir meine Tat nicht nachzutragen, gerade weil sie auch etwas Gutes hatte."

„Was sollte es Gutes gehabt haben, ihn gegen meinen Willen zu töten, Weib?"

„Aber ich … ich habe ihn nicht getötet."

„Wie bitte?"

„Er lebt. Ich wollte seine Seele nehmen. Ich wollte es so sehr. Doch als ich von ihr kostete … geschah etwas Eigenartiges."

Iberius ging in die Hocke. Er hob Karas Kinn an. „Erzähl mir, was geschehen ist."

„Ich schmeckte sie. Seine unglaublich köstliche Seele. So süß war sie, wie eine reife Frucht. Und so … einzigartig."

Ermutigt vom Interesse ihres Meisters, richtete Kara sich auf. Ihr Gewicht lastete auf ihren Beinen.

„Seit ich zur Seelenfresserin wurde, habe ich viele Seelen in mich aufgenommen. Doch keine war wie seine. Ich fühlte etwas, das mir neu war. Es durchströmte meinen ganzen Leib. Es war die Gewissheit, dass er zu Größerem berufen ist und sein Weg noch nicht enden darf. Meister, Ihr solltet Vremno nicht gehen lassen. Er ist stärker, als wir glauben. Stärker, als er selbst weiß. Er muss unbedingt hier in Assun bleiben. Vertraut mir. Dieses eine Mal."

Vremno schlug die Augen auf. Warum war er nicht tot? Und weshalb war er nicht mehr gefesselt? Das Feuer war erloschen, es war dunkel. Wo war Kara? Was war geschehen?

„Ich bin hier, um mich mit dir zu unterhalten. Darf ich mich setzen?", tönte Iberius wie aus dem Nichts. Instinktiv rutschte Vremno zurück.

Ohne eine Reaktion seines Gegenübers abzuwarten, nahm Iberius auf einem Stuhl, der neben dem Bett stand, Platz.

„Wie du festgestellt hast, hat dich das Weib nicht getötet. Sie hat Gefallen an dir gefunden und dürfte dich auf eine sonderbare Art mögen. Deshalb ist sie zu mir gekommen und hat mich angefleht, dich zu bitten, hierzubleiben."

Vremno wollte gerade etwas entgegnen, als die Macht fortfuhr: „Um ehrlich zu sein, stand mir der Sinn nicht danach. Zum einen hat sich das Weib gegen meine Befehle gestellt, und dies dulde ich nicht. Zum anderen verabscheue ich es, wenn mir jemand Anweisungen erteilt. Deine Liebste kämpfte auf verlorenem Posten."

„Hast du sie … umgebracht?", flüsterte Vremno.

„Oh nein. Nein, nein. Ich habe etwas ganz anderes getan … Ich habe zugestimmt."

„Was?" Vremno fiel die Kinnlade nach unten.

„Weißt du, ich bin nicht das abgrundtief böse Scheusal, für das mich jeder hält. Erinnere dich. Iretok wollte dich töten, ich habe dagegen entschieden. Kara wollte über dich herfallen, ich habe es ihr verboten. Und nun biete ich dir ein neues Leben an – hier in meiner Stadt Goldea, an der Seite der Frau, die du liebst. Und die im Übrigen wieder sehr adäquat aussieht, falls dir ihr Äußeres Kopfzerbrechen bereitet. Ich glaube, deine Seele hat sie aufblühen lassen."

„Niemals. Du hast meine Mutter getötet. Du bist ein Scheusal. Ich werde dieses schreckliche Angebot niemals annehmen. Nicht einmal der Liebe wegen."

„Ich muss dir wiedersprechen, Vremno. Streng genommen habe nicht ich deine Mutter getötet, sondern sie sich selbst. Und dass ich eine Bestie bin, nun, das ist lediglich das, was du aufgrund verschiedenster Erzählungen gehört hast. Es ist ein Glaube, aber kein Fakt. Wie dem auch sei …"

Die Macht schlug sich mit den Handflächen auf die Oberschenkel und stand auf.

„Ich werde nicht sofort eine Entscheidung einfordern. Ich gebe dir Zeit. Bedenke aber bei deinen Überlegungen eins: Du hast Nessa, deine Freunde und deine Familie ohnehin schon verraten. Keiner wird dir jemals verzeihen, dass du mich erlöst hast. Bei ihnen wirst du keine Akzeptanz mehr finden, kein beschauliches Dasein. Im Gegensatz dazu könntest du dir hier eine neue Existenz aufbauen, mit der Frau, für die du so viel in Kauf genommen hast. Dir obliegt es, zu wählen, welchen Weg du einschlägst. Wählst du ein dunkles, feindseliges, einsames Leben im Licht oder ein helles, strahlendes, glückliches Leben in der Dunkelheit? Wofür entscheidest du dich, Vremno: Nessa oder Assun?"

Hermots Häuschen

Alirja ritt seit Tagen auf Idos' Rücken quer durch Nessa. Sie vermied jede Stadt und jedes Dorf, um nirgendwo gesehen zu werden. Nach fünf Tagen, als sich ihr Proviant zu Ende neigte, kam sie bei einem kleinen, halb zerfallenem Häuschen an, das vor einem riesigen, dichten Wald stand. Sie hielt an und stieg von ihrem Hengst ab. An den Zügeln führte sie ihn zu dem Haus und klopfte an. Schlurfende Schritte wurden hörbar, ehe sich die Türe einen Spaltbreit öffnete.

„Wer ist da?", fragte der weißhaarige, bärtige Alte mit den vielen Falten im Gesicht.

„Entschuldigt die Störung, werter Herr. Ich bin eine Reisende, schon lange unterwegs und hungrig. Habt ihr vielleicht ein paar Äpfel für mich?"

Der Mann zog die Augenbrauen hoch und blickte verstohlen zu beiden Seiten, ehe er die Türe öffnete und nickte.

„Ja, natürlich. Kommt herein und folgt mir."

Die Blinde trat ein und führte Idos mit sich.

„Wie geht es Euch? Ihr seht mitgenommen aus", fragte der Mann, während er Alirja durch sein abgedunkeltes Häuschen führte. Alle hölzernen Fensterläden waren geschlossen und ließen keinen Sonnenstrahl ins Innere. Erhellt wurde der Raum von einem Feuer im Kamin. Davor stand ein Schaukelstuhl, auf dem ein Buch lag. Allerhand Nippes war in den vielen Regalen drapiert.

„Ich habe fürwahr schon entspanntere Zeiten erlebt."

„Dann ist es wirklich so schlimm?",

„Ich fürchte es, ja."

„Ich habe gehofft, dass dieser Tag niemals eintrifft."

„Das haben wir alle, Hermot. Umso wichtiger ist es, dass du künftig noch vorsichtiger bist als bisher schon. Wir sind noch nicht im Bilde darüber, was genau los ist."

„Ich verstehe, meine Teure. Und seid versichert, dass ich zu jeder Stunde Augen und Ohren offenhalten werde."

„Ich danke dir für deine Dienste, Hermot. Möge Fortary uns wohlgesonnen sein, damit wir sie nie in Anspruch nehmen müssen."

Den restlichen Weg legten sie wortlos weiter. Als sie bei der Hintertür angekommen waren, öffnete der Mann diese. Alirja verabschiedete sich von ihm, ehe sie gemeinsam mit Idos hinausging.

Sie hörte jemanden lachen. Stimmengewirr. Irgendwo mahnte eine Mutter ihr Kind, nicht zu schnell zu laufen. Ein Mann jaulte auf, als er mit dem Hammer seinen Daumen traf. Eine Katze miaute. Laute, wie sie in jeder Stadt, in jedem Dorf hörbar waren. Bis auf einen Unterschied. Denn das hier war kein normaler Ort wie jeder andere. Dies war Errndorf, die unsichtbare Stadt, die einst von Gerane erschaffen worden war.

Von außen war Errndorf nicht zu erkennen. Für jeden Reisenden sah es aufgrund eines Schutzzaubers wie ein großer Wald mit unzähligen, ineinander verschlungenen und verwurzelten Bäumen aus. Doch in Wirklichkeit war diese eine kleine, in sich geschlossene Stadt. Bewohnt wurde sie von Menschen, deren Angehörige sich auf die dunkle Seite geschlagen hatten und die sich hier, fernab der Anfeindungen anderer, eine neue Existenz aufbauten. Gerane bot ihnen dafür die Gelegenheit. Sie alle lebten ein unbeschwertes Leben und dankten dem personifizierten Verlangen für diese Möglichkeit.

Was aber niemand von ihnen wusste, war, dass Errndorf mitsamt all seinen Bewohnern nur zur Tarnung diente. Denn hier lebte seit gut sechzehn Jahren Tobeiyas, Geranes und Iberius' Sohn, in der Obhut zweier Menschen, denen Alirja über alle Maßen vertraute. Menschen, von denen Tobeiyas glaubte, dass sie seine leiblichen Eltern seien: Plankis, die Partasi, mit der die Blinde Seite an Seite im Krieg gekämpft hatte. Sie war seine vermeintliche Mutter und sein Vater niemand

Geringerer als Dometor, der vor vielen Jahren Pandemia in die Kampfkünste eingeweiht hatte. Er hatte auch, gemeinsam mit sieben weiteren Verbündeten, an Pandemias Seite gekämpft. Während der großen Schlacht, die sie gemeinsam vor den Toren Pluxis gegen eine unbezwingbare Heerschar ausgefochten hatten, hatte sich Dometor zwischen Pandemia und einen dunklen Krieger gestellt. Kurz zuvor war Zelius gestorben und Pandemia am Ende ihrer Kräfte gewesen. Plankis hatte Pandemia damals vom Schlachtfeld gezogen und sie gerettet. Dometor war zurückgeblieben. Alle waren sie von dem sicheren Tod des Kriegers überzeugt gewesen. Alle außer Plankis, die nicht glauben wollte, dass ihr Liebster tot war. Also war sie über das Schlachtfeld geflogen und hatte dort den verwundeten Krieger gefunden. Er wäre in Assun wohl an seinen Verletzungen gestorben, wäre Plankis nicht gewesen. Sie hatte ihn zurück nach Nessa gebracht, wo er sich gut erholt hatte.

Er und Plankis nahmen Tobeiyas zu sich, da sie keine eigenen Kinder bekommen konnten, und lebten seither in idyllischer Harmonie in Errndorf.

Eine Harmonie, die Alirja bald schon würde zerstören müssen ...

„Entschuldigung, können Sie mir sagen, wo ich Tobeiyas finde?", fragte die Blinde zwei Frauen, die unweit von ihr Kochrezepte austauschten.

„Natürlich. Soll ich Sie hinbringen?", bot eine von ihnen an.

„Das wäre sehr freundlich."

Gemeinsam überquerten sie den Markplatz, bogen in eine kleine Seitengasse ein und schlenderten weiter. Die Fremde erkundigte sich höflich nach Alirjas Namen, stellte ansonsten jedoch keine Fragen. In Errndorf wusste man, dass jeder, der herkam, einen triftigen Grund hatte, über den er jedoch nicht sprechen wollte.

Als die beiden nach einigen Minuten vor dem gesuchten Häuschen angekommen waren, verabschiede sich Alirja und bedankte sich nochmals. Sie hielt kurz inne und lauschte den Stimmen, die gedämpft aus dem Inneren hervordrangen. Fröhliches, ungezwungenes Geplauder. Gelächter. Ausgelassenheit. Freude. Unbeschwertheit.

„Bei Fortary", dachte die Blinde halblaut, „sie haben ja keine Ahnung, dass ich in wenigen Sekunden ihr Leben auf den Kopf stellen werde. Ich wünschte, ich müsste es nicht tun."

Sie wartete noch ein, zwei Sekunden. Wollte den Moment des ersten Aufeinandertreffens noch etwas hinauszögern. Als Idos allmählich unruhig wurde, klopfte die Blinde drei Mal an. Die Türe wurde geöffnete und eine Frauenstimme frage: „Was kann ich …"

Ihre Stimme erstarb. Sie wurde kreidebleich im Gesicht, ihr Mund stand offen und ihre Augen waren aufgerissen.

„Nein", murmelte sie. „Sag, dass das nicht wahr ist. Bitte, Alirja. Sag mir, dass das nur ein Irrtum ist."

„Das kann ich nicht, Plankis. Bei Fortary, es tut mir so unendlich leid, aber allem Anschein nach ist Iberius wiederauferstanden. Und du weißt, was das bedeutet. Es wird Zeit, dass Tobeiyas erfährt, wer er wirklich ist."

Teil 3

Ein neues Leben

„Na warte! Wenn ich dich erwische, kannst du dich auf etwas gefasst machen!", drohte Vremno scherzhaft. Er versuchte schon seit Minuten, Kara zu fangen und jagte sie durch das ganze Haus.

„Wenn du weiterhin so langsam bist, wirst du mich nie bekommen!", entgegnete Kara lachend.

„Ich lasse dir einen Vorsprung, denn wenn ich dich erst einmal habe", er bekam sie zu fassen, „wirst du mir", er zog sie zu sich, „nicht mehr so leicht entkommen."

Er küsste sie leidenschaftlich.

Gut fünf Monate waren vergangen, seit sich Vremno für ein Dasein unter der Erde Assuns entschieden hatte, um bei der Frau seiner Träume zu sein. Der Frau, die ihn hatte töten wollen. Seine Seele war zurück in seinen Körper gefahren – jedoch nicht zur Gänze. Ein winziger Rest war bei Kara geblieben und mit ihr verschmolzen. Seither hatte sich die hässliche, grauenerregende Quara allmählich in die liebliche Kara verwandet. Die Frau, der Vremno verfallen war. Die er über alle Maßen liebte. Und für die er seine einstige Heimat, seine Familie und seine Freunde betrogen hatte.

Nicht nur, dass Vremno ohne ein Wort des Abschieds gegangen war und seine Liebsten nach wie vor in Ungewissheit über sein Befinden ließ. Er lebte obendrein auch noch in Goldeanopsis, der Stadt des Mannes, der so viel Unheil über die gesamte magische Welt gebracht hatte: Iberius.

Es hatte Vremno alle Überwindung gekostet, das Angebot der Macht anzunehmen. So viele Faktoren sprachen dagegen, allen voran die Tatsache, dass Iberius das Leid von Vremnos Familie und den Tod von Pandemia verschuldet hatte. Gleichzeitig war da aber auch Vremnos Herz, das nicht von Kara lassen konnte.

Außerdem galt er in der Lichtwelt mit ziemlicher Sicherheit als Verräter und würde dort keinen glücklichen Tag mehr erleben. So hatte er nach reiflicher Überlegung zugestimmt. Er bereute es nicht. Nur manches Mal kamen ihm Zweifel, ob es tatsächlich die richtige Entscheidung gewesen war. Ganz zu schweigen davon, wie sehr er seine alte Heimat und Alirja, Jahub und Artikos vermisste. Er dachte oft voller Wehmut an sie, doch Kara brachte ihn auf andere Gedanken, sobald das Heimweh und die Sehnsucht zu groß wurden. Dank ihrer Nähe und Liebe konnte er sogar die Trauer über den Verlust seiner Mutter verarbeiten. Niemals wurde Kara müde, ihm zuzuhören, ihm Trost zu spenden und für ihn da zu sein. Sie machte ihn stark. Sie war seine Heilung. Sie vervollständigte ihn. Und er konnte nicht mehr ohne sie sein.

„Was hältst du davon, wenn wir zurück in Bett gehen und dortbleiben, bis wir es nicht mehr aushalten?", hauchte Kara und knabberte an Vremnos Ohr.

„Das heißt dann für immer?"

„Ja, bis in alle Ewigkeit."

„Nicht die schlechteste aller Vorstellungen."

„Worauf warten wir dann noch?"

Vremno hob Kara hoch und wollte sie gerade in das gemeinsame Schlafzimmer tragen, als sie ein Klopfen an der Eingangstüre hörten.

„Wer stört jetzt schon wieder?", flüsterte Kara entnervt.

„Keine Ahnung. Aber wir müssen uns ja nicht zu erkennen geben. Wenn wir ganz still sind, sieht es so aus, als wären wir nicht da."

„Ja. Das machen wir."

Erneut klopfte es, dieses Mal fester. Vremno und Kara kicherten. Und beim dritten Klopfzeichen rief der draußen wartende Iretok ungeduldig: „Ich höre euch beide ganz genau! Macht auf!"

„Bei Fortary! Ich hoffe bloß, dass es wichtig ist, Iretok!", maulte Vremno. Er stellte Kara zurück auf die

Beine, stampfte zur Tür und öffnete sie mit einem Ruck. Kara schmiegte sich von hinten an ihn.

Iretok musterte die beiden abfällig. „Glaub mir, ich wäre auch lieber woanders, als Botengänge zu erledigen. Jedenfalls ist Iberius zurückgekehrt und wünscht eine Unterredung mit dir."

„Sag ihm, dass ich beschäftigt bin."

„Iberius verlangt nach dir! Hörst du? Jetzt! Also wirst du schön brav mit mir kommen, denn ich bin nicht gewillt, dafür zu büßen, weil du gerade keine Lust verspürst."

„Das war nicht Teil er Abmachung. Iberius hat mir zugesichert, frei zu sein, ohne auf seine Befehle hören zu müssen."

„Das kannst du ihm auch gern selbst sagen. Also los, komm. Mit jeder Sekunde wird er bestimmt zorniger."

Vremno wollte nochmals vehement protestieren, als Kara ihm einen Klaps auf sein Hinterteil gab.

„Geh ruhig, mein Schatz! Ich fürchte, Iretok wird uns nicht zufrieden lassen, bis du mitgekommen bist."

„Sicher?"

„Ich werde mich derweil im Bett räkeln und auf deine Rückkehr warten. Je schneller du weg bist, umso schneller bist du wieder da und umso schneller können wir …"

Vremno verabschiedete sich mit einem letzten, innigen Kuss von seiner Geliebten, ehe er Iretok folgte.

Ein Neuanfang

Zaphlessia trocknete sich das schweißnasse Gesicht ab, ehe sie das Handtuch auf die Wiese legte und sich darauf niedersetzte. Sie rückte das Haarband, mit dem sie ihr inzwischen kurzgeschnittenes Haar im Zaum hielt, zurecht. Dann begann sie mit ihren Entspannungsübungen, die sie im Anschluss an ihr tägliches Ausdauertraining durchführte.

Die Nachricht, das Vremno mitsamt Iretok in Assun verschollen war, hatte sie ungemein bestürzt. Sie war so voller Trauer über Jahubs unerwiderte Liebe gewesen, dass sie zunächst gar nicht realisierte, was mit Vremno geschehen war. Statt sich um ihn Sorgen zu machen, betrauerte sie sich selbst und ihr gebrochenes Herz. Erst nach einigen Tagen, die sie weinend zugebracht hatte, erkannte sie den Ernst der Lage. Ihr wurde bewusst, wie egoistisch sie in der Vergangenheit gewesen war. Hätte sie sich doch mehr um ihren Bruder gekümmert, wäre sie doch für ihn da gewesen. Sie bereute die Jahre, in denen die Geschwister lediglich nebeneinanderher gelebt hatten, ohne einander nahe zu sein. Sie wollte es wiedergutmachen. Doch was, wenn es dafür zu spät war?

Wie dringend hätte Zaphlessia ihre Tante Alirja gebraucht, doch diese war nach wie vor auf Reisen. Lessa wusste nicht einmal, wo sie sich aufhielt. Sie bekam in letzter Zeit spärlich Post. Wenige Zeilen aus verschiedenen Städten, in denen sich Alirja und Gerane nicht lange genug aufhielten, um Antwort zu bekommen. Stets nachdem ein Bote eine Nachricht übermittelt hatte, hatte Lessa ihn umgehend mit der dringlichen Bitte fortgeschickt, Alirja solle zurückkehren. Doch jeder Bote war bisher mit dem ungeöffneten Brief und den Worten „Sie sind weitergezogen" wieder angekommen. Zaphlessia konnte Alirjas Verhalten nicht nachvollziehen. Sorgte sie sich nicht mehr um ihre Kinder? War sie so eingenommen von ihrer neuen Freiheit, dass sie alles andere vergaß?

Nichtsdestotrotz hatte Lessa beschlossen, auf eigene Faust zu handeln. Sie hatte nur noch ein Ziel vor Augen: Vremno zu finden. Sie stürzte sich in ihre Mission. Anfangs wäre sie am liebsten sofort losgezogen, doch Ephtalia hatte sie zurückgehalten.

„Wenn es dein Ernst ist, musst du dich gut vorbereiten. Es nützt niemandem etwas, wenn du aufs Geratewohl nach Assun gehst und dich dadurch selbst in Gefahr begibst", hatte die Liebe ihr geraten. Seit jenem Tag trainierte Lessa jede freie Minute, ließ sich in die Kampfkünste einweihen, bildete ihr magisches Geschick weiter aus und feilte an ihren Plänen zur Rettung ihres Bruders.

Einen positiven Nebeneffekt hatte das alles: Lessa blieb kaum mehr Zeit, an Jahub zu denken, der inzwischen weit weg in Lenstett im Exil lebte. Beinahe täglich erreichten Zaphlessia Briefe von ihm, doch jeden ließ sie ungeöffnet zurückschicken. Nein, sie war nicht bereit, mit Jahub Frieden zu schließen.

„Zaphlessia?" Lautlos war Ephtalia an Lessa herangetreten, die sofort hochfuhr. Sie war so in ihre Meditation vertieft gewesen, dass sie die Liebe nicht gehört hatte.

Entsprechend entgeistert prustete Lessa: „Du hast mir einen Schrecken eingejagt!"

„Entschuldige! Das wollte ich nicht, aber ich bringe Nachrichten."

Lessa richtete sich kerzengerade auf. „Vom Rat?"

„Ja."

„Was hat er gesagt?"

„Wir sollten lieber ein ruhigeres Plätzchen auswählen, um darüber zu diskutieren."

„So schlimm?"

„Bei Fortary … noch viel schlimmer."

Gerüchte

Gerane saß im hintersten Eck einer kleinen Schänke auf einer Bank. Sie trug einen Umhang, dessen Kapuze sie tief ins Gesicht gezogen hatte, um sich vor neugierigen Blicken zu schützen. Vor ihr stand eine dampfende Tasse Tee. Ein leeres Blatt Papier lag daneben. Sie klopfte mit einem Stift nervös auf die Tischplatte.

Seit Wochen reiste sie quer durchs Land und schrieb an jedem Ort, an dem sie für wenige Stunden blieb, einen Brief an Zaphlessia. Sie imitierte Alirjas Worte, um deren Ziehtochter vorzugaukeln, dass es der Blinden gut ginge. So hatten Alirja und Gerane es abgemacht, und das Verlangen hielt sich daran. Bis auf eine Ausnahme. Anders als versprochen, wartete sie kein einziges Mal auf eine Rückantwort, denn Gerane hatte Angst vor deren Inhalt. Alirja hatte ihr aufgetragen, sie umgehend in Kenntnis zu setzen, falls in Ephmoria etwas Schlimmes geschah. Dann, so versicherte die Blinde, würde sie Errndorf verlassen und zurück zu ihren Kindern reisen. Und dies wollte Gerane keinesfalls. Nein, das Verlangen wollte nicht einmal wissen, ob irgendetwas Besorgniserregendes vorgefallen war. Denn hätte sie davon gewusst, hätte sie ihr schlechtes Gewissen zu einer Handlung gezwungen. Einer Handlung, zu der sie nicht bereit war.

Also verfasste sie zum wiederholten Male eine viel zu kurze, viel zu oberflächliche Nachricht an Zaphlessia. Anschließend schloss Gerane den Brief und ging zum Tresen, wo der Wirt Geschirr trocknete.

Gerane räusperte sich, um seine Aufmerksamkeit zu erhalten. Sie bat: „Dürfte ich euch diesen Brief geben? Ein Bote soll ihn nach Ephmoria bringen. Ich muss schleunigst wieder weg und habe keine Zeit, mich selbst darum zu kümmern."

„Ja, ja. Gerne."

Der Mann legte das Geschirrtuch weg und nahm den Umschlag an sich, hielt jedoch kurz inne.

„Ephmoria habt Ihr gesagt, oder?"

„Genau. Die Stadt der Liebe."

„Seid ihr von dort?"

„Nein. Ich habe Bekannte in Ephmoria."

„Oh, ich dachte schon, Ihr könnt mir die Gerüchte bestätigen, die allerorts kursieren."

„Nein, leider. Ich weiß von nichts, vor allem, da ich schon längere Zeit auf Reisen bin."

„Schade. Ich möchte zu gern wissen, ob es wahr ist, dass ..."

Ohne darum gebeten worden zu sein, begann der Wirt, bis ins Detail wiederzugeben, was man sich in den Städten und Dörfern erzählte. Gerane hörte nur halbherzig zu. Sie kannte den Tratsch und Klatsch, der über die Grenzen hinweggetragen wurde. Erst als er mit den Worten „Es würde mich brennend interessieren, ob Vremno tatsächlich nach Assun gegangen ist", schloss, wurde Gerane hellhörig.

„Was sagt Ihr da?", hakte sie nach.

„Nun, man munkelt, dass Pandemias Sohn einen bösen Magier befreit hat, um sich der dunklen Seite anzuschließen."

„Bei Fortary!", entfuhr es dem personifizierten Verlangen.

„Ich weiß. Wäre es nicht unglaublich, wenn ausgerechnet der Sohn unserer Pandemia so etwas getan hätte?"

„Ja, das wäre es. Herrje. Das ist ... unvorstellbar." Sie schüttelte mehrmals den Kopf, ehe sie intensiv überlegte. Konnte es sein, dass diese Erzählungen einem wahren Inhalt zugrundelagen? War es möglich? Es gab nur eine Antwort darauf, und obwohl sich ein Teil von Gerane dagegen sträubte, musste sie dem Gefasel auf den Grund gehen.

„Wisst Ihr was?", lenkte sie daher plötzlich ein, „Ich werde meine Bekannte einfach danach fragen. Wenn ich es mir recht überlege, habe ich wohl ein paar Tage Zeit, um hier zu bleiben. Gebt mir einfach meinen Brief wieder, und ich werde mich erkundigen und Euch informieren. Und sagt … gibt es hier irgendwo eine Möglichkeit, wo ich verweilen kann? Eine Unterkunft?"

Der Wirt strahlte. Er freute sich offenkundig, Informationen aus erster Hand zu bekommen, die er dann im Anschluss unters Volk mischen konnte.

Entsprechend großzügig bot er an: „Natürlich, Gnädigste. Ich habe einige Zimmer zur Verfügung. Ihr könnt solange bleiben, wie ihr wollt."

Gerane bedankte sich, ehe sie zurück an ihren Tisch ging und eine neue Nachricht an Zaphlessia verfasste. Und bei jedem Wort, das sie auf Papier brachte, hoffte sie inständig, dass es tatsächlich bloß Gerüchte wären.

Ein mächtiges Angebot

An der Seite von Iretok durchquerte Vremno das prunkvolle Haus der Macht. Die Wände waren mit Sulfrum bestrichen – einer Mischung aus Edelsteinen und Mineralien, die das Licht bündelte und tausendfach zurückstrahlen ließ, wodurch eine helle und angenehme Atmosphäre herrschte. Die Böden waren mit auf Hochglanz poliertem Holz ausgelegt. Bilder, edle Möbel und prachtvolle Ziergegenstände säumten die Gänge und Zimmer. Es war das Haus eines Herrschers, und dennoch wurde der Mächtige nicht müde, die Einfachheit seines Heims zu bemängeln. Er sehnte sich offenkundig nach Pluxis zurück, doch der Palast war nach wie vor unbewohnbar und von Iberius höchstpersönlich mit einem Schutzzauber versehen worden.

Vremno strich er über seine verknitterte Kleidung. Er klopfte und wurde umgehend in den Empfangssaal gebeten.

Iberius trug einen weiten, aus violetter Seide gefertigten Kaftan mit goldenen Verzierungen. Anders als an der Oberfläche zeigte sich der Mächtige hier in seiner vollen Gestalt. Vorbei waren die Tage, in denen er sein Äußeres mit einem Kapuzenumhang verhüllt hatte. Hier unter der Erde konnte er der sein, der er war.

„Wie schön, dich zu sehen. Mach es dir bequem", begrüßte der Mächtige seinen Gast und deutete auf einen Stuhl, der sich schräg gegenüber von seinem Thron befand.

Als sich Vremno setzte, fiel Iberius' Blick auf Iretok. Der Magier war ebenfalls nach vorn gegangen und neben Vremno stehengeblieben. Der Mächtige musterte seinen Untertan abfällig und blaffte ihn an: „Was willst du noch hier? Hast du nichts zu erledigen?"

„Meister, ich dachte, Ihr wolltet …"

„Du denkst zu viel und meistens das Falsche, Iretok. Du hast Vremno hierhergebracht. Mehr brauche ich vorerst nicht von dir."

„Ihr wolltet doch über eure Reise berichten? Und erzählen, was ihr …"

„Ich wollte mit Vremno reden, nicht mit dir. Du wirst hier nicht mehr benötigt, Iretok!"

„Aber ich …"

„Wie oft muss ich mich noch wiederholen, Iretok? Verschwinde und putze von mir aus die Kommoden im Flur. Aber geh mir aus den Augen, ehe ich noch wütend werde! Sofort!"

Widerwillig zog der Magier davon. Als er den Saal verließ, bedachte er Vremno mit einem vernichtenden Blick und murmelte unhörbare Verwünschungen vor sich hin.

Iberius indes schnalzte missbilligend mit der Zunge und schüttelte den Kopf, ehe er sich an Vremno wandte.

„Entschuldige bitte diesen kleinen, unbedeutenden Zwischenfall. Iretok ist in letzter Zeit etwas aufdringlich. Aber kümmern wir uns nicht um ihn, sondern um die wirklich wichtigen Dinge."

Er faltete die Hände und tippte mit den Zeigefingern gegeneinander.

„Ich wollte mich bei für all die guten Ratschläge der Vergangenheit bedanken. Die Idee, mit den anderen Gefühlen Bündnisse zu schließen, war brillant. Und ich kann dir voller Stolz und Freude berichten, dass alle, die ich bisher besucht habe, zugestimmt haben."

Vremno verzog das Gesicht. Er hatte Iberius geraten, eine Allianz mit den anderen personifizierten Gefühlen einzugehen. Dadurch würden sie sich zu einer großen Einheit zusammenfügen. Dies alles hatte Vremno aber nicht zu Iberius' Wohl vorgeschlagen, sondern zu seinem eigenen.

Schnell erklärte Vremno daher: „Ich tat es in erster Linie für die Bevölkerung von Assunopsis. Eine

Übereinkunft zwischen den Städten sorgt für unser aller Sicherheit. Je besser wir zusammenhalten, umso unbeschwerter gestaltet sich unser aller Leben."

„Ja, ja. Was auch immer dich auf diese Idee gebracht hat, es war ein grandioser Schachzug von dir. Du warst mir in dieser Hinsicht weit voraus, das muss ich zugeben. Deshalb gehört deine Leistung belohnt. Ich mache dir daher ein Angebot, das du unmöglich ausschlagen kannst: Ich möchte dir als Dank für deinen Rat, aber auch als Wiedergutmachung für gewisse Vorkommnisse der Vergangenheit dein altes Erbe zurückgeben. Vremno, ich möchte und werde dich zu einem Magier machen."

Ratsbeschlüsse

Während sie über nebensächliche Alltäglichkeiten plauderten, durchschritten Zaphlessia und Ephtalia den Palast Ephisan, bis sie bei Ephtalias Gemach ankamen. Nachdem die Liebe die Türe hinter den beiden geschlossen hatte, ließ sich Lessa auf einen der Sessel fallen. Sie schlug die Beine übereinander und fragte ungeduldig: „Welche Neuigkeiten bringst du vom Rat des Lichts?"

„Keine guten. Wie du weißt, sind in den letzten Wochen Truppen nach Assun entsendet worden, die das ganze Land auf den Kopf gestellt haben. Sie haben nach Vremno und Iretok Ausschau gehalten und sogar in den Dörfern der dunklen Kreaturen nach ihnen gesucht. Nichts. Kein Lebenszeichen, von keinem von beiden. Der Rat ist daher zu einem einzigen möglichen Schluss gekommen."

„Sag nicht, dass sie Vremno aufgeben!"

„Sie geben Vremno nicht auf, das nicht ... Vielmehr ... ist er nun für sie zum Feind geworden."

„Was?"

„Diese Theorie geisterte schon lange in den Köpfen der Ratsmitglieder umher, und da sie Vremno bisher nicht tot aufgefunden haben, gehen sie davon aus, dass er die Seiten gewechselt hat."

„Nein. Das kann nicht sein! Ja, gut, Vremno war schon immer ein Eigenbrötler und Außenseiter, aber böse ... Niemals!"

„Das sehe ich ebenso. Darum habe ich auch gehofft, den Rat vom Gegenteil überzeugen zu können, doch leider schlugen all meine Einwände auf taube Ohren. Aber es kommt noch schlimmer."

„Was kann bitte noch schlimmer sein als das?"

„Nun. Da Vremno und Iretok unauffindbar sind, spekuliert der Rat, dass sie sich in Peresses aufhalten, der Stadt der dunklen Gefühle. Sie werden ein Heer dorthin schicken, um die Stadt zu stürmen. Wenn dein Bruder nicht eingesperrt und angekettet in einem der Kerker von Peresses dahinsiecht, gilt er ein für alle Mal als Verräter. Das Heer hat im Fall einer größeren Auseinandersetzung den klaren Auftrag, keine Gefangenen zu machen. Sie werden Vremno, in Anbetracht der Schwere seiner Tat, keinesfalls verschonen."

„Nein! Ephtalia! Das können wir nicht zulassen! Was, wenn er unschuldig ist? Wenn er … unter einem Bann steht oder einem Zauber ausgesetzt ist oder irgendwie sonst gezwungen wurde? Was ihn zu dieser Tat veranlasst haben mag – von der wir ja noch nicht einmal mit Sicherheit wissen, dass er sie tatsächlich verübt hat –, es gibt bestimmt einen triftigen Grund dafür. Vremno würde niemals seine Familie dermaßen hintergehen. Ich kann … ich kann ihn nicht fallenlassen. Ich kann ihn nicht aufgeben, Ephtalia! Nicht noch einmal!"

„Ich fürchte, das musst du. Wir können nichts mehr für Vremno tun."

„Doch, es muss eine Möglichkeit geben, Ephtalia."

Lessa massierte sich die Schläfen. Ihr Kopf schmerzte. Sie brauchte eine Lösung, eine Idee. Einen Anhaltspunkt, wie sie Vremno helfen könne noch bevor der Rat ihn zu fassen bekam. Aber wie? Wie könnte sie Vremno am besten … Natürlich!

„Was ist", spekulierte sie schließlich, „wenn wir den Rat mit seinen eigenen Waffen schlagen? Wenn wir uns seine Pläne zunutzemachen?"

„Worauf willst du hinaus?"

Zaphlessia sah Ephtalia tief in die Augen.

„Wir werden selbst nach Peresses gehen."

Kindheitserinnerungen

Alirja kniete auf dem Boden. Sie grub Erde um, um darin Samen einzupflanzen, aus denen in wenigen Wochen herrliche Kräuter wachsen sollten.

Die Blinde hatte während der letzten Wochen den Garten hinter Plankis' und Dometors Haus zu ihrem persönlichen kleinen Reich auserkoren. Sie nutze jede Möglichkeit, um sich abzulenken. Die Sorge um ihre Ziehkinder Zaphlessia und Vremno war ihr ständiger Begleiter. Wie ging es den beiden? Waren sie wohlauf? War Vremno zurückgekehrt und Lessa noch glücklich im Palast? Nur schwer konnte sie sich zwingen, den beiden nicht zu schreiben. Alirja hoffte, dass Gerane ihren Teil der Abmachung ebenso einhalten würde wie sie selbst, denn das Verlangen hatte Alirja versprochen, ständig Kontakt zu Lessa zu halten. Sobald sie unangenehme Nachrichten erhielte, würde sie Alirja aufsuchen. Da Gerane bisher nicht aufgetaucht war, war wohl alles gut.

„Möchtest du etwas zu trinken?"

Tobeiyas war an Alirja herangetreten und hielt ihr ein Glas Saft entgegen. Dankend nahm Alirja es an und leerte es mit einem Zug.

Tobeiyas war ein großgewachsener, schlaksiger Sechzehnjähriger mit wirr abstehendem, rotbraunem Haar, das im Schein der Sonne glänzte, und mysteriös wirkenden, dunkelgrünen Augen. Eine Vielzahl Sommersprossen zierten seine helle Haut, und wenn er lächelte, bekam er ein keckes Grübchen an der Wange. Heute aber war sein Gesichtsausdruck ernst, als er sagte: „Ähm ... Alirja ... Hast du ... Zeit für mich?"

„Natürlich. Gibt es etwas, das dir auf der Seele brennt?"

Die Blinde stand auf, wischte sich die Hände an einem Tuch ab und klopfte sich den Dreck aus den Kleidern.

206

„Ja. Ich … wollte schon früher mit dir darüber reden, aber irgendwie … war ich mir am Anfang noch nicht sicher. Das bin ich erst seit ein paar Tagen …"

Alirja zog die Augenbrauen hoch.

„Das hört sich dramatisch an."

„Kann sein. Es ist … Wie soll ich mich ausdrücken?"

„Einfach geradeheraus."

Tobeiyas steckte die Hände in die Hosentaschen.

„Gut … Seit meiner Kindheit habe ich von Zeit zu Zeit immer wieder den gleichen Traum. Da ist eine Frau. Sie hat langes, rotes Haar und beugt sich über mich. Sie meint, alles würde gut werden. Ich solle keine Angst haben, sie sei immer bei mir."

Die Blinde rang sich ein ungezwungenes Lächeln ab.

„Und was beschäftigt dich daran so sehr?"

„Weil es mir vorkommt, als sei das eine Erinnerung. Etwas, das ich erlebt habe, als ich noch ein Baby war. Darüber hinaus … fühle mich mit dieser Frau verbunden."

Alirja winkte ab.

„Wahrscheinlich ist es eine Erinnerung an eine Verwandte von Plankis oder Dometor, die dich damals geherzt hat. Ich würde da nicht zu viel hineininterpretieren."

„Das glaube ich nicht. Vor allem, weil sie noch etwas hinzufügt … Sie sagt: Ich liebe dich, mein Sohn. Ich werde dich bis in alle Ewigkeit lieben."

Es kostete Alirja alle Mühe, die Fassung zu wahren und sich nicht anmerken zu lassen, dass ihr Herz schneller schlug. Sie konnte sich an diese Episode erinnern, denn sie war dabeigewesen.

„Auf jeden Fall war es bisher immer so, dass die Bilder nicht scharf waren. Ich habe die Menschen nur schemenhaft gesehen, doch seit du da bist, kommen die Träume regelmäßiger und werden nach und nach klarer. Ich konnte die Personen immer deutlicher erkennen und vor einigen Tagen auch die Letzte von ihnen … dich."

„Wie bitte?"

„Ich sehe dich, Alirja. Und du stehst neben der Frau, von der ich glaube, dass sie meine echte Mutter ist."

Hinterhalt

Vremno musste nicht lange über Iberius' Angebot nachdenken, denn für ihn war klar, dass er es niemals annehmen würde. Es war schon schlimm genug, ein Leben an der Seite des Mächtigen gewählt zu haben. Sich noch mehr an ihn zu binden, darauf würde er sich keinesfalls einlassen. Das musste Iberius akzeptieren.

Ganz zu schweigen davon, dass Vremno kein Magier sein wollte. Er hatte doch bereits alles, was er brauchte – allem voran Kara. Er ertrug es kaum, auch nur wenige Stunden von ihr getrennt zu sein, und sehnte sich nach ihrer weichen Haut und ihrem wunderschönen Körper, der ihn auf andere Gedanken brachte und den er heute nicht mehr loslassen würde.

Er trottete durch die Straßen von Goldeanopsis. Immer wieder traf er auf Menschen, die er kannte und mit denen er kurz plauderte. Inzwischen mochte Vremno das überraschend angenehme und beschauliche Leben in dem schönen und prunkvollen Goldea, das durch die Rückkehr der Macht erblüht war. Die Bewohner der Stadt waren stets höflich, freundlich und respektvoll, und manches Mal kam ihm die unterirdische Stadt gar nicht so anders vor als jede beliebige Stadt Nessas.

Zu Hause angekommen, rief Vremno nach Kara, während er die Treppen in den ersten Stock erklomm. Warum sagte sie nichts?, schoss es ihm durch den Kopf. Von einer inneren Unruhe getrieben, nahm er flink zwei Stufen auf einmal. Als er im oberen Flur angekommen war, erwartete ihn ein Bild der Verwüstung. Der Korridor glich einem Schlachtfeld. Die Möbel waren umgestoßen, der Teppich verrutscht, der Inhalt der Laden auf dem Boden verstreut. Vremno bekam Panik. Ohne einen klaren Gedanken fassen zu können, eilte er ins Schlafgemach. Als er die Tür aufriss, hätte er am liebsten aufgeschrien. Da lag sie. Auf dem Boden. Zusammengekrümmt. Seine Kara. Halbnackt. Ihre Kleider waren zerrissen. Blut … Er konnte Blut erkennen. Sofort lief er auf seine Geliebte zu. Er schrie ihren Namen, ließ sich niederfallen und umschlang sie. War sie tot? Lebte sie noch? Was war geschehen?

Ein knarrendes Geräusch ließ Vremno aufhorchen. Er drehte sich um und blickte in die grimassenhaften Fratzen zweier Männer. Vremno sprang auf, stellte sich schützend vor Kara, als er von einem Energiestrom erfasst wurde. Er wurde zurückgeschleudert und blieb benommen liegen. Genügend Zeit für einen der beiden, zu Vremno zu laufen und ihn in den Bauch zu treten. Vremno versuchte, den Schlägen auszuweichen. Vergebens, denn der andere entsendete eine zweite Energiewoge. Er konnte sich nicht wehren, konnte keinen Schutzwall anrufen, konnte rein gar nichts. Er lag da, gelähmt von den dunklen Energien, malträtiert von den Schlägen der Männer und hoffend, dass sie ihn und Kara nicht umbrächten.

Als Vremno schon glaubte, sein Martyrium würde nie enden, sagte einer der beiden Männer: „Lass uns gehen. Wir haben alles. Bis er jemanden alarmieren kann, sind wir längst in der nächsten Stadt."

Die beiden Eindringlinge liefen davon. Vremno blieb zurück. Er konnte sich nicht rühren. Er fühlte sich, als sei jeder einzelne seiner Knochen gebrochen. Er wollte einschlafen, um den Schmerzen zu entrinnen, als … Kara! Er musste zu Kara.

Mit den Kräften, die er noch aufbringen konnte, robbte er zu seiner Geliebten.

„Kara?", flüsterte er. „Lebst du?"

Er beugte sich über sie. Er spürte ihren Atem. Bei Fortary, sie war nicht tot!

„Vre… Vre… Vremno?"

„Ja. Ich bin bei dir, Kara. Ich bin da."

Kara hob sachte ihren Arm, den sie sofort wieder niederfallen ließ.

„Ruhig, Kara, ruhig."

„Vremno, ich … ich …"

Ihre Augäpfel drehten sich nach hinten. Ihre Lider flatterten. Blut und Speichel quollen aus ihrem Mund hervor, sie zitterte heftig und bäumte sich auf.

„Hilfe! Bei Fortary, ich brauche verdammt nochmal Hilfe!", brüllte Vremno so laut er konnte.

Weitere Lügen

„Wir müssen es ihm sagen! Ich habe aus Rücksicht auf eure Gefühle schon viel zu lange damit gewartet. Gerane hat mich zu euch geschickt, um ihren Sohn endlich über seine wahre Abstammung zu informieren. Eigentlich hätte ich ihm gleich am Tag meiner Ankunft alles erklären müssen, doch ihr ward dazu nicht bereit. Nun ist es allerhöchste Zeit!" Alirja bemühte sich, zu flüstern, doch in ihrer Stimme schwang ein scharfer Ton mit. Seit einer Stunde versuchte sie bereits, auf Plankis und Dometor einzureden und sie davon zu überzeugen, Tobeiyas endlich seine Abstammung zu offenbaren.

„Nein, Alirja, bitte. Das können wir nicht", protestierte Plankis vehement.

„Weshalb? Tobeiyas ist längst kein kleiner Junge mehr. Er ist erwachsen und hat ein Recht auf die Wahrheit!"

„Du kennst meinen Sohn nicht. Tobeiyas ist für eine derartige Botschaft nicht gewappnet. Er braucht noch nichts davon zu wissen."

„Oh doch! Er vermutet es, Plankis. Schon seit Jahren. Und das wusstet ihr beide. Könnt ihr euch vorstellen, wie unangenehm die Situation für mich war, als er mich darauf angesprochen hat? Ich musste komplett unvorbereitet irgendwelche Notlügen erfinden. Ich habe ihm eingeredet, sein Unterbewusstsein würde sich etwas einbilden und unzusammenhängende Dinge miteinander verknüpfen. Er war danach vor den Kopf gestoßen und redet seither kein Wort mehr mit mir. Ihr hättet mich davor warnen müssen, dass er eine Ahnung hat!"

„Wir … haben es vergessen."

„Vergessen? So, so." Die Blinde schnalzte mit der Zunge. „Ich glaube, dass es einen anderen Grund dafür gab."

„Der da wär?"

„Ihr wusstet, dass ich in diesem Fall darauf beharren würde, ihm sofort alles zu erzählen. Und das wolltet ihr nicht. Weil ihr Angst habt. Ihr fürchtet euch davor, dass Tobeiyas euch nicht mehr liebt, wenn er weiß, dass er nicht mehr euer Sohn ist. Aber an seinen Gefühlen wird sich nichts ändern."

„Aber wir haben ihn ... Bei Fortary! Wir haben ihn so schrecklich belogen."

„Tobeiyas ist sehr reif für sein Alter und unglaublich klug. Er wird alles verstehen. Wir sollten es ihm sagen. Jetzt und auf der Stelle."

Die Blinde stand auf und war gewillt, in Tobeiyas Zimmer zu gehen, als ein lautes „Nein!" sie zurückhielt. Plankis vergrub ihr Gesicht in ihren Händen. Dometor legte seine Hand auf den Rücken seiner Geliebten und streichelte sie sanft.

„Bitte, Alirja. Noch nicht. Gibt uns ... eine letzte Verschnaufpause. Wir werden ihm alles sagen, das verspreche ich, aber nicht überschnell. Wir möchten ihm die Nachrichten so schonend wie möglich beibringen. Ich flehe dich an." Und während sie über den Tisch nach der Hand der Blinden griff, fügte sie hinzu: „Du weißt, wie es ist, wenn man ein Kind über alles liebt, obwohl es nicht das eigene ist. Du beschützt Lessa und Vremno mit deinem Leben. Und wir beschützen Tobeiyas. Bitte, gib uns noch ein wenig Zeit. Ein klein wenig."

Alirja schloss die Augen.

„Gut", sagte sie schließlich. „Euch zuliebe werde ich noch warten. Aber dies ist der allerletzte Aufschub, den ich euch gewähre. In der Zwischenzeit sollten wir jedoch etwas anderes in Angriff nehmen."

„Etwas ... anderes?"

„Ja. Tobeiyas wird ohnehin bald erfahren, wer er ist. Genau aus diesem Grund ist wichtig, dass wir dich auf alle Eventualitäten vorbereiten. Daher sollte unser nächster Schritt sein, dass du, Dometor, Tobeiyas alles beibringst, das du weißt."

„Du meinst die Kampfkünste?", brummte der ehemalige Krieger. Er lehnte sich zurück und verschränkte die Arme vor der Brust.

„Ja. Du warst einst Pandemias Lehrmeister. Alles, was sie konnte, hatte sie von dir gelernt."

„Das waren andere Zeiten. Damals war ich noch jünger und agiler. Ich war durchtrainiert und muskulös, reaktionsschnell und genau. Inzwischen … bin ich bequem geworden."

Er strich demonstrativ über das kleine Wohlstandsbäuchlein, das er im Laufe der letzten Jahre angesetzt hatte.

„Dein Körper hat lediglich verlernt, zu funktionieren. Ich bin davon überzeugt, dass er wieder zu seiner alten Form zurückfinden kann, wenn du es willst."

„Ich halte das für keine gute Idee!", mischte sich Plankis in die Unterhaltung ein. „Wenn ich mir vorstelle, dass Tobeiyas ein Schwert in er Hand hält, dann …"

„Ist es dir lieber, er ist unvorbereitet? Möchtest du, dass er in die missliche Lage kommt, sich verteidigen zu müssen, es aber nicht kann?"

„Nein, das nicht. Doch im Moment ist alles gut. Und wir sind immerhin auch noch da."

„Plankis … Wir wissen nicht, wohin Tobeiyas' Weg führen wird. Ich halte es für das einzig Wahre, wenn wir ihm alle Unterstützung bieten, die wir können. Eine davon ist die Möglichkeit, sich selbst zu verteidigen." Und schnaubend fügte sie hinzu: „Ich gewähre euch einen letzten Aufschub, wenn ihr mir im Gegenzug versprecht, Tobeiyas auszubilden. Wollt ihr euch darauf einlassen?"

Plankis und Dometor sahen einander an.

„Ja", meinte schließlich der einstige Krieger. „Ich werde meinem Sohn das Kämpfen beibringen."

Überlegungen

Vremno erwachte mit unsäglichen Kopfschmerzen.
Zunächst wusste er nicht mehr, was geschehen war. Erst
nach und nach kehrte die Erinnerung zurück. Der
Überfall. Die Männer, die Tritte, Schläge und Hiebe. Seine
Hilflosigkeit. Und ... Kara ... Vremno fuhr hoch. Er
stöhnte auf.

„Mach keine schnellen Bewegungen", riet ihm eine
vertraute Stimme. Iberius.

„Kara ... wo ist sie?", stammelte Vremno. Er fühlte
sich unglaublich schwach.

„Sei unbesorgt, deiner Liebsten geht gut. Die Hexe
Euflemia hat deinen Schrei gehört und ist euch zu Hilfe
geeilt."

„Kann ich ... zu ihr? Zu Kara?"

„Später. Du solltest dich noch ausruhen, Vremno. Dir
ist viel Unheil wiederfahren und Kara ist ebenfalls
geschwächt. Sie liegt im Zimmer nebenan. Es geht ihr gut,
vertrau mir. Du hast sie vor Schlimmerem bewahrt."

„Nein, habe ich nicht! Ich habe ... Ich konnte nicht ...
Die Männer, sie haben ... mich überrumpelt. Haben mich
gelähmt mit Energien. Kara ... könnte ... Ich möchte mir
gar nicht vorstellen, was sie noch mit ihr angestellt hätten.
Und ich hätte nichts dagegen unternehmen können."

„Beruhige dich, Vremno. Du konntest es nicht
verhindern."

„Habt ihr die Männer wenigstens gefunden?"

„Nein. Wir konnten sie leider nicht aufgreifen. Ich
vermute, dass sie Abtrünnige waren, wie es sie leider
immer wieder gibt."

„Sie sind noch irgendwo da draußen? Was ist, wenn sie
zurückkehren? Bei Fortary, sie wissen, dass ich leichte
Beute bin. Dass ich mich nicht wehren kann. Dann
kommen sie wieder. Ich habe durch Kara vergessen, dass

wir noch immer in Assun sind. Einem dunklen Ort. Voller Gewalt. Was bin ich für ein Mann, wenn ich die Frau, die ich liebe, nicht beschützen kann?"

Iberius mahnte: „Mach dir keine Gedanken. Wir beschützen euch. Ich positioniere Wachmänner vor eurem Haus, und sie werden keine Minute ruhen. Versuch du nun, Schlaf zu finden. Danach sieht die Welt wieder besser aus."

Vremno schüttelte den Kopf. „Die Welt wird nie mehr so aussehen wie vor dem Überfall, Iberius. Nie mehr."

Iberius wartete, bis Vremno weggedöst war, ehe er das Schlafzimmer verließ. Nachdem er die Tür hinter sich geschlossen hatte, atmete er erleichtert auf. Ein hämisches Grinsen umspielte seine Lippen.

Alles war zu seiner vollsten Zufriedenheit verlaufen. Er hatte gut daran getan, diese zwei Bastarde zu bestechen und den Überfall zu fingieren, denn er spürte, dass dieser ein Umdenken in Vremno heraufbeschwor. Nun, da er sich hilflos und unfähig fühlte, seine Liebste zu beschützen, würde er bald nur einen einzigen Ausweg sehen: ein Magier zu werden. Gönnerhaft würde Iberius ihm diesen Dienst erweisen und hätte ihn dadurch in der Hand. Ja, der Mächtige hatte große Pläne, für die er Vremno brauchte. Nicht mehr lange, und er konnte endlich damit beginnen, diese zu verfolgen.

Der sorgsame Hass

„Bist du verrückt geworden, Ephtalia?"

Artikos stampfte in seinem Gemach hin und her.

„Es ist die einzige Möglichkeit, Vremno zu helfen."

„Das meine ich nicht. Dies ist der einzige Punkt eures dummen Plans, den ich gutheiße. Der Rest ... Ich verstehe euch nicht. Nach Peresses zu gehen ... zu zweit ... ist viel zu gefährlich."

„Hast du eine bessere Idee?"

Der Hass blieb stehen und verschränkte die Arme hinter dem Rücken.

„Ja! Ich werde mit euch gehen. Ich kenne Assun, ich kenne Peresses und die dunklen Gefühle. Ihr werdet meine Hilfe brauchen. Und außerdem ... bin ich es Vremno schuldig. Ich wollte ihn von Anfang an suchen, doch ich bin auf deinen dringlichen Wunsch hiergeblieben. Nun ist der Zeitpunkt gekommen, da mich nichts mehr hält."

„Ach, Artikos ... Mein lieber, lieber Artikos. Du weißt, dass das nicht geht."

„Warum? Sag mir einen Grund, weshalb ich noch eine Sekunde länger hierbleiben sollte."

„Du weißt zu gut, weshalb. Erinnere dich. Erinnere dich an damals ..."

Der Hass schüttelte den Kopf. Nein. Er wollte nicht zurückdenken. Doch die Bilder holten ihn mit all ihrer Abscheulichkeit ein.

Alles hatte nach dem zweiten Krieg begonnen. Artikos hatte auf Pandemias Geheiß hin dem Palast Pluxis den Rücken gekehrt, um seinen Sohn Horks und Ephtalias Tochter Gerane zu retten. Meter für Meter hatte sich der Hass durch Assuns geschlagen, um nach Nessa zu gelangen. Und je näher er seinem Ziel gekommen war, umso mehr hatte sich etwas in ihm dagegen gesträubt. Ein

Teil von ihm wollte nicht von der Dunkelheit zurück ins Licht, sondern auf ewig in Assun bleiben.

Die Erkenntnis hatte ihn wie ein Schlag ins Gesicht getroffen: In all den Jahren, die er in Nessa gelebt hatte, hatte er die Freiheiten Assuns vermisst.

Für Artikos waren der Krieg, die Schlacht und das Gemetzel nichts Schlechtes gewesen, im Gegenteil. Er war aufgeblüht. Nach all der Zeit in Ephtalias Palast hatte er seinen Hass ausleben können, ohne Rücksicht nehmen zu müssen, was die Lebewesen um ihn herum von ihm dachten. Er hatte getötet, einen Feind nach dem anderen umgebracht, seinen Zorn an den Gegnern entladen und dabei größte Genugtuung gespürt. Immerhin war das Töten das höchste Ziel, das der Hass in seinen dunkelsten Stunden anstreben konnte. Zuzusehen, wie ein verhasster Gegner durch die eigene Hand krepierte … Es war der pure Genuss für Artikos gewesen. Und nun sollte alles vorbei sein? Nein. Nein, nein, nein. Er wollte nicht aufhören. Er wollte töten. Gierte förmlich danach.

Und niemand war da, um ihn aufzuhalten.

Artikos hatte begonnen – getrieben von einem inneren, unüberwindbaren Drang -, jede Kreatur niederzumetzeln, die sich ihm auf seiner Heimreise in den Weg stellte. Im Nachhinein konnte er die Zahl derer, die er getötet hatte, nicht nennen. Auch hätte er nicht beschwören können, dass er sich auf die Kreaturen Assuns beschränkt hatte. Wahrscheinlich war auch der eine oder andere verirrte Lichtkrieger unter den Opfern des Hasses gewesen. Er war im Blutrausch und niemand – am allerwenigsten er selbst – konnte ihn stoppen.

Auch nicht, als er die Grenzen zwischen Licht und Schatten passierte, das Neutrale Gebirge Neomo überwunden und sich in der Lichtwelt widergefunden hatte. Nicht einmal die Sonnenstrahlen und die Schwingungen Nessas hatten seinem unbändigen Hass Einhalt geboten.

Als er in Ephmoria angekommen war, war Artikos zu einer Bestie geworden. Seine Erscheinung, sein blutverschmiertes Äußeres und seine beschmutzte Kleidung hatten allerorts ängstliche, aber auch vorwurfsvolle Blicke auf sich gezogen.

Ephtalia und Zockti – der damalige zwergenhafte Untertan des Hasses – waren herbeigeeilt, um Artikos in den Palast zu führen.

„Meister Artikos", hatte Zockti gesprochen, „Ihr solltet in den Palast gehen und dort zur Ruhe kommen."

„Willst du mir etwas befehlen, du kleiner Wicht?"

„Nein. Nur bitten. Ihr seid nicht bei Sinnen, mein Herr. Kommt mit."

Der Zwerg hatte sich gerade umgedreht und geglaubt, der Hass würde ihm folgen, als dieser schrie: „Du wagst es, so mit mir zu sprechen?"

Noch ehe Zockti etwas hatte entgegnen können, war Artikos auch schon zu ihm gerannt und hatte mit beiden Händen seinen Hals umschlossen. Er hatte zugedrückt. Zocktis Augen waren hervorgequollen und neben Überraschung und Unverständnis war Trauer in ihnen zu lesen gewesen. Er wusste, dass er durch die Hand seines Meisters sterben würde.

So war es auch geschehen.

Der Zwerg hatte gar nicht erst versucht, sich zur Wehr zu setzen. Und so hatte sein Herz den letzten Schlag getan.

Noch ehe die aufgebrachte Bevölkerung über Artikos herfallen konnte, hatte Ephtalia ihn hochgezogen, ihn in ihren Palast gebracht und eingeschlossen. Zwar hatte sich Artikos schnell beruhigt, doch die Bewohner Ephmorias hatten ihn von nun an noch mehr verachtet als zuvor. Sie hatten gefordert, dass man Artikos fortjagte. Ephtalia hatte für ihn gebürgt. Sie hatte an Artikos selbst an jenem Tag geglaubt, an dem er nicht einmal mehr selbst an sich geglaubt hatte. Die Liebe konnte und wollte den Hass nicht aufgeben. Er war ihr Gegenstück. Also versprach sie, dass Artikos den Palast niemals mehr verlassen würde. Zu seiner und zur Sicherheit der gesamten Bevölkerung. Seit jenem Tag war er gefangen und von der Außenwelt abgeschnitten. Bis Vremno aufgetaucht war und sie Freunde wurden. Der kleine Knabe hatte etwas an Artikos' Wesen verändert. Noch immer konnte sich der Hass diesen Umstand nicht erklären, doch Vremno hatte etwas an sich, das sein Herz berührte. Niemand sonst hatte je so etwas in solch einer Intensität vollbracht. Nicht einmal Ephtalia.

„Ich kann nicht für den Rest aller Tage ein Gefangener des Palastes sein!"

„Es ist unumgänglich, mein Lieber."

Ephtalia legte ihre Hand auf Artikos' Schulter und streichelte ihn.

„Ich fühle mich ... wie ein unnützes Vieh. Zu nichts zu gebrauchen. Zu gar nichts."

„Hör auf, so etwas zu behaupten! Du bist wichtig für uns, denn du musst uns aus der Ferne unterstützen."

Als Artikos die Liebe fragend ansah, ergänzte diese: „Niemand außer dir weiß, wo wir uns aufhalten werden. Sollten wir ... nicht zurückkehren, musst du den Rat informieren und alles Weitere in die Wege leiten. Ich vertraue dir, Artikos. Wenn irgendetwas passiert, wirst du unsere einzige Hoffnung sein."

Verwandlung

„Jetzt beruhige dich, Liebster. Du steckst mich mit deiner Nervosität an."

Kara lag in ihrem und Vremnos Bett und beobachtete ihren Geliebten, der nervös im Zimmer umherschlich.

„Ich kann mich nicht beruhigen", sprach Vremno ungehaltener als gewollt. Sogleich wurde er sich seines Tonfalls bewusst und fuhr gelassener fort: „Ab heute wird sich alles ändern."

„Ja, zum Besseren. Liebling, du bekommst deine Magie! Es ist ein Grund zum Feiern!"

„Warum fühlt es sich nicht so an? Und wieso kommt es mir die ganze Zeit so vor, als wäre das gar nicht meine Entscheidung gewesen? Ich wollte das nicht. Erst als du überfallen wurdest und ich dich nicht retten konnte ... Ich weiß nicht, irgendwie erscheint mir alles so … geplant."

„Du siehst Schatten, wo keine sind. Ich glaube, dass es ein Zeichen Fortarys war. Durch diesen schrecklichen Vorfall hat das Schicksal dir bei deiner Entscheidung geholfen. Es ist offenkundig: Du sollst ein Magier werden!"

„Ich weiß nicht, Kara. Vielleicht hat Iberius das eingefädelt?"

„Ach Vremno … Komm, setz sich zu mir."

Kara klopfte neben sich auf das Bett. Vremno trottete darauf zu und nahm neben seiner Liebsten Platz.

„Ich kenne dich inzwischen gut, Vremno. Vergiss nicht, dass ich deine Seele in mir hatte und nach wie vor ein Stück von ihr in mir lebt. Darum weiß ich auch, dass du dich eigentlich fragst, ob dir das nicht alles ein wenig zu schnell geht. Ob du bereit dazu bist. Und nun suchst du nach Ausreden. Aber das brauchst du nicht. Liebling, alles ist so, wie es sein soll."

„Was ist, wenn die Magie mich verändert? Was für ein Mensch werde ich künftig sein?"

„Derselbe wunderbare, einzigartige Mensch wie bisher, Vremno. Der Mann, den ich von ganzem Herzen liebe. Vertraue mir. Es wird alles gut werden!"

Kurze Zeit später machte sich Vremno auf den Weg zu Iberius. Dort angekommen, wurde er von Iretok in Empfang genommen und folgte ihm schweigend ins untere Stockwerk. Die allgegenwärtige Helligkeit der oberen Räumlichkeiten versiegte, und ein schummriges, diffuses Licht machte sich breit. Am Ende der Treppe befand sich eine hölzerne Tür, die Iretok öffnete. Dahinter lag eine riesige Halle, die von unzähligen Kerzen erhellt wurde. Am anderen Ende des unmöblierten Raums wartete Iberius, der in eine purpurrote Kutte aus Samt gekleidet war.

„Vremno, es freut mich, dass du hier bist."

Der Mächtige breitete seine Arme aus, als wolle er seinen Gast umarmen.

„Ich hoffe, du bist bereit für die Zeremonie?"

„Die … Zeremonie?"

„Natürlich! Heute ist ein glorreicher Tag, und den sollten wir zelebrieren. Wenn ich dich bitten dürfte: Entledige dich deiner Kleider."

„Ich soll was?"

„Du sollst dich ausziehen. Iretok wird dir im Anschluss eine Robe reichen, mit der du deinen Leib umhüllen kannst."

„Und das brauchen wir, um mir meine Magie zurückzugeben?"

„Es ist Teil des Zeremoniells", erwiderte der Mächtige beinahe schon gekränkt. Vremno erinnerte sich, wie gern die Macht jeder noch so kleinen Kleinigkeit einen feierlichen Charakter verlieh. Begleitet von einem resignierten Schulterzucken, begann Vremno daher, sein grünes Leinenhemd aufzuknöpfen. Er ließ es zu Boden fallen, genau wie seine Hose. Entblößt stand er da. Iretok reichte ihm eine braune, lange Kutte, die er mit einem goldenen Band um die Taille zuschnüren sollte.

„Komm zu mir", forderte Iberius Vremno auf, der dem Befehl Folge leistete. Als er wenige Zentimeter von der Macht entfernt war, tönte diese: „Werter Vremno, heute erhältst du dein Geburtsrecht zurück."

Der Mächtige zog die Kapuze seiner Kutte über den Kopf und griff in eine Tasche. Er holte einen goldenen, mit Diamanten besetzten Dolch hervor.

„Dies ist die Waffe, die ich dereinst benutzte, um Lesphalias Erben zu bannen. Und dies soll die Waffe sein, die dich von diesem Fluch befreit."

Theatralisch streckte Iberius seinen Arm hoch. Das Licht der Kerzen brach sich in der Schneide des Dolches. Iberius begann, leise zu summen. Ein monotoner, einschläfernder Ton, der in einen Singsang aus Worten überging.

„Vom Blute der Macht gebannt
waren du und deine Ahnen lange Zeit.
Vom diesem Banne bist du
fortan auf ewig befreit.
Zurückkehren soll,
was zu dir gehört.
Zurückkehren wird,
was die Macht beschwört."

Trotz dem Ernst der Lage musste sich Vremno ein Lachen verkneifen. Der Reim belustigte ihn – besonders, weil er nicht nötig war. Blutpakte, Bannsprüche oder Flüche funktionierten auch ohne hochtrabende Worte.

Noch während Vremno um seine Fassung rang, hielt der Mächtige den Dolch fest umklammert und stach sich mit der Spitze in den linken Zeigefinger. Das Licht der Kerzen flackerte. Iretok näherte sich Vremno und zerrte an dessen Arm. Er hielt ihn fest und streckte ihn Iberius entgegen, der mit der Klinge des Dolchs Vremnos Handfläche aufritzte. Anschließend ließ er einige

Blutstropfen aus seinem Finger in Vremnos offene Wunde fließen.

„Vermengt sind unsere beiden Leben nun
Verbunden alles, was wir tun
Vom Blute gebannt, vom Blute befreit,
Im Blute vereint auf Lebenszeit
Ist die Magie wieder ein Teil von dir
Die Nichtmagie weiche von dir."

Die letzten Worte hatte Vremno nicht mehr gehört. Er konnte keinen klaren Gedanken fassen. Ihm wurde schwindlig. Alles um ihn herum drehte sich. Iberius. Iretok. Der Raum. Vremno taumelte. Seine Kräfte versagten. Seine Knie wurden weich. Er sackte zusammen. Fiel auf den Boden. Alles war verschwommen. Undefinierbare Farbkleckse. Und diese schrecklichen Geräusche. Ein Rauschen und Pfeifen. Er schrie. Nein, er wollte schreien, doch er konnte nicht einmal mehr das. Er war nicht länger Herr über seinen Körper. Etwas Anderes hatte von ihm Besitz ergriffen. Etwas, das ihn durchströmte. Er würde sterben.

Dann verlor er das Bewusstsein.

Aufbruch

Zaphlessia und Ephtalia bereiteten ihre Pferde vor. Sie hatten die letzten Tage dafür genutzt, alle nötigen Vorkehrungen zu treffen und jedem, dem sie trafen, von ihrem fingierten Ausflug zu erzählten. Die Bewohner der Stadt und auch der Rat des Lichts glaubten, dass die beiden auf dem Weg waren, um Alirja und Gerane zu besuchen. Da niemand – nicht einmal Zaphlessia selbst – wusste, wo sich die beiden aufhielten, würde kein Mensch ihr Lügenmärchen enttarnen können.

„Bist du bereit?" Ephtalia zog den Sattel fest.

„Auf jeden Fall!"

„Sehr gut. Lass uns keine Zeit mehr verlieren."

Ephtalia schwang sich auf ihre Stute und trabte aus dem Stall. Lessa folgte ihr. Die beiden wollten den Tieren gerade die Sporen geben, als ein Mann ihres Weges geritten kam.

„Entschuldigt!", rief er schon von Weitem, „wo finde ich eine gewisse Zaphlessia?"

„Das bin ich. Was willst du von mir?"

„Oh, meine Verehrung, die Dame. Ich habe eine Nachricht für Euch. Von einer gewissen", er zog einen Umschlag aus seiner Umhängetasche und hielt ihn einen halben Meter von sich, um die Schrift zu lesen, „Alirja."

„Was?"

„Ja. Ich bin weit hergereist vom Dörfchen Zsniggedit. Eine Frau gab ihn mir. Groß, schlank, rotes Haar …"

„Gerane?", murmelte Lessa.

„Genau. Gerane war ihr Name. Sie bat mich, schnell zu machen und die Rückantwort abzuwarten. Hier habt ihr das gute Stück."

Zaphlessia nahm den Umschlag entgegen und überflog die Zeilen. Alirja machte sich offensichtlich Sorgen, erkundigte sich über gewisse Gerüchte, die sogar bis zu ihr vorgedrungen waren. Mit jedem Satz, den Lessa las, krampfte sich ihr Magen mehr und mehr zusammen. Erst Ephtalias Räuspern ließ sie hochschrecken.

„Kind, Liebes, wir sollten aufbrechen", drängte die Liebe.

„Ja, aber …"

Zaphlessia warf einen vielsagenden Blick zu dem Boten, woraufhin sich dieser nickend zurückzog.

„Sieh dir das an! Alirja ist vollkommen aufgebracht! Ich muss ihr alles berichten. Sie muss es erfahren, Vremno ist immerhin ihr Sohn. Oder sollen wir gleich zu ihr reiten? Jetzt, wo wir wissen, wo sie ist? Wir könnten sie abholen. Sie würde mit uns kommen."

„Ich beraube dich ungern deiner Wunschvorstellungen, aber das können wir nicht. Weißt du überhaut, wo Zsniggedit liegt?"

„Um ehrlich zu sein … nein."

„Es liegt gut vier Tagesritte in die entgegengesetzte Richtung. Wir würden acht Tage verlieren und stünden wieder genau hier, ehe wir überhaupt nach Assun aufbrechen könnten."

„Lass mich ihr zumindest eine Nachricht schicken. Bitte. Sie ist … meine Tante. Sie sollte es wissen."

„Willst du das wirklich? Willst du ihr schreiben, dass Vremno in Assun ist? Tot oder an der Seite des Mächtigen? Möchtest du ihr anvertrauen, dass auch du ins Land der Dunkelheit gehst? Was glaubst du, wie Alirja darauf reagiert?"

„Sie würde mich verfolgen, um mich aufzuhalten."

„Genau. Aber davor würde sie dem Rat einen Besuch abstatten und ihm von unserem Vorhaben berichten, auf dass er dich stoppt. In diesem Fall wäre alles umsonst."

„So habe ich es noch gar nicht betrachtet."

„Ich will es dir nicht ausreden, ganz und gar nicht. Aber ich will, dass du dir über die Konsequenzen im Klaren bist, Lessa."

Und nach einer Pause fügte Ephtalia hinzu: „Was machen wir? Warten wir noch und du schreibst ihr, oder brechen wir auf?"

Zaphlessia wog ab. Sie war hin- und hergerissen, wusste nicht, was sie tun sollte. Zu gerne hätte sie ihre Tante bei sich gehabt, doch andererseits hatte Ephtalia Recht. Alirja würde alles tun, um Zaphlessia von ihrem Vorhaben abzuhalten. Und das konnte sie nicht zulassen, denn sie wollte Vremno unbedingt helfen.

Schweren Herzens entschied sie sich daher für die zweite Variante. Sie schickte den Boten mit einer knappen Antwort zurück, die lautete: „Alles wunderbar bei mir, mach dir keine Sorgen. Das sind nur Gerüchte, Vremno und mir geht es gut. Vremno besucht einen alten Freund. Einen Zauberer namens Lemored, den er während seiner Reise kennengelernt hat. Da hat wohl jemand etwas durcheinandergebracht. Ich habe leider nicht viel Zeit, dir zu schreiben. Nehme mir ein Beispiel an dir und gehe ebenfalls auf Reisen, bin beim Aufbrechen. Wir lesen uns bestimmt bald wieder. Ich liebe und vermisse dich, deine Lessa."

Vier Tage später erhielt Gerane die Nachricht. Sie war erleichtert. Es war tatsächlich alles bloßes Gerede gewesen. Eine Verdrehung der Tatsachen. Sie brauchte sich nicht zu sorgen und musste Alirja nicht informieren. Alles war gut.

Nur weshalb fühlte es sich dann nicht so an?

Das Böse in dir

Vremno erwachte. Sein Kopf schmerzte und alle Glieder taten ihm weh. Er fühlte sich wie damals, als er von den Vagabunden zusammengeschlagen worden war. Vielleicht hatte es einen unliebsamen Zwischenfall während der Zeremonie gegeben? Vremno wollte sich aufrichten und seinen geschundenen Körper inspizieren, als er bemerkte, dass er sich nicht bewegen konnte. Seine Arme waren über seinem Kopf angebunden. Sofort begann er an den Fesseln zu zerren.

„Vremno?“, hörte dieser plötzlich Karas Stimme.

„Was ist hier los?“

„Du kannst dich nicht erinnern?“

„Nein.“

Vremno versuchte, seinen Kopf zu schütteln, was ihm mäßig gelang. Sein Genick schmerzte.

„Das Letzte, was ich weiß, ist ...“

Er überlegte.

„Iberius. Ich war bei ihm, er hat den Bann ausgesprochen, und danach war alles schwarz. Jetzt erwache ich hier ... gefesselt. Was ist geschehen?“

„Nachdem Iberius dir die Magie zurückgegeben hat, hast du begonnen, wild um dich zu schlagen. Iretok hat dir ein Beruhigungsmittel verabreicht und dich hierhergeschafft, doch es hat nicht lange angehalten. Du bist aufgestanden und hast erneut wie von Sinnen um dich geschlagen. Du warst ... verändert. In deinen Augen funkelte der pure Wahnsinn. Ich wollte dich beruhigen, es ging nicht. Ich rief um Hilfe. Gertol und Horz eilten herbei. Sie überwältigten dich und banden dich fest.“

Vremno schüttelte ungläubig seinen Kopf.

„Bei Fortary ... Das klingt furchtbar. Ich ... ich kann gar nicht ausdrücken, wie Leid mir das alles tut. Ich ... Kara ... ich wollte dir nicht wehtun! Niemals! Ich kann mich nicht einmal mehr daran erinnern. Bei Fortary! Wenn dir etwas zugestoßen wäre, wegen mir!"

„Beruhige dich, mein Liebling. Nun ist alles wieder gut."

„Nein, ist es nicht! Niemals hätte ich so etwas getan. Ich war immer ein friedliebender Mensch. Das muss mit der Magie zu tun haben. Sie hat irgendetwas mit mir gemacht. Ich fühle es. Sie hat mich in eine Bestie verwandelt!"

„Sag so etwas nicht, Vremno. Ich weiß, dass du ein wunderbarer, harmoniebedürftiger Mensch bist. Wie alle Lebewesen auf der Erde hast auch du eine dunkle Seite in dir, die bisher verborgen war. Als du mit den Schwingungen Assuns, die du nun zum ersten Mal wirklich fühlst, und Iberius' Blut in Berührung gekommen bist, hat sie sich gezeigt. Viel stärker als normal. Es war bestimmt ein einmaliger Zwischenfall."

„Was, wenn nicht? Ich bin eine Gefahr. Es wäre wohl am besten, du sperrst mich weg, damit ich dir niemals ein Leid zufügen kann. Stell dir vor, ich hätte dir Schaden zugefügt, Kara."

Er schluchzte.

„Bei Fortary, ich habe das alles getan, um dich zu beschützen, und dadurch bin ich wahrscheinlich zur größten Bedrohung für dich geworden. Sieh mich an!"

„Zunächst einmal musst du daran denken, dass dich das Böse allein nicht böse sein oder werden lässt."

Kara strich ihrem Geliebten sanft über den Kopf und begann, demonstrativ die Fesseln zu lösen.

„Du bist durch und durch gut. Natürlich werden dich die Schwingungen verändern, aber nur so weit, wie du dich von ihnen verändern lässt."

Sie küsste ihn sanft.

„Sie verändern mich bereits jetzt! Ich fühle so vieles, das ich zuvor nicht gefühlt habe. Es ist … entsetzlich! Wie soll ich nur tun?"

Vremno umarmte Kara.

„Damit du dich vorerst vor all den Gefühlen schützen kannst, habe ich mir etwas überlegt. Ich habe mich mit Euflemia beratschlagt, und sie wird einen Trunk für dich brauen, der wie eine Art Schutzzauber funktioniert. Solange deine magischen Fähigkeiten noch nicht ausgereift sind und du dich nicht selbst gegen die dunklen Schwingungen Assuns wehren kannst, wird dir dieses Gebräu helfen. Euflemia hockt bereits über ihrem Kessel und braut einen Trank. Und wenn alles soweit fertig ist und du geschützt bist, kannst du beginnen, dich mit der Magie auseinanderzusetzen. Ich werde dich dabei unterstützen."

Kara nahm Vremnos blutverkrustete, schwielige Hand in ihre und hauchte einen zärtlichen Kuss darauf.

„Glaub mir, Vremno, du wirst vom heutigen Tage an kein einziges Mal mehr behaupten, dass es ein Fehler gewesen sei, die Magie zu erlangen. Ganz im Gegenteil. Ab heute beginn ein neues Leben für dich, und schon bald wirst du dir nicht mehr vorstellen können, jemals ein Nichtmagier gewesen zu sein. Das verspreche ich dir."

Überraschender Besuch

Alirja saß in einem aus Holz geflochtenen Schaukelstuhl im Garten. Bis auf die Gesänge der Vögel und das schmatzende Geräusch ihres grasenden Hengstes Idos war es still. Es war so herrlich ruhig, dass sie beinahe weggedöst wäre, hätte sie nicht ein Geräusch hochschrecken lassen.

„Pst! Alirja? Ich bin es, Gerane."

Das personifizierte Verlangen trat aus einem Schatten eines Baumes hervor.

„Bei Fortary! Was tust du hier?"

„Bitte beruhige dich. Nicht, dass dich Plankis, Dometor oder Tobeiyas hören. Ich habe extra abgewartet, bis sich die drei schlafengelegt haben."

Das Verlangen warf einen raschen Blick zum Haus.

Alirja bemühte sich redlich, ihre Stimme zu senken, auch, wenn es ihr schwerfiel. Besorgt fragte sie: „Ist etwas mit meinen Kindern?"

„Nein. Oder besser gesagt: Ich weiß es nicht."

Gerane nahm auf einem Sessel Platz. Flüsternd erzählte sie: „Ich bin viel umhergereist, und mir sind gewisse Gerüchte zu Ohren gekommen. Bitte versprich mir, dass du nicht schreist, und hör mir zunächst zu. Man erzählt sich, dass Vremno nach Assun gegangen ist."

Die Blinde presste sich die Hand vor den Mund, um einen Schreckensschrei zu unterdrücken.

„Ich habe einen Brief an Zaphlessia geschickt. Diese meinte, dass es nur Gerede sei. Vremno geht es angeblich gut, aber irgendwie werde ich den Verdacht nicht los, dass das nicht stimmt."

„Nein, Gerane. Sag, dass das nicht wahr ist."

„Bitte, Alirja. Du weißt, wie die Leute sind und dass sie immer schon gern geredet haben. Trotzdem dachte ich, dass ich zu dir muss. Ich hätte es nichts übers Herz gebracht, dir dies zu verschweigen."

„Bei Fortary … Ich muss … ich muss weg. Ich muss nach …"

„Deswegen bin ich hier: Ich will dich mit nach Ephmoria nehmen."

„Gerane … Ich bin dir so unglaublich dankbar, dass du hergekommen bist, um mich zu holen."

„Das ist das Mindeste, was ich tun konnte."

„Dann packe ich schnell ein paar Sachen."

Die Blinde stand auf und wollte gerade ins Haus eilen, als Gerane sie zurückhielt.

„Eins noch … Wie geht es … Tobeiyas? Ist er wohlauf? Ist er in Sicherheit?"

Alirja ging zurück zu ihrer Freundin.

„Ja, Gerane. Er ist wohlauf. Tobeiyas ist ein zauberhafter Junge, sehr klug, umsichtig und humorvoll. Er erinnert mich an dich und hat – soweit ich es beurteilen kann – nichts von seinem Vater."

„Bei Fortary, du glaubst nicht, wie mich das erleichtert. Und weiß er es? Habt ihr es ihm gesagt?"

„Nein, noch nicht. Plankis und Dometor wollten noch den richtigen Moment abwarten. Ich … konnte sie leider nicht vom Gegenteil überzeugen."

Gerane senkte traurig den Kopf.

„Ich verstehe. Vielleicht … ist es auch besser so. Für ihn und für uns alle."

„Ich glaube nicht. Um ehrlich zu sein hat Tobeiyas eine Ahnung. Er erinnert sich an dich."

„Er tut was?"

„Ja, Gerane. Ein Teil von ihm weiß, dass Plankis und Dometor nicht seine Eltern sind. Und es schockiert ihn nicht so sehr, wie ich vermutet hätte. Ich glaube, er ist bereit für die Wahrheit."

Und da, plötzlich, kam Alirja ein Gedanke. Eine Möglichkeit, die so plausibel war, dass es sie wunderte, noch nicht selbst daran gedacht zu haben.

„Wenn du mich fragst, ist jetzt der beste Zeitpunkt dafür. Ich denke, die einzig richtige Art, Tobeiyas über seine wahre Abstammung zu informieren ist, wenn es seine Ziehelter und seine Mutter gemeinsam tun. Also, was sagst du, Gerane? Willst du dein Kind sehen?"

„Alirja, ich … Bei Fortary, nichts wünsche ich mir mehr."

Weiter kam Gerane nicht, denn sie begann zu weinen. Vor Erleichterung, vor Freude, vor Trauer und vor Angst. Aber in erster Linie vor Liebe zu dem Sohn, den sie nun endlich kennenlernen würde.

Der Geduldsfaden reißt

„Du hast mich rufen lassen?"

Vremno ging in Iberius' Gemach. Die Macht war damit beschäftigt, sich einen edlen Tropfen aus einer Karaffe in ein bauchiges Glas einzuschenken.

„Ja. Ehe wir uns unterhalten, sag, wie geht es dir?"

Iberius schwenkte das Glas einige Male und hielt es gegen das Licht.

„Wie du siehst, erfreue ich mich bester Gesundheit."

Vremno zuckte mit den Schultern und nahm auf einem Sessel Platz. Währenddessen nippte die Macht an ihrem Glas und musterte Vremno von oben bis unten.

„Es ist unschwer zu erkennen, dass du keine körperlichen Defizite aufzuweisen hast. Aber wie sieht es hiermit aus?"

Die Macht tippte sich an die Stirn.

„Mir ist zu Ohren gekommen, dass du deiner magischen Fähigkeiten vernachlässigst."

„Lass mich raten? Iretok hat sich wieder einmal bei dir beschwert?"

Seit Vremnos Verwandlung hatte sich das Verhältnis zwischen ihm und Iretok noch mehr angespannt. Iretok verabscheute Vremno von Tag zu Tag mehr, da Iberius seinem neuen Schützling immer stärker zugetan war. Seit Vremno ein Magier war, gierte die Macht nach seiner Gegenwart und degradierte Iretok zum Laufburschen und Diener.

„Kannst du es ihm verdenken?"

Iberius zuckte mit den Schultern.

„Er bemüht sich redlich um dich, doch du zeigst keinerlei Entgegenkommen. Ja, nicht einmal Interesse scheinst du zu haben, die Magie zu verinnerlichen. Iretok möchte dir sein ganzes Wissen weitergeben. Er möchte dich zu einem begnadeten Magier ausbilden, doch du scherst dich nicht darum. Es enttäuscht mich sehr, denn ich hatte etwas anderes erwartet. Du, der du stets alles Wissen aufgesaugt hast, lässt deinen Geist nun brachliegen?"

„Ich habe nie behauptet, dass ich die Magie haben will, das weißt du, Iberius. Stets habe ich mich dagegen gewehrt, doch der Überfall hat mich umdenken lassen. Nun möchte ich mich der Magie in meinem Tempo annähern – nicht in deinem."

„Das will ich überhört haben", tönte Iberius gespielt schockiert. „Ich habe dir ein Geschenk gemacht, und du achtest es nicht. Ganz im Gegenteil. Ständig nimmst du den Trunk dieser verderbten Hexe Euflemia und schottest dich gegen die magischen Schwingungen ab. Das muss nun ein Ende haben!"

„Oder was?"

„Halte mich nicht zum Narren, Vremno!"

Iberius bäumte sich auf. Er rutschte an die Kante seines Throns und umklammerte mit der freien Hand die Lehne.

„Ich habe dich zu einem Magier gemacht. Du glaubst nicht etwa, dass ich dies aus reiner Nächstenliebe tat? Ich habe dir geholfen, du wirst mir helfen. Es ist vorbei mit der Geduld und der Freundlichkeit!"

Beim Aufstehen warf der Mächtige das Glas zu Boden. Klirrend zerbarst es.

„Du bist in Assun. Du bist einer meiner Gefolgsleute. Und bei Fortary: Als solcher wirst du tun, was ich dir sage!"

„Das war nicht Teil unserer Abmachung!"

Die Macht lachte gehässig auf. „War es nicht? Nun, dann hast du wohl nie nach meinen Bedingungen gefragt. Ich habe dir etwas gegeben, und nun verlange ich eine Gegenleistung. Und diese werde ich einfordernd."

„Du kannst nichts verlangen, Iberius. Ich bin …"

„Du bist ein Nichts ohne mich!"

Die Stimme des Mächtigen war laut und fuhr Vremno durch Mark und Bein.

„Ohne mich hast du kein Zuhause. Deine kleinen Freunde in Nessa werden dich töten, sobald du einen Fuß auf ihren Boden setzt. Und glaube mir, auch in Assuns stürzt du ins Verderben ohne mich. Ich kann dir alles nehmen, wenn du nicht auf mich hörst. Alles, Vremno. Auch deine kleine Dirne Kara."

„Wenn du ihr etwas antust, dann …"

Vremno ballte eine Faust und zielte auf den Mächtigen. In dem Moment streckte Iberius seine Hand nach vorn. Vremno wurde zurückgeschleudert.

„Wage es nicht noch einmal, die Hand gegen mich zu erheben oder ich werde dich nicht so einfach verschonen!"

Zum ersten Mal wurde sich Vremno bewusst, worauf er sich eingelassen hatte. Er hätte auf sein Bauchgefühl hören sollen. Nun saß er in der Falle, denn auch, wenn er es niemals offen zugeben würde, so hatte die Macht Recht. Goldea war Vremnos Zuhause geworden und Kara seine Heimat. Und Iberius konnte ihm beides nehmen, von einer Sekunde auf die andere.

„Nun denn …" Der Mächtige atmete ein und aus, um sich zu beruhigen. „Du verstehst, dass ich keinerlei Widerworte dulde?"

„Mhm."

„Wie bitte?"

„Ja."

„Ja?"

„Ja, Meister."

„Gut. Wir sollten das, was soeben geschehen ist, nicht zwischen uns kommen lassen. Vergessen wir es einfach. Und nun setzt dich, Vremno, und hör mir zu."

Widerwillig tat Vremno wie befohlen. Er fühlte sich leer und ausgelaugt.

„Ich habe bereits erwähnt, dass ich eine Aufgabe für dich habe."

„Was soll ich für dich tun?"

„Ruhig Blut, mein junger Freund. Was du tun sollst, werde ich dir noch früh genug erklären. Ein Schritt nach dem anderen – und der erste wird uns nach Neomo führen."

„Nach Neomo? Was haben wir dort zu schaffen?"

„Wir werden etwas holen, mein junger Freund."

Iberius öffnete die oberste Lade einer Kommode und zog ein Schwert hervor.

„Ich habe das Schwert deiner Mutter aus Pluxis hergebracht. Pandemia hat einst den Schutzkristall ihrer Familie gegen den Kristall des Ewigen Eises eingetauscht. Und ich glaube, es wird Zeit, dass sich der rechtmäßige Besitzer zurückholt, was ihm gehört. Wir werden also Kloisos einen Besuch abstatten, du wirst den Kristall holen und dadurch unbesiegbar werden."

Und in Gedanken fügte er hinzu: Um dann nach Nessa zu gehen, meinen Sohn zu finden und ihn endlich zu mir zu schaffen.

Mutter, Vater, Kind

„Nun kennst du die Wahrheit."

Alirja, Tobeiyas, Plankis und Dometor saßen rund um den Esstisch. Die Stille, die sich ausgebreitet hatte, war erdrückend.

„Aber warum habt ihr mir das alles nicht schon früher gesagt?"

„Ach, mein Schatz. Wir wollten dich beschützen."

Plankis wollte Tobeiyas' Hand greifen, doch dieser zog sie zurück.

„Das beantwortet meine Frage nicht. Ich habe so oft Andeutungen gemacht, weil ein Teil von mir schon immer etwas geahnt hat. Warum habt ihr das stets unkommentiert gelassen?"

„Versteh doch … Wir durften dir nichts sagen. Du solltest zu deinem eigenen Schutz nichts von deiner wahren Abstammung wissen. Wir mussten Gerane schwören, Stillschweigen zu bewahren."

Und mit zittriger Stimme fügte sie hinzu: „Ich hoffe, dass du uns irgendwann verzeihst. Wir haben es nicht böse gemeint, ganz im Gegenteil. Vergiss niemals, dass wir dich lieben, auch, wenn du … nicht unser richtiger Sohn bist. Dein Va… Dometor und ich lieben dich über alles."

„Ihr seid meine Eltern und werdet es immer bleiben. Und ich liebe euch auch. Daran wird sich niemals etwas ändern. Dennoch bin ich unsagbar enttäuscht und wütend, dass ihr mich all die Jahre belogen habt."

Alirja lenkte ein: „Plankis hat Recht. Solange wir nicht mit Sicherheit wussten, was mit Iberius geschehen war, durfte dich niemand mit deiner Mutter in Verbindung bringen. Sie wollte verhindern, dass die falschen Menschen auf dich aufmerksam werden."

„Iberius … mein … Vater. Oder besser gesagt: Der Schrecken der magischen Welt." Tobeiyas schüttelte resigniert den Kopf, ehe er aufblickte und fragte: „Was bedeutet das nun für mich? Muss ich jetzt … gegen ihn kämpfen? Oder Angst haben, dass ich verschleppt werde? Was bin ich überhaupt, wenn ich von zwei Gefühlen abstamme? Bin ich ebenfalls eine … Personifikation?"

„Ich glaube, diese Frage sollte dir am besten deine Mutter beantworten."

„Meine … was?"

„Gerane. Sie ist hier."

„Wo? Was? Ich …"

„Hallo", erschall plötzlich die Stimme des personifizierten Verlangens.

Tobeiyas drehte sich um die eigene Achse. Er konnte seinen Augen kaum trauen. Da war sie, seine Mutter. Im ersten Moment wusste er nicht, wie er sich verhalten sollte. Er wollte etwas sagen, doch ihm fehlten die Worte. Er wollte Gerane umarmen, doch gleichzeitig wollte er vor lauter Wut und Enttäuschung weglaufen. Er wollte weinen, schreien, lachen, jubeln. Alles auf einmal. Doch nichts davon konnte er.

Daher lag es an Gerane, vorsichtig zu flüstern: „Es freut mich, dich kennenzulernen."

„H… H… Hallo."

„Du bist bestimmt überrascht, mich zu sehen. Soll ich … lieber wieder gehen?"

„N… N… Nein."

„Ich … Ich wollte dir nur sagen …"

„Wie lange hast du schon gewartet?"

„Oh, eine ganze Weile."

„Und warum bist du nicht … früher gekommen?"

„Weil ich … Nun ja … Ich wollte deinen Eltern und dir Zeit geben, alles in Ruhe zu besprechen, ohne, dass ich euch im Wege stehe. Ich wollte …"

Gerane seufzte.

„Nein, das stimmt nicht. Bei Fortary! Ich wusste nicht, wie du reagieren wirst. Ich war ein Feigling, der dieses Gespräch gefürchtet hat und es lieber anderen überlassen hat, dir die Wahrheit zu sagen. Weil ich es nicht ertragen hätte, wenn du ... wenn ich in deinen Augen Hass und Verachtung erkannt hätte. Es ... tut mir so leid, Tobeiyas. Alles."

Tobeiyas starrte ins Leere. „Ich ... verstehe."

„Vielleicht ist es besser, ich gehe. Damit du Zeit hast, alles zu verdauen. Aber vorher möchte ich dir noch deine Fragen beantworten. Nun ... Du bist definitiv kein Gefühl. Andernfalls könnten dich keine Menschen berühren. Ich habe kurz nach deiner Geburt gespürt, dass du keine Personifikationen bist. Dies war der zweite Grund, weshalb ich dich fortgeben musste. Ich ... konnte dir nicht die Mutter sein, die ich wollte. Bei Fortary, Tobeiyas, ich hatte Angst davor, dich zu berühren, weil ich nicht wusste, ob ich dich damit töte ..."

Gerane begann zu weinen. Unter Tränen fuhr sie fort: „Wir wissen also nicht genau, wer oder was du bist. Aber eines weiß ich mit Sicherheit: Du bist mein wunderbarer, einzigartiger Sohn. Ganz gleich, wer dein Vater ist, denk immer daran, dass ich dich in mir trug und du so viel mehr von mir hast als von ihm. Nein, das ist nicht wahr, denn du hast rein gar nichts von ihm. Ich habe die Zeit bei Iberius im Nachhinein immer als den größten Fehler meines Lebens betrachtet, doch als du zu Welt kamst, war ich froh darüber. Weil es dich sonst niemals gegeben hätte. Du hast meiner Vergangenheit einen Sinn verliehen und ich liebe dich unglaublich, Tobeiyas. Ich liebe dich über alles."

Nicht nur Tobeiyas war zu Tränen gerührt, sondern auch Plankis, Dometor und Alirja. Niemand von ihnen vermochte etwas zu sagen.

„Ich erwarte nicht, dass du mir verzeihst", fuhr Gerane schließlich fort. „Aber vielleicht verstehst du meine Beweggründe irgendwann. Sobald du dann bereit bist, mich kennenzulernen, bin ich da. Ich bin immer für dich da, Tobeiyas. Und bitte versprich mir, dass du nicht lange böse auf Dometor und Plankis bist. Die beiden sind wundervolle Eltern und sie lieben dich von ganzem Herzen. Trage ihnen daher nicht nach, was ich ihnen befohlen habe. Kannst du das?"

Tobeiyas nickte, während er den Kloß in seinem Hals hinunterschluckte.

„Musst du jetzt gehen?", waren die einzigen Worte, die er hervorbrachte.

„Ja. Nein. Ich … weiß es nicht. Soll ich?"

Tobeiyas schniefte. „Nein. Bitte bleib hier. Bitte. Denn ich will … ich will dich nicht noch einmal verlieren, Mutter."

Gipfelstürmer

Als Zaphlessia vor Neomo stand und hinauf zum Gipfel blickte, wurde ihr mulmig zumute. Sie verspürte Angst – ein Gefühl, das sie niemals zuvor empfunden hatte. Hier war es: das gewaltige Neutrale Gebirge, die Grenze zwischen Licht und Schatten.

Sie hatte bereits vom Hörensagen gewusst, wie imposant das Gebirge war, doch direkt davor zu stehen, war etwas anderes. Wenn diese Berge reden könnten, dachte sie bei sich, was würden sie erzählen? So vieles war hier geschehen. Krieg. Zerstörung. Tod. Was hatte ihre Mutter wohl gefühlt, als sie hier stand? Was war ihr durch den Kopf gegangen? War sie ebenso von Ehrfurcht erfüllt gewesen wie ihre Tochter nun Jahre später?

Als Vremno vor Neomo stand und hinauf zum Gipfel blickte, wurde ihm mulmig zumute. Er verspürte Angst – ein Gefühl, das er nun zum zweiten Mal empfand. Hier war es: das gewaltige Neutrale Gebirge, die Grenze zwischen Licht und Schatten.

Beim ersten Mal, als er hier gewesen war, war er freiwillig vom Licht in die Dunkelheit gegangen, der Liebe wegen. Damals war er in Begleitung dreier wunderbarer Männer gewesen, die zu seinen Freunden und Mentoren geworden waren: Lemored, Koldem, Jahub. Er hatte nicht einmal den Hauch einer Ahnung gehabt, wie lange es dauern würde, bis er dieses Gebirge wiedersehen würde.

Nun war er hier, Seite an Seite mit Iretok, Kara und Iberius. Eigentlich hatte Vremno gewollt, dass Kara in Goldea blieb, doch Iberius hatte sie zur Absicherung mitgenommen für den Fall, dass Vremno etwas Falsches tat.

Zu viert hatten sie also die unterirdischen Tunnelsysteme von Assunopsis durchquert und waren bis an den äußersten Punkt gereist, um zurück an die Oberfläche Assuns zu gelangen. Nun war er wieder hier, am Scheidepunkt seines Lebens. Er war nicht länger der kleine, nichtmagische Vremno, sondern Vremno - der Magier. Der Verwandelte. Der Abtrünnige. Der zur Marionette der Macht geworden war und eine Mission erfüllen musste, die ihm mit jeder Faser seines Körpers missfiel.

„Es ist beeindruckend, nicht wahr, mein Kind?"

Ephtalia hatte Zaphlessia Zeit gelassen, das Neutrale Gebirge auf sich wirken zu lassen.

„Ja. Aber irgendwie auch beängstigend, wenn ich ehrlich bin. Kaum zu glauben, dass nur dieses Gebirge Nessa und Assun voneinander trennt ... Wie nah das Böse unserem Land ist und wie weit entfernt es gleichzeitig scheint."

„Wir sollten Respekt vor Neomo haben, denn es beschützt uns vor dem, was auf der anderen Seite lauert."

„Ich muss mich also nicht dafür schämen, dass ich mich fürchte?"

„Die Angst gehört genauso zum Leben wie die Freude. Wichtig ist, dass du dich von ihr nicht lähmen lässt. Denke immer daran, wer du bist, mein Kind. Du bist Zaphlessia. Du bist die Tochter von Pandemia und Zelius, die Nachfahrin von Zaphyra und Lesphalia, die auch deine Namensgeberinnen waren. Du stammst von Landiors Blut ab. Alles, was du möchtest, kannst du schaffen, denn du bist stark. Stärker, als dir selbst bewusst ist."

Die Liebe sah zu Zaphlessia und beobachtete sie. Der Wind, der ihr Haar umherwirbelte. Ihr rechtes Auge, das leicht zuckte, wenn sie nervös war. Ihre angespannte Körperhaltung. Schon lange hatte Ephtalia keinen Menschen mehr so geliebt wie Zaphlessia.

„Ich danke dir für deine Worte."

Lessa schenkte der Liebe ein warmherziges Lächeln, ehe sie sich wieder auf Neomo konzentrierte. Ja. Ephtalia hatte Recht. Sie musste sich daran erinnern, wozu sie bestimmt war. Sie musste an sich selbst glauben, und nichts würde sie mehr aufhalten können. Nichts und niemand.

„Zerbrich dir nicht den Kopf, Liebster."

Kara umschlang Vremnos Hüften von hinten, stellte sich auf die Zehenspitzen und bettete ihr Kinn auf seine Schulter. Sie kannte ihn inzwischen so gut, dass sie sofort spürte, wenn etwas nicht stimmte. Sie kannte alles an ihm, denn sie war ein Teil von ihm wie er von ihr.

Viele Stunden hatten die beiden damit zugebracht, über Iberius' Vorhaben zu diskutieren. Vremno hatte nach einer Möglichkeit gesucht, wie er es anstellen konnte, die Befehle der Macht zu umgehen.

„Mir graut davor, wenn ich mir ausmale, was Iberius vorhaben könnte. Sobald ich den Kristall habe, bin ich eine unbezwingbare Waffe für ihn. Ich will das nicht, Kara. Ich will das alles nicht. Lass uns weglaufen, einfach fortgehen", hatte Vremno seiner Liebsten anvertraut und doch gewusst, dass dies nicht möglich war. Vremno war im Sog des Mächtigen gefangen und sah keinen Ausweg aus seiner misslichen Lage.

„Es wird sich alles in Wohlgefallen auflösen. Wir holen den Kristall und lassen uns etwas einfallen. Morgen schon werden wir über den heutigen Tag lachen", flüsterte Kara Vremno beschwichtigend ins Ohr. Sie löste sich aus der Umarmung, stellte sich an Vremnos Seite und beobachtete ihn. Sein kinnlanges, braunes Haar, das er mit einem Band gebändigt hatte. Sein schönes Gesicht mit der zarten, weichen Haut, auf dem ein Dreitagebart spross. Noch nie hatte sie einen Menschen so sehr geliebt wie Vremno.

„Ich hoffe, dass du Recht behältst", antwortete Vremno bitter.

„Was mauschelt ihr da?", durchschnitt Iberius argwöhnisch das Zwiegespräch der beiden.

„Nichts Wichtiges", antwortete Vremno.

„Das will ich euch auch geraten haben. Und nun", fuhr er nach einem tiefen Atemzug fort, „marschieren wir weiter. Ich werde dich bis in die Nähe des Eingangs von Aquis' unterirdischen Gefilden führen. Von dort an musst du allein weiter. Ich möchte meiner Tante nicht unbedingt begegnen, denn nach dem, ich nenne es einmal Vorfall, mit Ignasius ist sie bestimmt entzürnt."

Iberius spielte darauf an, dass er den Hüter des Feuers dereinst überwältigt hatte, um über dieses Element zu verfügen. Erst jetzt wurde Vremno bewusst, dass die Macht nach wie vor über diese Fähigkeit verfügte. Er schüttelte den Gedanken sogleich wieder ab, drehte sich zu Kara und umschlang sie. Er sog den Geruch ihres Haares ein.

„Denk immer daran, dass alles gut werden wird, Vremno", hauchte sie.

„Ich versuche es, meine Liebste. Ich versuche es."

Wo es hingehört

In letzter Sekunde durchstieß Vremno die Wasseroberfläche und kämpfte sich ans Ufer. Nach Luft ringend blieb er liegen und atmete tief ein und aus.

Noch vor wenigen Minuten hatte er vor Aquis vorgesprochen und ihr mitgeteilt, dass er nach so vielen Jahren gekommen sei, um Kloisos' Kristall gegen den seiner Ahnen einzutauschen.

„Es hat lange gedauert", hatte die Herrin über das Wasser mit ihrer federweichen Stimme geantwortet. „Viele, sehr viele Jahre sind verstrichen, seit deine Mutter bei mir war, und ich fürchte, das Reich meines Sohnes hat sich seither verändert. Ich erlaube dir gern, die Grenzen zu der einstigen Schneewelt zu passieren, auf dass du meinem Sohn zurückbringst, was er so dringend benötigt."

Nun, da Vremno in Kloisos' Reich angekommen war, ergaben Aquis' Worte einen Sinn. Vremno hatte Geschichten gehört, dass Kloisos in einem lichtdurchlässigen Palast lebe; der Boden und die Bäume seien mit einer leuchtend weißen Wolkendecke überzogen und es sei so kalt, dass einem die Zähne klapperten. Doch nichts von alledem war zu sehen. Die Welt, die einst in Schnee und Eis gehüllt war, lag brach und ausgedörrt vor ihm. Durch das Fehlen des Kristalls war die Magie von diesem Ort gewichen.

„Kloisos? Bist du hier?", rief Vremno, nachdem er sich von dem langen Tauchgang erholt hatte. Er erhielt keine Antwort. Er verlangte ein zweites und drittes Mal nach dem Herrn über das Ewige Eis, doch wieder blieb jegliche Reaktion aus. Also machte Vremno sich auf den Weg und begann, das Land zu erkunden. Mit jedem Schritt, den er zurücklegte, wurde seine Sorge größer. War er zu spät? Lebte Kloisos, der auf den Kristall angewiesen war, gar nicht mehr? Vremnos Hoffnung schwand zusehends, als er plötzlich ein Stöhnen hörte. Schnell drehte er sich in die Richtung, aus der das Geräusch gekommen war. Dort, im Schatten eines knochigen Baumes, hockte ein seltsames Etwas. Vorsichtig näherte sich Vremno dem Wesen. Es war kaum größer als Vremnos Unterarm. Wassertropfen perlten von dem nahezu durchsichtigen Körper.

„Wer bist du?", fragte Vremno und ging vor dem Wesen in die Hocke.

„Kloisos", antworte der kleine Kerl.

„Du bist der Herr über das Eis?"

„Das war ich einst, doch wie du siehst, sind diese Tage gezählt. Und wer … bist du?"

„Mein Name ist Vremno, und ich bin hier, um dir etwas zurückzugeben, das du vor langer Zeit großzügig verliehen hast."

Er griff in seine Umhängetasche, holte den Kristall hervor und präsentierte ihn auf seiner Handfläche. Kloisos riss die Augen auf.

„Woher hast du ihn?"

„Von dem Schwert meiner Mutter."

„Dann bist du Pandemias Sohn! Aber ich dachte … deine Mutter sei im Eis eingeschlossen? Zumindest hat mir Fortary dies erzählt, als ich verlangte, er möge veranlassen, dass der Kristall zu mir zurückkommt."

„Und nun ist er hier. Das Schicksal hat dafür gesorgt, dass dein Eigentum zu dir zurückkehrt. Im Gegenzug dazu möchte ich den Kristall meiner Familie."

Kloisos streckte seinen Arm aus. Er wollte nach dem Kristall greifen, doch hielt mitten in der Bewegung inne.

„Wenn deine Mutter nicht länger im Eis gefangen ist, dann bedeutet dies, dass Iberius ebenfalls frei ist?"

Vremno nickte betreten.

„Willst du etwa sagen, dass du etwas mit ihm zu schaffen hast?"

„Ja. Nein. Ich … nun … wie soll ich sagen …", druckste Vremno herum.

„Wenn dem so ist, breche ich das Versprechen, das ich deiner Mutter gab. Ich werde dir deinen Schutzkristall niemals aushändigen, hörst du? Niemals! Er wäre eine zu große Gefahr in den Klauen einer der Lakaien des Mächtigen!"

„Nein, ich … ich bin nicht wie er, und ich gehöre weder zu ihm noch zu seinem Gefolge."

„Und das soll ich dir glauben?"

„Du musst. Bitte."

Kloisos verengte seine Augen zu zwei Schlitzen.

„Ich spüre, dass du ein reines Herz besitzt. Du bist unschuldig und trägst keinen dunklen Gedanken in dir. Dennoch lebst du an der Seite der Macht. Ich gebe ihn dir nicht. Nie und nimmer."

Kloisos drehte sich zur Seite. In dem Moment bracht ein Stück seines Körpers ab. Ein eisiger Splitter lag am Boden, der binnen weniger Sekunde zu einer Wasserpfütze wurde.

Bald würde Kloisos nicht mehr existieren, schoss es Vremno durch den Kopf. Er wusste nicht, weshalb, aber diese Tatsache berührte ihn. Sie machte ihn traurig, weshalb er schnell sagte: „Dann nimm wenigstens deinen Kristall zurück. Ich verlange nichts im Gegenzug."

„Was hast du gesagt?"

„Hier. Ich bitte dich. Ich kann nicht mitansehen, was mit dir geschieht. Du hast den Kristall einst meiner Mutter gegeben, damit sie dieses Land retten kann, und ich gebe ihn nun dir, um dich zu retten."

„Aber … ist das … eine Falle?"

„Nein. Ich schwöre es dir."

„Iberius … Wenn du ohne den Kristall zurückkommst, wird sein Zorn mich treffen."

„Ich lasse mir etwas einfallen."

„Er wird …"

„Nochmal: Ich lasse mir etwas einfallen. Vertrau mir. Und nun nimm ihn."

Kloisos überlegte ein letztes Mal, ehe er seinen Arm ausstreckte und mit seinen eisigen Fingern den Kristall umfing. Was dann geschah, beeindruckte Vremno sehr. Nebel umfing Kloisos' Körper. Weiße, glänzende Punkte tanzten darin, wurden umhergewirbelt und verschmolzen. Der Nebel wurde immer breiter, immer höher. Er brannte in den Augen, weshalb Vremno schützend die Arme davorlegen musste. Plötzlich ertönte ein lauter Knall. Eine Energiewelle strömte aus dem Inneren des Nebels hervor und verbreitete sich über das gesamte Land. Vremno kauerte sich schützend auf dem Boden zusammen, hielt dem Wind stand und richtete sich erst auf, als wieder Ruhe herrschte. Er meinte, in einem Trauf aufgewacht zu sein. Wohin er auch blickte, war es weiß. Ein helles, strahlendes Weiß, das wie Berge flauschiger Federn aussah. Es war überall: auf dem Boden, den Bäumen, den Sträuchern. Selbst vom Himmel schwebten dicke Flocken herab, die auf der Haut einen nassen Fleck hinterließen. Zu seiner Rechten war ein glänzender Palast in die Höhe geschossen. Vor ihm stand der nunmehr verwandelte Kloisos in seiner vollen Größe und blickte auf Vremno hinab.

„Ich danke dir von ganzem Herzen", sprach der Herr über das Eis.

„Es war das Mindeste, was ich tun konnte. Ich bin froh, dass ich dir helfen konnte, vor allem, wenn ich mir das da", Vremno machte eine ausschweifende Geste mit seinen Händen, „ansehe. Ich habe noch nie etwas Schöneres gesehen."

„Und dabei ist das bloß der Anfang", brummte Kloisos wohlwollend. „Es wird noch ein wenig dauern, aber bald wird dieser Ort wieder aussehen wie früher."

„Das wünsche ich dir. Ich werde gehen. Irgendwie ist mir … kalt geworden." Vremno schlang die Arme um sich. Er zitterte.

„Hab Dank. Ich bin dir etwas schuldig." Kloisos verbeugte sich.

„Nein. Niemand steht in der Schuld des jeweils anderen. Leb wohl."

Vremno drehte sich um und stampfte durch den Schnee bis zum Ufer des Sees. Zum Glück war das Wasser noch nicht gefroren, weswegen er problemlos würde eintauchen können. Er wollte mit einem Kopfsprung ins kühle Nass, als Kloisos' Stimme hinter ihm laut wurde.

„Halte ein!", schrie der Herr über das Eis. Verwirrt drehte sich Vremno um. „Ich kann dich so nicht gehen lassen. Du hast fürwahr bewiesen, dass du keine hinterhältigen Pläne verfolgst. Daher gebe ich dir, wonach du verlangst."

„Wie bitte?"

„Ja, mein junger Freund. Du bekommst den Kristall deiner Ahnen."

Noch ehe Vremno weitere Fragen stellen konnte, griff sich Kloisos an die Brust. Seine Hand sank in den Brustkorb, wanderte tiefer, ehe er sie zurückzog. Als Kloisos die Faust öffnete, lag er darin. Rosa schimmernd.

„Nur eines noch", sprach der Herr über das Eis, während er Vremno den Kristall überreichte.

„Wähle weise, was du damit tust. Sei dir immer im Klaren darüber, dass dieser Stein große Macht besitzt. Iberius hat die Kraft, die von ihm ausgeht, einst gefürchtet. Daher hat er auch Lesphalia und ihre Familie verflucht. Sorge dafür, dass er ihn niemals in die Hände bekommt und ihn keinesfalls für die falschen Zwecke einsetzt, hörst du?"

Vremno nickte.

„Gut. Dann geh. Geh und nutze ihn, um Gutes zu tun, Vremno. Möge Fortary dir wohlgesonnen sein."

Unverhoffte Begegnungen

Ephtalia und Zaphlessia saßen um die kleine Feuerstelle. Sie hatten ihr Lager aufgeschlagen, um nach dem zehrenden Aufstieg zu Kräften zu kommen.

„Dabei liegt der schwierigste Teil noch vor uns", überlegte Lessa laut.

„Ja. Assun wird eine Herausforderung für uns. Nicht nur körperlich, sondern auch geistig. Doch wir werden es schaffen."

„Da bin ich mir sicher. Solange wir nur schneller in Peresses ankommen als der Rat …"

„Das werden wir. Glücklicherweise kenne ich Männer, die in Assun als Wachposten eingesetzt sind, denen wir vertrauen können. Dort werden wir Unterschlupf und Nahrung finden und ein wenig zur Ruhe kommen. Es wird sich alles zum Guten wenden, Lessa. Glaube mir."

„Ja, das hoffe ich. Dein Wort in Fortarys Ohr."

Der Kristall wog schwer in Vremnos Händen, als er Aquis' unterirdische Gefilde verließ. Er musste einen klaren Kopf bekommen und sich Gedanken darüber machen, wie er nun weiter vorgehen sollte. Sollte er Iberius die Wahrheit sagen und versuchen, zu türmen? Was würde dann mit Kara geschehen? Oder sollte er den Mächtigen anlügen und behaupten, Kloisos habe ihm den Kristall nicht gegeben? Würde Iberius dann seinen Zorn am Herrn des Ewigen Eises auslassen, was Vremno keinesfalls wollte? Er wusste nicht, was er tun sollte, und beschloss stattdessen, sich ein wenig Zeit zu lassen. Iberius, Iretok und Kara hatten unweit vom Eingang entfernt ihr Lager aufgeschlagen. Vremno musste nicht gleich zurück. Ja. Er brauchte einen Einfall, und am besten konnte er nachdenken, wenn er in Bewegung war. Also schlich er in die entgegengesetzte Richtung. Mühte sich über die steinige Landschaft, erklomm Felsen und versuchte, den Kopf freizubekommen, als er plötzlich etwas hörte. Geräusche. Sie klangen wie … Stimmen.

Vremno ging in Deckung und schlich vorsichtig vorwärts. Einzelne Wortfetzen drangen zu ihm. Es waren die Stimmen von Frauen. Und sie kamen ihm bekannt vor. Wer in Fortarys Namen, den er noch dazu kannte, sollte sich hier aufhalten? Er konnte sich keinen Reim darauf machen. Er musste näher an die beiden heranrücken. Nur noch ein, zwei Meter. Als er nahe genug herangekommen war, spähte er zwischen einem Felsvorsprung hervor, um einen Blick zu erhaschen. Er konnte seinen Augen kaum trauen, als ihm klar wurde, wer hier sein Lager aufgeschlagen hatte.

„Hast du das auch gehört?"

Ephtalia richtete sich auf und inspizierte nervös die Umgebung.

„Ja. Ein Geräusch. Gibt es hier Tiere?"

„Eigentlich nicht, nein. Wahrscheinlich ist es nichts, aber lass uns dennoch vorsichtig sein."

Ephtalia griff instinktiv nach ihrem Schwert. Zaphlessia tat es ihr gleich. Die feinen Härchen an ihren Armen und Beinen stellte sich auf, während ihr Rücken von einer Gänsehaut überzogen wurde. Sie ahnte, dass etwas nicht mit rechten Dingen zuging. Waren womöglich Vagabunden unterwegs? Oder hatte das Heer des Rates sie bereits eingeholt? Dabei waren sie doch so vorsichtig gewesen, hatten die üblichen Pfade verlassen und einen anderen, unbefestigten Weg eingeschlagen.

Lessa rechnete mit allem und jedem.

Nicht aber mit ihrem Bruder.

„Zaphlessia?"

Vremno starrte seine Schwester an, als sähe er sie zum ersten Mal in seinem Leben. Zunächst hätte er sie beinahe nicht erkannt. Ihr einstmals langes Haar war kurzgeschnitten, sie war nicht mehr das blonde Püppchen, sondern eine Frau mit einer ernsthaften, autoritären Aura.

„Vremno?"

Zaphlessia starrte ihren Bruder an, als sähe sie ihn zum ersten Mal in ihrem Leben. Im ersten Moment war sie sich nicht sicher, ob es sich tatsächlich um Vremno handelte. Sein Äußeres hatte sich verändert. Er wirkte nicht mehr wie der kleine, einsame Junge von einst, sondern wie ein kräftiger, selbstbewusster Mann. Hier vor ihr stand ihr Zwillingsbruder, doch irgendwie war er gleichzeitig ein vollkommen anderer Mensch.

„Was machst du hier?", fragten die Geschwister gleichzeitig. Und auch die Antwort sprudelte aus beiden Mündern im selben Moment hervor: „Ich bin …"

„Du zuerst."

„Ich bin hier, weil ich … Bei Fortary, Vremno … Ich bin wegen dir hier."

„Wegen mir?"

„Ja. Vremno, in Nessa geht man davon aus, dass du böse geworden bist. Der Rat ist dir auf den Fersen und will dich töten, weil er davon überzeugt ist, dass du eine Gefahr darstellst. Aber das bist du nicht. Ich habe nie daran geglaubt und jetzt, wo ich dich hier sehe, weiß ich es mit absoluter Sicherheit. Du hast nichts Dunkles an dir. Ich will dir helfen. Ich will dich retten!"

„Und deswegen bist du hierhergekommen? Du hast diesen ganzen Weg auf dich genommen, um mich zu retten? Aber wieso?"

„Du bist mein Bruder und ich … ich … Es tut mir alles so leid!"

Lessa schluchzte.

„Ich war so schlecht zu dir in der Vergangenheit, habe dich nicht gut behandelt und dich aus meinem Leben ausgeschlossen. Das hätte ich nie tun dürfen … Vremno! Bitte verzeih mir. Bitte! Du bist mein Bruder, die einzige Familie, die ich noch habe, und ich liebe dich doch. Ich habe so viel Zeit versäumt, so viele Gelegenheiten verpasst. Ich habe zugelassen, dass wir einander fremd geworden sind. Das will ich nun ändern. Alles wird gut werden, glaub mir."

„Ach, Lessa. Es ist so vieles geschehen. Viel zu viel. Es gibt Dinge, die ich heraufbeschworen habe und die ich nicht rückgängig machen kann."

Vremno vergrub das Gesicht in den Händen.

„Nichts wird wieder gut", krächzte er.

„Doch. Wir drehen um, gehen zurück nach Ephmoria und überzeugen den Rat, dass er sich geirrt hat. Und dann überlegen wir uns, wie wir alles bereinigen. Vremno, es ist nie zu spät für einen Neuanfang!"

Vremno blickte auf.

„Aber ich … kann nicht. Lessa, es gibt da jemanden, den ich beschützen muss. Ich kann nicht ohne sie gehen."

„Dann nehmen wir sie mit. Ist sie mit dir hier? Seid ihr geflüchtet?"

„Sie ist hier, ja. Aber nicht bei mir. Sie ist bei … Iberius."

„Iberius?"

Lessa wich einen Schritt zurück. Ihre Haltung verkrampfte sich merklich.

„Es ist nicht so, wie du denkst!"

„Wo ist er?"

„Er ist …"

„Hier!", ertönte die Stimme des Mächtigen.

Der geborene Krieger

„Du machst dich gut, Tobeiyas. Glaub mir, ich habe in meinem Leben schon viele Schüler unterrichtet, aber jemanden wie dich findet man nur einmal unter Hunderten", bemerkte Dometor anerkennend und klopfte seinem Sohn auf die Schulter.

„Das muss ich wohl von dir haben."

Tobeiyas grinste schelmisch. Er hatte binnen kürzester Zeit große Fortschritte im Erlernen der Kampfkünste gemacht. Es gab nichts, das ihm nicht lag. Ob das Hantieren mit dem Schwert oder ein Gefecht ohne Waffen, Tobeiyas war keine Herausforderung zu groß. Und im Erschaffen magischer Schutzwalle – einem von Dometors Fachgebieten – war er schon jetzt ein ernstzunehmender Gegner geworden.

Während sich der einstige Krieger darum kümmerte, Tobeiyas auf körperlicher Ebene auszubilden, tat es Plankis auf der des Geistes. Sie gab all ihr magisches Wissen an ihren Sohn weiter. Zuvor hatten sie Scheu davor gehabt, Tobeiyas womöglich Dinge beizubringen, die etwas in ihm wachrütteln könnten. Nun aber, da der Junge über alles im Klaren war, gab es keinen Grund mehr, der dagegensprach. Und auch hier legte er ungeahnte Fertigkeiten an den Tag.

Tobeiyas konnte kaum verbergen, wie stolz er auf sich selbst war – ebenso wie seine Eltern auf ihn.

Nur eine war wohl noch stolzer: Gerane.

Das personifiziert Verlangen saß neben Alirja in einem Schaukelstuhl und beobachtete ihren Sohn. Immer wieder dankte sie ihrer Freundin, dass sie ihr diese Erlebnisse ermöglich hatte. Immerhin war es nicht nur Alirjas Idee gewesen, Tobeiyas endlich die Wahrheit zu sagen. Nein, die Blinde hatte anschließend auch schweren Herzens zugestimmt, ihre Rückreise nach Ephmoria noch um zwei, drei Tage zu verschieben, damit Gerane mehr Zeit mit Tobeiyas verbringen konnte.

Und das taten die beiden auch.

Anfänglich hatte sich ihre Annäherung noch zaghaft gestaltet. Tobeiyas hatte den Schock erst einmal verdauen müssen, doch er war schnell aufgetaut. Doch schnell hatten die beiden eine Verbundenheit füreinander entwickelt, wie sie nur in einer Familie vorkommen konnten.

„Ich habe es schon immer gewusst", hatte er irgendwann zu Gerane gesagt. „Meine Eltern haben mir so unglaublich viel Liebe geschenkt und ich liebe sie auch aber auf eine gewisse Art und Weise hat immer etwas gefehlt. Jetzt, wo du da bist, fühle ich mich richtig vollkommen."

Gerane verstand, was ihr Sohn meinte, denn sie empfand ebenso. Sie konnte sich nicht mehr vorstellen, jemals auch nur einen glücklichen Tag ohne ihr Kind verlebt zu haben. Das einzige, das sie wahrhaft traurig machte war die Tatsache, Tobeiyas nicht berühren zu dürfen. Als Personifikation war ihr dies untersagt und es schmerzte sie sehr, ihm nicht einfach einen Kuss auf die Wange zu geben oder ihm eine Umarmung zu schenken. Um dieses Verlangen zu kompensieren, nutzte sie jede Minute, um mit Tobeiyas zu reden, ihm von sich zu erzählen aber auch jede Einzelheit über sein Leben zu erfahren. Sie hatten so viel nachzuholen. Und das würden sie. Bis an ihr Lebensende.

Das Blatt wendet sich

„Dass Fortary mir dieses grandiose Geschenk macht, hätte ich nicht zu träumen gewagt", frohlockte die Macht und kam hocherhobenen Hauptes näher. Kara und Iretok folgten ihm.

„Ephtalia und Zaphlessia, beide hier. Mir und meinem Gefolge unterlegen. Heute ist mein Glückstag."

„War das eine Falle?", flüsterte Lessa schockiert und musterte ihren Bruder argwöhnisch.

„Lessa, lass mich erklären, ich …"

„Na, na, na. Gibt es Zank zwischen den Geschwistern? Ist die kleine Zaphlessia traurig, dass ihr Bruder jetzt zu mir gehört? Weiß sie schon, welch grandiose Dinge wir vollbracht haben? Hast du ihr erzählt, dass ich dich zu einem Magier gemacht habe? Und dass wir uns den Kristall eurer Familie geholt haben?"

„Was? Vremno, ist das wahr?"

„Nein, glaub mir. Ich …"

„Entschuldigt, dass ich euren kleinen familiären Plausch unterbreche, doch es gibt Wichtigeres. Ich schlage vor, ihr ergebt euch gleich und entgeht somit einer Niederlage im Kampf."

„Iberius, du Scheusal!", spie Ephtalia verächtlich hervor. Sie stellte sich kampfbereit auf. Das zitternde Schwert in ihrer Hand verriet jedoch, dass sie angespannt war.

„Ja, ja, beschimpfe mich ruhig, Ephtalia. Nenne mich, wie auch immer du willst. Wir beide wissen gut genug, wer von uns das Scheusal ist."

„Wage es nicht …"

„… zu verlautbaren, was für ein hinterhältiges, manipulatives und berechnendes Miststück du bist? Glaubst du, ich weiß nicht, was du getan hast?"

„Halt deinen Mund, Iberius. Sonst werde ich …"

„Was? Mich angreifen? Dass ich nicht lache. Glaubst du, du hast eine Chance gegen mich?"

„Du wirst schon sehen, was du von deiner Hochnäsigkeit hast. Nicht mehr lange, und du bist endgültig Geschichte, das weißt du."

„Oh nein, da irrst du dich. Nicht meine Tage sind gezählt, sondern eure!"

Iberius riss den Mantel von sich und lief in Ephtalias Richtung. Er hatte sein Schwert kampfbereit erhoben und täuschte einen Schlag vor. Die Liebe wollte den Angriff parieren, doch in letzter Sekunde wich die Macht aus und beschwor einen Energiewall, durch den Ephtalia zurückgedrängt wurde. Als Iberius ihr zusätzlich mit der Schulter einen Stoß versetzte, fiel sie rückwärts. Genug Zeit für den Mächtigen, auf sein eigentliches Ziel zuzulaufen: Zaphlessia.

Alles ging so schnell, dass Lessa kaum Zeit hatte, zu reagieren. Vor allem, da sie ab dem Zeitpunkt, da Iberius die Kutte von sich gerissen hatte und nur noch in seinem feinen Seidengewand vor ihr gestanden hatte, von seinem Erscheinungsbild gefesselt war. Sie hatte keine Vorstellung gehabt, wie wunderschön die Macht aussah. Obwohl sie wusste, dass er sie umbringen würde, war sie nicht imstande, etwas dagegen zu unternehmen. Sie konnte nur unbeweglich dastehen und den herannahenden Iberius bestaunen. Gleich würde er ihr den Schädel spalten, und sie konnte sich nicht einen Millimeter rühren. Regungslos beobachtete sie, wie Iberius näherkam, den Mund öffnete, um einen Kampfschrei loszulassen und sein Schwert niedersausen zu lassen, als seine Klinge von einer anderen gekreuzt wurde. Wer hatte ihr geholfen? Zaphlessia erkannte ihren Bruder, der sich vor sie gestellt hatte. Iberius war entsetzt und überrascht zugleich. So sehr, dass er zurücktaumelte. Vremno drehte sich um, eilte zu seiner Schwester und umarmte sie beschützend. Noch ehe die anderen begreifen konnten, was geschah, wurden sie von einer energiegeladenen Druckwelle in die Knie gezwungen. Niemand konnte sich auf den Beinen halten. Niemand bis auf Vremno und Zaphlessia, die nun inmitten eines gewaltigen Schutzzaubers standen und einander ansahen.

„Du … du hast mich … gerettet?", stammelte Lessa.

„Ja. Er darf dir nichts tun."

„Dann bist du nicht …"

„Nein, Lessa, ich bin nicht auf seiner Seite. Zumindest nicht so, wie du glaubst."

Die Zeit schien stillzustehen. Nicht nur Vremno und Zaphlessia waren gefangen in einer Luftblase, sondern auch alle anderen. Ephtalia. Iberius. Iretok. Kara.

Lessa atmete tief ein. Sie sah Vremno in die Augen.

„Dann lass uns dem allen hier ein Ende setzen. Iberius muss endgültig unschädlich gemacht werden. Gemeinsam können wir das schaffen. Wir können größer werden, als es unsere Mutter je gewesen ist."

Sie legte Vremnos Hände auf ihre Brust, wo ihr wild pochendes Herz schlug.

„Bitte, Vremno, hilf mir. Hilf mir, mächtiger als die Macht zu werden und Iberius ein für alle Mal auszuschalten!"

Vremno lächelte verschwörerisch.

„Nichts täte ich lieber, als das. Und ich glaube, ich habe etwas, das uns bei unserem Vorhaben einen klaren Vorteil verschaffen wird."

Wendepunkt

Als die Zwillinge auseinandergingen, löste sich der Schutzzauber auf. Die wenigen Augenblicke, bis sich die anderen aus ihrer Erstarrung lösten, nutzten die beiden und griffen nach ihren Waffen. Endlich machte sich das heimliche Kampftraining, das Vremno in der letzten Zeit absolviert hatte, bezahlt. Sie griffen Iberius an, Ephtalia folgte ihnen. Schreiend liefen sie auf den Mächtigen zu. Kara kümmerte sich indes um Iretok und kapselte ihn von seinem Meister ab. Jeder Versuch, seinem Herrn zu Hilfe zu eilen, wurde von Kara unterbunden. Gern wäre Vremno seiner Liebsten zur Seite gestanden, doch er wusste instinktiv, dass die Zwillinge der Macht nur gemeinsam Einhalt gebieten konnten. Iberius war drei Gegnern auf einmal ausgeliefert, doch er ließ sich davon nicht beeindrucken. Er war überraschend flink und schnell, obwohl es für ihn mit der Zeit immer schwieriger wurde, die Angriffe zu parieren. Also flüchtete er einige Schritte zurück und beschwor einen Schutzwall. Im Anschluss umklammerte er sein Schwert mit beiden Händen, hob es über den Kopf und ließ es mit voller Wucht niedersausen. In dem Moment, da die Klinge den steinernen Boden berührte, verlängerte sie sich. Sie wurde länger, dünner und elastischer, bis aus dem Schwert eine Peitsche mit unzähligen, messerscharfen Dornen geworden war. Als Iberius seine Hände voneinander löste, duplizierte sich die Peitsche. Er ließ sie mehrmals, gefolgt von einem zischenden Ton, durch die Luft brausen. Vremno, Zaphlessia und Ephtalia wichen zurück. In immer schnellerer Abfolge züngelte die Waffe nach den Gegnern. Ihnen blieb nicht einmal genug Zeit, sich zu konzentrieren, um einen Schutzzauber heraufzubeschwören. Ein klarer Vorteil für Iberius, der plötzlich eine der beiden Peitschen über dem Kopf kreisen ließ und sie von sich warf, Ephtalia im Visier. Die Liebe erkannte die Gefahr, wollte sich mithilfe der Energien des Landes verteidigen, doch sie war nicht schnell genug. Sie wurde erfasst. Der Riemen schlang sich um ihren Körper. Noch im Laufen fiel sie zu Boden und blieb dort schreiend vor Schmerz liegen. Sie versuchte, sich zu befreien, doch je mehr sie sich wand, umso tiefer bohrten die winzigen Messer in ihr Fleisch.

„Ephtalia!", rief Zaphlessia und wollte der Liebe zu Hilfe eilen, doch Vremno fing sie in letzter Sekunde ab.

Er stammelte schnell und bruchstückhaft: „Es ist sinnlos … du darfst kein Gefühl anfassen … kümmern wir uns um Iberius."

Es fiel Zaphlessia schwer, auf den Befehl ihres Bruders zu hören, doch sie wusste, dass er Recht hatte. Die beiden stellten sich erneut in Position, da ersann der Mächtige einen zweiten Streich. Er war nicht nur ein personifiziertes Gefühl, sondern darüber hinaus auch der Hüter über das Feuer. Und als solcher konnte er dieses Element jederzeit anrufen. Noch während Lessa und Vremno zum nächsten Angriff übergingen, konzentrierte sich die Macht. Ihre Haut färbte sich rötlich, Hitze strömte von ihr aus, und in der freien Hand formte sich ein Feuerball, den Iberius fortschleuderte. Die Zwillinge entgingen dem Schlag nur knapp. Weitere Bälle folgten. Vremno war klar im Vorteil, denn dank des Kristalls prallte das Feuer von ihm ab und ließ ihn unbeschadet weiterlaufen. Zaphlessia hingegen kämpfte. Als Vremno aus den Augenwinkeln heraus bemerkte, wie verzweifelt seine Schwester die Energien des Landes anrief oder die Feuersbrünste mit ihrem Schwert fortzuschlagen versuchte, kam ihm eine Erkenntnis: Sie war die Stärkere von beiden.

Natürlich hätte er mithilfe des Schutzkristalls versuchen können, Iberius zu übermannen. Doch würde er es schaffen? Er hatte erst vor kurzem seine magischen Fähigkeiten erlangt und war meilenweit davon entfernt, diese zu beherrschen. Auch verstand er sich zwar in einfachen Kampfattacken, doch große Fertigkeiten oder

Manöver legte er noch nicht an den Tag. Ganz anders seine Schwester. Also tat er das einzig Richtige: Er lief zu ihr und drückte ihr den Kristall in die Hand. Der Schutz ging von ihm auf Zaphlessia über, die zunächst nicht verstand. Erst als der nächste Feuerball von ihr abprallte und ihr nichts anhaben konnte, realisierte sie, was ihr Bruder für sie getan hatte.

„Danke", formte sie lautlos mit den Lippen, hob ihr Schwert und lief in Iberius' Richtung.

„Deine Tage sind gezählt!", schrie sie und war in diesem Moment sogar gewillt, die Macht notfalls zu zerstückeln, als ein qualvoller Schrei zu ihr drang.

„Ich an deiner Stelle würde stehenbleiben und mich keinen Millimeter mehr rühren", säuselte Iberius zuckersüß und zeigte mit seinem ausgestreckten Finge auf einen Punkt hinter Zaphlessia. Sie drehte sich um. Vremno krümmte sich auf dem Boden. Seine Eingeweide fühlten sich an, als würden sie sich miteinander verklumpen.

Kara, die noch immer mit Iretok beschäftigt war, wollte zu ihrem Liebsten eilen. Die Sorge ließ sie unaufmerksam werden. Diesen Moment nutzte Iretok, um Karas Waffe aus ihren Händen zu schlagen, sie niederzuringen und mit seinem Körpergewicht am Boden zu halten. Sie wand sich verzweifelt, doch es gab kein Entrinnen.

„Ihr seid allesamt so schwach, dass es verachtenswert ist. Ihr seid nicht besser als eure Mutter. Habt ihr tatsächlich geglaubt, mich bezwingen zu können?", tönte Iberius.

„Was hast du mit ihm gemacht, du Scheusal?"

„Oh. Ein kleiner Kniff. Ich habe Vremno mithilfe eines Blutpakts zum Magier gemacht. Dadurch habe ich ihn an mich gebunden. Er ist ein Teil von mir, denn mein Blut jagt durch seine Adern. Ich kann mit ihm tun, was ich will." Um seine Worte zu unterstreichen, ballte der Mächtige eine Faust und vollführte eine halbe Drehung mit ihr. Zeitgleich jaulte Vremno auf. „Ich kann deinen

Bruder natürlich verschonen, doch dazu ist deine Kapitulation notwendig."

„Niemals werde ich …"

„Soll ich ihm weitere Schmerzen zufügen? Soll ich ihn quälen, bis er fast tot ist und ihm im letzten Augenblick eine Verschnaufpause gönnen, um wieder von vorn zu beginnen?"

„Was verlangst du?"

„Zunächst gibst du mir den Kristall, und dann werde ich euch nach Assun schaffen, wo wir überlegen, wie es weitergeht. Wenn du machst, was ich verlange, wird niemandem von euch etwas geschehen."

„Du wirst Vremno von seinem Leid erlösen und Ephtalia ebenfalls?"

„Natürlich."

„Gut, dann willige ich ein …"

„Lessa … Nein … Nicht …"

Vremnos Aufbegehren geflissentlich ignorierend, fuhr die Macht fort: „Ich wusste doch, dass du ein vernünftiges Mädchen bist und dir das Wohl deines Bruders und das der Liebe am Herzen liegt. Nun denn. Leg den Kristall hierhin auf den Boden", er machte eine Kopfbewegung auf die Seite, „und dann wartest du, damit Iretok dich fesseln kann."

Lessa nickte, legte den Kristall nieder und drehte sich um. Tränen der Verzweiflung standen ihr in den Augen. Sie war so kurz davor gewesen, Iberius gefährlich zu werden. Nun musste sie sich der Macht ausliefern. Doch sie würde nicht aufgeben, niemals. Sie würde jede Sekunde ihrer bevorstehenden Gefangenschaft dafür nutzen, an einem neuen Plan zu feilen. Nun, da sie mit ihrem Bruder vereint war, würde ihnen bestimmt etwas einfallen. Noch war es nicht zu spät, noch nicht alles vergebens, noch …

Der Schmerz kam schnell und in aller Heftigkeit. Sie hatte nicht bemerkt, dass Iberius an sie herangetreten war und ihr von hinten sein Schwert in den Körper trieb. Für einen Moment stand Zaphlessia regungslos da. Sie hustete.

Blut füllte ihren Mund und quoll ihr Kinn ebenso hinab, wie es aus der Wunde herausschoss. Dann ließen ihre Beine nach. Sie knickte ein, sackte zu Boden und blieb regungslos liegen.

„Krepieren sollst du, auf die gleiche Art und Weise wie deine Mutter", brüllte Iberius gehässig, während er sein Schwert aus ihrem Körper zog. Er hatte niemals vorgehabt, Gefangene zu machen.

Der einsame Freund

Jahub saß, mit geistesabwesendem Blick, auf der Couch. Er versuchte, Vremno zu spüren. Die Schwingungen der gesamten magischen Welt aufzunehmen und eine Ahnung zu bekommen, wie es seinem Freund ging. Doch ganz gleich, wie sehr er sich auch bemühte – er schaffte es an jenem Tag ebenso wenig wie an all den anderen zuvor. Vremno war unerreichbar für ihn. Er würde nie erfahren, wie es ihm ging. Ob er noch am Leben war. Ober noch zu den Guten oder den Bösen gehörte.

„Na, Brüderchen, ist alles in Ordnung?"

Amalta schlurfte ins Wohnzimmer. Im Vorbeigehen nahm sie einen Apfel aus der Obstschale, ehe sie sich neben Jahub auf das Sofa plumpsen ließ.

„Danke, ja. Ich sitze hier wie jeden Tag herum und warte, dass die Zeit verstreicht. Es ist zermürbend."

„Was hältst du davon, dass wir ein Spiel spielen? Das würde uns beide auf andere Gedanken bringen."

Jahub verdrehte die Augen. „Schon wieder?"

Amalta grinste keck. „Du bist ja nur vorsichtig, weil ich immer gewinne. Ich bin unbesiegbar."

„Das klingt nach einer Herausforderung!"

„Und ob! Also, für welches entscheidest du dich?", rief sie, während sie zu der Truhe mit den alten Spielen eilte. Nach der Reihe zog sie eins um das andere heraus und las Jahub die Titel vor.

„Also, was sagst du?", fragte sie schließlich. „Worin soll ich dich heute schlagen?"

Ihr Bruder antwortete nicht. „Ich würde diese drei in die engere Auswahl nehmen."

Sie packte die Schachteln zusammen und stand auf. Als sie sich zu Jahub umdrehte, ließ sie alles fallen und eilte zu ihm. Er saß mit aufgerissenen Augen und glasigem Blick auf dem Sofa. Sein Körper zuckte, während er kaum hörbar murmelte: „Assun … Vremno … Iberius … etwas Schreckliches geschieht gerade."

Abschiedsschmerz

„Und ihr müsst wirklich schon gehen?", fragte Tobeiyas traurig. Er stand neben Plankis, die schützend ihren Arm um ihren Ziehsohn gelegt hatte und ihm somit den Trennungsschmerz etwas zu erleichtern.

„Ja. Ich habe es Alirja versprochen. Sie hat so viel für mich getan und so lange Zeit darauf gewartet, zurück zu ihren Kindern zu gehen. Ich kann ihr keinen weiteren Tag mehr stehlen."

„Und wenn Alirja alleine ..." Tobeiyas biss sich auf die Zunge, doch Gerane lächelte milde.

„Ich lasse sie nicht alleine gehen. Obwohl ich nicht glaube, dass an den Gerüchten etwas wahr ist, gibt es doch die Möglichkeit, dass sie sich bestätigen. Dann braucht sie jemanden, der für sie da ist."

„Du ... kommst doch wieder? Oder?"

„Natürlich, mein Schatz. Nichts auf der Welt könnte mich davon abhalten."

Wenige Sekunden blieben Mutter und Sohn voreinander stehen, jeder gefangen in der Sehnsucht, den jeweils anderen zu umarmen. Doch sie wussten, dass dies nicht möglich war.

Erst ein Geräusch aus dem Hintergrund ließ sie aufhorchen.

Alirja hatte vor geraumer Zeit begonnen, Idos das Zaumzeug anzulegen. Alles war ruhig verlaufen, bis der Hengst nervös zu tänzeln begann.

„Was hast du denn, mein Junge?", fragte Alirja. Sie streichelte ihm über den Hals, doch die liebevolle Geste half nichts. Idos wurde immer unruhiger, bäumte sich auf und streckte seine Vorderbeine ruckartig in die Luft, sodass die Blinde den Halt verlor. Sie fiel hin und wurde am Bein von Idos' Huf getroffen. Ein knackendes

Geräusch von gebrochenen Knochen wurde laut, gleichzeitig schrie Alirja auf.

„Bei Fortary!", kreischte Gerane.

Instinktiv wollte sie ihrer Freundin Hilfe leisten, dachte jedoch glücklicherweise im letzten Augenblick daran, dass sie ihr nicht zu nahekommen durfte. Dometor indes wartete nicht. Er lief an dem Verlangen vorbei. Plankis jagte ihm hinterher. Als sie sahen, dass Idos seine Herrin um Haaresbreite am Kopf verfehlte, befahl die Partasi: „Dometor, kümmere dich um dieses verdammte, wildgewordene Pferd!", während sie zu Alirja eilte, sie an den Armen packte und wegzog.

„Ist alles in Ordnung?"

„Ja. Ich glaube … schon", stammelte Alirja. „Ich kenne Idos so gar nicht. Er verhält sich … ungewöhnlich."

„Du hast einige Schürfwunden. Ist dir schwindelig?"

„Nein. Aber mein Bein tut schrecklich weh."

„Ich kümmere mich darum." Und an ihren Ziehsohn gewandt, bat Plankis: „Tobeiyas? Sei so gut und mir die Heilsalbe, eine Schüssel warmes Wasser, ein paar Lappen und Verbandsmaterial. Und irgendetwas Längliches", sie machte eine langgezogene Bewegung mit den Händen, „womit ich Alirjas Bein schienen kann."

„Natürlich! Ich beeile mich!"

Tobeiyas rannte ins Haus, während sich Plankis um Alirja und Dometor um Idos kümmerte, der nun gänzlich in Rage war. Nicht einmal der starke Krieger vermochte, das Tier zu bändigen.

„Was ist nur mit diesem verdammten Vieh los? Man könnte meinen, es sei von einem Fluch besessen", keifte er. Er glaubte schon, den Hengst niemals zähmen zu können, als dieser innehielt. Idos starrte zu Alirja. Dann wieherte er so laut, dass zunächst niemand den Schrei hörte. Geranes Schrei.

Abrechnung

Iberius war nie zuvor so glücklich gewesen. Mit Wonne vernahm er das panische Gekreische von Ephtalia. Der Verlust ihrer geliebten Zaphlessia raubte ihr dir Kraft und machte aus ihr ein weinerliches, verzweifeltes Häufchen.

„Iretok!", befahl er seinem Lakaien, nachdem er sich an diesem Anblick gelabt hatte. „Fessle Vremnos Dirne und sieh zu, dass sie sich nicht rührt. Ich für meinen Teil werde mich um unseren jungen Freund kümmern."

Die Macht stolzierte zu Vremno, der zusammengekauert am Boden lag. Er blickte verächtlich zu ihm hinab, während er sagte: „Vremno, Vremno, Vremno. Eigentlich tut es mir fast ein wenig leid um dich. Du hättest so wertvoll werden können, ich hätte dir zu einem glorreichen Leben verholfen. Dass du dich gegen mich gestellt hast, war ein großer Fehler. Doch sei es, wie es sei. Es wird nun Zeit, dass auch wir beide uns verabschieden. Und wie es das Schicksal will, werde ich dich nun mit der gleichen Waffe hinrichten, mit der ich deine Schwester getötet habe. So schließt sich der Kreis ein für alle Mal."

Iberius kniete sich neben Vremno, der versuchte, zu entkommen. Kara kreischte. Ephtalia weinte. Iretok johlte. Vremno schloss die Augen. Iberius hob das Schwert über den Kopf und ließ es niederbrausen. Als die Klinge nur wenige Zentimeter von seinem Herz entfernt war, packte Vremno die Macht am Handgelenk. Der Mächtige riss erstaunt die Augen auf, wollte sich wehren, doch zu seinem Entsetzen konnte er es nicht. Vremnos Berührungen entzogen ihm seine Energien, und je schwächer Iberius wurde, umso stärker wurde Vremno. Immer weiter wurde der Mächtige zurückgedrängt, bis er derjenige war, der hilflos auf dem Rücken lag.

Iretok, der damit beschäftigt war, die wild um sich schlagende Kara zu bändigen, sah zu den beiden. Den

Ernst der Lage erkennend, ließ er von seiner Gefangenen ab und wollte zu seinem Meister laufen, als Kara aufsprang, Anlauf nahm und ihn niederrang.

Vremno verengte indes den Griff um Iberius' Handgelenk, verdrehte es zur Seite, bis das Schwert zu Boden klirrte.

Iberius war von dem ängstlichen Zittern in seiner eigenen Stimme überrascht, als er sagte: „Wieso … kannst du mich anfassen? Bei Fortary, es ist unmöglich für einen Sterblichen, ein Gefühl unbeschadet anzugreifen!"

Nun lag es an Vremno, gehässig aufzulachen.

„Deswegen."

Er hielt Iberius den Kristall unter die Nase.

Als Zaphlessia starb hatte Iberius für einen Moment den Fokus verloren. Er hatte sich nicht um den am Boden liegenden Kristall geschert. Also hatte Vremno mit letzter Kraft und all seiner Selbstdisziplin – vor allem, da ihn der plötzliche Tod seiner Schwester nahezu gelähmt hatte - die Energien des Landes angerufen. Der Kristall war daraufhin über den Boden geschlittert, direkt in Vremnos geöffnete Hand. In just diesem Augenblick hatte sich der Bann, unter dem Vremno gestanden hatte, gelöst. Vorausschauend hatte Vremno jedoch weiterhin mitgespielt und so getan, als stünde er unter Iberius' Einfluss. Er hatte gewartet, bis der Mächtige nahe genug gekommen war, um seine letzte und dafür größte Waffe auszuspielen.

„Aber …"

„Du hast Recht, Iberius. Dein Blut ist in mir. Ich bin ein Teil der Macht. Und mithilfe des Kristalls bin ich mehr als nur das. Du kannst mir nichts mehr anhaben, Iberius. Weder mir noch sonst jemandem."

„Was willst du damit sagen?"

„Kannst du dir das nicht selbst erklären? Erkennst du es nicht? Iberius … deine Tage als Macht sind gezählt!"

Kaum waren die letzten Worte über Vremnos Lippen gekommen, langte er nach dem Schwert und trieb es in

Iberius' Herz. Die Macht stöhnte, ehe ihr Körper zusammensackte. Das Blut strömte wie geschmolzenes Gold aus der klaffenden Wunde, bahnte sich seinen Weg über den toten Körper zu Vremno, als suchte es nach ihm. Vremno sprang auf, doch die Substanz folgte ihm, umschlang seine Beine, bahnte sich einen Weg die Oberschenkel entlang, um den Brustkorb herum, die Arme bis zu den Fingern hinab, hinauf zu den Schultern, dem Hals, Kopf … Es ummantelte ihn wie eine zweite, goldfarbene Haut.

Als alles Blut bei Vremno war und sich mit ihm verband, schrumpfte Iberius' Körper, bis nur noch ein kleiner, goldener Staubhaufen übriggeblieben war.

„Nein! Bei Fortary, du Bastard!", schrie Iretok. Er stieß Kara von sich und stürzte sich auf Vremno, umfasste seinen Hals, drückte zu, wollte ihm die Kehle zudrücken. Doch er schaffte es nicht. Beginnend bei den Fingerspitzen, löste sich Iretok auf. Begleitet von qualvollen Schmerzensschreien bröckelten seine Haut, sein Fleisch und seine Knochen ab und fielen wie Sand zu Boden. Bis die Überreste des einstigen Magiers – wie die des Iberius – vom Wind fortgetragen wurden.

Metamorphosen

Gerane schnappte nach Luft und brach zusammen. Ein unsäglicher Schmerz erfüllte ihren ganzen Körper. Niemand bemerkte es, waren Plankis und Dometor doch mit ihren jeweiligen Sorgenkindern beschäftigt. Ihnen entging daher Geranes Leidenskampf.

Erst Tobeiyas' Kreischen ließ die beiden hochschrecken. Der Junge stand wie versteinert im Türrahmen, ließ alle Fläschchen und Tücher fallen und lief zu Gerane. Dometor reagierte sofort. Er eilte zu seinem Sohn, doch er war nicht schnell genug. Tobeiyas hatte sich bereits, aus einem inneren Instinkt getrieben, zu Boden geworfen und umschlang seine Mutter. Er wollte ihr helfen, sie beschützen und vergaß, dass die Berührung eines Gefühls ihm alle Lebenskräfte aussaugen würde.

Für einen Moment trafen sich Geranes und Tobeiyas Blicke. Trotz ihrer Qualen lächelte das Verlangen.

„Mein Sohn", hauchte Gerane.

„Mama, was ist mit dir?"

„Du bist so herrlich warm und deine Haut ist so weich."

„Mama …"

„Danke, Tobeiyas. Ich danke dir für diesen Augenblick."

„Nein! Geh weg von ihr, sonst stirbst du!", brüllte indes Dometor aus Leibeskräften. Er packte seinen Sohn und zog ihn fort. Obwohl sich Tobeiyas mit Leib und Seele dagegen wehrte – er strampelte, schlug um sich –, schaffte Dometor ihn in das Innere des Hauses. Mit letzter Kraft orderte er seiner Plankis an: „Kümmere dich um Gerane!"

Sogleich jagte die Partasi zu Gerane, ging neben ihr in die Knie.

„Gerane? Was ist mit dir?"

„Iberius ist tot! Ich spüre es. Ich bin … mit ihm verbunden."

Plankis griff sich ans Herz. „Ich … verstehe nicht."

„Seine Zeit ist um. Und meine … ebenfalls."

„Nein! Sag so etwas nicht!"

„Doch. Ich fühle mich … so schwach. Und mir ist kalt. Ich … kenne das nicht."

„Ich kann Hilfe holen. Bei Fortary, irgendwer muss doch etwas tun können!" Plankis wollte gerade davoneilen, als sie eine Berührung spürte. Es war Gerane, die das Handgelenk der Partasi umschlang. Ein Blitz durchfuhr diese und im ersten Moment hatte sie panische Angst vor den Konsequenzen. Doch Gerane war bereits am Ende ihrer Kräfte. Ihre Berührung konnte Plankis nicht mehr schaden.

Das personifizierte Verlangen flehte: „Versprich mir … Tobeiyas … Kümmert euch um ihn … Immer."

Ihre Lider flatterten. Sie zitterte. Ihr Kopf beugte sich zurück. Sie bäumte sich stöhnend auf. Und während Plankis bitterlich weinte und lediglich Geranes Hand hielt, um ihr zu zeigen, dass sie da war, hauchte das personifizierte Verlangen ihr Leben aus.

Plankis besann sich erst wieder auf die Gegenwart, als sie Alirjas Stimme vernahm, die pausenlos rief: „Was ist mit ihr? Was ist mit Gerane? Sagt mir bitte jemand, was hier passiert?"

Die Partasi schniefte laut. Sie rang sichtlich nach Worten und stammelte: „Ich weiß nicht, wie ich es dir sagen soll, aber Gerane, sie ist …"

Alirja schrie. Zeitgleich knickten Idos' Vorderbeine ein, und er fiel auf seinen Bauch. Hilflos musste Plankis beobachten, wie sowohl Alirjas Körper als auch der des Hengstes wild zu zucken und zu krampfen begannen. Währenddessen sank der Leib des Pferdes ein. Das Skelett war mit einem Mal nur noch von Haut und Fell bespannt. Darunter zeichneten sich die Konturen eines Menschen ab. Immer weiter schritt der Verfall voran, bis plötzlich ein

Mann anstelle eines Pferdes im Gras lag. Er machte einen einzigen, tiefen Atemzug, ehe ein gleißend heller Strahl aus seiner Brust herausströmte und in Alirjas Richtung schoss. Plankis taumelte zurück, geblendet vom Licht. Die Blinde schlug um sich, rieb sich über das brennende Gesicht. Dort spürte sie etwas Schleimiges. Sie ahnte nicht, dass aus ihren Augen eine milchig-weiße Flüssigkeit herausquoll und sich über ihre Wangen auf den Boden ergoss.

Als Alirja schon glaubte, auf der Stelle sterben zu müssen, verebbte der Schmerz so schnell, wie er gekommen war. Und mit ihm verschwand auch der Lichtstrahl. Die Blinde blieb auf dem Rücken liegend zurück. Sie atmete hektisch ein und aus.

„Alirja, ist alles in Ordnung?", fragte Plankis sorgenvoll und eilte zu seiner Freundin.

„Ja. Wobei … nicht so ganz", antwortete die Blinde und schlug die Augen auf. Die Partasi japste nach Luft.

„Bei Fortary! Was … hat das zu bedeuten?"

„Ich kann sehen, Plankis. Bei Fortary, ich kann tatsächlich sehen."

Von verwunschenen Zauberern

Damals, als Iberius den Bannspruch gegen Lesphalia und somit gegen ihre gesamte Blutlinie verhängte, war Emea – Umetas Mutter und Lesphalias Großmutter – schwanger. Emea vertraute sich niemandem außer ihrem Gemahl Havlo an. Obwohl beide voller Freude waren, hatten sie auch Angst um das Ungeborene. Wenn Iberius herausfand, dass Emea ein Kind unter dem Herzen trug, wäre es so gut wie tot. Deshalb taten die beiden das Einzige, das sie in dieser Situation tun konnten: Sie gaben ihren Sohn Ulber nach dessen Geburt fort.

Mitten in der Nach brachte die Amme Lawidia den kleinen Ulber zu Ahlfie und Clahva, zwei Verwandten von Iolus, Lesphalias nichtmagischem Vater. Die beiden waren einfache Bauern, aber vertrauenswürdig, und sie nahmen den kleinen Ulber nur zu gern bei sich auf. Da er aufgrund von Iberius' Bann keinerlei magisches Geschick entwickelte, ahnte er nicht einmal, dass er der Sohn der beiden letzten Großkönige des vereinten Reichs war. Ulber verbrachte eine unbeschwerte Kindheit auf dem Hof seiner vermeintlichen Eltern. Er hätte wohl ein langes, glückliches und zufriedenes Leben gehabt, wäre da nicht Iretok gewesen.

Der Magier stand bereits unter dem Einfluss von Iberius und eiferte um dessen Gunst, als er Lawidia kennenlernte. Er verliebte sich in die einstige Amme und hätte sich ihretwegen fast für ein Leben im Licht entschieden, als sie ausgerechnet ihm von Ulber erzählte. Würde er Iberius diese Information unterbreiten, wäre ihm sein unsterbliches Leben sicher, schlussfolgerte der Magier. Also hinterging er Lawidia und trug die Kunde an seinen Meister heran, der ihm daraufhin befahl, den Feind unschädlich zu machen. Iretok willigte ein.

Er suchte den Hof auf, auf dem Ulber lebte, und überfiel ihn. Die beiden lieferten sich ein erbittertes Gefecht, doch Iretok war Ulber überlegen. Er streckte ihn nieder. Als er ihn töten wollte, hielt er jedoch inne.

Iretoks Seele war vergiftet, doch noch nicht dunkel genug, um einen Mord zu verüben. Er brachte es nicht übers Herz. Also vollzog er mit den Worten „Von nun an seist du blind für deine magische Abstammung. Weder du noch ein anderer wird jemals sehen, dass du ein Magier bist", einen Blutbann und verfluchte Ulber zu einem Leben als Pferd.

Ulber wandelte sich, und Iretok erzählte seinem Meister, dass er ihn getötet habe. Der Magier wurde unsterblich – ebenso wie Ulber, der an Iretoks Dasein gebunden war.

Was zu diesem Zeitpunkt niemand ahnte, war, dass Ulber vor seiner Metamorphose ein Kind gezeugt hatte.

Ulbers Sohn kam gesund zur Welt, ebenso wie alle anderen Männer dieser Ahnenreihe. Keiner von ihnen wusste, dass er magische Wurzeln hatte. Auch nicht das erste Mädchen, das dieser Blutlinie entsprang. Dieses Mädchen hieß Alirja, und sie war blind für ihre magische Abstammung. Ulber wurde inzwischen Idos genannt, der zu einem Pferd verwunschene Zauberer.

Mächtiger als die Macht

„Ich bin so froh, dass du am Leben bist", hauchte Kara erleichtert. Sie schmiegte sich an Vremno. „Aber was hat das alles zu bedeuten? Bist du … die neue Macht?" Vremno nickte. „Wie? Ich verstehe nicht …"

„Iberius' Blut, das in mir war, hat mich zu einem Teil von sich gemacht. Er konnte über mich verfügen, doch er hat nicht bedacht, dass ich auch ein Teil von ihm bin. Ich hatte die Macht in mir und mit dem Kristall wurde ich noch mächtiger. als Iberius selbst. Vor allem, weil er den Kristall fürchtete." Vremno verzog das Gesicht. „Er wollte, dass Lessa ihn auf den Boden legt. Er wollte ihn nicht angreifen und da wurde mir klar, dass er den Kristall nicht berühren konnte, da er ihm Schaden zugefügt hätte. Leider", ergänzte er bitter, „habe ich das erst zu spät erkannt."

Kara wollte Vremno nochmals an sich drücken, als ein Stöhnen laut wurde. Es kam von Ephtalia. Sofort sprang Vremno hoch.

„Kümmere dich um sie", bat er Kara, ehe er selbst zu seiner toten Schwester ging und sich neben sie kniete. Er starrte sie für einen Moment an. Erinnerungsfetzen und damit verbundene Worte, Geräusche und Gerüche kamen hoch. Bilder, die er längst vergessen glaubte, die jedoch all die Jahre irgendwo tief in seinem Unterbewusstsein verankert gewesen waren. Er sah Lessa und sich selbst, wie sie als Kinder in Alirjas Garten herumgetobten, um Schmetterlinge zu fangen. Wie sie sich unter der Decke versteckten, wenn es zwar Schlafenszeit war, sie aber noch nicht müde waren. Ein Kuchenwettessen, bis ihnen übel wurde. Wie Lessa einmal Alirjas Kleider anzog und sie einen Haarkranz aus Blumen band und danach so tat, als sei sie ein Königskind. Er und seine Schwester, wie sie sich an den Händen nahmen und im Kreis drehten, bis sie schwindelig auf den Boden plumpsten und dort kichernd und glucksend vor Glück liegenblieben. Auch die Melodie und die Zeilen eines selbstverfassten Kinderlieds fielen Vremno wieder ein.

Unschöne Momente suchten ihn ebenfalls heim. Streitereien, Wortgefechte, Anfeindungen, Verwünschungen, Schimpfwörter. Ignoranz. Einsamkeit. Das Gefühl, einander nicht mehr nahe zu sein. Das eigene Gegenstück verloren zu haben. Und nun die Gewissheit, dass es keine Möglichkeit mehr für Vremno und seine Schwester Zaphlessia gab, das Versäumte nachzuholen.

Erfüllt von den Erinnerungen und das Herz überquellend von Trauer, bückte sich Vremno über seine Schwester. Er streichelte ihre Wange, ehe er Daumen und Zeigefinger auf ihre Lider legte und sie für immer schloss. Dann brach er weinend über Lessa zusammen. Warum musste sie sterben? Weshalb musste das Schicksal ihm immer alles und jeden nehmen? Seinen Vater, seine Mutter, nun seine Schwester …

Kara sagte nichts, umfing Vremno stattdessen und drückte ihn an sich. Sie wog ihn wie eine Mutter ihr Kind, streichelte ihm über den Rücken, und Vremno ließ sie gewähren. Er weinte sich in ihren Armen aus, schluchzte, heulte und schrie seinen Kummer in die unendlichen Weiten des Neutralen Gebirges.

Es dauerte, bis die letzte von Vremnos Tränen versiegt war. Mit geröteten Augen blickte er auf.

„Lass uns gehen, mein Schatz", murmelte Kara, strich ihrem Liebsten eine Haarsträhne aus dem Gesicht und stand auf. Sie streckte ihre Hand nach Vremno aus, um ihm zu helfen. Er mühte sich hoch, stolperte beinahe, Kara stützte ihn. Gemeinsam gingen sie in Ephtalias Richtung, wo die Liebe notdürftig versorgt auf dem Boden kauerte, als plötzlich ein Donnergrollen laut wurde. Gleichzeitig veränderte sich der Himmel. Er wurde dunkel. Anders dunkel jedoch als in Assun. Mit noch immer tränennassen Augen blickte Vremno hoch.

„Was ist das?", fragte er.

„Bei Fortary", prustete Kara hervor. „Das ist etwas, von dem ich nicht geglaubt hätte, dass ich es jemals wiedersehen würde: der Nachthimmel. Mit Iberius' Tod kehren Tag und Nacht nach Nassuns zurück."

Die Dunkelheit breitete sich weiter aus, doch sie hatte nichts mit der Bedrohlichkeit Assuns zu tun. Vielmehr sah sie wie eine wohlig dunkelblaue Wolkendecke aus, die die Menschen am Boden sanft umhüllte und ihnen Ruhe brachte.

„Und was ist das?" Vremno zeigte auf den Himmel.

„Was?"

Kara folgte seiner Handbewegung.

„Oh, das! Das, Vremno, ist ein Stern. Man sieht ihn in der Nacht."

„Ein Stern …"

Vremno starrte ins Leere. Erinnerte sich zurück und sagte mehr zu sich selbst als zu seiner Liebsten: „Als ich noch ein Kind war, hat uns meine Tante Alirja immer ein Nachlicht angezündet. Es stammte von meiner Mutter und sollte einen Sternenhimmel auf Edox darstellen. Damals habe ich mir von Herzen gewünscht, eines Tages einen echten Stern zu sehen." Und bitter fügte er hinzu: „Hätte ich gewusst, was ich dafür würde opfern müssen, hätte ich es mir nicht gewünscht. Niemals."

Fährtenleser

Artikos trieb Klaffer an, noch schneller über das steinige Geröll Neomos zu jagen. Er spürte, dass etwas nicht mit rechten Dingen vor sich ging. Er hätte früher losreiten sollen. Er hätte nicht so lange zaudern und überlegen sollen. Zwei Tage hatten Ephtalia und Zaphlessia Vorsprung gehabt, ehe sich der Hass entgegen Ephtalias Anweisungen dazu entschieden hatte, ihnen hinterherzureisen. Klaffer hatte die Spur der beiden Frauen aufgenommen. Sie hatten nur die allernötigsten Pausen eingelegt, und Artikos war voller Zuversicht gewesen, die beiden einzuholen. Er hatte Neomo zur Hälfte bestiegen gehabt, als die Dunkelheit gekommen war. Dies verhieß nichts Gutes. Etwas Furchtbares musste geschehen sein, und der Hass hoffte, dass er nicht zu spät kam.

Als Artikos das Plateau erreichte, erkannte er sofort die Zeichen eines Kampfes. Er schwang sich von Klaffers Rücken. Blut. Überall. Noch frisch. Durchgeschnittene Stricke. Jemand war hier gefesselt gewesen. Ein Steinhaufen. Eigentümlich angerichtet. Nicht natürlich. Ein Grab, mutmaßte der Hass zu seinem eigenen Entsetzen. Ein Grab, auf dem ein Schwert lag. Artikos runzelte die Stirn, nahm die Waffe in die Hände. Blut klebte an der Klinge. Rot und … goldfarben?

„Bei Fortary", stieß der Hass aus, „Iberius ist tot."

Teil 4

Visionen

„Und du bist dir sicher, dass du das tun willst?"

Amalta lümmelte zusammengerollt neben Jahub auf dem Sofa. Ihre Beine waren angezogen, und ihr Kopf lehnte an der Schulter ihres Bruders.

„Ich muss."

„Aber es ist viel zu gefährlich! Wenn jemandem auffällt, dass du nicht mehr da bist …"

„Deine Schwester hat Recht!"

Jahubs Vater hielt die Hände seiner Frau umklammert.

„Du bringst nicht nur dich, sondern auch uns in allergrößte Gefahr, wenn du fortgehst."

„Ich weiß, und das ist auch der einzige Grund, weshalb ich noch nicht eher gegangen bin – wegen euch. Nun kann ich mich aber nicht länger gegen den Ruf wehren. Ich muss ihm folgen, ungeachtet der Konsequenzen."

„Schatz, du hast so viel erdulden müssen für dieses Land. Lass es einfach gut sein und bleib hier, bei deinem Vater, deiner Schwester und mir."

„Mama, ich würde es so gern, glaub mir. Aber du weißt selbst, dass ich mich Fortarys Willen beugen muss. Er hat mir diese Visionen von diesem Jungen geschickt, und das nicht grundlos. Denk nur daran, was da draußen gerade geschieht."

Jahub streckte seinen Arm aus und zeigte auf eines der Fenster. Statt einer lichtdurchfluteten Landschaft war ein dunkler Nachthimmel hinter der Scheibe zu erkennen.

„Die Welt ist im Wandel. Noch liegt vieles im Unklaren, doch ich spüre, dass eine gravierende Veränderung bevorsteht und ich etwas unternehmen muss. Ich tue dies alles daher nicht für dieses Land, sondern für uns. Für dich, Papa, Amalta und mich. Dafür, dass wir eine Zukunft haben."

„Ach, mein Schatz!"

Jahubs Mutter umarmte ihren Sohn.

„So sehr ich dich liebe und so stolz ich auch auf dich bin, wünschte ich dennoch, du hättest deine Gabe nie bekommen."

„Ich ebenfalls", entgegnete Jahub, „aber es ist, wie es ist. Und ich muss mich dieser Aufgabe stellen. Ich muss ihn finden und nach Ephmoria bringen, zum Rat des Lichts. Diesen Tobeiyas. Immerhin erscheint er mir nicht umsonst in meinen Visionen. Ich spüre, dass er der Schlüssel dazu ist, dass endgültig Frieden im Land Nassuns herrschen wird."

Die neue Macht

Vremno saß auf einem klobigen Ledersessel in seinem Versammlungssaal und starrte auf die gegenüberliegende Wand. Wie lange er dies tat, konnte er nicht sagen. Zeit spielte keine Rolle mehr, denn seit er als neue Macht unsterblich war, war ein Tag nicht mehr wert als ein Tropfen Wasser inmitten eines Sees.

Neben seinem Zeitgefühl hatte sich auch Vremnos Erscheinungsbild gewandelt. Sein Kopf war kahlrasiert, er war muskulöser geworden, seine Haut schimmerte golden, und sein Gesicht wies markantere Züge auf. Obwohl sich sein Körper schnell an sein neues Dasein gewöhnt hatte, brauchte sein Geist länger, um die Wandlung zu akzeptieren. Die mitunter herrische, dominante Macht und der scheue, schüchterne Vremno harmonierten nicht immer miteinander. Es kostete ihn daher oftmals große Mühe, sich zu beherrschen und inneren Einklang zu finden.

Wenigstens hatte der abgrundtiefe Schmerz nachgelassen, der mit dem Verlust seiner Schwester einhergegangen war. Tagelang hatte sich Vremno trotz seines Daseins als neue Macht hilflos gefühlt. Und immer wieder war ihm in dieser Zeit Alirja durch den Kopf gegangen. Ahnte seine Tante etwas von alldem, was vorgefallen war? Wo war sie überhaupt? Ging es ihr gut?

„Ich habe dich überall gesucht. Eigentlich hätte ich mir denken können, dass du wie immer hier bist."

Kara küsste Vremno auf die Stirn, ehe sie seinem nachdenklichen Blick folgte. Dort, hinter einem Schutzwall, durch den man zwar hinein- aber nicht hinaussehen konnte, lag sie: Ephtalia.

Nach dem Kampf auf Neomo hatten Kara und Vremno die Liebe mitgenommen. Sie musste versorgt werden, doch Vremno konnte mit ihr nicht nach Nessa gehen. Er fürchtete die Reaktionen der Lichtwelt auf sein Dasein als neue Macht. Außerdem wusste er, dass sich die Bewohner Assuns besser darauf verstanden, Kampfverletzungen zu heilen. Also hatte Vremno Ephtalia zur Kräuterhexe Euflemia gebracht, die mehrere Tinkturen hergestellt hatte, die der Wundheilung dienen sollten. Anschließend wurde die Liebe mit Leinentüchern einbandagiert, die in dem Sud einer speziellen Pflanze ausgekocht worden waren. Obwohl Euflemia sich redlich bemüht hatte und Ephtalia pausenlos umsorgt wurde, besserte sich ihr Zustand kaum. Lessas Tod und die Tatsache, fernab der Heimat zu sein, hatten sie aller Kräfte beraubt. Sie siechte dahin, und niemand wusste, ob sie sich jemals erholen würde.

„Wie geht es ihr?“, fragte Kara und setzte sich auf Vremnos Schoß.

„Unverändert. Sie schläft die ganze Zeit. Ich mache mir ernsthafte Sorgen. Wir sollten sie zurück nach Ephmoria bringen.“

„Fühlst du dich dazu schon bereit?“

Vremno überlegte kurz. „Ja.“

„Es kann sein, dass man nicht sehr wohlwollend auf dich reagieren wird in Anbetracht dessen, wer du bist.“

„Ich weiß. Aber vielleicht empfangen sie mich gerade deswegen mit offenen Armen. Immerhin bin ich anders als Iberius. Ganz anders. Ich bin Vremno. Im Herzen werde ich immer der kleine, nichtmagische Junge von einst sein, der sich lieber hinter seinen Büchern versteckt hat. Ich werde mir meiner Wurzeln bewusst sein, und sie werden mich daran erinnern, was ich von dieser Welt will. Das müssen sie doch erkennen!“

„Bestimmt, mein Schatz. Ganz bestimmt. Aber nun“, Kara stand auf und streckte ihre Hand nach Vremno aus, „sollten wir gehen. Du zermarterst dir hier in deiner Einsamkeit schon viel zu lange den Kopf.“

„Da hast du Recht, meine Liebste.“

Vremno und Kara standen auf und wollten gehen, als ein hektisches Klopfen laut wurde. Gleich darauf stürmte ein Mann unaufgefordert zur Türe herein und sagte atemlos: „Ich muss einen Vorfall melden!"

„Einen Vorfall?" Vremno kniff die Augen zusammen.

„Ja, Herr Vremno. Soeben sind zwei der Männer, die auf euer Geheiß hinauf in Peresses Wache halten, zurückgekehrt. Sie hatten einen Dritten mit dabei. Jemanden, der nach Euch verlangte."

„Was? Wer?"

„Engwend, werter Herr Vremno. Der Mut hat an die Tore von Peresses geklopft und um eine Unterredung mit der Macht gebeten."

Wer suchet, der findet

Wie geplant schlich sich Jahub eines Nachts heimlich aus Lenstett fort. Zu seinem Glück waren die Straßen nach Einbruch der Dunkelheit leergefegt, und die Menschen verbarrikadierten sich in ihren Häusern. Nachdem Jahub die Ablösezeiten der Wachen studiert hatte, hatte er leichtes Spiel. Unbemerkt stahl er sich während einer Wachablöse aus seinem Haus und verschwand in der dunklen Nacht.

Als er die Stadtgrenzen erst einmal hinter sich gelassen hatte, kam er schnell voran. Da er nicht wusste, wohin er gehen sollte, verließ er sich auf die Wegweiser, die ihm Fortary schickte. Mal war es ein Vogel, der in eine bestimmte Richtung flog; der Wind, der einen Namen zu flüstern schien; oder Steine, die in einer speziellen Formation dalagen. Jahub folgte jedem einzelnen Anhaltspunkt, legte selten Rast ein und eilte so schnell weiter, wie er konnte. Vereinzelt besorgte er in kleineren Städten oder Dörfern Proviant besorgt, was sich mitunter äußerst schwierig gestaltete, denn inzwischen wurden Waren ausschließlich gegen Waffen oder Werkzeug eingetauscht. Hatte man früher einen Laib Brot für einen hübschen Strauß Blumen erhalten, verlangt man jetzt einen Hammer oder ein Schwert dafür. Auch waren die Bewohner der Lichtwelt misstrauischer geworden. Nirgendwo gab es offene Türen oder ein freundliches Gesicht, sondern meist Argwohn und Zurückweisung.

In einer tiefdunklen Nacht – Jahub war gerade auf der Suche nach einem passenden Unterschlupf – erreichte er eine kleine, zerfallene Hütte, die vor einem Wald stand. Alle Fensterläden waren verschlossen, und nichts ließ darauf schließen, dass hier jemand lebte.

„Endlich wieder ein Dach über dem Kopf, zumindest für eine Nacht", sagte Jahub zu sich selbst, während er den

Knauf der Türe drehte. Verschlossen. Vielleicht war die Türe ein wenig verrostet? Er versuchte es noch einmal, mit mehr Kraft. Wieder nichts. Für eine dritte Versucht wollte Jahub Anlauf nehmen, als sich die Tür öffnete. Ein alter Mann erschien im Türrahmen. Er hielt eine Laterne in der Hand und musterte Jahub griesgrämig.

„Was soll das?", fragte der Fremde.

Jahub hob abwehrend die Hände. „Entschuldigt. Ich dachte, die Hütte sei unbewohnt. Ich bin auf Reisen und wollte mich ein wenig ausruhen."

„Wie du siehst, wohne ich hier. Und jetzt verschwinde!"

Der Alte drehte sich um, als Jahub ein eigentümliches Ziehen im Magen verspürte. Er kannte dieses Gefühl, denn es begleitete ihn schon während seiner ganzen Reise. Intuitiv fragte er geradeaus: „Wartet kurz! Lebt Ihr hier allein?"

„Was geht dich das an, Junge?"

Die Augen des Mannes verengten sich zu zwei Schlitzen.

„Ich suche jemanden, und ich glaube, dass er hier ist. Oder vielleicht seid auch Ihr derjenige, nach dem ich Ausschau halte … Sagt Euch der Name Tobeiyas vielleicht etwas?"

„Woher kennst du diesen Namen?"

Aufgeregt sprudelte es aus Jahub hervor: „Ihr wisst, wen ich meine? Ich muss unbedingt zu ihm. Ich weiß noch nicht genau, weshalb, aber ich habe Visionen, die …"

„Kein Wort mehr, Junge! Komm mit!" Der Alte packte den Magier am Arm und schleifte ihn mit sich. Als die Tür zufiel, stieß der Mann hervor: „Sag mir, wer du bist und was du hier zu suchen hast! Und glaub mir, ich merke, wenn du mich belügst. Ich höre!"

Schleunigst erzählte Jahub von seinen Beweggründen und Visionen.

„Und das soll ich dir glauben?"

„Ja. Es ist die Wahrheit."

„Mag sein, mag sein." Und mehr zu sich selbst murmelte er: „Wenn ich wüsste, was ich jetzt tun soll."

„Bring mich zu Tobeiyas. Bitte."

„Nein. Das kann ich nicht."

Er schüttelte den Kopf.

„Aber dafür werde ich etwas anderes tun. Falls du der bist, der du vorgibst zu sein, entschuldige ich mich schon jetzt. Und wenn nicht, sei gewiss, dass du dir großen Ärger aufgehalst hast!"

„Wofür willst du dich ent-"

Der Alte packte Jahub am Kragen, zerrte ihn zu sich heran und gab ihm eine Kopfnuss. Sterne tanzten vor Jahubs Augen. Und dann wurde alles schwarz.

Ein mutiges Angebot

Gemeinsam hetzten Vremno und sein Bote durch Goldeanopsis. Nach wie vor erstrahlte die Stadt in hellem Glanz, obwohl – und dies musste Vremno sich eingestehen – manch Bewohner nach dem Wechsel der Macht an einen anderen Ort gezogen war. Sehr zu Vremnos Freude aber kamen für jeden, der Goldea den Rücken zukehrte, zwei, drei neue Lebewesen, die sich Vremno anschlossen. Viele von ihnen spürten den Umschwung, der von der neuen Macht ausging, und wollten vom ersten Augenblick daran teilhaben.

„Wir haben ihm aufgetragen, sich die Hände zu fesseln und einen Sichtschutz zu tragen, damit er nicht sieht, wohin wir gehen. Um seinen Hals haben wir eine Kette gelegt und ihn hierhergeführt", erklärte der Bote, während er mit der neuen Macht Schritt hielt.

„Das habt ihr gut gemacht. Was glaubst du: Hat er unlautere Absichten?"

„Ich kann es nicht sagen. Er wollte nicht sagen, weshalb er zu uns gekommen ist."

„Dann lassen wir uns überraschen."

Wenige Minuten später kamen die beiden bei dem leerstehenden Haus an, in dem man Engwend versteckt hielt. In einem leeren Raum saß der Mut gefesselt auf einem Stuhl. Vremno riss ihm den Leinensack vom Kopf und fragte ohne Umschweife: „Engwend, welch Überraschung! Was führt dich zu mir?"

„Ich grüße dich, Vremno ... Dann ist es tatsächlich wahr, dass du die neue Macht bist."

„Du wusstest davon?"

„Natürlich. Wir Personifikationen spüren einander, sind wir doch alle verbunden. Wir fühlen, wenn einer von uns geht und wissen, wenn jemand nachrückt. Somit

waren wir von Anfang an im Bilde, dass du nun Iberius'
Nachfolger bist."

„Ich habe ihn abgelöst, ja. Das beantwortet aber nicht
meine eigentliche Frage. Also, was willst du von mir?"

„Ich bin nach Peresses gekommen, um der Macht
einen Vorschlag zu unterbreiten. Aber bevor wir
weiterplaudern: Sag, könntest du mich losbinden?"
Engwend versuchte, seine Hände in der Schlinge zu
drehen.

„Zuerst wirst du mir verraten, was du von mir willst."

„Hast du solche Angst, dass ich dir etwas antun
könnte?"

„Nein. Ich habe bloß gelernt, vorsichtig zu sein."

„Gut, wie du meinst …" Der Mut zuckte, so gut er
konnte, mit den Schultern. „Ich weiß nicht, inwieweit du
darüber im Bilde bist, was im ganzen Land passiert."

„Was willst du damit andeuten?"

„Seit es wieder Tag und Nacht gibt, fallen die Schergen
Assuns über Nessa her. Sie missbrauchen die Dunkelheit,
um Nessa zu überrollen."

„Was?"

„Tu nicht so unschuldig! Das war doch deine Absicht!"

„Keinesfalls! Ich weiß von alledem nichts!"

„Das überrascht mich. Wir dachten, es sei dein Werk,
um die Welt zu erobern."

„Niemals, das musst du mir glauben! Das war
keinesfalls mein Plan!"

„Und wenn schon … Du bist dafür verantwortlich.
Daher bin ich hier, um dir eine Nachricht des Rates des
Lichts zu überbringen. Die Mitglieder wünschen eine
Unterredung mit dir. Sie möchten Frieden im Land und
sind bereit, sich auf deine Forderungen einzulassen. Und
ich bin hier, um dich zu ihnen zu geleiten. Also sag: Willst
du mir folgen?"

Aufbruchsstimmung

„Auf unseren letzten gemeinsamen Abend."

Plankis, Dometor und Alirja stießen miteinander an, obwohl ihnen eigentlich nicht nach einem ausgelassenen Abend zumute war. Zu viel war in letzter Zeit geschehen, und noch immer hingen die Entwicklungen ihnen nach.

Tobeiyas litt am allermeisten. Er trauerte um seine Mutter. Tagelang hat er nichts gegessen, nichts gesagt, kaum geschlafen, sondern nur geweint. Er vermisste die Frau, von der er bis vor wenigen Tagen nicht einmal gewusst hatte, dass sie existierte und die er nun endgültig verloren hatte. Plankis und Dometor versuchten, ihm in dieser schweren Zeit beizustehen. Sie kümmerten sich noch rührender um ihn, ließen ihm aber gleichzeitig den Freiraum, den er verlangte. Auch die beiden hatte Geranes Tod tief getroffen, doch noch mehr tat es ihnen weh, ihren Sohn leiden zu sehen. Gern hätten sie ihm den Schmerz genommen, doch es war unmöglich. Sie konnten Tobeiyas lediglich eine Stütze sein und ihm helfen, die Trauer zu verarbeiten.

Auch Alirja verwand Geranes Verlust kaum. Wieder einmal hatte sie jemanden verloren, dem ihr Herz gehörte, und das knapp nach Idos' Tod, der Alirja mehr bedeutet hatte als manch Mensch. Alle, die ihr wichtig waren, starben.

Als wäre dem nicht genug, konnte sich die ehemals Blinde nur schlecht an ihr neues Sehvermögen gewöhnen. Die Farben, die Helligkeit, das Licht – all das überforderte Alirja. Die erste Zeit hatte sie ihr verdunkeltes Zimmer nicht verlassen und war mit ihren Sorgen, ihren Ängsten und ihrem neuen Leben allein gewesen - dank ihres verletzten Beins noch dazu ans Bett gefesselt. Die Dämonen ihrer eigenen Gedanken hatten sie heimgesucht, so lange, bis die Sorge um ihre Kinder alles andere überschattet hatte. Drei Mal hatte sie einen Anlauf gestartet und wollte in der Nacht abreisen, doch jeder Versuch war gescheitert. Sogar die Dunkelheit war zu hell gewesen, weshalb sie sich fortan dazu gezwungen hatte, sich zunächst an ihr neugewonnenes Augenlicht zu gewöhnen. Ihre Verbissenheit hatte sie auf andere Gedanken gebracht und sie über sich hinauswachsen lassen. Vor zwei Tagen war der Moment gekommen, da ihr das Sehen keine Schmerzen mehr verursacht hatte und die Farben nicht mehr grell leuchtend erstrahlten. Keine Sekunde später hatte Alirja begonnen, alle Vorkehrungen für ihre Abreise zu treffen.

„Hast du alles beisammen?", fragte Plankis, um irgendetwas zu sagen.

„Ich habe all meine Sachen gepackt, ja. Ich muss morgen nur noch das Pferd satteln, und schon kann ich losreiten."

„Soll ich dich wirklich nicht begleiten? Mir ist nicht wohl bei dem Gedanken, dich allein gehen zu lassen. Noch dazu, wo wir nicht wissen, was da draußen vor sich geht."

„Ich danke dir für dein Angebot, Dometor, aber ihr bleibt lieber hier bei Tobeiyas. Er braucht euch mehr als ich."

„Und du fühlst dich tatsächlich schon bereit für die lange Reise?"

„Ja. Ich muss gehen. Ich habe viel zu lange gewartet. Nach allem, was geschehen ist, muss ich nach Ephmoria und mich versichern, dass es Lessa und Vremno gut geht. Dass sich die Gerüchte in Wohlgefallen auflösen. Ihr wisst, dass ich früher gegangen wäre, wäre es mir möglich gewesen."

„Wir werden dich vermissen."

„Ich euch auch. Aber ich werde wiederkommen, das verspreche ich. Mit Vremno und Zaphlessia. Und wer weiß? Vielleicht ist die Gefahr tatsächlich ein für alle Mal gebannt, und wir werden dann glücklich zusammenleben."

„Das ist eine wundervolle Vorstellung."

„Und sie wird wahr werden, glaubt mir. Aber jetzt", Alirja gähnte, „wird es Zeit für mich, zu schlafen. Es wird morgen noch anstrengend genug."

„Das stimmt. Dann wünschen wir dir eine gute Nacht. Wir bleiben noch ein wenig sitzen."

„Schlaft gut, ihr beiden."

Alirja stand auf und wollte in ihr Zimmer gehen, als jemand an der Türe klopfte.

„Wer stört so spät?", sagte sie mehr zu sich selbst und ging zur Tür. Es war Hermot, der auf der Schwelle stand und die ehemals Blinde dringlich bat, ihr zu folgen.

Wenig später saßen Alirja und Jahub einander bei einer dampfenden Tasse Tee und einem knisternden Kaminfeuer gegenüber.

„Ist er immer so grob?", fragte Jahub. Er presste einen nassen Lappen auf seine Stirn.

„Er kann noch viel schlimmer. Hermot sieht zwar wie ein alter, gebrechlicher Mann aus, ist aber alles andere als das. Er gehört den Joglys an. Du weißt, was das bedeutet? Nur eine Handbewegung, und er hätte dich getötet."

„Dann bin ich ja froh, dass du mich an meiner Stimme erkannt hast."

„Zum Glück. Gesehen habe ich dich ja zuvor noch nie", schmunzelte Alirja.

„Ich kann es noch immer nicht fassen, dass du … sehen kannst. Wie kam es dazu?"

„Eine lange Geschichte, die ich der gern erzähle, aber zunächst gibt es Wichtigeres zu klären. Sag mir, was dich hierherführt und weshalb du auf der Suche nach Tobeiyas bist. Was weißt du von ihm? Und noch viel wichtiger: Hast du irgendeine Ahnung, wie es Zaphlessia und Vremno geht? Gerane meinte, dass Vremno auf Reisen sei, aber ihr das alles etwas eigenartig erscheine. Kannst du mir mehr verraten?"

„Bei Fortary, Alirja, du weißt es noch gar nicht?"

Alirja wurde mulmig zumute. „Was sollte ich wissen?"

Jahub biss sich auf die Unterlippe. Alirja hatte nicht den Hauch einer Ahnung, was geschehen war. Wie sollte er es ihr bloß schonend beibringen?

Wiedergewonnene Freundschaften

Vremno hatte soeben den beiden einzigen Lebewesen, denen er in Assun bedingungslos vertraute, von Engwends Botschaft berichtet: Kara und Artikos. Der Hass lebte inzwischen ebenfalls in Goldeanopsis, an der Seite seines wiedergefundenen Freundes.

Artikos war auf eigene Faust Richtung Assun gezogen, um Ephtalia und Lessa zu helfen. Auf Neomo hatte er Lessas Grab vorgefunden und Vremnos Spur aufgenommen. Die neue Macht war nicht schnell vorangekommen, da die Liebe derart geschwächt gewesen war, dass er und Kara viele Pausen einlegen mussten. Auf halbem Wege vom Neutralen Gebirge nach Assun hinab hatte Artikos die drei eingeholt. Zunächst hatte der Hass geglaubt, Vremno sei für all das Geschehene verantwortlich. In blinder Wut hatte er seinen einstigen Freund angegriffen. Nur mit großer Mühe hatte Vremno den Angriff abwehren und Artikos davon überzeugen können, dass er nichts Unrechtes getan hatte. Dann hatte er ihm das Wichtigste erklärt und Artikos ein Angebot unterbreitet. Er solle ihm folgen, hinein nach Assun, und dort würden sie überlegen, wie sie weiter vorgingen. Artikos hatte ohne zu zögern angenommen. So war der Hass seinem Freund gefolgt, mit ihm nach Assunopsis hinabgestiegen und lebte seither an Vremnos Seite. Vom ersten Augenblick an hatte sich Artikos in seiner neuen Heimat wohlgefühlt. Er musste sich eingestehen, wie sehr er Vremnos Gegenwart und die Gespräche mit ihm vermisst hatte. Es fühlte sich richtig an, an der Seite der neuen Macht zu leben, und er konnte sich nicht vorstellen, irgendwo sonst auf der Welt zu sein.

„Was haltet ihr von Engwends Vorschlag?", fragte die neue Macht ihre beiden Berater.

Artikos verschränkte die Arme vor der Brust. „Ich weiß nicht so recht. Bisher hat der Rat des Lichts noch nie das Gespräch mit der Macht gesucht. Und ausgerechnet jetzt? Noch dazu, wo sie – wie du mir erzählt hast – eigentlich auf der Suche nach dir waren, um dich zu töten?"

Kara schüttelte vehement den Kopf.

„Das sehe ich anders. Wenn es wahr ist, dass Nessa von den Kreaturen der Dunkelheit überrollt wird, kann es gut sein, dass sich der Rat in seiner Verzweiflung an dich wendet. Davon abgesehen, streben sie womöglich einen Neuanfang an. Einen, den sie mit der alten Macht nicht geschafft hätten."

„Redest du gegen mich, weil du davon überzeugt bist, oder weil du mir eins auswischen willst?"

Artikos schnalzte mit der Zunge.

„Du glaubst, dass sich alles stets um dich dreht. Aber so ist es nicht. Ich kann sehr wohl eine törichte von einer wohlüberlegten Aussage unterscheiden – und deine ist definitiv geistlos. Du solltest alle Fakten überdenken, ehe du einen Kommentar abgibst."

Kara warf einen abfälligen Blick in Artikos' Richtung. Sie erinnerte sich noch gut daran, wie sie der Hass einst – als sie noch die Wegbereiterin Quara gewesen war – behandelt hatte und verzieh ihm seine Taten nach wie vor nicht, obwohl Vremno sie mehrmals um einen Waffenstillstand gebeten hatte.

„Und du solltest nicht über Dinge reden, von denen du nichts verstehst, Weib. Dein Horizont beschränkt sich darauf, dass du jahrelang Eindringlinge zu Iberius geleitet hast. Was verstehst du schon von der Welt?"

„Mehr als du, der du die letzten Jahre im Palast Ephisan eingesperrt warst als das kleine Schoßhündchen der Liebe. Du Narr!"

„Nein, du bist eine Närrin. Ich schwöre, ich werde …" Der Hass stand auf und ballte die Hand zu einer Faust, als Vremno schnell dazwischenging.

„Bei Fortary, hört sofort auf, alle beide! Ihr benehmt euch wie Kinder!"

Und nachdem sich Artikos wieder gesetzt hatte, fuhr die neue Macht fort: „Ihr seid mir beide wichtig, und ich zähle auf eure Meinung. Wenn ihr euch aber so verhaltet wie gerade eben, werde ich euch nicht mehr in meine Überlegungen einbinden, habt ihr mich verstanden?"

Er schnaubte.

„In meinen Augen habt ihr beide Recht. Dem Rat blind zu vertrauen, wäre ebenso unklug, wie eine derartige Gelegenheit ungenutzt vorbeiziehen zu lassen. Ich habe ohnehin bereits geplant, nach Nessa zu gehen, um mit dem Rat zu reden und ihn von meinen Zukunftsvisionen zu überzeugen. Außerdem möchte ich Ephtalia mitnehmen, da mir scheint, dass es ihr hier im Land der Dunkelheit zusehends schlechter geht."

Artikos brummte zustimmend. Auch er machte sich Sorgen um seine Gefährtin und war in letzter Zeit kaum von ihrer Seite gewichen.

„Der Mut gewährt uns freies Geleit. Trotzdem wäre es unklug, allein zum Rat zu gehen. Selbst wenn es keine Falle ist – und ich kann in dieser Hinsicht deine Bedenken gut nachvollziehen, Artikos –, stünde meine Stimme gegen sieben Ratsmitglieder. Ich brauche Unterstützung."

Er sah nun abwechselnd von Kara zu Artikos.

„Ich möchte, dass ihr mit mir kommt. Aber nicht nur ihr. Es gibt noch jemanden, den ich mitnehmen werde. Jemanden, der aber zunächst noch davon überzeugt werden muss …"

„An wen denkst du?"

„Nun … Ich habe einst Iberius animiert, Bündnisse mit anderen Personifikationen zu schließen. Und ich glaube, es wird an der Zeit, dass die neue Macht diese Allianzen festigt. Daher werde ich Ihsi, Plenara und Alpros zu mir bitten - den Schmerz, die Verzweiflung und die Angst -, und die drei davon überzeugen, dass auch Assun einen Rat braucht. Den Rat der Dunkelheit."

Stimmungswechsel

Jahub erzählte Alirja alles. Er berichtete von seiner Reise nach Assun und dass Vremno ihm gefolgt war. Dass sie gemeinsam durch das Land der Dunkelheit gegangen waren und Vremno seither verschollen war. Legte die Bedenken dar, die sich in den Köpfen der Ratsmitglieder eingenistet hatten: dass Vremno womöglich die Seiten gewechselt hatte.

Zunächst konnte Alirja es nicht fassen. Lessa hatte doch in ihrem Brief etwas Gegenteiliges berichtet! Vremno ging es doch gut!

„Und dass er wieder wohlbehalten zurückgekehrt ist, nachdem du ins Exil entsendet wurdest?", fragte die ehemals Blinde hoffnungsvoll.

„Ich weiß es nicht. Mag sein. Andererseits, wenn nicht, dann ist er noch immer in Assun. Und das bedeutet womöglich, dass er …"

„… etwas mit Iberius' Wiederauferstehung zu tun hat." Alirja wurde panisch. „Wir müssen los, Jahub. Wir müssen sofort nach Ephmoria und in Erfahrung bringen, was geschehen ist! Und ob Lessa wieder zu Hause ist! Gerane meinte, sie sei ebenfalls auf Reisen gegangen, wobei ich inzwischen sogar das hinterfrage. Bei Fortary, wenn meinen Kindern etwas zugestoßen ist …"

„Ich verstehe dich nur zu gut und komme mit dir. Doch nicht ohne Tobeiyas."

„Nein, das geht nicht. Wir haben keine Zeit. Er ist momentan nicht in der Verfassung dafür und ich kann nicht so lange warten. Ich habe meine Abreise ohnehin für morgen geplant und alle Sachen beisammen. Wenn ich mich beeile, können wir im Handumdrehen losreiten. Du kannst Tobeiyas später holen."

„Nein, Alirja. Vergiss nicht: Er ist der Grund, weshalb ich hier bin."

„Aber ich … Bei Fortary … Lass mich kurz nachdenken."

Alirja massierte sich die Schläfen.

„Wir machen Folgendes: Du begleitest mich zu Plankis und Dometor. Sie werden erlauben, dass du bei ihnen bleibst. Ich werde noch heute Nacht aufbrechen. Du klärst alles mit Tobeiyas und ihr kommt nach, sobald ihr soweit seid."

„Es erscheint mir unklug, gerade weil du heute mit den Neuigkeiten überfordert bist. Es wäre besser, wir gingen gemeinsam."

„Jahub, es geht um meine Kinder", entgegnete Alirja mit Nachdruck. „Ich habe schon viel zu lange gewartet und Zeit vergeudet im Glauben, dass es ihnen gut geht. Also: Bist du einverstanden oder nicht?"

Jahub seufzte. „Ich bin einverstanden."

„Dann los!"

Alirja sprang von ihrem Stuhl und hastete durch Hermots Häuschen. Jahub folgte ihr, durchquerte an ihrer Seite Errndorf und kam schließlich bei Plankis' und Dometors Häuschen an. Die beiden waren noch wach und warteten auf die Rückkehr ihrer Freundin. Sehr zu ihrer beider Verwunderung kam diese jedoch nicht allein.

„Da ist Jahub. Jahub, das sind Dometor und Plankis. Alles Weitere könnt ihr untereinander besprechen. Ich muss mich beeilen", stieß Alirja im Vorbeilaufen hervor, hetzte in ihr Schlafgemach und ließ die drei zurück.

Einige Sekunden unangenehmen Schweigens verstrichen, ehe Dometor seinem unverhofften Gast die Hand reichte und sagte: „Du bist also der berühmte Jahub."

„Ihr kennt mich?"

„Natürlich. Du bist etwas Besonderes. Selbst in der Abgeschiedenheit von Errndorf ist uns dein Name ein Begriff. Aber sag: Was führt dich zu uns? Hermot meinte vorhin, du würdest zu Tobeiyas wollen?" Und vorsichtig fügte er hinzu: „Du kannst doch fühlen, ob jemand böse ist? Bist du deswegen hier? Hast du etwas ... gespürt, das von meinem Sohn ausgeht?"

Jahub hob abwehrend die Hände. „Nein, deswegen bin ich nicht hier. Ich hatte Visionen, die mir befahlen, ihn zu finden und nach Ephmoria zu bringen. Den Grund dafür kenne ich noch nicht. Ich hoffe, dass er sich mir erschließt, sobald ich Tobeiyas kennenlerne."

Plankis riss das Wort an sich: „Falls du irgendetwas an ihm als eigenartig findest, versprich mir bitte, dass du ihm nichts tust. Und dass du ihn nicht zum Rat bringst. Tobeiyas ist so ein lieber Junge, das musst du mir glauben. Er hat noch nie etwas Schlechtes getan. Und er kann nichts dafür, wer sein Erzeuger ist. Ich weiß nicht, ob ihm nicht gewisse Schwingungen anhaften, die von seinem Vater herrühren. Solltest dir etwas ... anders vorkommen, denke bitte daran. Vor allem, da er gerade eine sehr schwere Zeit durchmacht."

Jahub senkte betreten den Kopf. „Alirja hat mir von Gerane erzählt. Es tut mir schrecklich leid. Wie geht es ihm?"

„Den Umständen entsprechend. Geh daher bitte schonend mit ihm um und fall nicht mit der Tür ins Haus. Er scheint mir bisweilen noch labil und ich möchte ni-"

„Mama? Papa? Was ist hier los?", unterbrach eine verschlafene Männerstimme die Unterhaltung. Jahub drehte sich um. Da war er: Tobeiyas. Er stand im Türrahmen zu seinem Zimmer. Müde, traurige, gerötete Augen, wirres, zu allen Seiten abstehendes Haar, aufgeplatzte Lippen und ein jungenhafter Körper. Es rührte Jahub, wie durchtränkt Tobeiyas' ganzes Wesen von der niederschmetternden Trauer war, die nun den Raum erfüllte.

„Haben wir dich geweckt, mein Schatz?", fragte Plankis.

„Ja. Nein. Ich ... weiß es nicht. Ich glaube, ich habe nicht so fest geschlafen." Er gähnte. „Und wer bist du?"

„Oh, das ist nur ..."

„Mein Name ist Jahub." Er streckte Tobeiyas die Hand entgegen. Tobeiyas ging auf ihn zu.

„Freut mich. Und was machst du hier?"

„Ich bin hier, weil …" Jahub hielt inne. Er spürte es. Ja, er fühlte es klar und deutlich. Niemals zuvor hatte er in einem einzigen Menschen so viel Gutes gefühlt. Eine innere Gewissheit durchflutete ihn: Tobeiyas würde sie alle retten.

Jahub hatte bloß absolut keine Ahnung, wie.

Dunkle Versammlungen

„Wenn mir eins während meiner Zeit in Assunopsis klargeworden ist, dann, dass nicht alles hier schlecht ist und nicht alle Menschen böse sind. Die Kreaturen der Dunkelheit sind einfach zu lange dem falschen Meister gefolgt. Sie haben sich von Iberius, dessen fadenscheinige Zielen, seinen leeren Worten und unaufrichtigen Versprechungen blenden lassen. Kann man ein ganzes Land dafür verantwortlich machen, vom falschen Führer geleitet worden zu sein? Die Kreaturen Assuns haben darauf vertraut, dass Iberius das Beste für sie will, während sie für ihn lediglich Spielfiguren waren. Bei mir wird das anders sein! Ich will meine Macht nutzen, um Großes zu vollbringen. Iberius hat uns zu lange Zeit an der Nase herumgeführt, zu viele Jahre mit unerfüllbaren Versprechungen gelockt. Er hat stets nur an sein eigenes Wohl gedacht und Pläne geschmiedet, um sein Leben zu verbessern. Ich hingegen will das Leben aller verbessern. Daher will ich dafür kämpfen, dass die Welten vereint sind. Dass es wieder ein Gesamtreich gibt, in dem alle in Harmonie und Frieden leben können, wie damals. Um diese Vision zu erfüllen, müssen wir zusammenhalten. Vereint können wir dem Rat des Licht entgegentreten und ihn von unserer Sache überzeugen. Also sagt: Werdet ihr mich unterstützen? Werdet ihr die Chance ergreifen, mit mir gemeinsam nach Nessa zu gehen, um die Welt neu zu gestalten?"

Vremno hatte die drei einflussreichsten Gefühle Assunopsis um sich versammelt: Alpros, die Angst - ein attraktiver Mann mit muskulöser Statur. Er hatte einen dichten, schwarzen Vollbart und kurzes Haar. Ihsi, der Schmerz, war eine blondgelockte Schönheit mit Haaren, die ihr beinahe bis in die Kniekehlen reichten, während ihre Schwester Plenara, die Verzweiflung, ebenso langes, schwarzes Haar hatte. Beide Frauen hatten helle Haut, ein zartes Puppengesicht und einen feingliedrigen Körperbau. In ihrer Schönheit standen die dunklen Gefühle denen der Lichtwelt in nichts nach.

Alpros lehnte sich zurück und verschränkte die Arme vor der Brust.

„Du willst uns also darum bitten, einen – wie nanntest du es? – Rat der Dunkelheit zu gründen? Ein Pendant zum Rat des Lichts, mit dem gemeinsam wir dann die Belange einer vereinten Welt verhandeln?"

„Ja. Dies ist mein Plan."

„Um ehrlich zu sein, bin ich unschlüssig. Es geht uns hier gut, uns mangelt es an nichts. Wir könnten weiterhin in Frieden zusammenleben, auch ohne etwaige Bündnisse einzugehen, die – und davon gehe ich aus – nicht gerade zu unseren Gunsten ausfallen. Du kennst die Gefühle der Lichtwelt nur oberflächlich. Wir hingegen erinnern uns noch klar und deutlich daran, dass sie uns schon einmal verstoßen haben."

„Dieses Mal wird es anders sein, das verspreche ich. Die Zeiten haben sich geändert, und wir alle haben gesehen, wohin es führt, wenn wir auf unterschiedlichen Seiten stehen. Das wird auch der Rat begreifen."

„Was sagt ihr? Ihsi?"

Ihsi lachte amüsiert. „Vremno, Vremno, Vremno … Du bist so jung, unerfahren und hitzköpfig. Dennoch verstehst du dich darauf, mit Worten umzugehen. Dies hast du mit deinem Vorgänger gemeinsam. Ich bin unentschlossen. Was bietest du uns als Gegenleistung für unsere Unterstützung?"

„Wonach steht euch der Sinn?"

„Ich für meinen Teil möchte nicht, dass der Rat des Lichts von Assunopsis erfährt. Wir hätten notfalls einen geheimen Rückzugsort."

„Natürlich, dies leuchtet mir ein."

„Ich wiederum erwarte mir", sprach Plenara, „dass wir in der neuen Welt einen angemessenen Status bekleiden und eine Stadt für uns und unsere Anhänger gründen. Wir möchten gleichberechtigt sein, in allen Belangen."

„Und eigene Gesetze, die uns sogenannten dunklen Gefühle vor der Willkür der Personifikationen Nessas schützen. Ich will nicht Gefahr laufen, dass uns erneut das Gleiche blüht wie vor Hunderten von Jahren", ergänzte Alpros.

„Auch dies kann ich euch zusichern."

„Wunderbar." Alpros blickte zwischen Ihsi und Plenara hin und her, die beide nickten. „Einer Übereinkunft steht nichts mehr im Wege."

„Lass uns unser Bündnis mit einem Handschlag besiegeln." Vremno streckte Alpros die Hand entgegen. „Von heute an sind wir der Rat der Dunkelheit." Und als die Angst den festen Druck erwiderte, ergänzte Vremno: „Aber dass euch eines klar ist: Ich bin derjenige, der dem Rat vorsitzt. Mein Wort ist es, das gilt. Von nun an bis in alle Ewigkeit."

Nachdem Alpros, Plenara und Ihsi gegangen waren, atmete Vremno erleichtert auf. Bis zuletzt hatte er nicht einschätzen können, ob sein Ansinnen auf Zustimmung treffen würde, doch nun blickte er in eine glorreiche Zukunft. Er war froh, die drei Personifikationen auf seiner Seite zu wissen, denn er hatte sie lieber zum Freund denn zum Feind. Zufrieden ging er zu Kara, die der Versammlung ebenso wie Artikos beigewohnt hatte, und umarmte sie. Kara erwiderte die liebevolle Geste und schmiegte sich an ihn. Sie war stolz auf ihn. Vremno hatte den Schmerz der Vergangenheit erdulden müssen, um neu geboren zu werden. Er hatte die Trauer hinter sich lassen müssen, um das große Ganze zu erfassen und sich neu zu definieren. Der Zeitpunkt war gekommen, etwas Wunderbares zu schaffen. Vremnos Seele war dabei, sich vollends zu entfalten. Wenn er so weitermachte, würde ihm eines Tages die ganze Welt gehören.

Aufbruch

„Und du bist dir wirklich sicher? Wenn nicht, …“

Plankis hielt ihren Sohn in den Armen. Sie wollte ihn nicht loslassen.

„Ich muss es tun, das wisst ihr. Das bin ich ihr“, Tobeiyas brauchte nicht erwähnen, dass er auf Gerane anspielte, „schuldig. Wenn ich tatsächlich auf irgendeine Art und Weise dieser Welt zu einem endgültigen Frieden verhelfen kann, muss ich dieses Schicksal erfüllten. Sonst wäre Gerane … meine Mutter … umsonst …“

Er schüttelte den Kopf, um den Gedanken fortzujagen.

„Jedenfalls kann mir nur der Rat des Lichts Klarheit verschaffen. Er wird wissen, was oder wer ich bin, sobald ich vor ihm stehe. Und außerdem …“, er senkte seine Stimme nun, „bringt es mich auf andere Gedanken. Seit Jahub gestern mit mir geredet hat und ich den Entschluss gefasst habe, mit ihm und Alirja zu gehen, fühle ich mich besser. Ich habe nicht mehr das Bedürfnis, ständig zu weinen oder mich zu verkriechen. Ich kann nicht beschreiben, was in mir vorgeht oder was diesen Wandel tatsächlich ausgelöst hat, aber ich bin froh darüber. Es fühlt sich richtig an, Errndorf zu verlassen.“

„Ich sehe schon, er hat den Starrsinn seiner Mutter und die Durchsetzungskraft seines Vaters geerbt.“

Dometor meinte weder Gerane noch Iberius, sondern Plankis und sich selbst. Tobeiyas wusste das.

„Ich liebe dich, mein Junge. Wir beide lieben dich.“

„Und ich euch auch. Von ganzem Herzen.“

„Es wird Zeit.“

Alirja hievte den letzten Sack auf den Karren. Sie hatten genug Proviant, etwas Kleidung und vor allem Waffen, die ihnen Dometor zur Verfügung gestellt hatte, bei sich. Eigentlich wäre sie bereits am Vorabend losgeritten, doch dann hatten Jahub und Tobeiyas einander kennengelernt, und alles hatte sich wieder einmal verzögert. Die ganze Nacht lang war diskutiert und debattiert worden, bis Alirja schließlich ein Machtwort gesprochen hatte. Sie würde beim ersten Sonnenstrahl aufbrechen – ganz gleich, ob oder besser gesagt: in wessen Begleitung. Wahrscheinlich hatte sie herrischer geklungen als beabsichtigt, doch sie hielt die Warterei nicht mehr aus. Irgendetwas war mit ihren Kindern geschehen, und sie konnte keine weitere Sekunde ungenutzt verstreichen lassen. Die Sorge zerriss ihr das Herz.

Plankis schniefte. „Also heißt es nun Abschied nehmen?"

„Du tust ja so, als kämen wir nie mehr wieder zurück", versuchte Alirja, die Situation etwas aufzulockern.

„Irgendwie kommt es mir so vor …"

„Glaub mir, wir werden schneller zurück sein, als dir lieb ist. Vertrau mir."

Ein letztes Mal umarmte alle einander, ehe Alirja, Jahub und Tobeiyas den Karren bestiegen und nach Ephmoria zogen.

Rückkehr

Bevor sie aufbrechen konnten, musste Vremno Engwend beschwichtigen, der keine Freude damit hatte, dass eine ganze Entourage gemeinsam mit ihm und Vremno nach Nessa kam. Es würde zu lange dauern und die Reise erschweren, hatte der Mut mehrmals betont. Und schnell musste Vremno einsehen, dass er damit Recht behielt. Manches Mal glaubte Vremno, dass er Assunopsis niemals würde verlassen können, da immer wieder neue Herausforderungen auftauchten, die es zu bewältigen galt. Allen voran die Art des Fortbewegungsmittels. Nicht nur, dass Ihsi und Plenara auf einem gewissen Komfort bestanden, musste für Ephtalias Wohl gesorgt sein. Vremno musste behutsam mit der Liebe umgehen und dafür Sorge tragen, dass die Reise sie nicht noch mehr schwächte. Die neue Macht ließ daher einen geräumigen Wagen bauen, der von vier Lehmixen – wurmartige Geschöpfe, die sich schnell bewegen konnte – gezogen wurde.

Als der Proviant, flaschenweise heilende Kräutertinktur für Ephtalia und – auf Artikos' Begehr – Waffen verstaut waren, begann die Fahrt. Zunächst reiste die eigentümliche Gemeinschaft in Windeseile durch Assunopsis, bis sie an die Grenzen der unterirdischen Stadt kam. Gemeinsam stiegen sie auf die Oberfläche und erblickten zum ersten Mal die veränderte Welt. Assun hatte sich gravierend gewandelt. Der Sonnenschein hatte viele Pflanzen und Lebewesen, die ausschließlich in Dunkelheit gediehen, zerstört. Auch wurde durch das Licht sichtbar, wie öde Assun war. Es gab weit und breit keinen einzigen schönen Flecken. Nein, hier war nichts lieblich, nichts einladend. Assun war ein Grab, das nun durch das Licht seine absolute Hässlichkeit offenbarte.

Glücklicherweise mussten sie nicht lange im einstigen Land der Dunkelheit verweilen. Ihre Reise setzte sich über das Neutrale Gebirge fort. Engwend brachte sie zu einem gut befestigten Pfad – jenem Weg, über den die Wachposten mit Nahrung versorgt wurden -, der es sogar erlaubte, den Planwagen zu überstellen. Die Lehmixe kamen auch hier gut voran, und nach einem mehrstündigen Ritt konnten sie hinab nach Nessa steigen.

Als Vremno seine einstige Heimat zum ersten Mal nach so langer Zeit sah, glaubte er, seinen Augen nicht trauen zu können. Er hatte sich während seiner Reise aufgrund von Engwends Erzählungen bereits viel Schlimmes ausgemalt, doch wie fürchterlich es tatsächlich war, hätte er nicht zu träumen gewagt. Die Schergen der Dunkelheit hatten eine Schneise der Verwüstung gezogen: verlassene und geplünderte Siedlungen, niedergebrannte Bäume und Wälder.

„Sie kamen in der Nacht", erklärte Engwend, als sie das erste von noch vielen weiteren zerstörten Dörfern passierten, „und schlugen alles kurz und klein. Zerrten die Bewohner aus ihren Betten und stellten furchtbare Dinge mit ihnen an. Ich vermag dir nicht im Detail zu erzählen, was vorgefallen ist. Es sei nur so viel gesagt: Wenige überlebten und die, die es taten, sehnen sich nach dem Tod. Ich habe noch nie etwas Derartiges erlebt. Ich hoffe bloß, dass sie inzwischen aufgehalten wurden und nicht noch tiefer ins Land vorgedrungen sind." Und nach einer kurzen Pause fügte er hinzu: „Nassuns wird untergehen, wenn wir nichts unternehmen."

Von da an trieb Vremno die Gemeinschaft noch schneller voran, bis sie endlich Ephmoria erreichten. Vremno war zurückgekehrt in die Stadt, von der er nie geglaubt hätte, sie jemals wiederzusehen.

Vor dem Palast Ephisan angekommen, sprang er als Erster vom Planwagen hinab. Er sah sich um. All die Erinnerungen an sein altes Leben holten ihn ein. Die vielen Stunden bei Artikos und die zahlreichen Gespräche mit ihm. Alirjas Garten, wo Vremno viel Zeit verbracht hatte, um zu lesen. Das bunte und wirbelnde Leben auf den Straßen, dem sich Vremno niemals zugehörig gefühlt hatte. Die Einsamkeit, die sein ständiger Begleiter gewesen war. Und schließlich jener Tag, an dem sich alles änderte. An dem er zum ersten Mal von Kara geträumt hatte.

Nun war Vremno zurückgekehrt, doch er war nicht länger derselbe. Er war die neue Macht und hatte einen Auftrag zu erfüllen. Mit fester Stimme sagte er: „Lasst uns keine Zeit mehr verlieren und daran arbeiten, ein neues Nassuns zu gründen, auf dass diese Welt künftig besser wird."

Gleiche Wege

Nessa hatte sich kaum verändert. Der Wechsel zwischen Tag und Nacht hatte weitaus weniger schwerwiegende Auswirkungen auf die Flora und Fauna gehabt, als Alirja befürchtet hatte. Sie bestaunte die zahlreichen Wälder, die saftigen Wiesen und die vielen Tiere.

„Wir sollten ungeachtet des vermeintlichen Friedens auf der Hut sein", mahnte Jahub. „Wir wissen nicht, ob die Kreaturen Assuns nicht schon nach Nessa vorgedrungen sind. Sie können uns jederzeit auflauern. Ich schlage daher vor, dass wir uns bei Tag fortbewegen und in der Nacht einen sicheren Unterschlupf suchen. So lange, bis wir an unserem Ziel angelangt sind."

Ein Rat, den die kleine Gemeinschaft geflissentlich befolgte, ehe sie nach einigen Tagen – und ohne jegliche Zwischenfälle – Ephmoria erreichte. Inzwischen war ein jeder von ihnen in eigene Gedanken versunken. Alirja sorgte sich um ihre Ziehkinder, während Tobeiyas ständig überlegte, ob Jahub mit seinen Vermutungen richtig lag. Jahub indes sah angespannt einem Treffen mit dem Rat des Lichts entgegen. Wie würden die Ratsmitglieder auf ihn reagieren, wo er doch eigentlich in Lenstett sein sollte und augenscheinlich gegen den Richtspruch verstoßen hatte?

Schweigsam passierten die drei Gefährten die Grenzen der Stadt Ephmoria. Als Alirja sie zum ersten Mal sah, fehlten ihr die Worte. Sie hatte sich nicht im Entferntesten ausmalen können, wie prachtvoll, farbenfroh und idyllisch Ephmoria war, das sie bloß als Blinde gekannt hatte. Das Einzige, das sie stutzig machte, war, dass sie keine Menschen antrafen. Die Stadt war wie ausgestorben. Ihr schwante, dass dies nichts Gutes verhieß …

Als die drei beim Palast ankamen, schlug sie vor: „Zuerst suchen wir Zaphlessia. Danach statten wir dem Rat des Lichts einen Besuch ab. Seid ihr damit einverstanden?"

„So machen wir es", willigten Tobeiyas und Jahub ein und folgten Alirja.

„Warum müssen ausgerechnet wir sie herumschleppen? Gibt es hier keine Diener, die man mit so etwas beauftragen könnte? Ich rühre mich keinen Meter mehr", maulte Ihsi und hielt an. Sie und Plenara stützten die geschwächte Ephtalia, die sich kaum auf den Beinen halten konnte. Zwar ging es ihr inzwischen besser – die Schwingungen Nessas halfen ihr, neue Kräfte zu entwickeln –, doch sie war noch weit von einer vollständigen Genesung entfernt.

Vremno blieb ebenfalls stehen und stöhnte entnervt.

„Ihr tut es, weil ich es euch befohlen habe."

„Jemand anderes soll sich um sie kümmern! Ich habe genug davon!", pflichtete Plenara Ihsi bei, die sofort nachlegte: „Genau! Was ist mit Artikos? Immerhin ist Ephtalia sein Liebchen. Soll er sie doch durch die Gänge schleifen! Oder auf Händen tragen." Sie kicherte.

„Artikos, Kara und ich müssen uns auf das Treffen mit dem Rat vorbereiten. Bittet doch einfach Alpros, euch zu helfen."

„Nie und nimmer! Ich bin nicht hier, um niedere Arbeiten zu verrichten. Wir sind alle gleichgestellt." Die Angst hob abwehrend die Hände.

„Und was ist mit uns?"

Plenara hätte Ephtalia fast zu Boden fallen lassen.

„Sind wir etwa der Pöbel. Ich …"

„Bei Fortary, ich werde sie nehmen!", unterband Engwend die Debatte.

„Endlich einmal ein Mann, der noch Anstand hat!"

Ihsi zwinkerte dem Mut kokett zu, der ohne mit der Wimper zu zucken zu Ephtalia ging und sie stützte.

Anschließend bildete er wieder den Kopf der kleinen Gemeinschaft und führte diese an.

„Sie ist nicht da." Alirja war Jahub entgegengelaufen, der gerade aus Ephtalias Gemach kam.

„Hier drinnen ist sie auch nicht."

„Generell ist hier nirgendwo irgendwer."

„Ja. Seit wir in der Stadt angekommen sind, frage ich mich, wo die ganzen Bewohner sind."

„Glaubst du, sind sie verschleppt worden? Oder … tot?"

Jahub kratzte sich am Kopf.

„Nein. Es fühlt sich nicht so an, als sei hier etwas Furchtbares geschehen. Ich kann es mir auch nicht erklären, aber der Rat weiß bestimmt, was hier vor sich geht. Am besten, wir fragen ihn, was in Fortarys Namen geschehen ist."

Vremno schloss zu Artikos auf, der ebenfalls weitergegangen war.

„Hätte ich gewusst, wie schwierig es mit ihnen wird, hätte ich weder Plenara noch Ihsi oder gar Alpros mitgenommen."

„Mhm", brummte der Hass.

„Du bist so schweigsam, mein Freund. Bedrückt dich etwas?"

„Irgendetwas gefällt mir hier nicht", raunte Artikos.

„Du machst dir zu viele Sorgen. Wir verfolgen die gleichen Ziele wie der Rat. Ich vertraue darauf, dass sich alles zum Besten wenden wird."

„Trotzdem stimmt etwas nicht." Und etwas lauter, sodass Engwend es hören konnte, fragte er: „Warum ist der Palast wie ausgestorben?"

„Ephtalias Verschwinden und die Kunde, dass die Kreaturen Assuns über Nessa einfallen, haben uns dazu veranlasst, die Stadt zu evakuiert."

„Und die Gefangenen, die hinter diesen Türen gehaust haben? Wo sind sie?"

„Ebenfalls fortgeschafft worden. Es war zu riskant, sie hierzulassen."

„Das heißt, es ist niemand mehr hier, außer dem Rat?"

„Genau."

„Warum spüre ich dann die Präsenz anderer Lebewesen?"

„Es sind lediglich Restenergien der einstigen Gefangenen."

„Und das soll ich dir glauben?"

„Bei Fortary, Artikos!"

Engwend blieb abrupt stehen.

„Wenn wir euch in einen Hinterhalt gelockt hätten, hätten wir doch längst zugeschlagen und euch nicht erst hier gemütlich durch die Katakomben spazieren lassen. Sei nicht so pessimistisch."

„Ich traue weder dir noch deinen Worten. Ich möchte mich selbst davon überzeugen, dass hier alles mit rechten Dingen zugeht. Öffne einen der Kerker."

„Die Tore sind versperrt, und ich habe keinen Schlüssel. Wenn du möchtest, können wir nachher …"

„Lüg mich nicht an! Wir wissen beide, dass du keine Schlüssel brauchst, um diese Tore zu öffne. Also tu sofort, was ich dir sage, sonst …"

„Jetzt!", brüllte Engwend, und eine Handvoll Krieger stürmte aus den einstigen Gefängnissen hervor.

Die Wahrheit

„Sie kommen! Ich bin so aufgeregt!", piepste Elpira, die nervös im Versammlungssaal umherschwirrte.

„Das sind wir alle. Also beruhige dich, meine Liebe", mahnte Zoitos. Er lehnte sich in seinem Stuhl zurück und verschränkte die Arme vor der Brust.

„Was, wenn er unser Lügenmärchen enttarnt hat?"

„Dann wäre er nicht hier. Glaub mir, es wird alles so kommen, wie wir es geplant haben. Ich bin mir sicher."

„Auch, wenn wir über die Macht triumphieren, dürfen wir niemals vergessen, was wir dafür tun mussten", warf die Nichtmagierin Kamara nachdenklich ein. „Ich trauere um diejenigen, denen unseretwegen Leid widerfahren ist."

„Es gab keine andere Lösung, das weißt du."

„Ja, aber …"

„So hart es klingt, Kamara, aber im Krieg gibt es Verluste. Das Leben Tausender wiegt den Tod weniger und die Zerstörung einzelner Städte auf."

„Ich weiß. Dennoch quält mich die Vorstellung."

„Uns alle, meine Liebe. Uns alle."

Zoitos schloss die Augen und dachte an das Unheil, das er verbrochen hatte.

Als Vremno zur neuen Macht geworden war, hatte der Ratsvorsitzende beschlossen, einen Schlussstrich zu ziehen. Zwar war Iberius zur Strecke gebracht, doch solange die Macht existierte, würde von ihr immer wieder Gefahr ausgehen – ganz gleich, in wessen Körper sie steckte. Irgendwann käme der Tag, da wäre Vremno zu sehr von dem ihm innewohnenden Gefühl beherrscht und das Ringen um Nassuns würde von vorn beginnen. Daher mussten sie Vremno nach Nessa locken, um ihn gefangen zu nehmen und tief unter die Erde zu verbannen.

Lange grübelten sie, bis sie einen nahezu perfekten Plan entworfen hatten. Der Grundgedanke war, dass die Macht nach der Alleinherrschaft strebte. Sie wollte eine vereinte Welt unter ihrer Führung haben. Doch was, wenn es diese Welt nicht mehr gab? Was, wenn sie zerstört wäre? Dann hätte die Macht nichts, über das sie verfügen konnte.

Anstatt das ganze Land zu verwüsten, beschränkte sich der Rat des Lichts auf einen kleinen Landstrich in der Nähe des Neutralen Gebirges. Es war exakt der Einzugskreis, durch den Engwend Vremno führen würde. Um alles so realistisch wie möglich zu gestalten, ließen die Ratsmitglieder eine Handvoll Gefangener aus den Katakomben frei, die sie zu den Grenzen brachten. Der Rat des Lichts gewährte, dass die Gefangenen Kleinholz aus den Dörfern machten, Menschen überfielen und für Angst und Schrecken sorgten. Er sah weg, als die ersten unschuldigen Bürger den wütenden Bösewichten zum Opfer fielen und auf bestialische Weise getötet wurden. Im Anschluss brachte der Rat die Gefangenen um und tilgte die Spuren, die zu ihm führten.

„Sie kommen näher", piepste Elpira.

„Ich weiß."

Zoitos öffnete die Augen und wischte die Erinnerung an die schreckliche Tat von sich.

„Sie sind gleich da. Kamara, Lupus? Ihr solltet euch zurückziehen. Es ist zu gefährlich für Sterbliche. Wartet, bis wir euch holen und es an der Zeit ist, die Welt neu zu ordnen. Ohne eine überhebliche Macht."

Reaktionen

Alirja, Tobeiyas und Jahub hatten den Palast durchquert und das geheime Portal geöffnet, das zu den Hallen des Rates führte. Zum Glück hatte sich Jahub noch an den Mechanismus erinnert und erleichtert festgestellt, dass seit seiner Abwesenheit niemand etwas daran geändert hatte.

„Irgendetwas ist hier eigenartig. Ich kann aber nicht genau benennen, was", überlegte der junge Magier, nachdem sie die ersten Meter zurückgelegt hatten.

Alirja legte die Stirn in Falten. „Ich weiß, was du meinst. Alles ist so ruhig und beschaulich. Es fühlt sich falsch an."

„Als wäre dies lediglich die Ruhe vor dem Sturm. Bei Fortary. Was ist hier los?"

„Wir sollten vorsichtig sein. Lasst uns weitergehen und hoffen, dass uns unsere Sinne lediglich einen Streich spielen."

Schweigsam gingen die drei weiter. Sie bogen um eine Ecke, als …

„Hört ihr das?", fragte Tobeiyas.

„Was?"

„Gemurmel."

Die drei hielten inne, und tatsächlich vernahmen sie Gesprächsfetzen.

„Es kommt von da vorn." Tobeiyas machte eine Kopfbewegung zu der Tür, die direkt zur Halle des Rates führte. Sie war einen Spaltbreit geöffnet.

Jahub legte seinen Zeigefinger auf die Lippen, ehe er in die Richtung der Tür zeigte und andeutete, dorthin zu gehen. Auf leisen Sohlen schlichen die drei vorwärts. Je näher sie der Tür kamen, umso deutlicher wurden die Stimmen derer, die sich dahinter verbargen. Alirja wurde kreidebleich. Sie erkannte eine von ihnen, denn sie gehörte ihrem Sohn. Vremno war hier.

„Ich kam aus freien Stücken und mit den besten Absichten zu euch. Ich habe sogar Alpros, Plenara und Ihsi davon überzeugen können, dass mein Plan grandios ist und unsere Existenz sichern wird. Endlich würden wieder Friede und Harmonie herrschen. Und was macht ihr? Ihr führt mich in einen Hinterhalt!"

Vremno stand, wie seine Gefährten, gefangen vor dem Rat des Lichts. Die Wachen hatten den Rat der Dunkelheit überrumpelt und mithilfe magischer Netze überwältigt. Einen Moment lang war keiner von ihnen fähig gewesen, sich zu rühren. Diese Gunst hatte Engwend genutzt und Vremno mitsamt seinem Gefolge gefesselt, um sie anschließend zu den restlichen Ratsmitgliedern zu bringen.

„Es ist nichts gegen dich persönlich, Vremno", piepste Elpira. „Du warst ein lieber Junge, nun bist du die Macht. Du bedeutest Gefahr und Unheil für unsere Welt. Wir müssen dich aufhalten."

„Wie könnt ihr das wissen, ohne ein einziges Wort mit mir gewechselt zu haben? Ich wollte Gutes schaffen, eine Einigung erzielen. Aber anstatt mir zuzuhören, hetzt ihr eure Wachen auf mich. Bei Fortary, manches Mal frage ich mich, ob nicht ihr die wahren Bestien der magischen Welt seid. Euer Verhalten wird eines Tages dafür sorgen, dass dieses Land untergeht."

„Was sollen wir jetzt tun?", fragte Tobeiyas, der näher herangerückt war.

„Ich weiß es nicht."

Jahub zuckte mit den Schultern.

„Wir sollten uns zurückziehen und neu beratschlagen. Ich kann mir im Augenblick keinen Reim auf das alles machen."

„Aber wir wollten den Rat doch fragen, ob ich …"

„Der Zeitpunkt ist alles andere als günstig. Vor allem, weil wir nicht wissen, was hier geschieht. Gehen wir lieber."

„Gut."

Jahub und Tobeiyas schickten sich an, fortzuschleichen. Lediglich Alirja blieb stehen.

„Alirja? Kommst du?", flüsterte Jahub und sah zu ihr zurück. Als diese nicht reagiert, wiederholte er: „Kommst du? Wir werden gehen und uns einen neuen Plan überlegen."

Alirja reagierte noch immer nicht. Stattdessen starrte sie gebannt durch den Spalt. Dort stand er. Vremno. Ihr Ziehsohn. Die … neue Macht? Alirja konnte es nicht glauben. Das ergab doch alles keinen Sinn. Vremno konnte doch nicht … Wie sollte er überhaupt? Und: War er noch ihr Junge? War er noch Vremno oder war er zu einem Monster geworden?

„Wir müssen gehen", betonte Jahub nochmals.

Ja, müssen wir", antworte Alirja geistesabwesend. Doch während Jahub und Tobeiyas lautlos den Korridor zurückschlichen, ging sie in den Saal.

Aufeinandertreffen

„Vremno? Was hat das alles zu bedeuten?", fragte Alirja.

„Tante? Du ... hier? Und du kannst ... sehen?", erwiderte Vremno verblüfft.

Alirja wollte zu ihrem Ziehsohn gehen, als sich die Wachmänner rührten. Sie stellten sich zwischen Ziehmutter und Ziehsohn.

„Alirja, beruhige dich", ergriff Zoitos das Wort. „Was hier vor sich geht, ist nicht von Belang für dich. Ich ersuche dich, draußen zu warten, und ich werde dir im Anschluss alles erklären."

„Das geht mich sehr wohl etwas an! Sagt mir sofort, was hier los ist! Und wie kommt es, dass du", sie sah an den Wachmännern vorbei in die Richtung ihres Ziehsohnes, „die neue Macht bist?"

Noch ehe Vremno antworten konnte, sprach Zoitos: „Alles zu seiner Zeit, Alirja. Ich versichere dir, dass ich dir alle Fragen beantworten werde. Und jetzt geh."

„Nein. Ich will ..."

„Bringt sie hinaus!"

Einer der Wachmänner setzte sich in Bewegung und wollte Alirja hinausführen. Sie wandte sich ab, woraufhin der Mann sie auf Zoitos' Geheiß hinauf am Arm packte. Alirja jaulte empört auf. Vremno machte einen Satz nach vorn.

„Tante!", schrie er, doch der Weg wurde ihm von den anderen Wachmännern abgeschnitten.

„Lass mich los!", keifte Alirja und versuchte, sich aus der Umklammerung zu lösen.

„Wir wollen dir nicht wehtun, Alirja, aber du musst jetzt gehen. Später werde ich dir alles erklären", beschwichtigte sie der Ratsvorsitzende.

„Nein!"

„Doch!"

Wieder zerrte einer der Männer an ihr.

„Hör sofort auf!"

„Schafft sie fort!"

Der Wachmann griff nach Alirja und warf sie über die Schulter. Er trug sie aus dem Saal, während sie mit den Beinen strampelte und sich mit aller Kraft wehrte. Ehe sie hinausgeschafft wurde, schrie sie: „Was ist mit Zaphlessia? Sagt mir wenigstens, wo meine Tochter ist!"

„Alirja, ich werde dir …"

„Sie ist tot!"

Es war Vremno, der die Stimme wiedergefunden hatte und den Satz aussprach, der Alirja mitten ins Herz traf. Jeder ihrer Muskeln erschlaffte und hätte der Wachmann sie nicht getragen, wäre sie zusammengebrochen. Sie spürte, wie sich der Griff um sie herum lockerte, als habe sogar der Mann Mitleid mit seiner Gefangenen.

„Es tut mir so leid!"

Nun, da Vremno seine Tante vor sich stehen sah – die Frau, die ihn großgezogen hatte –, übermannte ihn erneut die Trauer um seine Schwester.

„Iberius hat sie getötet. Ich habe sie gerächt, und dadurch wurde ich zur Macht. Ich fürchte, dass das alles meine Schuld ist."

„Bei Fortary!" Alirja presste beide Hände auf ihren Mund und schüttelte den Kopf. Plötzlich spürte sie eine Berührung. Sie zuckte zusammen. Es war Jahub, der in den Saal geeilt war, um Alirja zu helfen. Er legte seine rechte Hand auf ihre Schulter. Nicht nur, weil er sie trösten wollte, sondern weil auch er sich abstützen musste. Das letzte Mal, als er Zaphlessia gesehen hatte, hatte sie ihm ihre Gefühle gestanden. Sie war tränenüberströmt vor ihm gesessen und immun gegen seinen Versuch gewesen, sie zu trösten. Damals hatte Jahub geglaubt, es müsse bloß Zeit vergehen. Zeit, damit sie ihren Kummer überwinden und in ein glückliches Leben schreiten konnte. Er war überzeugt davon gewesen, dass sie eines Tages einen wunderbaren Mann an ihrer Seite haben würde, Kinder bekäme und ein erfülltes Leben führen würde. Und nun sollte sie tot sein? Dieses junge, hübsche, freudestrahlende Mädchen? Ihre Zukunft sollte ausgelöscht sein, ehe sie begonnen hatte?

„Es tut mir so leid", wisperte Vremno. „Ich hätte sie besser beschützen müssen. Wir wollten Iberius töten, doch er kam uns zuvor."

Alirja japste nach Luft. Alles um sie herum drehte sich. Die Wände, der Boden, ihr Leben. Tausende Geräusche aus ihrer Erinnerung spulten sich in ihrem Kopf ab. Lachen. Weinen. Streitereien. Dutzende Gespräche. Ratschläge. Eine Stimme, die sie nie mehr wieder hören würde. Umarmungen, die sie nie wieder fühlen würde. Eine junge Frau, die sie niemals würde sehen können. Ihre wundervolle, unberechenbare, einzigartige, sture, liebenswerte Tochter war tot. Ihr Sohn war zur Macht geworden und in die Fußstampfen des Gefühls getreten, das Lessas Sterben zu verantworten hatte.

Alirja konnte nicht mehr. Sie wollte nicht mehr. Sie ertrug diese Tiefschläge nicht länger. Das musste ein Ende haben. Selbst, wenn dies gleichzeitig auch ihr Ende bedeutete. Also nahm Alirja Jahubs Hand. Nicht, um diese zu halten, sondern um ihm das Schwert abzunehmen. Dann lief sie schreiend auf den Rat des Lichts zu und eröffnete einen Kampf, den niemand so geplant hatte.

Der Beobachter

Die Wachmänner rannten in Alirjas Richtung und ließen die restlichen Gefangen für einen Moment aus den Augen. Artikos befreite sich sofort von seinen Fesseln. Der Hass bündelte das ihm innewohnende Gefühl, und die Emotion entlud sich in einem langgezogenen Schrei. Gleichzeitig bäumte er sich auf, sein Brustkorb schwoll an, seine Halsschlagader quoll hervor, und er riss die Arme auseinander. Nicht einmal die magischen Fesseln konnten der hasserfüllten Urgewalt Stand halten und sprengten auseinander. Sofort drehten sich die Wachmänner um, doch sie hatten keine Chance, den entfesselten Hass zu bändigen. Artikos packte einen der Männer, drehte ihm den Hals um, nahm sein Schwert und durchschnitt damit die Kehlen der beiden anderen Wachmänner. Der Hass handelte derart schnell, dass sich zunächst niemand rührte. Erst nach und nach sprang auch der Rat des Lichts auf und griff zu den Waffen. Dennoch hatte Artikos genug Zeit, Vremnos Fesseln zu lösen, der sogleich den Angriff der Ratsmitglieder parierte. Alirja und Jahub schlugen sich auf seine Seite, während der Hass Plenara, Ihsi, Alpros und Kara befreite.

Die Geräusche des tosenden Kampfs drangen bis zu Tobeiyas. Er saß mit dem Rücken an die Wand gelehnt auf dem Boden. Jahub hatte ihm befohlen, sich leise zu verhalten, bis er ihn holen würde. In Anbetracht der neuesten Entwicklungen konnte Tobeiyas jedoch nicht länger stillhalten. Die Schreie, die Verwünschungen, die klirrenden Klingen … Er konnte das alles nicht ignorieren. Ihn ihm erwachte der unbändige Drang, etwas zu tun. Er musste handeln. Immerhin konnte er kämpfen! Dometor hatte ihm doch alles Wichtige beigebracht und oft betont, wie talentiert Tobeiyas sei. Er würde Alirja und Jahub helfen. Also stand er auf, atmete ein letztes Mal tief durch, griff nach seinem Schwert und drehte sich zur Seite. Er riss die Tür auf und war gewillt, sich in das Kampfgetümmel zu stürzen. Als er jedoch sah, was sich vor ihm abspielte, war er zu keiner weiteren Bewegung imstande. Einfach alles übte eine abstoßende Faszination auf ihn aus: eine Mutter, die ihre Kinder rächte und zwischen den Seiten stand; Gefühle, die gegeneinander kämpften mit der Absicht, die jeweils andere Seite umzubringen; tote Wachmänner, die in ihrem eigenen Blut auf dem Boden lagen; hasserfüllte Fratzen; Wut und Zwietracht statt Harmonie und Frieden.

Tobeiyas blickte auf sein eigenes Schwert, in dessen Klinge sich die Kampfszenen spiegelten. War das die Zukunft? Sollte es bis in alle Ewigkeit so sein, dass sich die Menschen und Personifikationen bekriegten? Würde niemals Ruhe einkehren in dieser Welt? Würden so lange Kriege ausgefochten, bis das Land zerstört und jede Menschenseele eliminiert war? Bis es nichts mehr gab?

Tobeiyas blieb paralysiert stehen, bis er die Präsenz eines anderen Wesens fühlte. Abrupt drehte er sich um und versank in dem Anblick der Frau, die hinter ihm aufgetaucht war. Ephtalia.

Die Liebe war blass, wirkte beinahe durchsichtig. Ihr Haar war ergraut, und Falten hatten sich um ihre Mundwinkel herum gebildet. Binnen kürzester Zeit hatte sich die Liebe in eine altersschwache Greisin verwandelt.

„Großmutter? Wo kommst du auf einmal her?", murmelte Tobeiyas. Das Gefecht, das in seiner unmittelbaren Nähe tobte, rückte in den Hintergrund. Es wurde zu einer Geräuschkulisse, die ihn jedoch in diesem Augenblick nicht traf. Es gab nur noch ihn und seine Großmutter. Etwas in ihm wollte zu ihr, er konnte sich nicht gegen dieses Empfinden wehren.

„Tobeiyas", flüsterte die Liebe, „ich bin in ein Hinterzimmer gebracht worden, wo man sich um mich kümmern sollte. Als ich jedoch Geräusche vernahm, musste ich … hierherkommen." Und wehmütig fuhr sie fort: „Bei Fortary, du siehst aus wie deine Mutter, ebenso schön. Und dein Geist, er ist so rein. So viel stärker als all das Unheil, das hier gerade herrscht."

„Ich weiß. Ich muss es aufhalten. Aber ich weiß noch nicht, wie."

„Doch, Tobeiyas. Tief in dir drinnen kennst du die Lösung auf alle Probleme dieser Welt. Hab keine Angst davor."

„Was? Wie meinst du das? Und woher willst du das wissen?"

„Von Fortary höchstpersönlich natürlich. Das Schicksal hat mir eine Erkenntnis geschickt. Eine, die es mir schon vor Jahrhunderten versprochen hat."

Sie überlegte, ehe sie fortfuhr: „Damals, als ich deine Mutter an Fortary übergeben habe, vertraute mir Fortary ein großes Geheimnis an. Das Schicksal würde dafür sorgen, dass eines Tages jemand kommt, der uns alle rettet. Ein Mensch, der besser wäre, als wir alle zusammen. Dann läge es an mir, zu entscheiden, ob die Zeit des Blutvergießens endlich ein Ende hat. Dieser Moment ist nun gekommen. Fortary hat mir alles offenbart, ich habe gewählt. Und nun, mein Kind, musst du mir einen Gefallen tun. Komm mit mir."

Wie in Trance folgte Tobeiyas Ephtalia in den Saal. Niemand bemerkte ihr Eintreten, waren sie doch zu sehr mit ihren Kämpfen beschäftigt. Ephtalia konnte ihren Enkelsohn ungehindert bitten: „Setz dich auf den Boden, schließ die Augen und halte sie geschlossen, ganz egal, was geschieht."

Tobeiyas tat wie befohlen. Er entspannte sich, bis zu dem Zeitpunkt, da er die Hände seiner Großmutter auf seinen Schläfen spürte. Die samtweiche Haut, die Wärme und das pulsierende Gefühl der Liebe … Er riss panisch die Augen auf und rutschte zurück.

„Nein, du darfst nicht … Ich würde … Bei Fortary! Du willst mich … töten?", stammelte er.

Ephtalia lächelte. Falten bildeten sich um ihre Mundwinkel. „Ach, Tobeiyas. Glaube mir, keine Personifikation wird dir je schaden können."

„Und das soll ich dir glauben? Ich …"

„Ruhig, mein Junge", besänftigte ihn Ephtalia, „Vertraue mir, alles wird gut. Ich schwöre es dir bei meinem Leben."

Nur widerwillig gab Tobeiyas nach. Die Liebe berührt ihren Enkelsohn erneut. Eine wohlige Wärme breitete sich in Tobeiyas' Körper aus. Es fühlte sich wunderschön an. So schön, dass er vor Freude weinen musste. Eine einzelne Träne perlte seine Wange hinab, während er vor seinem geistigen Auge seine Großmutter sah - so, wie sie einst ausgesehen hatte: jung, wunderschön, zerbrechlich. Die Bilder, die Tobeiyas sah, wurden auf die Wände projiziert. Ephtalias Gesicht schaute hinab auf die tobende Meute. Und die Stimme der Liebe hallte zwischen den Wänden wider, als sie sagte: „Ich weiß, dass ihr mich allesamt hassen werdet, doch ich muss meine Seele reinwaschen, ehe ich ins Alles gehe."

Was Ephtalia getan hat

Der Kampf endete, denn nach und nach begannen alle Anwesenden, gebannt auf die Wände der Halle zu starren, unfähig, den Blick abzuwenden.

„Ich war nicht immer so", begann Ephtalia ihre Beichte. „Als ich das Licht der Welt erblickte, war ich die bedingungslose Liebe. Zahlreiche Menschenleben sind seither vergangen, und ich habe mich verändert. Mir sind so viele furchtbare Dinge widerfahren, dass ich meine Reinheit und Unschuld verloren habe. Ich habe mich zu schrecklichen Taten hinreißen lassen. Ich kann euch nicht alles erzählen, sondern nur das, was euch betrifft. Und ich beginne ganz am Anfang. Bei dir, Alirja."

Alirja blickte auf und runzelte überrascht die Stirn.

„Du weißt inzwischen, dass du nicht das kleine, nichtmagische Mädchen mit den besonderen Fähigkeiten bist, sondern eine Nachfahrin des alten Magiergeschlechts, dem auch Pandemia angehörte. Was du aber nicht weißt, ist, dass ich darüber informiert war. Ich habe nicht nur Landiors, sondern auch Ulbers Nachfahren stets beobachtet. Als du auf die Welt kamst – und ich kann dir nicht sagen, wie sehr ich Fortary dafür gedankt habe –, machte ich mich auf den Weg zu dir."

Das Bild änderte sich. Es zeigte eine Szene aus Ephtalias Erinnerung.

„Ich wollte mich mit eigenen Augen davon überzeugen, dass endlich ein weiblicher Nachfahre geboren worden war, doch als ich dich sah, löste sich all meine Hoffnung in Luft auf. Du warst nicht das, was ich erwartet hatte, denn du warst blind."

Die Liebe senkte ihr Haupt.

„Ich war entsetzt und ließ mich – in der vollen Überzeugung, richtig zu handeln – zu einer unverzeihlichen Tat hinreißen. Ich belegte dich mit einem Bann."

„Du hast … was?", stieß Alirja entsetzt hervor.

„Ich ging davon aus, dass du aufgrund deiner Blindheit niemals stark genug werden würdest, um dieses Land zu beschützen. Ich sah in der noch ungeborenen Pandemia das größere Potenzial. Niemals aber hätte ich sie nach Nessa holen dürfen, da es bereits eine magische Nachfahrin gab. Dich. Also unterband ich deine Fähigkeiten."

„Du Scheusal. Wie konntest du? Du hast mein Leben verändert. Du warst schuld, dass ich … Bei Fortary, mir fehlen die Worte!"

Noch während Alirja fluchte und schrie, fuhr die Liebe fort: „Durch den Betrug an Alirja erhielt ich vom ahnungslosen Rat des Lichts die Erlaubnis, Pandemia nach Nessa zu holen. Jedoch – und diese Bedingung erlegten sie mir auf – nur, wenn sie aus freien Stücken käme. Also musste ich das nächste, schreckliche Verbrechen begehen."

Erneut wandelte sich das Bild. Es zeigte einen langen, mit weißen Fließen ausgelegten Korridor. Sessel standen an die Mauer gelehnt. Auf einem von ihnen saß ein Mann. Er bettete seinen Kopf in seine Hände. Sein Körper bebte, denn er weinte bitterlich.

„Auf Edox existieren wir Gefühle zwar nicht als Personifikationen, doch das bedeutet nicht, dass es uns dort nicht gibt. Wir sind der Ursprung allen Lebens und dadurch auch ein Teil eines jeden Bewohners der nichtmagischen Welt. Und wir können – mit Erlaubnis des Rates – Gedanken in die Köpfe aller Nichtmagier einsetzen. Auch jenen, die auf Edox leben. Der Rat hat mir freie Hand gewährt und das habe ich genutzt. Am Tag von Pandemias Geburt und nachdem ihre Mutter gestorben war, habe ich dafür gesorgt, dass sich ihr Vater das Leben nimmt. Ich suggerierte ihm, dass der Verlust seiner Frau ihn in den Wahnsinn trieb. Und dass er ein schlechter

Vater für seine Tochter werden würde. Dass es besser wäre, zu sterben …"

„Das darf nicht wahr sein!", schrie Zoitos wutentbrannt.

„Pandemia durfte keine Wurzeln in der nichtmagischen Welt haben, denn sonst wäre sie nie zu uns gekommen. Sie hätte sich gegen Nessa entschieden. Ihr Verlust war mein Gewinn."

„Bei Fortary, du hast unschuldige Menschen auf dem Gewissen, Ephtalia!"

„Dennoch suchten mich unsägliche Schuldgefühle heim. Sie fraßen mich beinahe auf, doch als Pandemia schließlich nach Nessa kam und hier glücklich wurde, wurde ich es auch. Pandemia fühlte sich wohl, sie war zu Hause angekommen, alles fügte sich, wie es sein sollte. Ich vertraute darauf, dass sie unsere Erlöserin werden würde, doch sie … versagte."

Nun war es Vremno, der brüllte: „Versagte? Bist du von Sinnen? Sie hat Iberius gebannt! Sie war eine Heldin!"

„Pandemia hat ihre Aufgabe nicht erfüllt, denn sie wurde nicht mächtiger an die Macht. Ich bereute es, ihr und nicht Alirja den Vortritt gelassen zu haben. Vor allem, weil Alirja trotz des Banns magisches Geschick entwickelte. Alirja wäre die Stärkere gewesen, das musste ich mir eingestehen. Noch dazu, weil mir auffiel, dass Pandemia von Anfang an gewisse Schwächen an den Tag legte. Sie hat zu viel Herz und zu wenig Verstand gezeigt und sich ihrem eigenen Schicksal ergeben. Die wahrlich heldenhafteste Tat ihres Lebens war, sich Iberius von Angesicht zu Angesicht zu stellen. Ich hielt sie daher bewusst nicht davon ab. Vielleicht, so hoffte ich, würde noch etwas Unvorhersehbares geschehen. Doch nicht einmal das. Sie schaffte es nicht, Iberius zu töten. Und solange dieser lebte, war er eine Gefahr – ob eingesperrt, gebannt oder in ewigen Schlaf versetzt. Zum Glück gab es da noch jemanden, auf den ich zählen konnte. Einen

Hoffnungsschimmer. Jemanden, der unsere Zukunft noch hätte ändern können: Zaphlessia."

Ein Raunen ging durch die Reihen.

„Mir war stets bewusst, wie stark Lessa war. Sie war von Kindesbeinen an eine grandiose und talentierte Magierin. Ich wollte sie in meiner Nähe wissen, sie ausbilden, sie zu einer Kriegerin machen. Darum habe ich auch ihr ganzes Leben lang versucht, sie zu mir in den Palast zu holen."

„Ich wusste es! Bei Fortary, ich wusste es!", murmelte Alirja.

„Anfangs war es schwierig. Lessa wollte ihre Tante nicht verlassen. Doch dann ging Vremno fort, und alles entwickelte sich zum Guten. Zwischen Ziehmutter und Ziehtochter kam es zum Bruch, Lessa zog zu mir in den Palast. Ich nahm sie mit offenen Armen auf, wollte sie aufbauen und dann nach Assun schicken, um mit ihr nach dem verschwundenen Palast zu suchen. Doch dann kam der Wandel. Iberius war wiederauferstanden. Ich schlug dem Rat vor, ein Heer unter Zaphlessias Führung zusammenzustellen. Sie sollte den Dunklen Herrscher herausfordern und das Erbe ihrer Mutter bestreiten. Es wäre perfekt gewesen – hätte der Rat mitgespielt. Ich habe nicht mit seiner Engstirnigkeit gerechnet, denn er interessierte sich nicht für meine Ideen. Er wollte stattdessen mit Iberius verhandeln! Eine friedliche Lösung finden! Eine Übereinkunft! Bei Fortary! Jemand musste den Mächtigen endgültig ausschalten. Und wenn der Rat es nicht tat, musste ich es eben tun. Mit Zaphlessias Hilfe. Das schaffte ich nur, indem ich sie belog. Ich erzählte ihr, der Rat des Lichts würde mit einem Heer nach Peresses ziehen, um Vremno zu töten. Ich wusste, dass ich damit ihren Beschützerinstinkt weckte. Sie bereute es zutiefst, ihren Bruder im Stich gelassen zu haben, und diese Schwäche nutzte ich aus. Gemeinsam zogen wir Richtung Assun, doch wir kamen nicht weiter als bis nach Neomo, denn dort …"

„… starb sie", sagten Vremno und Ephtalia gleichzeitig.

„Lessas Verlust traf mich härter, als ich es für möglich gehalten hätte. Ich habe das Mädchen aufrichtig geliebt, das müsst ihr mir glauben. Ich wollte nicht, dass sie ein Opfer wird, sondern eine Heldin. Ihr Tod raubte mir all meine Kraft, doch zumindest war er nicht umsonst. Denn nur durch Zaphlessias Sterben konnte ein anderer neu geboren werden: Vremno. Die neue Macht."

Vremno ballte unwillkürlich seine Hand zu einer Faust.

„Iberius ist ausgelöscht. Er existiert nicht mehr, und an seine Stelle ist eine neue, viel umsichtigere Macht gerückt. Das Unheil ist gebannt, ein für alle Mal. Meine Mission ist erfüllt. Ich habe Nassuns die Möglichkeit geschenkt, in eine friedvolle Zukunft zu schreiten. Doch das geht nicht, solange wir Personifikationen existieren. Wir werden uns stets bekämpfen. Wir werden immerzu glauben, weiser zu sein als die anderen. Wir werden den Menschen Grenzen und Gebote auferlegen und sie in Kriege treiben, die wir – und zwar nur wir - heraufbeschwören. Diese Zeiten sollen vorbei sein. Nur wenn wir nicht mehr sind, kann Nassuns durchatmen und sich neu gestalten. Natürlich wird es auch ohne uns Fehden und Konflikte geben, doch dann sind es die Gefechte der Menschen und nicht mehr jene der Gefühle. Auch wenn ihr nun von mir enttäuscht und entsetzt sein werdet, so bitte ich euch abschließend um eines: Sorgt dafür, dass all meine furchtbaren Taten nicht umsonst waren. Gebt ihnen einen nachhaltigen Sinn. Ihr könnt mich aus vollster Seele hassen, aber bitte lasst eure Wut nicht an Nassuns aus. Weil ich nichts so sehr liebe wie dieses Land und nur will, dass endlich alle glücklich werden", flehte die Liebe.

Wieder änderte sich das Bild. Es zeigte nun Tobeiyas' Gesicht. Die Augen geschlossen, die Gesichtsmuskulatur entspannt, eine Aura voll Frieden.

„Dies ist mein Enkelsohn Tobeiyas. Er weiß es noch nicht, doch er hat eine einzigartige Gabe. Er kann uns

Personifikationen von unserem irdischen Sein erlösen. Wenn er uns anfasst, können unsere Seelen unseren Körper verlassen. Einem Sterblichen kann Tobeiyas nichts anhaben. Seine Fähigkeit ist rein uns Gefühlen vorbehalten. Tobeiyas ist daher mehr als ein einfacher Magier. Tobeiyas ist die Zukunft. Eine Zukunft, die ohne uns personifizierte Gefühle endlich Frieden erfahren wird. Hört auf ihn und unterstützt ihn in allen Belangen, auf dass Nassuns neu erblühen kann", waren die letzten Worte, ehe ihr Körper endgültig zusammenbrach und ins Alles überglitt.

Der letzte Funken Liebe

Als Ephtalia starb, brüllte Artikos Während alle anderen immer wieder in Ephtalias Beichte hineingemurmelt hatten, war der Hass ruhiger geworden, doch nun konnte er seine Wut nicht länger zurückhalten. Ephtalia war über Jahrhunderte hinweg seine einzige Vertraute gewesen. Sie hatte ihn einst nach Nessa geholt, weil sie etwas in ihm berührt hatte. Sie hatte stets vermocht, seine Emotionen zu bändigen, und er wurde durch sie zu einer anderen Form des Hasses. Sie war nie müde geworden, ihn zu beschwören, sich auf das Gute einzulassen und sich nicht der Dunkelheit zu ergeben. Nun zu hören, dass Ephtalia eigentlich keinen Deut besser gewesen war als er – dass sie sogar noch viel schlimmer, manipulativer und berechnender gewesen war –, traf ihn zutiefst. Wäre Ephtalia nicht bereits tot gewesen, er hätte ihr die Seele aus dem Leib geprügelt. Doch es war nichts mehr von der Liebe übrig außer einem Körper, der sich allmählich in Licht und Staub auflöste. Artikos ließ seine Wut daher am Boden aus, auf den er kniend minutenlang einschlug, bis seine Knöchel blutig waren.

So war es lediglich Artikos' Keuchen, das den Raum erfüllte. Die restlichen Anwesenden blieben unheimlich still, jeder in seine eigene Gedankenwelt versunken.

Vor allem Tobeiyas.

Er weinte lautlos vor sich hin. So viele Emotionen suchten ihn heim. Nicht nur das Entsetzen über Ephtalias Beichte, sondern auch das Gefühl der Schuld. Wenn alles stimmte, hatte er soeben seine eigene Großmutter getötet. Doch nicht nur das. War Tobeiyas womöglich auch mit Schuld an dem Sterben seiner Mutter? Immerhin hatte er Gerane umarmt. War es seine Berührung gewesen, die den beiden das Lebenslicht ausgelöscht hatte?

Vom Anblick des verzweifelten Tobeiyas tief gerührt, ging Alirja zu ihm. Sie hockte sich neben ihm auf den Boden, umarmte ihn und hielt ihn wie ein Kleinkind.

„Es wird alles gut. Ich bin hier. Ich bin bei dir", hauchte sie immerzu.

„Und ich auch." Jahub war ebenfalls an die beiden herangetreten und tätschelte vorsichtig Tobeiyas' Rücken.

„Es lag nur an mir, dass sie sterben musste. Hätte ich sie nicht angefasst, dann …"

„Ephtalia hat ihr Schicksal selbst gewählt. Sie wusste, was sie tat. Es ist vielmehr schrecklich, dass sie dir ohne Vorwarnung diese Bürde auferlegt hat."

„Ich meine nicht nur sie … Gerane … meine Mutter … War habe sie in den Arm genommen. Ich war es, der sie umgebracht hat!"

„Sag so etwas nicht, Tobeiyas", flüsterte Alirja.

„Aber ich …"

„Sieh mich an." Alirja lehnte sich zurück. Tobeiyas hob seinen Kopf und starrte die ehemals Blinde mit tränennassen Augen an. „Gerane, sie war bereits am Ende ihrer Kräfte. Sie hat sogar Plankis berührt, ohne, dass es ihr geschadet hat. Es war nicht deine Schuld, hörst du! Niemals! Vielmehr solltest du daran denken, dass es immer der größte Wunsch deiner Mutter war, dich nur ein einziges Mal umarmen zu dürfen. Am Ende ihres Seins hast du ihr diesen Traum erfüllt und das sollte dich auf ewig glücklich machen."

„Aber ich … Alirja, es … tut so weh!"

„Ich weiß, mein Schatz, ich weiß."

Da brach auch Alirja in Tränen aus und umklammerte den Sohn ihrer Freundin fest und innig. Noch während sich die beiden an der Schulter des jeweils anderen ausweinten, kamen der Rat des Lichts und jener der Dunkelheit näher. Sie blickten zu Boden, auf Tobeiyas hinab.

„So viel Schmerz", sagte Ihsi.

„Und Verzweiflung", hauchte Plenara.

„Und Angst", brummte Alpros.

„Aber auch Mut", tönte Engwend.

„Und Ehrgeiz", sprach Heldrem.

„Und Hoffnung", piepste Elpira.

„Ja, er ist es, fürwahr." Zoitos lächelte. „Er ist derjenige, der endlich Frieden bringen kann."

Die Sterblichkeit der Unsterblichen

Man könnte meinen, dass die Tatsache, jemandem zu begegnen, der den eigenen Tod einläutet, zu einer überstürzten Flucht oder einem erbitterten Kampf anregen würde. Kein Sterblicher würde sich freiwillig seinem Mörder ergeben oder gar freudestrahlend die Arme ausbreiten, um ihn zu empfangen.

Anders war es bei den Personifikationen.

Sie waren seit Jahrhunderten auf dieser Welt. Sie hatten Generationen kommen und gehen sehen, Kriege ausgefochten, Städte zerstört und wiederaufgebaut, Glück, aber auch Trauer erlebt, eigene Wege und Ziele verfolgt, vieles verloren, manches gewonnen. Sie hatten ihre Hände in Blut gewaschen und sie wieder gesäubert.

Unsterblichkeit klingt nur verlockend, wenn man sie nicht besitzt. Nur wenn man ein Herz voller Träume hat, Ziele und Pläne verfolgt und glaubt, ein Leben würde nicht ausreichen, um alles zu erfüllen – dann sehnt man sich nach Ewigkeit. Ist man jedoch unsterblich, wird die Ewigkeit zu einer Bürde. Denn ist ein Ziel erreicht, muss das nächste folgen, um immer wieder einen Sinn zu finden. Dass es jemanden gab, der dieser Eintönigkeit ein Ende setzen konnte, war für die Personifikationen eine Erlösung.

So kam es, dass die Räte des Lichts und der Dunkelheit ein Bündnis schlossen. Gemeinsam würden sie an einem Strang ziehen und Tobeiyas unterstützen.

Es geschah nicht von einem Tag auf den anderen. Viele Tage und Wochen verstrichen, in denen Tobeiyas seine Trauer überwinden und alles Erlebte verarbeiten musste. Als er die Last der Vergangenheit jedoch abgestreift hatte, erstrahlte er als neuer Mann. Hocherhoben. Willensstark. Der geborene Anführer.

Zunächst zog die Gemeinschaft durch Nessa, das ehemalige Land des Lichts, und besuchte eine Stadt nach der anderen. Dort offenbarten sie den Personifikationen ihre Pläne. Es erstaunte Tobeiyas jedes Mal aufs Neue, wie bereitwillig sich die Gefühle ihrem Schicksal ergaben. Reihum umarmten sie Tobeiyas mit ausgestreckten Armen und fröhlichen Gesichtern. Voller Glück, Freude und Erleichterung. Sie hatten sich all die Jahrhunderte danach gesehnt, ihrem irdischen Dasein endlich Lebwohl zu sagen.

Anstelle der Gefühle wurden ranghohe Magier, tapfere Männer und Frauen oder angesehene Bürger der jeweiligen Städte auserkoren, auf dass sie für Recht und Ordnung sorgten. Allmählich kehrte die alte Ruhe nach Nessa zurück und das Leben wurde friedlich und beschaulich.

„Wir haben dir geholfen, die guten Gefühle zu überzeugen. Nun liegt es an euch, die dunklen Gefühle Assuns zu bekehren", waren Zoitos letzte Worte gewesen, ehe er, Engwend, Elpira und Heldrem von Tobeiyas ins Alles überführt wurden.

Gemeinsam stiegen die Gefährten anschließend hinab in die Unterwelt Assuns. Es gestaltete sich schwieriger, die dunklen Gefühle zu bekehren, da diese zum Großteil auf ihr eigenes Wohl bedacht waren. Zum Glück aber standen Ihsi, Plenara und Alpros auf Tobeiyas' Seite. Die drei genossen großes Ansehen unter ihresgleichen und schafften es, auch die dunklen Gefühle zu überzeugen.

Eine noch größere Herausforderung aber war, die Bewohner Assuns in die neue Welt zu integrieren. Sie waren zu lange ohne Struktur gewesen, hatten ihren Trieben freien Lauf lassen können und waren nicht gewillt, sich an Regeln und Gesetze zu halten. Obwohl ihnen die Möglichkeit gegeben wurde, ein friedliches Leben zu genießen, sträubten sie sich dagegen. Unvermeidbare Kämpfe mussten ausgefochten werden, und sehr zu Tobeiyas' Bedauern starben viele Bewohner der einstigen dunklen Welt. Dies waren die Schattenseiten der Neuordnung, doch es war ein Preis, der bezahlt werden musste, um ein gemeinsames Dasein auf einer Welt und unter einem Himmel zu sichern.

Das letzte lebende Gefühl

Die Wochen und Monate zogen ins Land. Die Veränderung war allgegenwärtig, und Tobeiyas fühlte, dass alles gut werden würde. Er blickte voll Zuversicht in die Zukunft und war sich sicher, dass Nassuns eine neue, glorreiche Ära bevorstand.

Zu guter Letzt blieben als letzte Gefühle nur Artikos und Vremno übrig. Nun hieß es auch für sie, von dieser Welt zu scheiden.

„Bevor wir gehen, möchte ich noch etwas sagen. Zunächst zu dir, Artikos. Mein Freund."

Vremno legte die Hand auf die Schulter des Hasses.

„Ich erinnere mich oft und gern an unsere erste Begegnung. Damals, als ich noch ein kleiner Junge war und nicht ahnen konnte, wohin mein Lebensweg mich führen würde. Du hast dich meiner angenommen und mir deine Freundschaft geschenkt. Eine Freundschaft, die ich über allen Maßen schätze. Ich genoss unsere Gespräche und konnte nie genug von deinen Erzählungen bekommen. Nie habe ich verstanden, weshalb sich die Menschen so gegen dich sträubten, denn in meinen Augen bist du das ehrlichste aller personifizierten Gefühle."

Überrascht zog Artikos die Augenbrauen hoch.

„Du hast niemandem je etwas vorgespielt und dein Herz immerzu auf der Zunge getragen. Du hast nie Lügen gestreut oder Intrigen gesponnen. Du warst stets der, der du tatsächlich bist, ohne dich zu verstellen oder dich anzupassen. Und du hast dich um mich gekümmert. Du hast mich beschützt und mir geholfen, der zu werden, der ich heute bin. Sowohl der kleine, nichtmagische Vremno von einst, als auch Vremno, die neue Macht, danken dir für deine Freundschaft, deinen Rückhalt und deine Offenheit in all den Jahren. Ich bin stolz, dich gekannt zu haben."

Artikos antwortete nicht. Er umarmte Vremno – etwas, das er niemals zuvor in seinem Leben getan hatte – und flüsterte in sein Ohr: „Ich danke dir, mein Freund. Für alles. Für unsere Vergangenheit und die Zukunft, die du miterschaffen hast. Du bist der beste Mensch, den ich jemals kennenlernen durfte."

Dann atmete er ein letztes Mal tief ein, streckte sein Rückgrat durch und ging hocherhobenen Hauptes auf Tobeiyas zu.

„Es wird Zeit", brummte Artikos, öffnete die Arme und ergab sich seinem Schicksal.

„Nun gibt es nur noch dich. Das letzte, lebende Gefühl", stammelte Tobeiyas anschließend.

„Ja. Die Macht stirbt wohl zuletzt", schmunzelte Vremno.

Er sah sich um. Sein Blick wanderte von Tobeiyas zu Jahub.

„Auch du warst mir immer ein wunderbarer Freund. Wir haben viel miteinander erlebt, schon als ich noch ein sterblicher Nichtmagier war. Du warst einer der wenigen Menschen, die mich nicht wie ein Außenseiter behandelt haben. Du warst für mich da, und ich habe viel von dir gelernt. Dank dir habe ich Selbstvertrauen gefasst und bin über mich hinausgewachsen. Ich bin froh, dass wir noch einmal Gelegenheit hatten, Zeit miteinander zu verbringen und dass wir uns nach unserem Bruch wiedergefunden haben."

„Ich ebenso. Ich werde dich vermissen, Vremno, und oft an dich denken. Ich kann gar nicht ausdrücken, wie traurig mich der Gedanke macht, dich nicht mehr jeden Tag zu sehen. Ich kenne keinen, der so ist wie du. Du wirst eine große Lücke hinterlassen. Nicht nur in meinem Herzen, sondern in dieser Welt."

„Danke für deine Worte, mein Freund. Es beruhigt mich, zu wissen, dass es in dieser Welt so tapfere und einzigartige Menschen wie Tobeiyas und dich geben wird, die Sorge tragen werden, dass Nassuns ein Ort des

Friedens bleibt. Ich danke euch, dass ihr meine Vision fortsetzt, und hoffe, dass ihr niemals müde werdet, dies zu tun."

„Niemals."

Beide Männer waren gerührt. Es schmerzte Vremno, von Jahub Abschied zu nehmen, doch noch mehr setzte es ihm zu, als er sich an Alirja wandte. Er fühlte, dass seine Augen nass wurden, und erkannte auch am Gesichtsausdruck seiner Tante, dass auch diese mit den Tränen kämpfte.

„Meine allerliebste Alirja. Mit dir zusammen zu sein, so wie früher – als Mutter und Sohn –, hat mir alles bedeutet. Du warst die beste Mutter, die ich mir hätte wünschen können. Nicht nur ich, sondern auch Zaphlessia waren unsagbar froh, dass es dich gibt. Du hast uns aufgezogen, uns Wertigkeiten vermittelt, dich um uns gekümmert, uns ein Heim und Liebe geschenkt. Ich hoffe so sehr, dass du dein immerwährendes Glück findest. Der Gedanke daran, nicht mehr bei dir zu sein, tut mir weh. Du hast schon so viel verloren, und es bricht mir das Herz zu wissen, dass nun auch ich dich verlassen muss. Bitte versprich mir, dass du nach vorn blickst und nun endlich das Leben lebst, das dir so viele Jahre lang verwehrt wurde. Kannst du das tun?"

Alirja schluchzte. „Ich liebe dich so sehr, Vremno. Und ich bin so stolz auf dich. Du bist von einem kleinen Jungen zur Macht geworden. Einer Macht, die so viel schlauer und weiser, gütiger und uneigennütziger ist, als ich es je für möglich gehalten habe. Du hast vorhin zu Artikos gesagt, dass er wohl das ehrlichste aller Gefühle war. Doch in meinen Augen bist du es. Du hast bewiesen, dass ein reines Herz in dir steckt und du dich nicht dazu verleiten lässt, nach der Alleinherrschaft zu streben. Du bist der Einzige, der alles richtig gemacht hat in dieser Welt, in der so viel Schreckliches geschehen ist."

„Das habe ich dir zu verdanken, denn du hast mich geprägt. Du, Alirja, bist mit dafür verantwortlich, dass diese magische Welt nun endlich in Frieden leben kann."

„Ach, Vremno … Ich wünschte, du müsstest nicht gehen. Ich will dich bei mir haben. Ohne dich ist mein Leben leer. Ich weiß nicht, was ich ohne dich machen soll!"

„Nein, Tante, bitte nicht!", krächzte Vremno gequält. Wie gern hätte er Alirja nun umarmt, doch er durfte es nicht. Es zerriss ihm das Herz, den Menschen, die er liebte, nicht mehr nahe sein zu können.

„Du bist eine unglaublich starke Frau und niemand hat es mehr verdient, glücklich zu sein, als du. Sieh nach vorn, nicht zurück. Und solltest du es dennoch tun, dann nicht in Trauer. Meine Mutter, Gerane, Zaphlessia und ich, wir alle haben dich geliebt und möchten, dass es dir gut geht. Lass dich nicht von der Vergangenheit auffressen, sondern freu dich auf eine wundervolle Zukunft. Versprichst du mir das?"

„Ja", flüsterte Alirja.

„Ich liebe dich."

„Und ich liebe dich, mein Sohn."

Vremno atmete tief ein und aus. Dann drehte er sich zu Kara, deren Augen bereits gerötet vom Weinen waren.

„Und nun komme ich zu dir, meine Liebste, mein Ein und Alles, mein Herz. Die Frau, die mich töten wollte und dadurch gerettet hat. Nun heißt es auch für uns beide, Abschied zu nehmen."

Kara klammerte sich an Vremno. „Warum? Warum musst du das tun? Du kannst noch Jahrhunderte weiterleben. Du musst diese Welt nicht verlassen."

„Wir haben schon so oft darüber gesprochen. Ich kann nicht bleiben. Ich kann nicht garantieren, dass ich für alle Tage der einsichtige, harmoniebedürftige Vremno bleiben würde. Was, wenn ich mich wandle? Dann gäbe es niemanden, der mich aufhalten könnte, da es kein unsterbliches Wesen außer mir gäbe. Und dir. Aber du würdest mich niemals bekämpfen." Er lächelte traurig. „Die Ära der Gefühle ist endgültig vorbei. Die Welt ist im Wandel, und das ist gut so."

Sie blickte hoch. „Aber was mache ich ohne dich, Vremno? Was? Nicht ich habe dich gerettet, sondern du mich. Du hast aus der seelenlosen Wegbereiterin Quara Kara gemacht. Du hast mich wiedererweckt, und nun willst du gehen? Willst mich allein zurücklassen?"

„Entschuldigt, wenn ich euch unterbreche", Tobeiyas räusperte sich, „aber das musst du auch nicht. Um ehrlich zu sein, habe ich schon länger darüber nachgedacht, und ich glaube, ich habe eine Lösung für dieses Problem."

Er wandte sich nun direkt an Kara: „Wie du weißt, kann ich bloß personifizierte Gefühle ins Alles führen. Ehe ich Vremnos Seele aber übergleiten lasse, kann ich sie dir geben. Als Seelenfresserin kannst du sie aufnehmen, wirst dadurch zur Macht, und anschließend kannst du …"

„… sterben."

„Ja. Dieses Angebot kann ich dir machen. Wenn du es willst."

„Das will ich. Lieber bin ich tot, als ohne Vremno."

Vremno nahm Karas Hand und hauchte einen Kuss auf ihre Fingerknöchel. Er lächelte, als er sagte: „So bleibt zu guter Letzt die stärkste Macht auf Erden immer noch die   Liebe."

Epilog

Alirja saß in ihrem Schaukelstuhl im Garten. Sie döste vor sich hin und wurde plötzlich geweckt.

„Na, altes Mädchen, bist du schon wieder eingeschlafen?", fragte plötzlich eine Stimme aus dem Hintergrund.

„Nein, ich habe nicht geschlafen."

„Doch, doch, ich habe dich schnarchen gehört."

Mit kleinen, fast schon tapsigen Schritten kam Lormir zu Alirja. In den zittrigen, knorrigen Händen trug sie ein Tablett mit zwei Gläsern Umnisaft.

„Ich war vorhin bei der Enkelin von Madame Uhls und habe uns zur Feier des Tages etwas Lavindell besorgt", erklärte Lormir. „Heute ist es genau fünfunddreißig Jahre her, dass wir uns kennengelernt haben."

„Bei Fortary, wie die Zeit vergeht. Sieh dich an. Du bist eine alte, hässliche Frau geworden."

„Und du erst! Weiße Haare, Falten im Gesicht und auf dem Hals, Altersflecken überall. Du warst auch schon einmal schöner."

„Immer charmant, meine liebe Lormir. Immer charmant."

Beide lachten laut. Sie liebten es, einander auf diese Art zu necken.

Während Alirja an ihrem Glas nippte, dachte sie zurück an die Zeit, nachdem das letzte Gefühl ins Alles übergeglitten war.

Tobeiyas, Jahub und Alirja waren ins nicht länger unsichtbare Errndorf zurückgekehrt, wo Plankis und Dometor glücklich über die Rückkehr ihres Sohnes gewesen waren. Einige Tage hatten die drei ungewöhnlichen Freunde dort verbracht, unfähig, sich voneinander zu trennen. So viel hatten sie miteinander erlebt, dass sie einander nur anzusehen brauchten, um den jeweils anderen zu verstehen. Vor allem Alirja gierte nach dieser Art Nähe, denn sie litt sehr darunter, nun auch Vremno verloren zu haben. Tobeiyas und Jahub gaben ihr Halt und spendeten ihr Trost. Irgendwann aber war der Zeitpunkt gekommen, da sie einander loslassen mussten, um der jeweils eigenen Bestimmung zu folgen.

Tobeiyas lebte inzwischen in Enareg, einer der größten neu erbauten Städte des Landes. Obwohl er von den Bewohnern des Landes wie ein Großkönig behandelt wurde, war Tobeiyas bescheiden und demütig. Er füllte sein Leben lieber mit guten Taten denn mit großen Worten. Er hatte für Recht und Ordnung gesorgt und die Lebewesen Nassuns geführt, als sie Führung brauchten. Und er hatte den Mut und die Hoffnung in die Herzen der Bevölkerung gepflanzt, aber auch den Glauben an eine glorreiche Zukunft. An seiner Seite hatten sich viele neue, gute Menschen aufgetan, die die Städte bevölkert hatten und dort mit vereinten Kräften auch in Zukunft dafür sorgen würden, dass Frieden in Nassuns herrschte.

Auch Jahub war sesshaft geworden. Er war zurück nach Lenstett gekehrt, wo er bei seiner Schwester Amalta lebte. Da es nun kein Gut und kein Böse, kein Nessa und kein Assun mehr gab, versiegte seine Fähigkeit, die Energien beider Seiten zu spüren. Er wurde zu einem normalen Magier, der nunmehr junge, talentierte Hexen und Zauberer unterrichtete. Wie er bereits Zaphlessia erklärt hatte, war Jahub nicht dazu geschaffen worden, zu lieben. Er blieb Zeit seines Lebens allein, hatte keine Frau an seiner Seite und nicht einmal eine einzige Liebschaft. Dafür aber war er ein wunderbarer, fürsorglicher Onkel, der seine Nichte und seinen Neffen über alles liebte. Oft kam er und besuchte Alirja. Sie plauderten, doch niemals verloren sie ein Wort über die gemeinsame Vergangenheit.

„Na, altes Mädchen, woran denkst du?", riss Lormir Alirja aus ihren Gedanken.

„Ach, ich habe nur gerade an vergangene Zeiten gedacht."

„Alte Zeiten, so, so. Du meinst an damals, als wir noch jung und wunderhübsch waren?"

„Genau daran."

Alirja war als Einzige nochmals zurück nach Ephmoria gegangen. Eigentlich hatte sie die Stadt nie mehr wiedersehen wollen, doch sie hatte sich eingestehen müssen, dass sie hier den Großteil ihres Lebens verbracht hatte. Und als sie ihren Fuß zum ersten Mal nach unzähligen Jahren in ihr altes Häuschen am Stadtrand gesetzt hatte, hatte sie gewusst, dass sie hierbleiben musste. Schnell hatte sie die bescheidene Behausung wieder auf Vordermann gebracht, sich um den Garten gekümmert und sich erneut eingerichtet. Sie hatte viel Arbeit, Kraft, Herzblut, aber auch Tränen in die Renovierung gesteckt. Jeden Tag kamen neue Erinnerungen hoch, bei jedem Polster, den sie ausschüttelte, jedem Strauch, den sie schnitt, jedem Schritt, den sie tat. Im Nachhinein war dies wohl Alirjas Rettung gewesen. Zum ersten Mal hatte sie sich mit ihrer eigenen Vergangenheit auseinandergesetzt, sie verarbeiten und damit abschließen können. Erst, als ihr Herz frei von selbstquälenden Vorwürfen, Zweifeln, Wut, Trauer, Scham und Schuldgefühlen war, war sie bereit, ein neues Leben zu beginnen. Drei Tage später hatte sie Lormir kennengelernt.

Alirja hatte an jenem Tag einige Besorgungen gemacht. Marktgeher waren in Ephmoria und boten ihre Waren feil, als Alirja an einen Stand mit herrlich saftigen Granisfrüchten kam. Sie nahm eine der hellroten Früchte und schnupperte an der süßlich duftenden Schale. Sie erinnerte Alirja an Gerane, ihre Freundin, ihre einstige Liebe. So gern hatte das Verlangen von diesem Obst genascht.

„Du scheinst sie sehr zu mögen", hatte eine Frauenstimme zu Alirja gesagt.

Irritiert hatte Alirja hochgesehen und in die bezauberndsten blauen Augen der Welt geblickt. Sie stammelte: „Ja. Wobei ... eigentlich nein. Um ehrlich zu sein, mochte ich Granisfrüchte nie wirklich. Sie riechen zwar herrlich süß, sind es aber meistens nicht."

„Dann hast du noch nie eine von meinen gekostet!" Lormir nahm ihr die Frucht aus der Hand und schnitt sie auf. Sie reichte Alirja eine Scheibe. Alirja biss hinein und musste zugeben, dass das Obst wunderbar schmeckte.

„Ich habe dir ja gesagt, dass sie gut sind. Manch einer behauptet, nur ein Kuss von mir sei süßer."

„Bekomme ich davon etwa auch eine Kostprobe?", hatte Alirja daraufhin sehr zu ihrer eigenen Überraschung geantwortet.

Lormir hatte ihren Kopf in den Nacken gelegt und herzhaft gelacht.

„Wenn du willst, gern. Hast du später Zeit?"

Als Alirja bei Sonnenuntergang in Madame Uhls kleiner Gaststätte gesessen hatte, hatte sie zunächst nicht geglaubt, Lormir nochmals zu sehen. Sie war sogar versucht, einfach zu gehen, als die bezaubernde Marktfrau plötzlich erschienen war.

Von der ersten Sekunde an hatten die beiden eine tiefe Verbundenheit füreinander empfunden. Tage, Wochen und Monate verstrichen, während denen aus den beiden Fremden zunächst Freundinnen und schließlich Liebende wurden. Und seither war Alirjas Leben perfekt. Nach all den Jahren, in denen sie immer Frauen geliebt hatte, die für sie unerreichbar gewesen waren – zunächst Pandemia, dann Gerane –, hatte sie nun endlich ihr Gegenstück gefunden. Ihren Seelenpartner. Ihre große Liebe.

„Du denkst gerade an mich und wie wir uns kennengelernt haben, nicht wahr, altes Mädchen?"

„Du durchschaust mich einfach immer."

„Ja, weil du dann so seinen eigentümlichen, leicht geisteskranken Blick bekommst."

Lormir lachte. Alirja stimmte in das Lachen ein, ehe sie ein Hustenanfall heimsuchte. Es hörte sich an, als würde heißes Wasser brodeln.

„Ach, Liebste, wärst du so gut", sprach sie schließlich, als sie sich wieder beruhigt hatte, „und bringst mir eine Decke? Mir ist plötzlich ein wenig kalt geworden."

„Natürlich."

Lormir musterte Alirja mit sorgenvollem Blick und strich ihr über die Stirn. Ein kalter Schweißfilm hatte sich darauf gebildet.

„Geht es dir nicht gut?"

„Doch, doch!" Alirja rang sich ein mattes Lächeln ab. Sie hasste es, Lormir Sorgen zu bereiten, und sagte daher schnell: „Seit ich alt und gebrechlich bin, bin ich viel empfindlicher für Kälte."

„Nun dann."

Lormir klatschte in die Hände.

„Ich hole dir eine Decke, und wenn ich zurückkomme erwarte ich, dass wir uns gemeinsam in diesem engen Stuhl zusammenkuscheln. Ja?"

„Natürlich."

Alirja griff nach Lormirs Hand und küsste ihren Handrücken. Nur widerwillig gab sie die warme, zarte, weiche Hand anschließend frei.

Kurz bevor Lormir das Häuschen erreichte, rief Alirja laut nach ihrer Geliebten.

„Ja? Brauchst du sonst noch etwas?" Lormir drehte sich nach Alirja um.

„Ich wollte dir nur sagen, dass ich dich liebe, altes Mädchen."

Lormir lächelte. „Ich liebe dich auch, noch viel älteres Mädchen." Und mit einem überraschend ersten Tonfall in der Stimme fügte sie hinzu: „Du bist die Liebe meines Lebens, Alirja. Das weißt du doch?"

„Und du meine, Lormir. Vergiss das niemals."

Die beiden blickten einander tief in die Augen, ehe Lormir ins Haus ging, die Treppen in den ersten Stock nahm und dort die selbstgenähte Decke suchte, die sie Alirja einst geschenkt hatte.

Als Lormir zurückkam, lag Alirja mit geschlossenen Augen in ihrem Sessel. Sanft legte Lormir ihr die Decke über die Beine. Sie küsste ihre Wange. Alirjas erkaltete Wange.

„Alirja?", fragte Lormir. „Mädchen, schläfst du?"

Doch Alirja reagierte nicht.

Sofort griff Lormir nach Alirjas Arm, suchte ihren Puls. Sie redete mit ihr, schrie nahezu, doch keine Worte und kein Laut würden es vollbringen, Alirja zu wecken.

Alirja – die einstige Nichtmagierin, die Nachfahrin des Ulber, Freundin von Pandemia, die Kriegerin, die Ziehmutter von Zaphlessia und Vremno, die Heldin ihrer Zeit – war tot. Glücklich gestorben und angekommen am Ende der langen, beschwerlichen, tränenreichen, aber dennoch wunderbaren Reise ihres Lebens, um nun endlich ins Alles zu gehen, wo sie Eins wurde mit den übriggebliebenen Energien all derer, die sie jemals geliebt hatte.

Fortarys Vermächtnis

Alirja war die Einzige, in deren Leben sich Fortary bis zum Ende ihres irdischen Seins eingemischt hatte. Immerhin hatte Alirja von allen am meisten unter ihm gelitten. Sie hatte viel zu viel Leid, Verlust und Trauer erdulden müssen, und so hatte Fortary es als seine Pflicht gesehen, ihr zumindest einen glücklichen, zufriedenen und geruhsamen Lebensabend zu bescheren. Das war er ihr nach allem schuldig gewesen.

Nun aber hatte Alirja ihr Leben ausgehaucht, und somit war der Moment gekommen, da Fortary den vorletzten seiner Spiegel abhängte. Mit jedem, den er zuvor abgenommen hatte, hatte sich das Erscheinungsbild des Schicksals verändert. Der einst unförmige, von tausenden Augen übersäte Körper, hatte sich transformiert und ein menschlich anmutendes Lebewesen hervorgebracht. Fortary war weder eindeutig männlich noch weiblich. Er war großgewachsen und von schlanker Statur, mit langem, silberblondem Haar und einem androgynen Gesicht, das nun ein zufriedenes Lächeln zierte.

„Es ist endlich soweit, meine Kinder", tönte Fortary mit seiner undefinierbaren, mehrtönigen Stimme.

„Was ist soweit?", fragte Aquis, die ebenso wie ihre Geschwister das Schicksal beobachtet hatte.

„Es ist an der Zeit, dass ich mich zurückziehe. Ich bin schon zu lang auf dieser Welt und meines Lebens überdrüssig. Einst gab es eine Zeit, da habe ich meine Spielereien genossen. Da konnte ich nicht genug davon bekommen, alle Lebewesen zu leiten und zu dirigieren. Ich wollte immer mehr von ihnen. Hunderte. Tausende. Eins ums andere habe ich erschaffen, aber mit jedem Einzelnen wurde es schwieriger. Habt ihr eine Ahnung, wie anstrengend es ist, stets alles im Blick zu behalten? Jedes Leben auf der Welt zu beobachten? Zu entscheiden, was jemand wann tun muss, um zu dem gewünschten Ergebnis zu gelangen? Bei meiner Seele - hätte ich nur einen winzigen Vogel zum falschen Zeitpunkt am falschen Ort sein lassen, hätte dies katastrophale Auswirkungen auf die ganze Welt gehabt. Ich bin es so leid, stets wachsam zu sein. Und darum musste ich alles beenden. Alles auslöschen. Vor allem die Gefühle."

Fortary atmete erleichtert auf.

„Es war von langer Hand geplant. Ich habe den ersten großen Krieg heraufbeschworen, weil ich unbedingt wollte, dass Ephtalia mir Gerane gibt. Habe danach Gerane in Iberius' Hände getrieben, auf dass sie ein Kind miteinander zeugen. Habe dafür gesorgt, dass dieses Kind sicher und behütet im Land des Lichts aufwächst und zum rechten Zeitpunkt in Erscheinung tritt, um die Gefühle von ihrer Unsterblichkeit zu erlösen. Dafür musste ich zunächst aber die alte Macht ablösen. Iberius musste sterben, denn ich hatte ihn als eine andere Form der Macht konzipiert. Er musste eine dunkle, gierige Macht sein, wohingegen Vremno ein weiser, vorausschauender Mächtiger wurde. All der Aufwand, jedes noch so kleine Detail davor und dazwischen war durchdacht. Jeder Schritt wohl gesetzt. Jede Wendung eingegliedert in das große Ganze, um genau jetzt genau hier zu stehen: am Ende meines Seins."

„Und wohin willst du gehen?", fragte Terrox, der Hüter der Erde.

„Ins Alles und ins Nichts. Ins Gestern und ins Morgen. An einen Ort, wo Zeit noch viel weniger eine Rolle spielt als hier."

„Was wird dann aus uns?", knisterte der wiederauferstandenen Ignasius, der Hüter über das Feuer.

„Ihr werdet euren Weg finden. Es gibt so viel zu tun. Ihr könnt nun frei wählen, frei bestimmen. Erfreut euch an den Schönheiten der Welt, schafft neue Länder, neue Berge, neue Seen. Erweckt eure Kinder. Die Jahreszeiten sind schon viel zu lange nicht mehr Teil dieser Welt, das solltet ihr rückgängig machen. Beginnt bei Kloisos. Er soll den Schnee und das Eis des Winters streuen. Danach soll Flaurena das Land mit dem Frühling beglücken, Seraya soll einen heißen, strahlenden Sommer bringen und Lervion mit einem farbenprächtigen Herbst Veränderungen einläuten. Tut, was immer ihr wollt."

„Aber das ... können wir nicht. Wir haben nie gelernt, frei zu handeln", wisperte Aeromi, die Hüterin über die Luft.

„Deshalb wird euch für den Anfang auch jemand helfen."

Fortary ging zu dem letzten Spiegel und betrachtete sein Bild darin. Er streckte seinen Arm aus. Als seine Fingerkuppen das Glas berührten, verschmolzen sie für einen kurzen Augenblick. Als Fortary zurückging, zog er sein Spiegelbild mit sich. Ein Raunen ging durch die Reihen der Hüter der Elemente.

„Wer ist das?", fragten sie alle nahezu gleichzeitig.

„Dies ist mein Bruder von einem anderen Vater und meine Schwester von einer anderen Mutter. Er ist wie ich, nur anders. Er ist mein Gegenstück. Der neue Geist der neuen Welt. Derjenige, der allen Lebewesen die Freiheit schenkt, über ihr eigenes Leben nach bestem Wissen und Gewissen und eigenen Vorstellungen zu verfügen. Denn dies ist Voltary, der freie Wille. Derjenige, der nun endlich eine neue Ära einläuten wird."

Printed in Great Britain
by Amazon